FEDERHERZ
VERLAG

KYLIE BELLEROSE

DROWN *Me* IN YOUR *Tears*

CHLOE & ALEXANDER

DROWN ME IN YOUR TEARS
Chloe & Alexander

Bildmaterial: Shutterstock, Freepik, Rawpixel
Korrektorat: Anna Schlutter

Bestellung und Vertrieb: Nova MD GmbH, Vachendorf

ISBN: 978-3-98595-724-8

Druckerei Smilkov Print Ltd
Pokrovnishko shose
2700, Blagoevgrad

Federherz Verlag
Süntelstraße 70
31848 Bad Münder
www.federherzshop.de
Instagram: @federherz.verlag

Je te laisserai des mots
En sous de ta porte
En sous de la lune qui chante

— PATRICK WATSON

Für jeden,
der in der Dunkelheit seine Liebe gefunden hat.

Vorwort

Chloe und Alexanders Geschichte spielt vor Odette und Dorian. Obwohl ihr wisst, dass es ein Happy End geben wird, hoffe ich dennoch, dass ihr euch in den beiden verlieren könnt. Genießt diese Geschichte. Möglicherweise ist die Liebe zwischen ihnen sanfter; die Welt, welche sie umgibt, aber umso düsterer.

Eure Kylie

Triggerwarnung

Liebe Leser:innen,
dieses Buch enthält Elemente, die potenziell triggern können.
Eine konkrete Auflistung der Triggerthemen befindet sich im Anhang des Buches. Achtung: Diese können unter Umständen Spoiler für das gesamte Buch enthalten.
Kylie Bellerose und das gesamte Federherz Team wünschen euch viel Lesevergnügen.

Prolog

Chloe 

»*Maman*, du weißt, dass es in Russland Essen gibt, oder?«

Ich blinzelte gegen die Herbstsonne, eine Tüte Chips in die Luft haltend, und sah sie entgeistert an. Sie hatte diese im Ernst in meinen Koffer geschmuggelt. Unter einem dicken Pulli.

Augenverdrehend riss mir Mutter die Tüte aus der Hand und warf sie diesmal deutlich sichtbar auf meine Klamotten. Fast alle trugen noch ein Preisschild und stanken nach Chemie. Wie immer war ich spät dran, weshalb keine Zeit mehr blieb, die Sachen zu waschen.

Selbst jetzt pochte der Stress in meinen Schläfen. Der Flieger würde in weniger als einer Stunde starten, und ich wusste immer noch nicht, wo mein Reisepass war.

»In Russland ist es kalt, also verbrennt man mehr Kalorien. Außerdem hast du nichts zum Essen, wenn du ankommst«, sagte sie und funkelte mir mit ihren bernsteinfarbenen Augen entgegen.

Wenn man uns zusammen auf der Straße sah, würde man nicht vermuten, dass sie meine Mutter war. Das Feuer in ihren Adern ließ sie um einiges jünger wirken.

Ihr Haar war blond. Meines braun.

Sie war klein. Ich eher groß.

Ihre Augen kugelrund und unschuldig – ein eindeutiger Trugschein. Meine schmaler. Messerscharf.

Eines hatten wir dennoch gemeinsam. Die geschwungene Silhouette.

»Ich lebe bei Dorian«, gab ich zurück und machte den Reisverschluss des Koffers zu. Mit den Chips. »Er wird sicher Essen in seinem Kühlschrank haben.«

Schnaubend schüttelte sie den Kopf. »Wie ich deinen Bruder kenne, rührt er keinen Finger. Holt er dich wenigstens vom Flughafen ab?«

»Nein.« Er hatte mir geschrieben, dass er bei meiner Ankunft im Theater sei. Ich solle ihn dort treffen. Ein Taxi musste also genügen. »Du weißt doch, wie er ist. Er kann mich sowieso nicht abholen, denn wenn wir nicht innerhalb der nächsten fünf Minuten losfahren, werde ich den russischen Grund und Boden heute nicht mehr betreten.«

Ohne ein weiteres Zögern riss ich meine Nachttischschublade auf, fand aber nichts weiter als ein paar Tampons und Taschentücher. Kein Anzeichen des burgunderroten Passes. Darin war ein Foto von mir, das eher an einen Häftling als an eine Balletttänzerin erinnerte.

Haareraufend biss ich die Zähne zusammen. »Verdammt, wo ist er bloß?«

Mein Zimmer war ein einziges Chaos. Überall lagen meine Sachen verstreut. Und Bücher, die in den bereits überquellenden Regalen keinen Platz mehr fanden.

Die verschiedensten Welten waren auf wenige Quadratmeter gepackt. Jede einzelne von ihnen schaffte es, dass ich mich darin verlor. Selbst das türkise, glitzernde Meer, das man vom Fenster aus beobachten konnte, holte mich oft nicht aus den unendlichen Worten heraus. Nichts schaffte das.

»Er liegt auf dem Kühlschrank«, rief Vater von unten aus der Küche. Sofort fiel eine Last von meinen Schultern. Papa war immer da, wenn man ihn brauchte.

Es dauerte also nicht lange, bis wir im Auto saßen und von unserem kleinen Strandhaus zum Flughafen fuhren. In meiner Brust breitete sich ein Stich aus, als das Häuschen immer kleiner wurde. Es war mein Zuhause. Selbst meine kleine Wohnung am Pariser Theater konnte dieses Gefühl nicht replizieren.

In Nizza angekommen hievte ich mein Gepäck aus dem Kofferraum und schlang meinen Mantel enger um mich.

»Jetzt verlässt du uns also auch noch. Erst Dorian, jetzt du«, murmelte mein Vater und schlang einen Arm um meine Schultern. Ein leichtes Lächeln umspielte seine Mundwinkel. Ich wusste aber, dass es nicht echt war. Seine dunkelblauen Augen, die Dorian und ich von ihm geerbt hatten, verrieten die Lüge.

»Nach Silvester bin ich wieder hier, Papa. Ihr kommt doch zu der Aufführung, oder?«

Das war der Grund, wieso ich nach Russland reiste. Es war eine Chance, die meine Karriere einen riesigen Schritt nach vorn treiben konnte. Die Hauptrolle in der Weihnachtsaufführung – der Nussknacker – des Moskauer Theaters. Ein Traum für jede Balletttänzerin.

»Natürlich kommen wir«, sagte *Maman* und stieg in die Umarmung ein. Zu dritt standen wir da, während das rege Leben um uns weiterhin seinen Lauf nahm. »Ruf uns an, wenn du ankommst, ja?«

Mein Herz zog sich zusammen. Obwohl ich die meiste Zeit in Paris war, überflutete mich eine Welle der Trauer. Ich wollte mich nicht von ihnen lösen. Das musste ich aber.

In den Augen meiner Mutter glänzten Tränen.

»Vergiss uns nicht«, murmelte sie und strich mir über die Wange.

»Das habe ich noch nie.«

»Du bist die größte Glucke auf Erden, *ma bien-aimée*. Chloe ist erwachsen, lass sie die Welt entdecken«, sagte Papa und kniff ihr in die Taille.

Darauf handelte er sich einen Fußtritt ihrerseits ein. »Das bin ich nicht.«

Ehe ich einen Abschied formulieren konnte, trat sie auf mich zu und sah zu mir hinauf. »Versprich mir, dass du zurückkommen wirst. Nicht so wie dein Bruder.«

»Das werde ich.«

Mein Herz hing an Frankreich und vor allem an ihnen.

Mama griff um ihren Hals und löste ihre goldene Kette. Schon seit ich mich erinnern konnte, trug sie dieses Schmuckstück. Sie war schlicht, mit einem kleinen, herzförmigen Anhänger. Auf der Rückseite war eine Gravur.

L&N

Lille und Nouel – die Namen meiner Eltern.

»Ich will sie wieder zurückhaben«, sagte Mama und legte sie mir um den Hals. Es kostete sie einige Anfänge, bis ihre Finger diese richtig verschließen konnten. »Und ich nehme die Halskette nur auf französischem Boden entgegen. Damit das klar ist.«

Vater zog sie erneut in seinen Arm. Er strahlte mir entgegen, während Mutter mit geröteten Augen dastand. Ich wusste aber, dass auch sie auf mich stolz war.

»Ich komme zurück nach Hause. Versprochen.«

Kapitel Eins

Alexander

»Wer hat dich geschickt?«

Ich holte mit meiner Faust aus und zielte direkt auf die Nase. Knorpel knirschten aufeinander.

Die Dunkelheit verschleierte die Züge des Mannes, welcher von der Decke hing. Es breitete sich ein metallischer Geruch aus.

Blut tropfte aus seiner Nase und aus den Wunden an seinem Arm.

Der gesamte Fußboden war damit bedeckt. Nicht genug, dass er davon gestorben wäre. Dennoch beneidete ich seine Position nicht.

»Antworten!«

Nichts. Nicht mal ein schmerzhafter Laut.

Entnervt verpasste ich ihm einen letzten Schlag ins

Gesicht und streifte zu dem kleinen Waschbecken in der Ecke des Raums.

Unter dem fließenden Wasser verwandelte sich das rubinrote Blut in ein helles Rosa. Je länger ich die Hände unter den Strahl hielt, desto fader wurde es.

Das Adrenalin, welches durch meine Adern pumpte, ließ sich leider nicht so leicht wegwaschen.

Ich warf einen letzten Blick auf den Mann, ehe ich aus dem Raum verschwand. Sein Kopf hing zur Seite hinab, wodurch die vierstellige, eingebrannte Zahlenabfolge auf seiner dunklen Haut erkennbar war. Wir hatten keine Ahnung, was sie bedeutete, aber wir wussten, dass die Nummern ein Markenzeichen von *ihm* waren.

Vom Mörder meiner Mutter.

Früher hatte mich stets ein Gefühl der Erleichterung durchdrungen, wenn ich aus den Folterräumen verschwinden konnte. Die Jahre, die wir nun – erfolglos – auf der Jagd waren, legten sich aber mit jedem verstreichenden Tag schwerer um mein Herz.

Mit der Zeit lernte ich einen Weg kennen, wie ich die Leichtigkeit wiedererlangen konnte. Es war eine süße Ablenkung von meinem Leben. Genau diese brauchte ich jetzt. Also machte ich mich auf den Weg zu einem bestimmten Ziel.

Dorian hatte mir eine halbe Stunde vorher geschrieben, wo und mit wem er sich traf. Und dass ich mich nicht scheuen sollte, ihnen einen Besuch abzustatten.

Wir teilten gerne. Nicht immer, aber oft genug, dass wir beide unsere Grenzen kannten. Darüber gingen wir nie hinaus, genossen jeden Moment.

Mit einem Tunnelblick ging ich durch die hellen Gänge. Ein Paradies aus Stuck, Gold und Wandschmuck, der nicht in das Bild des Todes passte. Wenn man hier war, vergaß man schnell, dass man sich tief unter dem Moskauer Theater befand. Ein Ort der Kunst. Innerhalb von Mauern, welche bereits hunderte Jahre existierten.

Ob sie damals auch für Folter und Mord entfremdet worden waren? Oder waren sie für solche Taten errichtet worden? Es war ein Theater, welches mehr Tode als Aufführungen kannte.

Dieser Ort war perfekt dafür. Wer würde schon auf die Idee kommen, dass sich ausgerechnet hier der Kopf der russischen Mafia befand?

Die Tür, vor der ich Halt machte, vertrieb jeglichen Gedanken aus meinem Kopf. Und als meine Hand die Klinke umschloss, war ich bereit für das, was mich dahinter erwartete.

Dorian stand hinter Nele und fickte sie. Ihr kleiner, dünner Körper war über das Sofa gelehnt, welches sich in der Mitte des kahlen Raumes befand. Ihre Kleidung lag ungeachtet in einer Ecke. Ausschließlich eine Netzstrumpfhose spannte sich über ihre Beine, doch er war vollkommen bekleidet.

Beide schreckten auf, als ich über die Schwelle trat. Dorian stoppte, während sich die Augen der Schauspielerin weiteten. Sie war im selben Jahr wie Dorian an das Moskauer Theater gekommen. Seitdem hatte sie ihren Blick nicht von uns lösen können.

Nicht von mir.

Nicht von Dorian, der fast drei Jahre jünger war als sie.

Nicht von Gage, welchem sie zufällig über den Weg gelaufen war.

Nele hatte bis zu diesem Zeitpunkt nicht ahnen können, dass die Männer wie Brüder für mich waren. Und unter Brüdern teilte man doch, oder? Zumindest unter denen, mit welchen man nicht wirklich verwandt war.

Ein schelmisches Lächeln glitt über Dorians Mund. »Ich dachte, du kommst gar nicht mehr.«

»Dinge haben länger gedauert, als ich dachte.«

Er verstand, ließ sich aber nichts anmerken. Sie wusste zwar, was unter der Fassade der Kunst wirklich passierte, aber diese Angelegenheit hatte sie nicht zu interessieren.

Als wäre er niemals unterbrochen worden, machte Dorian mit seiner Qual weiter.

Erneut fing Nele an zu stöhnen.

Ich wartete nicht länger, sondern ging auf die Frau zu und packte ihren Kopf. Ihre Augen rollten sich bereits nach hinten. Dorian hatte also heute einen guten Tag und ließ sie kommen. Wenn sie das durch alleinigen Analsex denn hinbekam.

»Darf ich?«, fragte ich, zog mir jedoch bereits die Hose bis zu den Kniekehlen. Mein Schwanz sprang ihr entgegen, bereit für ihren Mund.

Zu einer Antwort war sie nicht mehr fähig, allerdings kannte ich sie gut genug. Nele war eine Frau, die sich gern um unsere Bedürfnisse kümmerte. Sie hatte sich in das Netz der Lügen und Intrigen verfangen und machte das Beste daraus.

Ihre Hand schloss sich um meinen Schaft, was die Anspannung aus meinen Knochen löste. Während sie an meiner Länge auf und ab glitt, wurde auch gleichzeitig das Blut von meiner Seele gewischt.

Meine Hände vergruben sich in ihrem langen, hellbraunen Haar. Signalisierten ihr, dass ich um einiges mehr brauchte.

Neles Lippen teilten sich zu einer Einladung. Ohne weiteres Zögern packte ich meine Erektion und schob sie hinein. So weit, dass ihre Augen glasig wurden.

Durch ein simultanes Spiel ihrer Hand und der

Zunge schaffte sie es, meine Ekstase voranzutreiben. Sie wollte meinen Orgasmus so sehr wie ich.

»Nele«, ächzte ich, wobei meine Gedanken immer weiter in den Hintergrund gerieten. Das Blut. Der bewusstlose Körper im Raum, welcher sich nur wenige Meter neben diesem befand. Einfach alles, was auf mir lastete.

Sie strich immer wieder über meine Eichel, wusste ganz genau, welche Stellen sie berühren musste, um mich hart kommen zu lassen.

All das, während sie von Dorian in den Arsch gefickt wurde.

Es lief immer gleich ab. Jedes Mal, wenn ich die düsteren Gedanken wegschieben wollte. Denn eins war mir klar. Sie würden nie vollkommen verschwinden oder schwächer werden.

Verdrängung. Mehr war es nicht.

Aber es reichte aus.

Je näher sie ihrem Höhepunkt kam, desto fordernder wurden auch ich und Dorian. Ihre Brüste schwangen. Ihr Atem ging unkontrolliert.

Unverwandt packte ich ihren Kopf und stieß in ihren Mund.

Tränen liefen ihre Wangen hinab, wodurch meine Hüften umso heftiger zuckten. Dorian und ich hatten nun den gleichen Rhythmus, sodass wir gleichzeitig in ihr abspritzten. Mir entwich ein kehliges Stöhnen, wobei er außer ein kurzes Keuchen still blieb.

Während sie die restlichen Tropfen des Spermas von meinem Glied leckte, glitt Dorian aus ihr und streifte sich das Kondom ab. Das Dunkelblau seiner Augen war hellwach, als hätte ihn der Orgasmus in keiner Weise ermattet.

Ich zog mich nun auch an. Nele hingegen ließ sich

auf das Sofa fallen und wanderte mit der Hand zwischen die Beine. Das Netz ließ es zu, problemlos mehrere Finger in sich zu schieben.

»Bleibst du hier, Alexander? Du siehst aus, als könntest du noch ein bisschen Ablenkung gebrauchen«, sagte sie und sah mich aus großen Augen an.

»Nein. Ich habe noch zu tun.«

Das war alles. Damit ließen wir sie allein.

Als wäre nie etwas passiert.

So war es nun mal. Wir waren uns nie etwas schuldig. Keine Verpflichtungen. Keine Gefühle. Nichts, außer Sex.

»Hast du später Zeit? Ich könnte vielleicht deine Hilfe gebrauchen«, sagte ich und lief mit ihm durch den leeren Gang.

»Er redet nicht?«

»Nein«, knirschte ich, während ich mein Hemd in die schwarze Anzugshose steckte. »Bis heute Abend wird er es aber.«

»Da musst du wohl Gage oder Konstantin fragen. Ich habe heute selbst ein Problem vor mir.«

Mit zusammengezogenen Augenbrauen sah ich zu ihm. Wir waren mittlerweile in der großen Halle angekommen. Hier würden sich unsere Wege trennen.

»Meine kleine Schwester.«

Der Austausch aus Frankreich. Das hatte ich glatt vergessen.

»Wasch dir wenigstens die Hände«, sagte ich und fischte nach meinem Smartphone. Sieben entgangene Anrufe von meinem Vater.

Verdammt.

Augenverdrehend stapfte er die gewundenen Stufen hinauf, während ich meinen Ratschlag an ihn selbst befolgte.

Chloe

Das Pariser Theater war unglaublich. Aber das hier ... Es sprengte alle Grenzen.

Meine Augen saugten die feinen Verzierungen der Decke auf, tasteten jegliches Bild an der Wand ab. Es war schwer, sich auf ein bestimmtes Detail zu konzentrieren. Denn alles war atemberaubend.

Die Geschwindigkeit der Frau, die auf mich gewartet hatte und mich durch die verschlungenen Gänge führte, machte es mir jedoch schwer, meine Umgebung vollkommen auszukosten.

Das Verstummen ihrer High Heels ließ mich schließlich innehalten. Wir waren in einem riesigen Raum mit Decken, welche sich mehrere Meter in die Höhe streckten. Weiß und Gold, wohin das Auge reichte, mit einem Marmorboden, der die Farben widerspiegelte.

»Herr Putchenko müsste gleich kommen«, sagte sie und strich das kurze, platinblonde Haar zurück. Ihr Name war Natalja – sie hatte sich als die Assistentin von Jaroslaw Putchenko vorgestellt.

Wenn ich gewusst hätte, dass ich dem Leiter des Moskauer Theaters heute begegnen würde, hätte ich mich am Flughafen frisch gemacht. Und mir etwas anderes angezogen. Die Leggins und das T-Shirt meiner Lieblingsband waren vielleicht nicht das Beste, um einem milliardenschweren Mann gegenüberzutreten. Selbst Natalja hatte meinen Aufzug mit Argwohn betrachtet.

»Ihr Training wird morgen beginnen.« Sie faltete mit

starrer Miene die Hände. Das Ambiente des Theaters ließ sie vollkommen kalt.

»Nicht erst nächste Woche?« Meine Frage warf Natalja aus der Bahn. Ihr Gewicht verlagerte sich in unregelmäßigen Abständen, während ihr Blick immer wieder zu dem großen Bogen schweifte, welchen wir wenige Momente zuvor noch durchquert hatten.

»Wo bleibt er denn?«, murmelte sie und sah auf ihre glitzernde Armbanduhr.

»Entspannen Sie sich, Natalja«, sagte eine aalglatte Stimme hinter uns, was uns beide herumwirbeln ließ. Ein Mann, gehüllt in einen maßgeschneiderten, schwarzen Anzug, lief gemächlich auf uns zu. Sein Haar war kurz, an manchen Stellen ergraut. Ich hatte ihn bereits auf unzähligen Fotos gesehen.

Das war er.

Der Mann, der mir diese Chance ermöglicht hatte.

»Jaroslaw«, stammelte Natalja und machte einen Schritt auf ihn zu. Ihre Augen schimmerten bei seinem Anblick – ein starker Kontrast zu ihrem kalten Wesen. Ihre Gefühle für ihn überschwemmten den gesamten Raum. Als ihr Blick aber auf mich traf, versteifte sie sich wieder. »Herr Putchenko, wir haben bereits auf Sie gewartet.«

Ein wissendes Lächeln glitt über seine Lippen. Er wusste, welche Emotionen in der Frau wüteten, ließ sich aber nichts anmerken, während er sich langsam einen Weg zu uns bahnte.

»Chloe, schön dir endlich persönlich gegenüberzustehen. Madame Pierret hat nur in höchsten Tönen von dir gesprochen.«

»Herr Putchenko«, sagte ich, ging einen Schritt auf ihn zu und streckte eine Hand aus, welche er sofort ergriff. »Die Freude ist ganz meinerseits.«

Sein Händedruck war fest.

»Natalja.« Der Name auf seinen Lippen erinnerte an ein sinnliches Schnurren einer Katze. Für die Erkenntnis, dass es hier nicht nur auf rein professioneller Ebene ablief, brauchte ich nicht mal ihre geröteten Wangen zu sehen. »Was habe ich Ihnen immer gesagt?«

»Wenn Sie nicht weiterwissen, fangen Sie ein anderes Thema an. Nie unbeholfen dastehen und stammeln.«

Einer seiner Mundwinkel schnellte nach oben. »Und was haben Sie gemacht?«

»Gestammelt«, murmelte sie und blickte zu Boden.

Es war faszinierend. Die eiskalte Frau schmolz unter seinem Blick. Unter seinen Worten.

»Chloe«, sagte Jaroslaw und wandte sich wieder mir zu. »Wir haben uns gedacht, dass du dich den Rest der Woche hier im Theater ein bisschen einleben sollst. Die Leute besser kennenlernst. All das spielt in das Ergebnis des Auftrittes mit hinein. Und wir wollen doch, dass es so gut wie möglich wird, oder nicht?«

Seine dunkelgrauen Augen ließen keine Sekunde von meinem Gesicht ab. Kein abfälliger Blick auf meine Kleidung. Leider war das nicht besser. Es war beinahe so, als hätte er Macht darüber, welche Antworten er bekam. Man musste ihm zustimmen. Eine andere Wahl gab es nicht ...

»Natürlich.«

Wie zur Hölle hält Natalja es den gesamten Tag in seiner Nähe aus?

»Ich habe auf meinen ungewandten Sohn gewartet. Es tut mir leid, dass ihr euch gedulden musstet. Dein Bruder erwartet dich bestimmt, oder?«

»Wir treffen uns vor dem Gebäude.«

»Dann werden Natalja und ich dich begleiten.«

Bevor ich mich versah, setzte er sich in Bewegung, die platinblonde Frau sofort an seiner Seite.

Obwohl seine Schritte schnell waren, ließ ich mir wieder Zeit, meine Umgebung in Augenschein zu nehmen. Wir liefen durch verschlungene Gänge, in welchen es neue Dinge zu betrachten gab. Dabei erfüllte Jaroslaws Stimme die Luft, die mir die Geschichte des Theaters erzählte.

Es waren Mauern, dessen Grundstein beinahe tausend Jahre alt war. Schon immer hatte hier die Kunst geherrscht.

Wie viele Seelen wohl bereits hier gestanden hatten? Denselben Weg wie ich gegangen waren? Es war unvorstellbar. Im Grunde genommen war ein Mensch, wenn man das Gesamtbild unserer Welt als Buch betrachtete, nur ein kleiner Schwung eines Buchstabens.

»Ich hoffe, dir wird Moskau genauso gefallen wie Paris«, riss mich Jaroslaw aus den Tiefen meiner Gedanken.

»Also wenn es nach dem Gebäude geht, liegt Ihr Theater um einiges vorn«, murmelte ich und blickte an die Decke. Selbst dort hatte man mit dem Stuck nicht gespart. Meine Aufmerksamkeit hing daran, bis ich gegen eine Wand lief.

Na ja, so konnte man es nicht nennen. Eher war es ein fester Körper.

»Aufpassen!«, sagte eine männliche Stimme und packte mich an den Oberarmen. Der Griff war fest, die Hände groß, in der Farbe von hellem Sand, welcher bei uns zu Hause lag.

Meine Augen fuhren über die von einem dunklen Hemd eingehüllte Brust, weiter über seinen Hals, bis zu seinem Gesicht.

Wunderschöne, smaragdgrüne Iriden sahen auf mich herab.

Das war der ›ungewandte Sohn‹.

Im Pariser Ensemble schwärmte jede Tänzerin von ihm. Selbst manche Männer schenkten ihm einen zweiten Blick, wenn er über einen Bildschirm flimmerte. Die meisten waren mit Neid erfüllt, dennoch lag eine Faszination darin, welche sich nicht leugnen ließ.

»'Tschuldigung«, nuschelte ich und setzte ein unbeholfenes Lächeln auf. »Da passt man einmal nicht auf.«

Alexander Putchenko hielt mich immer noch fest, seine Augen auf mein Gesicht gerichtet. Seine Züge waren überrascht und weich. Es linderte die Peinlichkeit, den Rhythmus meines Herzens brachte er aber nicht zur Normalität zurück.

»Wo warst du denn?«, fragte sein Vater und durchbrach den Moment.

Die Miene seines Sohnes verhärtete sich auf einen Schlag, wobei er einen Schritt nach hinten machte.

»Dorians kleine Schwester«, sagte er und vergrub die Hände in den Hosentaschen.

»Alexander, ein bisschen mehr Anstand. Sie hat einen Namen.«

Schweigend stand Alexander vor mir und starrte auf mich hinab. Kein Wort entfloh seiner Kehle, was mich ein wenig verunsicherte. Es unterschied sich aber von der Unsicherheit, welche sein Vater in mir auslöste.

»Chloe wird die Klara spielen. Ich habe gedacht, dass du deine Tanzpartnerin kennenlernen willst, Sohn.«

Sein Kopf schwang nun endlich zu seinem Vater. Er schluckte. »Wolltest du mich deshalb sprechen?«

»Unter anderem. Dafür ist hier aber nicht der richtige Platz. Außerdem wartet Dorian bereits auf unseren Gast.«

Wieder setzten sie sich in Bewegung. Mein Blick glitt nun nicht mehr an der imposanten Aufmachung auf und ab, sondern huschte zu dem jungen Mann, der neben seinem Vater lief.

Er schwieg, wobei seine Hände zu Fäusten geballt waren. Ob es wegen der Worte von Jaroslaw war oder es an etwas anderem lag, wusste ich nicht. In den Videostreifen war er die Ruhe selbst, aber das Tanzen transformierte jeden in ein anderes Wesen. Es wäre also nicht verwunderlich, wenn hinter dem kontrollierten Tänzer mehr steckte.

Die eisige Luft, als wir nach außen traten, trug die Gedanken über den Mann nicht hinweg. Dafür mischte sich ein weiterer in das Chaos ein.

Es war das Bild meines Bruders.

Er stand am Fuß der Treppe mit meinem Reisegepäck in der Hand, welches mir zuvor ein Portier abgenommen hatte. Eine glimmende Zigarette steckte zwischen seinen Lippen, als sein Blick zu uns huschte.

»Alexander wird dir morgen die Studios zeigen. Wir werden uns bestimmt noch ein paar Mal über den Weg laufen, Chloe.« Mit diesen Worten verabschiedete sich Jaroslaw von mir und nickte meinem Bruder leicht zu.

Meine Aufmerksamkeit lag allerdings noch etwas länger auf den beiden Männern. Um genau zu sein auf dem Sohn. Er fixierte die verschneite Stadt, welche vor uns lag. Seine Hände waren in den Hosentaschen vergraben. Er sah gut aus. Rollkragenpullover. Anzughose. Schwarze, elegante Schuhe. Der Wind zerrte an seinem dunkelblonden Haar und schnitt tief in seine Haut.

Er schenkte mir keinen weiteren Blick.

Im Süden Frankreichs schien noch die dünne Herbstsonne, hier in Russland war aber schon der frühe Winter eingezogen.

Da ich nichts mehr erwartete, verabschiedete ich mich kurz und hastete die Treppe hinab.

»Was hast du denn an?«, murmelte Dorian.

»Das könnte ich dich auch fragen.« Während ich wie Espenlaub zitterte, stand er mit einem dünnen Pullover reglos da. Kein Riss in seiner Miene. »Alles in schwarz. Wo ist mein Bruder hin, der nur ausgewaschene Jeans trägt?«

Augenverdrehend nickte er zu einem Auto, welches am Straßenrand parkte. Es war schwarz und schnittig gebaut. Besser kannte ich mich mit Fahrzeugen nicht aus.

»Was bezahlen die dir denn? Ein Vermögen, oder was?«

»Vielleicht ein halbes«, murmelte er. »Und jetzt steig ein. Es ist arschkalt.«

Während er meine Koffer verstaute, sah er nochmals zu den beiden Männern und Natalja.

Nicht nur das Theater war wunderschön, sondern auch das Haus, in welches mich Dorian führte.

In der kleinen Eingangshalle saß ein Mann an einem Tisch und nickte uns zu. Kein Wort entfloh seinem Mund, doch seine Glatze und das Tattoo, das aus seinem Hemd herausragte, wirkten bedrohlich.

Mein Bruder führte mich die Treppen hinauf, durch eine Tür.

»Hübsch«, murmelte ich und blickte mich um.

Die Wohnung war nicht groß, die offene Gestaltung hatte aber die Wirkung, einen nicht zu erdrücken. Eine kleine Küchenzeile erstreckte sich über eine gesamte Seite. Ein Esstisch und ein helles Sofa mit einem niedrigeren Tisch rundeten das Bild ab. Der Boden war hell, die Wände weiß. Außer einem kleinen Kalender, der von vor zwei Jahren war, wiesen sie nichts auf. Kein

Bild. Kein Wandschmuck. Nichts. Nicht mal ein Bücherregal.

»Dort ist die Gästetoilette.« Dorian nickte zu einer Tür, die direkt neben der Schwebetreppe war. »Oben ist ein Bett und das richtige Badezimmer.«

»Und wo schläfst du?« ›Oben‹ bezeichnete eine freie Ebene, die ausschließlich mit einem Geländer abgetrennt war. Selbst das Badezimmer war nicht extra separiert. Ausschließlich eine Toilette befand sich in einem abgesonderten Raum.

»Ich wohne in einer eigenen Wohnung.«

»Du kannst dir zwei leisten?«

»Mach dir darum keine Sorgen. Falls dir das Holz ausgeht, sag Michail am Empfang Bescheid. Er wird dir welches besorgen.«

Ein kleiner Kamin an der Wand vor dem Sofa lag düster und kalt vor uns.

»Gibt es hier keine Heizung?«

»Es läuft alles über den Kamin. Auch das Warmwasser. Bevor du also duschen willst, solltest du ein Feuer entfachen.«

Unbeholfen vergruben sich meine Zähne in der Unterlippe.

Ehe sich weitere Fragen aus meiner Kehle lösten, legte er eine Hand an den Griff der Wohnungstür. »Ruf mich an, falls du etwas brauchst.«

»Ich will *Maman* und Papa später anrufen. Willst du sie denn nicht auch sprechen? Du hast dich schon lange nicht mehr bei ihnen gemeldet.«

Seine Augen verloren ihre Klarheit.

Er stand lange schweigend da, untermalt vom Zerren des Windes an den Fenstern. Dorian war schon immer in sich gekehrt gewesen, doch die letzten Jahre in Moskau hatten ihn zu einem anderen Mann gemacht.

»Ist alles in Ordnung?«, fragte ich und holte ihn aus seinen Gedanken. Kopfschüttelnd strich er den Stoff seiner Jacke glatt.

»Ich habe noch ein paar Dinge zu erledigen. Richte ihnen schöne Grüße aus.« Sein Fuß war bereits über der Schwelle, als er sich ein letztes Mal umdrehte. Lag Schmerz in seinen Zügen? Ich konnte es nicht deuten. »Sag ihnen, dass ich sie liebhabe und es mir gut geht.«

Mit diesen Worten fiel die Tür ins Schloss.

Und ich war allein.

Alexander

Finger weg oder ich breche sie dir!

Wahrscheinlich hatte er hintendran noch ein ›Bastard‹ gesetzt. Das hatte zumindest Dorians Miene verraten, ehe er sich in seinen Wagen hatte fallen lassen.

Schweratmend lehnte ich mich im Stuhl in meinem Büro unter dem Theater zurück und fuhr mir über das Gesicht. Ich war müde. Das durfte ich aber nicht sein. Heute stand noch viel Arbeit auf der Liste.

Doch saß ich hier. Regungslos. Hin- und hergerissen zwischen Erinnerungen und der Gegenwart.

Diese Augen. Dieses Lächeln. Ihre vollen Lippen. Diese Kurven, die voller Leben strahlten.

Sie. Fuck!

Wie zum Teufel konnte eine Familie so viel Schönheit besitzen?

Dorian war schon ekelhaft schön, aber seine Schwester ... Chloe Pécheur hatte mich schier umgehauen.

Natürlich hatte ich gewusst, dass seine Schwester für das Ballettstück zu uns ins Theater kommen würde.

Jedoch nicht, dass sie die Klara spielen sollte. Und nicht, dass so viel Unschuld in ihrem Blick lag.

Dem Himmel sei Dank wurde ich aus den Gedanken gerissen. Ich hätte mich nur noch weiter in ihnen verloren. Selbst die dunklen Schrecken waren gerade nirgends zu hören.

Vor mir tauchten Gage und Konstantin auf.

Die beiden waren pure Gegensätze. Mein Bruder Konstantin war schmal, groß, hatte schulterlanges Haar und stellte zu jeder Tageszeit die Ruhe selbst dar. Der Mann neben ihm hingegen war etwas kleiner, dafür mit Muskeln bepackt. Nicht zu vergessen die dunklen Tattoos. Sie bedeckten seinen gesamten Körper. Und natürlich das anstößige Grinsen, welches immer auf seinen Lippen lag.

»Na, für was brauchst du uns?« Gage stützte sich mit beiden Händen auf meinem Schreibtisch ab. »Ist der kleine Junge wohl aus der Übung gekommen?«

Bei jedem anderen hätte ich die Worte ›kleiner Junge‹ nicht geduldet, aber er gehörte fast schon zur Familie. Außerdem hatte er Welpenschutz, obwohl er vor langer Zeit von England nach Moskau gezogen war. Er war 20. Ein paar Monate jünger als Dorian. Jünger als ich und Konstatin – ich 24, er 23.

»Dann bin ich ja froh, dass du hier bist.« Ich erhob mich vom Stuhl, starrte direkt in seine Augen. »Vielleicht kann ich ja noch etwas von dir lernen.«

Ein schelmischer Ausdruck glitt über seine Züge. Konstantin hingegen schüttelte den Kopf und fasste sich genervt an die Schläfen. Anstatt länger im Türrahmen zu stehen, ging er auf meinen Schreibtisch zu und nahm eine Karte in Betracht, die vor mir lag.

»Wo hast du ihn aufgespürt?«

»Östlich des Theaters. Dorian hat ihn schon einige Male in der Nähe gesehen. Es war leicht, ihn zu überrumpeln. Keine Waffen. Ich habe auch keinen Ausweis gefunden. Wir haben also keine Ahnung, wie er heißt oder woher er kommt.«

»Denkst du, ein Franzose?« Das war – neben den eingebrannten Zahlen – unser einziger Anhaltspunkt auf den Mörder meiner Mutter. Frankreich.

»Möglich«, murmelte ich. »Aber sicher können wir uns nicht sein. Wie gesagt, er redet nicht. Hat euch Dorian gesagt, dass ich Hilfe brauche?«

Gage fuhr sich durchs zurückgegelte, schwarze Haar. »Ja, gleichzeitig hat er seine Zähne bezüglich seiner Schwester gezeigt. Ich zitiere: ›Ein falscher Blick und du bist tot.‹« Sein Lachen erfüllte den Raum. »Hat er dir auch die Grenzen aufgezeigt?«

»Kann man so sagen.«

»Und dir?«

Mein Bruder hob verwundert den Kopf. »Natürlich nicht.«

»Was soll das denn bedeuten?«, sagten Gage und ich gleichzeitig.

Ich schaute zum Mann neben mir. Er war definitiv interessiert. Die Warnung von Dorian hatte sein volles Interesse geweckt.

»Er hat mir nicht gedroht, weil ich mich wie ein normaler Mensch verhalte. Grenzen kenne. Vor allem stecke ich meinen Schwanz nicht in alles rein, was zwei Beine hat. Was man von euch beiden nicht behaupten kann.«

»Loser«, sagte Gage, doch verstummte sogleich, da ihm Konstantin einen Blick zuwarf, der nichts Gutes verhieß. Allein wegen des kleinen Wortes durfte er bestimmt die nächsten Wochen all die Drecksarbeit erledigen.

»Ich habe heute noch einiges zu erledigen. Wo ist unser schweigsamer Junge denn?« Mein Bruder kramte in seiner Lederjacke. Hervor holte er eine Spritze, die bereits mit der goldenen, glimmernden Flüssigkeit gefüllt war. »Wenn er nicht von selbst reden will, muss man eben nachhelfen.«

Wahrsager. So nannte Gage dieses Mittel. Es war ein passender Name dafür. Denn genau das bewirkte es. Wenn man es jemandem spritzte, begann er kaum eine halbe Stunde später wie ein Wasserfall zu reden. Etwas, was wichtiger war denn je.

Wer war er?

Woher kam er?

Und wer hatte ihm gesagt, wo er uns fand?

Am liebsten hätte ich es immer benutzt, aber dafür war es zu kostbar. Außerdem kontrollierte Vater die Bestände. Es war sowieso ein Wunder, dass er Konstantin etwas davon gegeben hatte.

»Scheiße«, murmelte Konstantin, die Spritze bereits in seiner Hand, während er die Tür zum Verhörraum aufstieß. »Was hast du mit ihm gemacht, Alex?«

Fragend drückte ich mich an ihm vorbei, sodass der hängende Mann auch in mein Sichtfeld rückte. Die leichte Hysterie, welche in der Stimme meines Bruders schwang, sah ihm nicht ähnlich. Er ließ jeden leiden, der für uns Gefahr darstellte. Und das ohne schlechtes Gewissen.

Gage folgte mir, gefror aber auch bei der Sicht auf den Körper. Den leblosen Körper.

Das Blut aus den Schnittwunden war getrocknet, hinterließ ausschließlich eine rot-braune Kruste. Doch war es nicht das, was unsere Aufmerksamkeit an ihn band.

Es war der Schaum um seinen Mund.

»Das war ich nicht«, flüsterte ich und lief langsam auf ihn zu. Als ich vor ihm zum Stehen kam, sah ich auf ein rotes Plastikstück auf dem Boden.

»Eine aufgebissene Pille«, sagte Konstantin. »Wahrscheinlich hatte er sie die ganze Zeit im Mund.«

»Was war drin?«, fragte Gage, der weiterhin an der Tür stand.

»Gift. Er hat sie zerbissen, als du gegangen bist.«

Aber wieso zur Hölle sollte er sich gefangen nehmen lassen und sich dann selbst umbringen? »Denkst du es war eine Nachricht?« Meine Frage war an keinen Bestimmten gerichtet.

Es war letztendlich mein Bruder, der seine Vermutung äußerte. »Was auch immer es war, er sollte sterben.«

Kapitel Zwei

Chloe 

»Guten Morgen«, sagte ich und betrat die kleine Empfangshalle. Es war an Michail gerichtet, der mit breiten Schultern vor der Tür stand und auf mich hinabblickte.

Jetzt, in der Morgendämmerung, wirkte er nicht mehr so bedrohlich wie gestern Abend. Die frischen Sonnenstrahlen, die durch die Glasscheiben krochen, tauchten alles in einen seichten Schimmer.

»Guten Morgen, Frau Pécheur.«

Ich machte einen Schritt auf ihn zu, wobei ich meine Hände tiefer in den Mantel schob und meine Handtasche fest unter den Arm klemmte. Ich wusste nicht, ob wir heute schon tanzen würden, daher nahm ich meine Ballettschuhe und Sportkleidung mit ins Theater.

»Chloe«, korrigierte ich ihn. »Ich hab's nicht so mit Formalität.«

Seine Mundwinkel zuckten, was aber nicht von der Waffe an seinem Gürtel ablenkte.

»Dein Bruder hat mir gesagt, dass ich dich in das Theater fahren soll.«

»Hat er das?« Das sah ihm nicht ähnlich. Der Gesichtsausdruck von Michail verriet mir aber, dass es der Wahrheit entsprach. »Zahlt er Ihnen denn auch genug?«

»Ich gehöre quasi zum Haus dazu. In Moskau gibt es viele Leute, die sich Sorgen um Geld machen müssen. Aber ich kann dir versichern, dass Dorian keiner von ihnen ist.«

Vielleicht war es trotzdem mehr als nur ein ›halbes Vermögen‹. Ehe die Gedanken ihre endlosen Spiralen zogen, schoss eine weitere Person in das Foyer.

Eine Frau mit hellblondem Haar, welches zu einem unordentlichen Dutt zusammengebunden war. Sie war in eine dicke Jacke eingepackt, sodass man ihr Gesicht beinahe nicht sehen konnte.

Als aber ihre grau-grünen Augen mich fixierten, hielt sie inne. Die Frau war bereits in einem fortgeschrittenen Alter – das verrieten mir die dünnen Falten, welche sich um ihren Mund legten.

»Irina, Dorian hat mich gebeten, ab sofort seine Schwester mit ins Theater zu nehmen. Falls es für dich ein Problem darstellt, kann ich auch zweimal –«

Bevor er den Satz zu Ende führen konnte, drückte sie ihm ihre schwarze, prallgefüllte Stofftasche in die Hand und verdrehte die Augen. »Ich bin nicht so arrogant wie mein Bruder. Wann verstehst du das endlich?«

Michail sah panisch zu mir, während die Frau nach draußen in den frischen Morgen schritt. Es war ein Gesichtsausdruck, der mich beinahe zum Lachen brachte. Er passte ganz und gar nicht zu seiner Gestalt. Doch zuckte ich ausschließlich mit den Schultern und eilte ihr hinterher.

Erleichtert ließ ich mich auf die Rückbank eines schwarzen, riesigen SUVs fallen. Neben mir die Frau, die auf den zweiten Blick endlos lange Beine hatte – ohne diese erinnerte sie mich ein wenig an meine Mutter.

Irina sagte aber kein Wort zu mir. Die Energie, welche in der Eingangshalle deutlich zu spüren gewesen war, floss nun nicht länger durch ihre Adern. Dafür wanderten ihre Augen immer wieder zu mir.

Als wir vor unserem Ziel hielten, warf sie mir ein Lächeln zu, was mir signalisierte, dass ich aussteigen sollte. Ich kam ihrer Forderung nach. Sie allerdings blieb im Auto sitzen.

Auf dem Weg zum imposanten Eingangstor, welches von zwei Säulen eingefasst wurde, erstarrte ich in meiner Bewegung. Jemand trat aus den Schatten hervor. Der Wind riss an seinen Haaren, während seine strahlenden, unergründlichen Augen mich begutachteten.

Alexander.

Schluckend setzte ich mich wieder in Bewegung. Das Blut rauschte in meinen Ohren, sodass es den knirschenden Schnee unter meinen dicken Stiefeln übertönte.

Ich wusste nicht, was mich heute im Theater erwarten sollte. Aber nach der gestrigen Begegnung hatte ich nicht geglaubt, dass er wirklich vor mir stehen würde. Mich durch das Gebäude geleiten würde. Er hatte nicht viel mit mir geredet und desinteressiert gewirkt. Und als ich Stufe für Stufe die Steintreppe erklomm, die zu ihm führte, verdeutlichte sich der Ausdruck seiner Miene.

Genervtheit. Er wollte nicht hier sein.

Super. Das kann was werden.

»Morgen«, begrüßte ich ihn und konnte meine

Hände nicht stillhalten. Die Tasche lag bleischwer auf meiner Schulter, während er meinen Körper mit seinen gierigen Augen verschlang.

»Lass uns reingehen.« Abrupt wandte er sich von mir ab und ging in den Innenraum. Seine Schultern hingen nach unten, jegliche Spannung fehlte. So, als hätte der Schlaf ihn die Nacht über gemieden.

Als die Wärme des Theaters meine Muskeln wieder lockerte, blieb das komische Gefühl in meinem Inneren bestehen. Ich wusste genau, an was – an wem – es lag. Der Mann, der schweigend in eine unbekannte Richtung lief. Selbst die märchenhafte Umgebung stoppte den unkontrollierten Gedankenstrom nicht.

Ehe wir um eine Ecke bogen, hielt ich ihn zurück.

Meine kalten Finger umschlossen den starken Oberarm, welcher von einem dunkelblauen, dünnen Shirt bedeckt war. Allein von dieser Berührung schnellte mein Puls in die Höhe.

Alexander fuhr zu mir herum, seine müden Augen weit aufgerissen. Er hatte es nicht kommen sehen. In einem unerwarteten Defensivmechanismus zog er mich an sich heran, als wollte er mich zu Boden ringen. Sein Geist war hellwach. Messerscharf.

Er merkte schnell, dass nur ich es war. Dennoch blieben wir in dieser Position gefangen. Ich, nur wenige Millimeter von seiner Brust entfernt.

Sein Duft stieg mir in die Nase, vernebelte auch noch den Rest meines Verstandes. Aber die pulsierende Ader an seinem Hals verriet mir, dass auch in ihm eine Gewalt von Emotionen tobte, die nur darauf wartete, freigelassen zu werden.

Ein unverständliches Murmeln entfloh ihm, wobei er einen Schritt zurück machte. »Was ist los, Chloe?«

Es brauchte einen Moment, um meine Stimme wiederzufinden. »Ich wollte dich fragen, wie es dir geht. Du wirkst abwesend. Irgendwie.«

Alexander sah mich an, als hätte ich ihm gesagt, dass er sich hier und jetzt nackt ausziehen soll.

Ein Kichern braute sich in meiner Kehle zusammen.

»Bringen wir das hinter uns. Ich muss heute noch arbeiten.« Die kurze Wärme in meiner Brust wurde zu einem Eisblock. Imitierte seinen Ton.

Bevor er sich abwenden konnte, zuckte er zusammen.

»Na, na. Wohin sind denn deine Manieren gegangen?«

Hinter uns tauchte Irina auf, mit ihrem dicken Mantel über dem Arm. Jetzt hatte sie jegliche Ähnlichkeit mit meiner Mutter verloren. Das Gesicht war kantiger, ihre Figur dünn und groß. Auf eine vollkommen andere Weise wunderschön.

»Ähh ... Tante Irina«, stammelte er und schielte zu mir. Ihr anfänglich tadelnder Ausdruck verwandelte sich nun in ein Grinsen, welches tiefe Grübchen in ihre Wangen bohrte. »Du bist ja schon hier.«

Sie lief gemächlich auf uns zu. »Das bin ich jeden Tag.«

Ihr Daumen und Zeigefinger schnappten sich seine Wange und kniffen kurz hinein. Alexander ließ es wehrlos über sich ergehen. Seine Miene zeigte aber nur eins.

Peinlichkeit.

Es war alles wie ein verrücktes Schauspiel. Dennoch sah man jetzt die Ähnlichkeit zwischen ihnen. Beide groß und schlank, obwohl der Mann mehr Muskulatur besaß. Und die unverkennbare Ausstrahlung in ihm, seinem Vater und ihr.

Welche Funktion sie wohl im Theater hat?

Irinas Gesicht drehte sich zu mir und warf mir ein

entzückendes Lächeln zu, welches selbst das Gold der Wände überstrahlte. »Lass dich von ihm nicht ärgern. Wenn Alexander ein bisschen mürrisch ist, muss man ihm nur in den Hintern treten. Autorität macht ihn schwach.«

Während ihres Abgangs zwinkerte sie mir zu. Und ließ Alexander und mich verdattert zurück.

Mhm ... man musste ihn also nur herausfordern.

Sein Blick wanderte zu mir, wobei er schwer schluckte. »Ich zeige dir die Umkleiden und deinen Schrank, in welchem du während des Trainings deine Sachen verstauen kannst. Außerdem gibt es im Studio ein Regal, dort kannst du auch ein paar Dinge aufbewahren.«

Jetzt war das Schweigen nicht mehr kalt. Selbst das kleine Loch, das er wenige Minuten zuvor noch in meine Brust geschlagen hatte, war nicht mehr da. Es lag an den Ohren, die unter dem dunkelblonden Haar hervorlugten. Sie waren feuerrot.

Süß.

Alexander

Russen waren kalt, hatten immer die richtige Maske bereit. Besonders hier in der Hauptstadt – ein Ort, an dem die Macht regelrecht pulsierte.

Und womit war ich gesegnet?

Mit einer Tante, die keine Scham kannte. Vielleicht hatte sie genau deswegen eine Karriere als Psychologin angestrebt. Weil diese Frau einfach nicht ihre Nase aus der Privatsphäre anderer heraushalten konnte.

Zwar waren die nächsten Stunden mit Chloe nicht gerade gesprächig, dennoch trat das Arschloch in mir nicht mehr zutage.

Es war nicht so, dass ich in Wahrheit eines war – na ja, vielleicht manchmal. Aber sicher nicht zu ihr. Sie war ein Mensch, welcher das nicht verdient hatte. Dennoch war es wichtig, dass sie lernte, mich zu meiden. Mir aus dem Weg zu gehen. Besonders, mich nicht mit diesem klaren Blick anzuschauen.

Meine Selbstbeherrschung kannte nämlich ihre Grenzen. Vielleicht lag es an Dorians Warnung oder wirklich ausschließlich an ihr – aber das Gefühl, dieses unbeschwerte Wesen näher kennenzulernen, wurde mit jeder Minute in ihrer Gegenwart drängender.

Machte es mir Angst, dass ich sie *kennenlernen* wollte? Angst war nicht das richtige Wort, doch ich wusste, dass ich es nicht machen sollte.

Nachdem ich ihr die Umkleiden gezeigt und ihr den Weg von dort zu einem Studio geschildert hatte, lehnte ich mittlerweile an einer Spiegelwand und beobachtete die Tänzerinnen vor mir. Ich sah ihnen gerne beim Training zu, allerdings vom Geländer über mir, welches genau dafür gemacht worden war. Um die Tänzer und Tänzerinnen besser beurteilen zu können. Hier – von unten – war das um einiges schwieriger. Alle waren sie in das Gleiche gehüllt: ein puderrosa Body mit hauchdünnen Strumpfhosen. Ihre Haare waren zu strengen Knoten zusammengebunden.

Es war schwer, sich Chloe darin vorzustellen. Irgendwie passte es nicht zu der Frau, die gestern noch mit einem T-Shirt von einer amerikanischen Rockband in mein Leben gelaufen war. Im wahrsten Sinne des Wortes.

Mit versteinerten Zügen und verschränkten Armen versuchte ich meine Gedanken wieder zu sammeln. Es war nicht der richtige Zeitpunkt meinen klaren Kopf zu verlieren, denn diesen brauchte ich.

Die kleine Tür schwang auf und Chloe trat in den weitläufigen Raum. Selbst die Mädchen auf der weit entfernten, anderen Seite drehten sich zu ihr und starrten sie an. Kein Wunder, denn die Ähnlichkeit zu ihrem Bruder war nun nicht mehr zu übersehen. Wahrscheinlich hatte er bereits jede einzelne von ihnen im Bett gehabt. Oder besser gesagt an irgendeiner Wand.

Unter ihrem Arm klemmte eine zusammengerollte Matte, während sie gemächlich auf mich zulief. Ein Paar Ballettschuhe baumelte von ihren Händen. Ihren Körper umhüllten eine Jogginghose und ein enges, langärmliches Shirt, welches die Konturen ihrer Brüste unterstrich.

Auch ich trug diese Art von Kleidung am Leib. Heute stand nur ein bisschen Dehnen auf dem Plan, nichts weiter. Mein Vater wollte, dass ich sie unter die Fittiche nahm – wieso, war mir rätselhaft. Sie hatte nichts mit dem zu tun, was sich unter dem Theater abspielte. Das würde sie auch niemals. Chloe war für die Weihnachtsaufführung in Moskau. Mehr nicht. Aber zu seiner Order war mir kein einziges Widerwort herausgerutscht.

Diese Situation ist lächerlich! Ich bin ein erwachsener Mann mit genug anderen Problemen, da sollte mich eine Frau – die absolut tabu für mich ist – nicht derart aus der Fassung bringen.

Allein ihre Gegenwart aber setzte mich erneut unter Strom. Und als sie vor mir ankam, den Kopf leicht schräg gelegt, sodass ihr Haar über ihre Schulter floss, richteten sich all meine Sinne auf sie.

Ihr Kinn zeigte Richtung Boden, auf meine Sportmatte. »Du machst mit?«

Ihr Ton war scharf. Fast schon neckend. Etwas hatte sich in den wenigen Momenten verändert. Vor mir stand nicht mehr das süße Wesen, welches mich gefragt hatte, wie es mir ging, sondern eine andere. Eine, die meine Welt mit einem einzigen Wimpernschlag zerschmettern konnte.

»Ein Dorn in deinem Auge, Pécheur?« Meine Stimme war heiser.

Ein Mundwinkel kroch nach oben und zeigte ein sündhaftes Lächeln. Unbekümmert zuckte sie mit den Schultern und breitete ihre Matte vor mir auf dem Boden aus. »Ich habe keine Ahnung, was das bedeuten soll. Aber vielleicht ja in deinen.«

Sie beugte sich nach unten, stellte mir ihren Hintern wie ein Festmahl zur Schau. Als sie sich aber auf genau den setzte, wanderten ihre Augen mir mit einem herausfordernden Glitzern entgegen. »Wenn du das aber nicht aushältst, dann muss ich dich warnen. Meine Krallen sind schärfer als Dornen.«

Ich blickte mit hochgezogenen Augenbrauen zu ihr hinab.

Meine Gegenspielerin, die gerade ihren ersten Zug gemacht hatte. Einer, der mich letztendlich ins Verderben stürzen konnte.

Trotzdem nahm ich die Herausforderung an. Die meisten wichen vor mir zurück, fügten sich meinem Willen. Sie war aber anders. Forderte mich heraus.

Und ich Idiot hatte Blut geleckt und wollte mehr.

Kapitel Drei

Chloe 

Die nächsten Tage verliefen alle gleich.

Ich fuhr mit Irina und Michail ins Theater, wo Alexander bereits auf mich wartete. Er lief mit mir zur Umkleidekabine und wartete auch dort auf mich, damit wir zusammen ins Studio gingen. Als wäre ich ein Kind.

Gleichzeitig war ich ihm dankbar. Das riesige Gebäude war ein Labyrinth, in dem man sich einfach verlaufen konnte. Er machte es auch nicht grundlos. Am zweiten Tag hatte ich das Studio nicht mehr gefunden – ich war auf dem Weg einmal um die falsche Ecke gelaufen und hatte ewig gebraucht, den richtigen Gang wiederzufinden.

Orientierung war noch nie meine Stärke gewesen.

Jetzt lagen sich unsere Matten gegenüber, doch

keiner sagte ein Wort. Dafür schwoll das Geflüster von ein paar der Tänzer im Studio an, die mit ihrem Training schon fast am Ende waren. Hier herrschte ein stetiges Treiben. Leute gingen ein und aus. Alle von ihnen begrüßten Alexander, selten aber sprachen sie mit mir.

Dafür erwischte ich Alexander, wie er mich musterte. Er redete nicht oft. Wie er mich ansah, sagte mehr, als ich mir anfänglich eingestehen wollte.

Spiel mit mir, wenn du dich traust.

Vielleicht bildete ich mir aber auch nur etwas ein.

»Hübsche Socken«, meinte Alexander und betrachtete den pinken Stoff an meinen Füßen. Es waren seine ersten Worte in der letzten Stunde gewesen.

Als ich in der Umkleide gestanden hatte, hatte ich mich dafür verflucht. Es stahl sich trotzdem ein Grinsen auf meine Lippen. »Danke.«

Die Beine gespreizt, saß ich da und berührte mit meiner Nasenspitze die Matte. Das Ziehen in den Innenseiten meiner Schenkel war himmlisch. Diese Position kaschierte zudem das Prickeln, welches in meine Wangen kroch.

»Warst du zuvor einmal zu Besuch in Moskau?«

Ich richtete mich ein wenig auf, drückte mich mit meinen Ellenbogen nach oben.

»Ja«, brachte ich unter schwerem Atem hervor. Gleichzeitig lag Verwirrung in meiner Stimme. Seine Neugier kam unerwartet. »Zweimal im Jahr. Entweder zu Aufführungen oder einfach so. Wieso?«

Es war das normalste Gespräch, welches wir bis jetzt geführt hatten.

Er zuckte mit den Schultern. »Ich habe dich nie hier gesehen. Bis vor Kurzem wusste ich nicht mal, dass Dorian eine Schwester hat. Besser gesagt, dachte ich nicht, dass sie in seinem Alter ist. Ich habe mir dich immer jünger vorgestellt.«

Typisch.

Obwohl sich Dorian meist von unserer Familie abkapselte, hatte er das Bild einer Jungfer von mir im Kopf, welche man unter allen Umständen beschützen musste. An mir hing aber kein weißer Schleier mehr. Schon lange nicht mehr.

»Er ist ein Idiot.«

Alexander starrte vor sich hin.

Ich dachte schon, dass er mich weiterhin ignorieren würde, als ich seine Worte vernahm.

»Ich kann`s ihm nicht verübeln«, murmelte er.

Irgendetwas an ihm verwirrte mich. Mehr sogar als mein Bruder es tat.

Die Flügeltür des Studios schwang auf.

Daria stand in der Türschwelle; eine Tasche um ihre Schultern gehangen. Ihr Blick fand Alexander und mich. Verachtung lag darin, die allein mir galt. Der Ausdruck war mir durchaus bekannt. Es war immer ein Schlag ins Gesicht, wenn man nur die Zweitbesetzung für die Hauptrolle war. Vor allem, wenn man sie das Jahr zuvor noch gespielt hatte.

Sie strich ihr rotes Haar zurück und warf Alex ein Lächeln zu. »Ihr beide seid heute schon früh dran.«

»Wir gehen heute die Schritte mit Musik durch.« Er stand auf, rollte die Matte zusammen und warf sie in sein Regalfach. »Ich wollte, dass Chloe sich vernünftig warm macht.«

»Wollen wir ihr davor zeigen, wie es richtig geht?« Sie zog die Augenbrauen hoch und ließ ihre Tasche fallen. Ihre Hand forderte seine. »Ich habe mich zu Hause schon warmgemacht. Ich bin bereit.«

Alexander musterte ihre Gestalt, ehe seine Augen zu

mir schweiften. Etwas Dunkles lag darin, doch griff er nach der Fernbedienung der Stereoanlage und dann nach ihr.

»Ihr müsst nicht –«

Ich wurde von der anschwellenden Melodie unterbrochen. Sie verhielten sich, als wäre ich nicht da. Oder als müssten sie mir etwas beweisen. Zähneknirschend stellte ich fest, dass beide perfekt aussahen. Keine Überraschung, da ich die Moskauer Weihnachtsaufführung letztes Jahr im Fernsehen gesehen hatte. Damals hatte ich allerdings nicht gewusst, dass ich im nächsten Jahr an Darias Stelle sein würde.

Sie und er waren die Personifikation von Eleganz. Die Weise, wie sie sich zueinander bewegten, sich ansahen – Daria demütig, Alexander mit einem Hauch Arroganz. Es passte zu ihm.

Mit schwerem Atem fiel Daria in die finale Pose. Mit ihr verklang auch der letzte Ton. Es dauerte aber noch einen Moment, ehe sie von ihm abließ. Sie hatte es genossen. Ich konnte sie verstehen – egal wie kalt Alexander sein konnte, er war immer noch einer der besten Balletttänzer Russlands. Wenn nicht sogar der ganzen Welt.

Leider änderte es nichts daran, dass er unausstehlich war. »Steh auf, Chloe. Du bist dran.«

Ich hievte mich auf, nachdem ich die Socken ausgezogen hatte und in ein Paar neue Ballettschuhe geschlüpft war, und lief in die Mitte des Studios, wo er immer noch stand. Daria hingegen hatte sich auf den Boden gesetzt und musterte uns erneut.

Wir hatten die letzten Tage unseren Tanz bereits ohne Musik geübt. Langsam waren wir die Schritte durchgegangen. Denselben Vorgang, den ich für den Rest des Stücks verfolgte, wenn er nicht hier war.

Eins musste man ihm lassen, er war geduldig. Er

wurde nicht wütend, wenn ich aus dem Takt fiel. Einmal war ich ihm sogar auf den Fuß getreten. Es gab Tänzer in Paris, die hätten mich beim ersten Fehltritt wie einen Karton zusammengefaltet.

»Keine Sorgen, ich lasse die Musik noch nicht auf voller Geschwindigkeit laufen.«

»Wieso habt ihr mich überhaupt für die Hauptrolle geholt, wenn es schon eine Tänzerin gibt, die zu dir passt und die Schritte bereits perfekt kann?«

»Um das Band zwischen dem Pariser und Moskauer Theater zu stärken. Und weil sie die Rolle der Klara schon letztes Jahr gespielt hat.«

»Du hast letztes Jahr auch die gleiche Rolle gespielt.«

Ein selbstgefälliges Lächeln trat auf seine Lippen. »Ich bin auch zu gut, um ausgetauscht zu werden.«

Mehr als ein Augenverdrehen bekam ich nicht zustande, ehe er meine Hand nahm und die Melodie erneut startete. Langsamer als zuvor – in diesem Moment aber genau das richtige Tempo für mich.

Seine Haut war warm, der Druck seiner Finger genau richtig. Auch jetzt stand die Arroganz in seiner Miene, aber auch etwas Weiches. Sanftes. Genau das, was ich brauchte. Es ließ mich vergessen, dass ich noch sehr weit von der Version entfernt war, die ich in ein paar Monate sein musste.

»Du wirst besser.«

»Danke.«

»Außerdem«, seine Stimme wurde zu einem Flüstern, sodass seine Worte zwischen uns blieben, »wirst du am Ende besser als Daria sein. Das weiß ich.«

Sein Atem legte sich auf meine Haut, erweckte jeden Nerv in mir. Die kleinen Härchen in meinem Nacken stellten sich auf, wobei sich ein Ziehen in meiner Magengrube ausbreitete. Es war die verdammte Nähe, die heute aus einem unerklärlichen Grund intensiver wirkte.

Wärme schoss in meine Wangen. »Das kannst du nicht wissen.«

»Ich habe mir in den letzten Tagen ein paar Auftritte von dir auf Video angesehen. Du hast alles, was eine Balletttänzerin braucht.«

Seine Worte machten mich sprachlos. Zu meinem Glück dauerte es auch nicht mehr lange, ehe die Musik verstummte. Als er jedoch von mir abließ, durchfuhr mich ein komisches Gefühl.

»Ich muss heute früher gehen«, sagte er und legte seine Sachen ins Regal. Alexander war bereits im Begriff zu gehen, doch es war meine Stimme, die ihn aufhielt.

»Alexander?« Sein Kopf schwang zu mir. Mein Hals schnürte sich zu. Ich wusste genau, dass die rothaarige Schönheit in unsere Richtung starrte.

Kopfschüttelnd fuhr er sich durchs Haar. »Hast du etwas gesagt?«

»Ähm.« *Sei jetzt kein Feigling, Chloe. Es ist eine einfache Frage. Das hat dich doch früher auch nie abgehalten.* Außerdem war heute einer der normalsten Tage mit ihm gewesen. Und ich hatte noch keine wirklichen Freunde hier. Mir blieb also keine andere Wahl. »Hast du Lust, heute Abend mit mir etwas trinken zu gehen?«

»Chloe«, fing er an. Die Art, wie er es aussprach, ließ mich seine Antwort erahnen. Doch ich hatte keine Ahnung, wie tief sie einschlug. »Wir sind Tanzpartner. Darüber hinaus wird das nichts. Belassen wir es dabei. Du bist nicht mein Typ.«

Es schmerzte. Aus einem dummen Grund tat es unheimlich weh. Der schneidende Ton. Seine Augen, die mich abweisend und gelangweilt fixierten.

Keinen Moment später lief Alexander an mir vorbei.

Nicht mal einen letzten Blick war ich ihm wert. Und dann, als wäre diese Situation nicht schon schlimm genug, umfasste er den Oberarm von Daria und zog sie mit sich. »Ich muss mit dir noch etwas besprechen.« Ihr Lachen rollte durch den Raum, bis es schließlich von der ins Schloss fallenden Tür abgeschnitten wurde.

Kapitel Vier

Alexander

Mit verengten Augen schritt ich zu Hause die Wendeltreppe hinab. Dabei hatte ich Dorian ständig im Visier. Manchmal wünschte ich mir, in seinen Kopf zu sehen. Welches Chaos sich wohl darin befand?

Die selbstzerstörerische Art war mir bereits bei unserer ersten Begegnung aufgefallen. Ich hatte ihm eine Hand entgegengestreckt, ihn in ein Leben aus Morden gezogen. Ob es der Todesstoß oder seine Rettung war, würde sich noch zeigen. Ich hoffte, dass der letztere Punkt eintraf ...

Er saß am großen Esstisch, welcher den Wohn- und Kochbereich des Hauses trennte, in dem er, mein Bruder und ich wohnten. Vor ihm standen drei Weinflaschen, zwei von ihnen bereits geleert, die dritte bis zur Hälfte gefüllt.

»Willst du deinen 21. Geburtstag nicht nüchtern erleben?«, fragte ich und ließ mich gegenüber von ihm fallen.

Letztes Jahr waren er, Gage und ich auf die ›Jagd‹ nach Frauen gegangen. Alle drei hatten wir jeweils eine bis Mitternacht gefunden und sie zusammen in einem dreckigen Hinterhof gefickt. Es war arschkalt gewesen, aber die Frauen hatten sich alle Mühe gemacht, uns warm zu halten.

Das war aber nicht der diesjährige Plan.

Nein, ich würde heute zu Hause bleiben. In meinem Zimmer, in dem sich meine Gedanken unbeobachtet um eine Frau mit einem bestimmten Gesicht drehen konnten.

Ich musste an heute Vormittag denken. An meine Worte, die ich Chloe rücksichtsvoll entgegengeworfen hatte. Ich hatte sie mit Bedacht gewählt. Denn es war besser, wenn sich Chloe von mir fernhielt. In diesem Aspekt hatte ihr Bruder recht. Auch wenn es gegen meinen eigenen Willen ging. Irgendwas hatte sie an sich, was meine Neugier weckte.

»Nele kommt gleich mit ein paar Freundinnen vorbei und holt mich ab. Wir fahren in eine kleine Hütte außerhalb der Stadt.« Er nahm die halbvolle Flasche, setzte sie an die Lippen und leerte sie in kraftvollen Zügen. Befriedigt und mit glänzenden Augen lehnte er sich zurück.

»Wenn es nur Nele wäre, könntet ihr meinetwegen hierbleiben, aber auf deinen – Dreier? – habe ich wenig Lust.«

»Vierer«, korrigierte er mich, worauf ich innerlich den Kopf schüttelte.

Gott, hilf diesem Mann.

»Ja, geht lieber woanders hin.«

»Selbst wenn es nur sie wäre«, er fuhr sich gelangweilt durchs Haar, »kann ich darauf verzichten. Am Ende will sie noch hier übernachten.« Bei dem Gedanken lief ein Schauer durch seine Gliedmaßen.

»Wäre es denn so schlimm?«

»Ich brauche meinen Platz zum Schlafen. Da kann ich keine Frau gebrauchen, die mir den raubt.« Seine Finger nestelten an einem der Aufkleber der grünen Flaschen, während sein Blick an die Decke gerichtet war. Auf das Gemälde der drei betörend schönen Engel.

Die Sonne hatte der dunkeln Nacht Platz gemacht, sodass es nur noch eine Frage von Minuten war, bis Dorian verschwinden würde. Konstantin war im Theater, somit würde ich allein sein. Allein mit meinen quälenden Vorstellungen, die mich nicht loslassen würden.

»Weißt du, wo Vladimir ist?«, riss mich Dorian aus den Gedanken. Meine Hände ballten sich zu Fäusten. Ich hatte mich schon wieder forttreiben lassen. »Ich habe ihn den gesamten Tag gesucht. Und übers Smartphone konnte ich ihn auch nicht erreichen.«

Kopfschüttelnd setzte ich eine undurchsichtige Maske auf und zuckte mit den Schultern. »Er ist zu Besuch bei seiner Tochter. Im Norden.« Vladimir Pertov war ein guter Freund meines Vaters. Er war die erste Ansprechperson, wenn man sich nicht direkt an das oberste Glied der russischen Mafia wenden wollte.

»Armes Kind«, lachte er, griff wieder nach der Flasche, registrierte aber einige Momente später, dass sie leer war.

»Was soll das denn bedeuten?«

Er war definitiv betrunken. Alles, was nun aus seinem Mund kam, waren Schläge unter die Gürtellinie. Etwas, das – obwohl er vorlaut war – nie aus ihm hervorgekommen wäre. Das wusste ich, dafür würde ich sogar meine Hand ins Feuer legen. »Er ist nicht gerade der ansehnlichste Mensch auf Erden.«

Sein morgiger Kater würde Strafe genug sein.

»Hast du denn seine Frau schon mal gesehen?«

Achselzuckend zog er sein Smartphone aus der Hosentasche. »Nicht einmal die schönste Frau kann das ausbügeln.«

»Du wärst überrascht.«

»Bist du ihr denn schon mal über den Weg gelaufen?«

Kopfschüttelnd streckte ich meine müden Beine aus und sah dabei auf die gegenüberliegende Wand, die ausschließlich aus einem durchgezogenen Regal bestand, welches einen Kamin einfasste. Es war nicht gut bestückt. Ich sah aber keine Buchrücken an, sondern ein einzelnes Bild, welches in einem kleinen Rahmen steckte. Es bildete meine Mutter ab. Sie lächelte mir mit ihrem wilden, braunen Lockenkopf und den grünen Augen entgegen.

»Nein, aber Fotos. Sagen wir mal so, Vladimir würde dich nicht mal in ihre Nähe lassen«, murmelte ich abwesend und ließ meinen Blick weiter im Raum schweifen. Der Kratzbaum neben dem alten Piano vor dem großen Buntglasfenster war leer.

Wo auch immer sich Konstantins dämlicher Kater versteckte, es konnte nichts Gutes heißen. Um diese Uhrzeit lag Luc nämlich immer hier.

»Wenn du das sagst.« Er wollte noch etwas entgegnen, als die Klingel ertönte. »Viel Spaß dabei, irgendwelche Bilder von Mädchen anzusehen, während ich mit Frauen die Nacht verbringe.«

Darauf bekam er keine Antwort. Stattdessen wartete ich ab, bis die Haustür ins Schloss fiel, ehe ich das Gesicht in den Händen vergrub. Ich musste die Stimmen in meinem Kopf so schnell wie möglich zum Schweigen bringen.

Von meiner eigentlichen Arbeit durfte ich mich nicht ablenken lassen. Auch nicht von einer Frau, die mich mit ihren dunkelblauen Augen viel zu sehr einnahm. Die, die mich selbst in den Schlaf verfolgte.

Ich musste den Mörder meiner Mutter finden.

Chloe

Hier saß ich also.

Die Zeiger der Uhr standen alle auf der 12, während ich eine Limette meines Mojitos aussaugte.

Um mich herum flimmerte Energie. Unzählige Menschen befanden sich mit mir in der Bar. Die meisten von ihnen in größeren Truppen. Lachten. Tranken. Manche sangen sogar.

Es war ein Samstagabend. Nichts Ungewöhnliches.

Ich aber – ich war allein.

Und das an meinem Geburtstag.

»Joyeux anniversaire«, murmelte ich vor mich hin und stützte mich mit den Ellenbogen auf die Theke.

Schon seit Jahren hatte ich nicht mehr allein reingefeiert. Meistens waren Freunde aus Paris dabei. Oder meine Eltern, wenn ich in Südfrankreich war. Dorian allerdings nie. Obwohl wir Zwillinge waren, hatte er schon damals sein eigenes Ding gemacht. Selbst, als er noch zu Hause gelebt hatte.

Ich überlegte aufzustehen und nach Hause zu laufen, doch da ertönte eine tiefe Stimme.

Sie sprach mit mir.

»Du siehst nicht gerade glücklich aus.«

Mein Kopf schwang in ihre Richtung und ein Mann mit unzähligen Tattoos zeichnete sich vor mir ab. Er war muskulös und trug an seiner Nase einen kleinen, silbernen Metallring.

Ich blieb sitzen. »Wieso denkst du das?«

»Du starrst vor dich hin. Trinkst Alkohol. Sitzt allein in einer Bar.«

Meine Augenbrauen zuckten in die Höhe, wobei mein Blick auf den Drink in seinen Händen fiel. »Was unterscheidet mich von dir?« Ich konnte nicht bestreiten, dass der Unbekannte mein Interesse geweckt hatte.

»Ich habe dich im Vorbeilaufen mal im Theater gesehen. Und da hattest du nicht solch einen Ausdruck wie jetzt im Gesicht.«

Jetzt war ich definitiv verwirrt. »Im Theater? Ich habe dich nicht gesehen.«

»Ich arbeite dort hinter den Kulissen.«

»Wie heißt du?«

»Gage.« Seine Hand streckte sich meiner entgegen, welche ich keine Sekunde später ergriff. Der Händedruck war fest, seine Haut aber kalt, als würde die schwarze Tinte jegliche Wärme absorbieren.

»Chloe.«

»Ich weiß.«

Ich stützte mich mit den Ellenbogen auf den klebrigen Tresen. »Du kennst meinen Bruder, nicht wahr?« War das nun gut oder schlecht? Wenn ja, kannte er wahrscheinlich auch Alexander.

Sein Lächeln trübte sich ein wenig, doch wurde es sogleich vom Glas verdeckt. Als er es wieder absetzte, hielt er sein Lächeln wieder aufrecht.

»Ein Freund. Wenn man es so sagen kann. Er kann manchmal kompliziert sein.«

Meine Brust vibrierte, doch erst ein paar Augenblicke später merkte ich, dass sich das Lachen einen Weg an die Oberfläche gekämpft hatte. Es war ehrlich. Seit unendlich scheinenden Tagen durchflutete mich eine Leichtigkeit, die alle Verspannungen löste. Na ja. Alle, außer einen kleinen Punkt in meinem Herzen. Es war wie ein Schatten.

»Dann hoffe ich mal, dass ich nicht so bin wie er«, sagte ich und legte den Kopf in meine Hand. Seine grauen Augen glitzerten, sodass die ungewöhnlichen braunen Sprenkel, welche mir erst jetzt auffielen, sein gesamtes Gesicht wärmten.

»Das kann ich noch nicht beurteilen.«

»Und wann kannst du das?«

»Wie lange bleibst du denn hier in Russland?«

»Beantwortest du oft Fragen mit Gegenfragen?«

Grinsend hob er beide Hände in die Höhe. »Das hast du gerade auch getan.« Mein Mund öffnete sich zu einem Konterschlag, doch biss ich mir im letzten Moment auf die Zunge. »Also?«

Ich strich mir das dicke Haar aus dem Nacken. »Nach der Weihnachtsaufführung reise ich wieder nach Hause. Also, wie kannst du dir ein Bild von mir machen?«

»Indem ich dich vielleicht besser kennenlerne?«

»Wieder eine Frage«, lächelte ich. »Aber das wäre ein möglicher Weg.«

»Ist das ein Ja?« Eine schwarze Strähne fiel ihm in die Stirn, unterstrich seine ungewöhnliche Schönheit. Sie war vielleicht nicht offensichtlich, aber wenn man genauer hinsah, zeichnete sie sich deutlich ab.

»Wieso nicht? Ich habe zwar viel Training, aber es lässt sich bestimmt einrichten.«

Je weiter die Zeit voranschritt, desto schwerer wurden meine Augenlider. Auch meine matten Muskeln fingen langsam an zu protestieren. Da ich noch heimlaufen musste, war es keine gute Idee, noch Stunden hier zu sitzen. Auch wenn es meine neue Bekanntschaft theoretisch möglich gemacht hätte.

»Ich muss morgen früh raus«, murmelte ich und schob den Hocker mit einem ohrenbetäubenden Kratzen zurück.

Er nippte an seinem Glas, nickte aber. »Ich verstehe.«

»Wir werden uns bestimmt wiedersehen.«

Mit diesen Worten verabschiedete ich mich von ihm und holte meine Jacke von der Garderobe. Ich sah mich noch einmal nach Gage um, dessen Blick aber auf die Theke gerichtet war, ehe ich nach draußen in die eisige Kälte trat.

Ich schlang den Mantel enger um meinen Körper und blinzelte gegen den peitschenden Wind an.

»Wieso habe ich keinen Schal oder eine Mütze mitgenommen?«, murmelte ich zu mir selbst, meine Hände in die Seitentasche steckend. Mein Kleingeld reichte nicht mal aus, um mir ein Taxi zu nehmen.

Für einen weiteren Gedanken blieb mir keine Zeit, denn auf einmal kam ein Mann auf mich zu. Sein Gesicht war tief in der Kapuze vergraben. Seine blauen Finger umschlossen meinen Oberarm.

»Kann ich Ihnen helfen?«, fragte ich und versuchte einen Blick in seine Augen zu erhaschen.

Im nächsten Moment gefror das Blut in meinen Adern. Der Rhythmus meines Herzens geriet außer Kontrolle, setzte beinahe vollkommen aus.

»Gib mir dein Geld«, sagte eine männliche Stimme und drückte mich eng an eine nächstgelegene Hausfassade.

Es waren aber nicht die Worte, die mich in einen starren Zustand versetzten, sondern der Lauf der Pistole, die sich gegen meine Bauchdecke drückte. Schwer lag das Eisen auf den Schichten meiner Kleidung.

Um uns herum waren zahlreiche Menschen. Sie liefen an uns vorbei, ohne weiter auf die Szene zu achten, falls sie denn überhaupt eine Sekunde ihrer Aufmerksamkeit an uns verschenkten. Doch selbst wenn, die Waffe wurde durch seinen schweren Mantel verschleiert. Sie dachten wahrscheinlich, dass ich nur eine Frau war, die sich von ihrer Bekanntschaft aus der Bar verführen ließ – so nah war der Mann mir.

»Geld«, grunzte er und der Druck des Laufs wurde größer.

»I ... I ... Ich habe nichts.« Meine Stimme zitterte. Die Welt hatte sich in ein Nichts verwandelt. Jegliche Geräusche, die von der anliegenden Straße kamen, wurden verschluckt. Die schneidende Winterkälte war nichts mehr – nicht mal eine sanfte Brise.

»Lüg mich nicht an, Schlampe.« Zum ersten Mal zeigten sich seine Iriden. Dunkel und wild lagen sie vor mir, durchstachen meine Gestalt.

Die lähmende Angst nahm all die Fasern meines Körpers ein. Hätten meine Beine nachgegeben und mein Körper sich in diesem Moment in Asche verwandelt – mich hätte es nicht gewundert.

Ehe meine Kehle ein Wort formte, glitten die Augen meines Peinigers zu meinem Hals. Entdeckten den goldenen Schimmer der Kette meiner Mutter. Da lag bereits seine Hand um den Anhänger und riss sie mir vom Hals.

Der Mann machte einen Satz nach hinten, bevor er mit dem Strom der Passanten weggerissen wurde.

Ich glitt die Hauswand hinab, umgeben von dem Rauschen meines Blutes. Und der unbändigen Angst, die durch meine Adern pumpte.

Alexander

»Wo zur Hölle bist du, Gage?!«, schrie ich und erhöhte den Druck auf das Gaspedal. Meine Fingerknöchel traten weiß hervor, während die Rage in mir ein neues Hoch erreichte. »Rede mit mir, verdammt!«

»Geradeaus. Du bist nur noch drei Blocks von uns entfernt. Die Bar ist direkt an der Straße. Ich stehe davor.«

Ich legte auf und raste weiter. Es kostete mich einiges an Kraft, meine Nerven zusammenzuhalten und nicht irgendetwas klein zu schlagen. Dafür blieb mir aber auch gar keine Zeit, denn ich hatte mein Ziel schon erreicht.

Wie in Trance stieg ich aus und hastete den Gehsteig entlang, bis ich Gage sah, der unbeholfen und bereits mit einer dünnen Schicht Schnee bedeckt dastand.

»Wo ist sie?«, fragte ich und lief auf ihn zu.

Er zeigte zu einer Hauswand.

Da saß sie in der Tat. Zusammengekauert. Ein leichtes Zittern erschütterte ihren Körper, wobei mir ihr Gesicht verborgen blieb. Ihre Kleidung war durchnässt, während die Menschen, die sich um diese Uhrzeit noch draußen herumtrieben, unbeirrt an ihr vorbeiliefen. Manche warfen ihr überraschte Blicke zu, aber keiner von ihnen scherte sich darum, mehr zu unternehmen.

»Hast du gesehen, wer ihr das angetan hat?«

Gage nickte und vergrub seine Hände in die gefütterte Lederjacke. »Ich bin nur zu spät rausgekommen. Es war ein junger Mann. Ich habe schon Dorian angerufen, aber er geht nicht ran. Und da ich nicht weiß, was ich machen soll –«

»Hast du mich angerufen.«

»Ja.«

»Du sagst ihm nichts. Ich werde morgen mit ihm reden.« Ich sah ihn nicht an, sondern nur Chloe. »Und was stehst du noch hier herum? Such den Typ!«, herrschte ich ihn an und versuchte die brodelnde Wut in meinen Adern niederzudrücken.

»Okay.«

Ehe er aber in die Nacht verschwinden konnte, packte ich ihn am Kragen und zog ihn dicht zu mir. Eine Welle der Angst durchzuckte seine Züge.

»Darüber, dass du sie verfolgst, reden wir später. Es war kein Zufall, dass ihr euch heute in dieser Bar begegnet seid, nicht wahr?« Ich stieß ihn von mir. »Jetzt verschwinde.«

Ich lief auf das schluchzende Bündel zu.

Zögernd trugen mich meine Beine zu ihr. Je näher ich kam, desto schneidender wurden die tränenreichen Laute, welche sich tief in mein Herz einnisteten. Sie erschütterten mein gesamtes Wesen.

»Chloe«, flüsterte ich und kniete mich auf den eisigen Asphalt. Ihre Schultern bebten, ihr Kopf hob sich nicht. »Chloe, ich bin's, Alexander.«

Wieder keine Reaktion.

Mein nächster Zug war riskant. In solchen Situationen sollte man die Person nicht anfassen – nicht, ehe sie erkannte, wer sich vor ihr befand. Aber ich musste irgendwie ihre Aufmerksamkeit auf mich lenken.

Leicht streifte ich mit der Hand ihr Bein.

Panisch schreckte ihr Kopf nach oben, wobei ihre Hände um sich schlugen. Ihre Augen überzog ein dichter Tränenschleier.

»Chloe!« Ich packte die Frau an den Schultern und zwang sie, mich anzusehen. Meine Gestalt, die ihr bekannt war. »Sieh mich an!«

Es funktionierte nicht.

Ihre Brust hob sich weiter unkontrolliert.

»Chloe! Siehst du mich? Alexander.«

Sie musste aufstehen, es war viel zu kalt.

Meine Finger strichen über ihre Wange. Die Haut war weich, mit der salzigen Flüssigkeit getränkt, die gen Boden rollte.

Plötzlich änderte sich etwas. Ihr Atem setzte aus, die Klarheit ihrer Augen kehrte zurück. Sie waren gerötet, was das sonst dunkle Blau nun hell und strahlend erscheinen ließ. Wie ein türkises Meer.

»Chloe«, flüsterte ich. »Ich bin hier.«

»Alexander.« Ihre Stimme war kratzig. Doch mein Name auf ihrer Zunge war in diesem Moment wie eine Antwort der Götter, zu denen ich insgeheim gebetet hatte.

»Komm, wir gehen nach Hause.«

Sie ließ sich problemlos hochziehen. Dennoch riskierte ich nicht, dass ihre wackligen Beine nachgaben. Ich schlang einen Arm um ihre Schulter, drückte sie nah an meinen Körper und führte sie in die Richtung meines Autos.

Als sich die Türen hinter uns schlossen, wurden jegliche Geräusche ausgesperrt. Ausschließlich das Rascheln unserer Kleidung erfüllte den Raum. Ich wagte es aber nicht, den Motor zu starten. Nicht, bevor sie mit ihrer Stimme die Stille brach.

Chloes Augen wanderten im dunklen Innenraum des Wagens umher. Über die Mittelkonsole, die Ledersitze, das Logo, welches auf dem Lenkrad prangte. Über alles, bis sie an der Decke hängenblieben. Unzählige kleine

Lichter waren darin eingebaut, die nur nachts zur Geltung kamen.

»Ein Sternenhimmel«, murmelte sie und lehnte sich weiter in den Sitz zurück. »Wunderschön.«

»Ja. Obwohl es natürlich nicht dasselbe ist.«

Sie drehte sich zu mir. »Woher wusstest du, wo ich bin?«

Schwerfällig riss ich meinen Blick von ihr und startete den Motor. Diesmal war es kein Heulen, sondern ein sanftes Schnurren, welches uns durch die Dunkelheit führte.

»Ein Freund hat mir Bescheid gegeben.«

Ob Gage sie angesprochen hatte? Egal, ob es der Fall war, Chloe ging nicht weiter drauf ein. Aus dem Augenwinkel erkannte ich, dass sie mich immer noch anstarrte, meine Aufmerksamkeit hing allerdings an dem lückenhaften Verkehr.

Keine Musik.

So war die gesamte Autofahrt. Ich, auf die Umgebung vor mich blickend, darauf bedacht, vorsichtig zu fahren. Die Wut steckte weiterhin in mir, doch wurde sie von Chloes Gegenwart gelindert. Nachdem die Reifen vor ihrer Wohnung zum Halt gekommen waren, erkannte ich, wieso sie so leise war.

Ihre Lider waren geschlossen, die Hände unter der Wange gefaltet, wobei sie mir immer noch zugewandt war. Der Ausdruck in ihrem Gesicht war friedlich, die Schultern hoben sich leicht, was mich für lange Augenblicke in meiner Position gefangen nahm.

Heute hatte diese unschuldige Frau all meine Kälte zu spüren bekommen. Vielleicht war es doch zu viel gewesen. Dafür hasste ich mich. Schon im Studio und zu Hause hatte ich mich dafür verflucht, aber sie jetzt so zu sehen – die getrockneten Tränenrinnsale auf den Wangen –, machte es nur schlimmer.

Ehe sie aufwachen würde, umrundete ich den Wagen und hob sie hoch. Vielleicht war es für sie besser, in der Woge der Träume zu schwelgen, anstatt sich der rauen Wirklichkeit zu stellen. Besonders nach diesem Tag.

Mit ihr in meinen Armen betrat ich den kleinen Eingangsbereich, in dem Michail stand. Wie immer in einer Anzugshose, in dessen Bund eine kleine, schwarze Waffe steckte. Schon seit langer Zeit war er ein Angestellter meines Vaters.

Der Mann begrüßte mich mit einem stählernen Nicken, konnte aber seine Verwunderung nicht verstecken.

»Kannst du mir einen Zweitschlüssel für ihre Wohnung geben?«

Widerwillen nistete sich in ihm ein. Eigentlich war ich es ihm nicht schuldig, irgendeine Art von Rechtfertigung zu geben. Doch sah diese Situation hier nicht richtig aus.

»Keine Sorge, Michail. Ich will sie nur ins Bett bringen. Mehr nicht.« Seine Gestalt mochte zwar hart sein, besonders mit der Glatze, an der sich noch feine Wirbel eines Tattoos widerspiegelten, dennoch war sein Herz weich. Besonders für unschuldige und zarte Wesen wie Chloe.

Nickend folgte er meiner Order. Mich würde es aber nicht wundern, wenn er – nachdem ich mit Chloe hinter der Wohnungstür verschwand – uns folgte. Damit er sich davorstellen konnte, um potenzielle angsterfüllte Schreie mitzubekommen.

Genau deswegen mochte ich ihn. In diesem Haus waren Frauen sicher.

Ich nahm ihm das kleine Metallstück ab und ging mit Chloe in ihre Wohnung. Dabei schmiegte sich ihre

Wange an meine Brust – ich konnte nichts dagegen tun, dass meine Mundwinkel nach oben zuckten. Dass die Gegend um mein Herz ein bisschen warm wurde.

Ihre Finger krallten sich in meine Jacke, während ich die Treppe zu ihrem Bett emporstieg. Es war einmal Dorians Wohnung gewesen, also kannte ich jeden Winkel davon. Außerdem –

Ein unverständliches Flüstern durchschnitt die Stille.

Chloe.

Sie begann sich zu regen – in keiner guten Weise. Ihre Schultern bebten, während ich sie auf die große Matratze legte. Die Schuhe hatte ich bereits von ihren Füßen gelöst, als wir durch ihre Tür getreten waren.

»Du bist jetzt wieder in Sicherheit«, sagte ich und strich ihr eine dunkelbraune Strähne aus dem Gesicht.

Ich zog eine Decke über sie, doch als sich meine Beine bereits in Bewegung setzen wollten, schlangen sich ihre Finger um mein Handgelenk.

»Bleib hier.« Es war ein Hauch ihrer Stimme. Fast nicht auszumachen, aber ihr Augenaufschlag verlieh den Worten mehr Kraft. »Bitte. Ich kann jetzt nicht allein sein.«

Es war unmöglich ihre Bitte zu ignorieren.

Vorsichtig setzte ich mich aufrecht neben sie. Ihr Körper rückte sofort näher an mich; sie legte sogar eine Hand auf mein Knie, während sie ihren Kopf in meinen Schoß bettete.

»Danke, Alexander.«

Ich musste sie berühren.

Immer wieder strich ich ihr durchs Haar, ließ einzelne Fingerspitzen ihren Hals hinabwandern, um ihren stetigen Puls zu fühlen. Es beruhigte mich, das leichte Pochen unter ihrer dünnen Haut zu spüren.

»Was ist passiert?«, murmelte ich. Möglicherweise

war es nicht der passendste Zeitpunkt dieses Thema anzusprechen, dennoch konnte ich nicht anders. Ich musste es aus ihrem Mund hören.

Lange blieb es still – so, als wäre sie schon wieder eingeschlafen. Aber die Hand, die mein Bein entlangwanderte, verriet mir das Gegenteil.

Ihr Atem stockte. »Ein Mann hat mich gegen eine Hauswand gedrückt und nach Geld gefordert. Ich hatte aber keins. Dann hat er mir die Kette meiner Mutter vom Hals gerissen.« Ein Wimmern entfuhr ihr. Sie vergrub ihr Gesicht an mir, versuchte es zu unterdrücken. »Und da war die Waffe, die er mir an den Bauch gehalten hat.«

Ihre Schluchzer durchschnitten erneut den Raum. Gleichzeitig auch mein Herz.

Ich zog sie näher an mich heran, während sie all ihren Gefühlen freien Lauf ließ. So, wie ich sie aufgefunden hatte. Mit einem Unterschied.

Nun war sie nicht allein.

Meine Gegenwart trug sie durch die gesamte Nacht, ohne von ihrer Seite zu weichen. Ich strich immer wieder über ihren Rücken, half ihr die Wellen des Schreckens zu überstehen.

Erst als das fade Licht des Morgengrauens durchs Zimmer schimmerte, fand ich mich in meinem Auto wieder. Etwas in mir wollte bei ihr bleiben, selbst als sie der Schlaf eingeholt hatte. Aber ich musste gehen. Der letzte Blick auf ihre schlafende Gestalt hatte aber einen neuen Willen in mir geformt.

Den Mann finden und ihn für den neuen, dunklen Teil ihrer Seele bezahlen zu lassen.

Wenn es sein musste, mit seinem Leben.

Kapitel Fünf

Chloe

Meine Lider waren von den getrockneten Tränen verkrustet. Ich musste sie aber nicht aufschlagen, um zu wissen, dass ich allein war. Alexanders Wärme lag zwar noch im Kopfkissen neben mir, aber der stetige Atem und seine beruhigenden Berührungen waren verschwunden.

Ich schlang die Decke enger um mich, ließ mich von den Erinnerungen forttragen. Nicht die, welche mich in Schrecken versetzten, sondern die an den Mann, dessen frischer Duft weiterhin meine Nase einnahm.

Ehe mich eine neue Woge der Müdigkeit übermannte, klopfte es an der Tür. Ich wollte es bereits ignorieren, als die Stimme meines Bruders erklang.

»Mach auf, oder liegst du noch im Bett? Es ist Nachmittag, selbst ich bin nicht so schlimm!«

Scheiße!

Wie vom Donner gerührt stand ich auf, hastete die Stufen hinab und riss die Tür auf. Alexanders Geruch wurde durch den von Alkohol abgelöst. Es passte zu dem Anblick, welcher sich mir darbot.

Dorian wirkte müde, sein Haar war unordentlich und über seine Klamotten zogen sich Falten, welche mir verrieten, dass sie nicht frisch waren.

Aber auch sein Blick glitt an mir hinab, denn ich trug ebenfalls die Kleidung des gestrigen Tages. Irgendwie hatte es Alexander geschafft, die Schuhe und den Mantel von meinem Leib zu zerren. Nach den gestrigen Ereignissen war ich dazu nicht mehr in der Lage gewesen.

Gedankenverloren zuckte meine Hand an den Hals.

Kein kühles Metall. Keine Kette.

»Hast du geweint?«, fragte mein Bruder und bahnte sich einen Weg in die Wohnung. Als er sich an mir vorbeischob, bedeckte ich meine Nase, um mich nicht hier und jetzt übergeben zu müssen. Hatte er in Alkohol gebadet?

»Da war eine Spinne. Als ich sie wegmachen wollte, war sie nicht mehr da. Sie war riesig.« Meine Stimme war fest. Kein Anzeichen, dass es eine Lüge war.

Er sollte nicht wissen, was passiert war. Es hätte alles verkompliziert. Wer wusste, ob er es sonst unseren Eltern erzählte? Und ich traute es *Maman* zu, dass sie sich in den nächsten Flieger setzen und mich höchstpersönlich nach Frankreich zurückschleppen würde.

Dieses Drama konnte ich nicht gebrauchen.

»Typisch.« Dorian knallte seinen Laptop auf den Esstisch und zog einen Stuhl zu sich. Was zum Teufel machte er hier? »Das Telefonat mit *Maman* und Papa? Du weißt, dass ich sie jedes Jahr zu unserem Geburtstag anrufe. Da du auch nicht in Frankreich bist, habe ich mir gedacht, dass wir es zusammen machen können.«

Stimmt … unser Geburtstag.

»Ich dusche noch schnell«, sagte ich und rannte die Treppe hoch. Ich brauchte dringend einen klaren Kopf. Außerdem mussten die verquollenen Augen sofort verschwinden.

Meine Muskeln ächzten, als das kalte Wasser meine Haut traf. Die dumpf hallende Angst verschwand, je länger ich unter dem Strahl stand, Alexanders Berührungen allerdings nicht. Das Streichen seiner Hände, welches mich in Sicherheit gehüllt hatte. Sein unmerkliches Flüstern, welches mich in den Schlaf gewiegt hatte.

Mit dem leichten Gefühl, das mich nun durchströmte, war es ein Einfaches, mir frische Kleidung über den Körper zu werfen. Ein blaues, enges Shirt und eine weite, weiße Hose. Es stand im Kontrast zu der gebräunten Haut, die stets einen goldenen Schimmer besaß. Selbst an einem grauen Tag wie diesem.

Ein letzter Blick auf das Bett und ich verbannte das Bild von Alexander endgültig. Unsere nächste Begegnung würde unangenehm genug werden. Meine dummen Fantasien sollten es mir nicht noch schwerer machen.

Mit seiner Lesebrille auf der Nase starrte Dorian auf den Bildschirm. Selbst sie konnte die müden Züge seines Gesichts nicht verbergen.

»Wollen wir danach einen Tee trinken gehen?«, fragte ich und gesellte mich zu ihm.

»Klar.«

Ehe sich Worte aus meiner Kehle lösten, da ich nicht mit einer Zustimmung gerechnet hatte, ploppte ein Fenster mit den Gesichtern unserer Eltern auf.

Meine Mutter fing bei unserem Anblick direkt an zu strahlen, sodass sogar mein Vater sie belustigt ansah. Ich beneidete sie schon mein gesamtes Leben wegen ihrer

Liebe zueinander. Sie liebten sich abgöttisch und das schon seit über 25 Jahren.

»Dorian, Chloe«, lächelte sie. »Alles Gute zum Geburtstag!«

»*Maman.*«

Mehr brachte ich nicht heraus. Die Leere um meinen Hals brannte in meinem Herzen. Ob sie bemerkte, dass ich die Kette nicht umhatte? Wenn ja, dachte sie hoffentlich, dass ich sie wegen der Dusche abgelegt hatte, da meine Haare feucht um mein Gesicht hingen.

»Wie geht es euch?«, fragte Papa, der einen Arm um ihre Schultern schlang, um die heraufkriechenden Tränen in ihren Augen zu vertreiben.

»Gut. Es ist wunderschön hier.« Eine kleine Lüge. Mir gefiel es hier, aber ob ›gut‹ meine Lage am besten beschrieb, mochte ich bezweifeln. »Und euch? Wir haben seit meiner Ankunft nicht mehr miteinander gesprochen. Irgendetwas Spannendes passiert?«

Die Trübseligkeit wich sofort aus meiner Mutter. »Kannst du dich noch an deine Schulfreundin erinnern? Denise. Sie ist schwanger und ist wieder bei ihren Eltern eingezogen, weil ihr Verlobter –«

»*Ma bien-aimée*«, unterbrach mein Vater sie mit ihrem Kosenamen. »Lab dich nicht an den Problemen anderer.«

Ihr Kopf schwang zu ihm. »Das tue ich nicht. Außerdem war dieser Mann mir schon immer suspekt. Kommt mit seinem lächerlichen, schwarzen Sportwagen an und denkt, er wäre was Besseres. Und wie er dieses Mädchen behandelt hat ... Sie ist ohne ihn um einiges besser dran.«

Dorian verlagerte sein Gewicht und schluckte.

Ehe ein Streit zwischen unseren Gegenübern entfachte, drückte Papa Mutter einen Kuss auf die Lippen und flüsterte ihr etwas zu. Es lenkte ihre Aufmerksamkeit wieder auf uns. Auf den Mann neben mir.

»Wie geht es dir, Dorian? Du hast noch gar nichts gesagt.«

»Gut.« Es war ein leises Murmeln. Ein Hauch, welcher fast nicht bis zum eingebauten Mikro des Computers drang.

»Du wirkst ein bisschen müde. Bist du sicher –«

Wieder wurden ihre Worte abgeschnitten. Diesmal nicht durch eine belustigte Mahnung. Nein, das hier war messerscharf und traf in die weiche Seele unserer Mutter.

»Es geht mir gut! Okay?«

Für einen Moment stand alles still. Der Mittelpunkt war ihr schockiertes Gesicht. Dieses Mal füllten sich ihre Augen aber nicht vor Freude mit Tränen.

Vater löste sich als Erster aus der Starre und begann ein anderes Thema. Sagte nichts zu seinem Sohn, versuchte stattdessen, die Liebe seines Lebens auf andere Gedanken zu bringen.

In den nächsten Minuten schwieg Dorian und sah mit starrem Blick auf den Holzboden, während seine Fäuste geballt waren.

Es dauerte nicht lange, bis wir uns verabschiedeten. Wenigstens konnte er sich zu diesem winzigen Augenblick durchringen, seinen Kopf zu heben.

Als uns der schwarze Bildschirm entgegenstarrte, zerriss das Band, welches meine Wut in Schach hielt.

»Geht's noch? Wenn du noch betrunken bist oder der Alkohol dir in deinem leeren Kopf noch Schmerzen bereitet, dann lass es gefälligst nicht an ihr aus! Sie kann für dein beschissenes Leben nichts.«

Ich blickte in ein ausdrucksloses Gesicht, während ich ihm das entgegenbrüllte. Es war mir egal, ob man uns in der angrenzenden Wohnung hörte. Er benahm sich wie ein Arsch, und das auch nicht zum ersten Mal. Hatte er eine Ahnung, wie sehr er unsere Eltern damit verletzte?

»Sag etwas, Dorian!«

»Es tut mir leid.«

»Das brauchst du nicht mir zu sagen. Sondern unserer Mutter, die dich über alles liebt.«

Er war schon immer so gewesen. Sah nichts außer sich selbst. Aber die letzten Jahre hatte es einen Zustand angenommen, welcher erschreckend war. Ein Besuch von ihm verging nie ohne einen Streit.

»Lass uns was trinken gehen.« Dorian fischte seinen Autoschlüssel aus der Hosentasche. Auf meinen widerstrebenden Blick fügte er hinzu: »Ich rufe später nochmal bei ihnen an und entschuldige mich.«

Mit einem tiefen Seufzen atmete ich aus und ergriff seine Hand, die er mir hinstreckte. Am Ende des Tages war er immerhin mein Bruder.

»Alles Gute zum Geburtstag«, murmelte ich.

»Dir auch, Chloe.«

Alexander

Die Papiere auf meinem Schreibtisch zu Hause türmten sich. Die Blätter flatterten im Wind, welchen das geöffnete Fenster einlud. Einzelne Schneeflocken fanden zwar auch ihren Weg hinein, doch ihre Kälte hielt mich wach.

Am liebsten hätte ich mich in mein Bett gelegt und die Lider geschlossen.

Die Bilder einer schockerstarrten Chloe, die mit einer Pistole bedroht wurde, kamen mir dabei in den Kopf.

Ich hatte es zwar nicht gesehen, doch die Vorstellung trieb mich an den Rand meiner Selbst. Wie es ihr wohl ging? Sie hatte es immerhin erlebt. Ich konnte es mir nur ausmalen, aber sie ...

Es grenzte beinahe schon an eine Obsession. Es verging keine Minute, in der ich nicht an sie dachte. Ihre Iriden, die sich mit Tränen gefüllt hatten. Ihre Berührungen, die sie mir geschenkt hatte. Das Kranke daran war allerdings, dass die Erinnerungen an sie Dinge in mir auslösten, welche ich nicht fühlen durfte. Meine Gedanken durften bei ihr nicht in Richtung ficken gehen.

Kopfschüttelnd richtete ich meinen Blick wieder auf die kleinen Buchstaben, die unscharf vor mir lagen. Die Müdigkeit musste tiefer in mir stecken, als ich es mir eingestehen wollte.

Aber nicht nur Chloes unbekannter Peiniger brachte mir Kopfschmerzen, sondern auch der Mann, der sich vor wenigen Tagen in dem Verhörraum umgebracht hatte. Wir hatten keinerlei Verbindungen herausgefunden. Keinen Anhaltspunkt, von wem er die Informationen über unseren Standort gehabt hatte.

Was sich unter dem Theater abspielte, war ein gut gehütetes Geheimnis. Nur wenige wussten davon. Selbst ein paar der einflussreichsten Männer Russlands nicht.

Es mussten sofort klare Antworten her, sonst könnte das gesamte Konstrukt in sich zusammenbrechen.

Entnervt schleuderte ich den Kugelschreiber auf den Tisch.

Nachdenken brachte nichts. Vielleicht hatte Dorian bereits etwas herausgefunden, was von Nutzen war. Darin war er der Beste. Seine manchmal teilnahmslose Miene wiegte die Menschen in Sicherheit, wobei er insgeheim jedem einzelnen Wort seine vollkommene Aufmerksamkeit widmete.

Kopfschüttelnd ging ich aus meinem Zimmer, um klarere Gedanken zu schöpfen und sah unten meinen Bruder.

Er saß am Klavier, die Tasten vor sich und strich bedächtig über sie. Seine Finger wagten es nicht einen Ton zu erzeugen. Manchmal erwischte ich Konstantin dabei, wie er die gesamte Nacht über hier saß und das elfenbeinfarbige Piano anstarrte.

Es hatte unserer Mutter gehört. Als Kind hatte er oft mit ihr daran gesessen und ihr zugehört.

Als das Ächzen einer Treppenstufe ertönte, zuckte sein Kopf nach oben und er klappte den Tastendeckel zu.

»Wie lange bist du schon hier?«, fragte ich und stieg die letzten Stufen hinab. Das Haus passte heute gut zum Wetter. Kaum Farbe. Mit Ausnahme des Katers, welcher schlafend auf seinem Kratzbaum lag.

Ein Ärgernis weniger. Luc, der Kater, war in einem schlafenden Zustand erträglicher.

»Ein paar Stunden.«

Konstantin hatte sich also schon seit einer langen Zeit in der Vergangenheit verloren. Wenn ich tief in mich ging, hallte Mutters glasklares Lachen von den Wänden wider. Als erinnerten sich selbst die Gemäuer an sie.

»Hast du Dorian gesehen?«

Er erhob sich von der Bank, streifte in den Küchenbereich und riss den Kühlschrank auf, sodass das grelle Licht die Dunkelheit um ihn herum vertrieb. »Er ist mit seiner Schwester ihren Geburtstag feiern.«

Meine Laune sank. »Du meinst seinen.«

»Nein.« In seiner Hand lag eine Schüssel mit Nudeln. »Dorian und Chloe Pécheur haben heute Geburtstag. Sie sind Zwillinge. Hast du denn nie einen Blick in ihre Akte geworfen?«

Das Herz in meiner Brust setzte einen Schlag aus.

Sie sind Zwillinge.

Fuck!

Deswegen wollte sie sich mit mir treffen. Weil sie ihren Geburtstag nicht allein verbringen wollte. Denn ihr Bruder hatte keine Zeit. Er wollte unbedeutende Frauen ficken, anstatt mit seiner Schwester zu feiern.

Ich hatte sie abgewiesen.

»Was ist?«, nuschelte Konstantin. »Du bist plötzlich so weiß.«

»Nichts.« Meine innere Leere wurde mit Wut erfüllt. Gegenüber Dorian, da er ein Arschloch war und mir, da ich mich ebenfalls wie eines verhalten hatte. »Ich gehe. Wahrscheinlich komme ich nicht bis zum Abendessen zurück. Und falls du den kleinen Franzosen siehst, verpass ihm einen Arschtritt.«

Mein Bruder warf mir zwar einen verwirrten Blick entgegen, doch da sprintete ich bereits die Treppen zu meinem Zimmer hoch. Ich musste noch etwas holen, ehe ich zu meinem eigentlichen Ziel gehen konnte.

Kapitel Sechs

Chloe

Mit der schweren, mit Büchern gefüllten Stofftasche ging ich müde hinauf und atmete genüsslich die frische Luft des Treppenhauses ein. Dorians Alkoholfahne war den gesamten Tag über nicht verflogen, hatte mir stets den Atem geraubt. Weshalb ich Lust bekam, mich zu betrinken.

Wozu es nicht kommen würde, denn vor meiner Tür saß eine Gestalt. Den Kopf an das hellbraune Holz gelehnt, trommelten seine Finger auf dem Marmorboden. Er hob prompt den Blick, als ich vor ihm zum Stehen kam.

Alexander.

Die Erinnerungen an gestern überschwemmten mich. Er, wie er mich vom Boden hochhob und in sein Auto trug. Er, wie er mich nach Hause in mein Bett brachte und so lange blieb, bis die Nacht meine Sinne weggespült hatte.

Jetzt saß er hier. Auf dem kalten Boden und blickte mir mit seinen smaragdgrünen Augen entgegen – als würden sie mir direkt in die Seele sehen.

»Was machst du hier?«, fragte ich mit rauer Stimme.

Mit einer geschmeidigen Bewegung stellte er sich auf die Füße, sodass er mich wieder um einige Zentimeter überragte. Auf mich zuzugehen wagte er nicht.

»Ich habe auf dich gewartet.«

Kopfschüttelnd schlang ich meine Arme um die Mitte. Sein sandfarbenes Haar war unordentlich, unter seinen Augen zeichneten sich tiefe Schatten ab. »Wie lange?«

»Zwei Stunden. Vielleicht auch drei.«

»Wieso?« Er machte doch noch einen Schritt auf mich zu, verharrte aber keinen Augenblick später. »Wieso, Alexander?«

»Weil du heute Geburtstag hast. Verdammt, Chloe, wieso hast du das denn gestern nicht gesagt?«

Ein bitteres Lachen glitt mir über die Lippen. »Ich bin müde. Geh bitte wieder nach Hause.«

Ich versuchte, mich an ihm vorbeizuschieben, die Tür aufzusperren und dahinter zu verschwinden. Den miserablen Tag hinter mir auszuschließen und auf einen neuen – besseren – zu hoffen.

Mir gelang nichts davon.

»Lass mich hier nicht stehen. Rede mit mir.«

»Weil du nicht gezwungen sein solltest.« Ich zuckte mit den Schultern und wich seinem glühenden Blick aus. »Du hast klargemacht, dass du mit mir nichts trinken möchtest. Das verstehe ich.«

Erneut versuchte ich, an ihm vorbeizukommen. Diesmal hielt mich seine Hand zurück. Seine Finger schlangen sich um meinen Oberarm. Kein fester Druck, dennoch reichte es aus, um ein Feuer durch mich zu jagen. Der Griff um meine Stofftasche wurde schwächer. Nicht mehr lange und sie würde laut auf den Boden krachen.

Meine Augen wanderten von seiner hellen Hand, an dessen Gelenk eine teure Uhr hing, zu seinem Gesicht, welches ernster denn je war. »Ich bin ein Arsch. Das weiß ich, aber ... Nein, dafür gibt es keine Rechtfertigung. Ich bin einfach nur ein Arsch.«

»Nein«, murmelte ich und wich seinem Blick aus. Er hatte in dieser Kälte auf mich gewartet. Nicht zu vergessen die Tatsache, dass er gestern Nacht bei mir geblieben war. »Das bist du nicht.«

»Kann ich vielleicht mit reinkommen?«

Unsicherheit nistete sich in mir ein. Dennoch nickte ich und zog meinen Schlüssel aus der Manteltasche. Neben dem flauen Gefühl hatte mich nämlich auch die bittere Kälte eingenommen.

Als mich die Wohnung umgab, entspannten sich meine Nerven. Wenn auch nur ein wenig, denn Alexander folgte mir. Obwohl sich ihm mein Rücken zuwandte, wusste ich, dass er jedes Detail aufs Neue aufsaugte.

»Es ist ein wenig unordentlich«, sagte ich und legte die Tasche mit den Büchern auf den kleinen Wohnzimmertisch. »Ich hätte aufgeräumt, wenn ich gewusst hätte, dass du nochmal vorbeikommst.«

»Ich bleibe nicht lange.« Unbeholfen stand er da, wusste nicht, was er jetzt machen sollte. Anscheinend hatte er nicht damit gerechnet, dass ich ihn hereinlassen würde.

»Setz dich.« Ich deutete auf die Couch. »Willst du vielleicht einen Kaffee? Oder Tee?«

»Kaffee klingt gut. Die Arbeit schläft bekanntlich nie«, merkte er an.

»Dann hättest du die Zeit, in der du auf mich gewartet hast, besser nutzen sollen.« Irgendwie konnte ich immer noch nicht glauben, dass er das wirklich getan hatte.

Mehr als ein Achselzucken bekam ich nicht. Es war ihm unangenehm. Er schien nicht zu wissen, wie er mit der gesamten Sache umgehen sollte.

»Also«, sagte ich und öffnete einen Schrank. Ich musste unbedingt einkaufen gehen. »Ich habe Instantkaffee. Mehr nicht. Ich weiß aber nicht, wie alt der ist. Er war schon drin, als ich hier eingezogen bin.«

Über seine Züge huschte ein Lächeln, was ein Ziehen in meinem Magen verursachte. Es stand ihm. Seine harten Gesichtsmerkmale wurden dadurch zwar nicht weicher, aber es passte irgendwie in sein Bild hinein.

»Mit Zucker, bitte.«

Ich nahm die einsame Dose heraus und schaltete den Wasserkocher ein. In meinem Becher hing ein Teebeutel. Die aromatischen Kräuter stiegen mir in die Nase, was meine Gedanken leider nicht ordnete.

»Wie war der Tag heute so?«, fragte er, ließ mich dabei keinen Moment aus den Augen.

»Na ja«, murmelte ich und gesellte mich mit den zwei vollen Tassen zu ihm. Auf den Sessel, um Abstand zwischen uns herzustellen. »Dorian hat nach Alkohol und Sex gestunken. Beim Telefonat mit unseren Eltern hat er versucht, sich zusammenzureißen, aber sie haben es gemerkt.« Ich schüttelte den Kopf, um die enttäuschte Stimme meiner Mutter aus meinen Erinnerungen zu vertreiben. »Um es kurzzufassen: Es hat eine Diskussion gegeben. Er und ich sind in ein Café gegangen. Zur Wiedergutmachung hat Dorian mir Bücher gekauft.«

Schweigen entstand, während ich meine Beine an meinen Körper zog.

»Das ist ja auch egal.« Ich zuckte mit den Schultern, legte meine Lippen an den heißen Rand.

»Darf ich?«, fragte er und deutete auf die Tasche mit den Büchern.

Nickend gab ich mein Einverständnis, sodass seine Finger den Stapel hervorzogen. Sie waren allesamt auf Russisch, hatten wunderschöne Cover und unzählige Seiten.

Der Duft der frischen Tinte gemischt mit dem des dicken Papiers durchflutete den Raum, als Alexander eines davon ziellos durchblätterte.

Als sich aber seine Augen ein wenig weiteten – er hatte wahrscheinlich ein bestimmtes Wort herausgefiltert – fuhr ein Schmunzeln über meine Lippen. Gleichzeitig prickelten meine Wangen.

»Fantasy mit ein bisschen – wie soll ich das ausdrücken? – *Spice*?«, sagte ich und riss es ihm aus der Hand. »Keine Klassiker. Von denen bekomme ich meistens Kopfschmerzen. Durch *Stolz und Vorurteil* von Jane Austen habe ich mich gequält. Und von *Krieg und Frieden* von Tolstoi habe ich geschlagene 30 Seiten geschafft. Ein paar Freunde in Paris haben mich manchmal damit aufgezogen, dass ich nur Trivialliteratur lese.«

»Müssen tolle Freunde sein.« Er nippte am Kaffee, wonach er das Gesicht verzog und kurz hustete. »Wie viel hast du da reingemacht? Der schmeckt schrecklich.«

»Ich trinke das Zeug nicht. Ein, zwei Esslöffel.«

»So schmeckt es auch. Ist das die Strafe für mein Verhalten?«

Schulterzuckend lehnte ich mich in den Sessel. »Werden wir sehen. Aber nochmal zurück zu meinen

Freunden. Sie sind okay. Zwar haben alle einen Haufen Geld, aber damit solltest du dich ja auskennen.«

Kein Anschein, dass meine Worte ihn in irgendeiner Weise getroffen hatten. Wieso auch? Wenn man bedachte, wer sein Vater war, entsprach es der Wahrheit.

»Auf den ersten Blick denkt man nicht, dass du Bücher – besonders mit diesen Seitenzahlen – liest.«

»Was soll das denn bedeuten?«

Hat er mich gerade indirekt als dumm bezeichnet?

»Ist Lesen nicht eher etwas für Introvertierte? Du bist nicht schüchtern. Im Gegenteil, du gehst offen auf andere Menschen zu.«

»Klischees sind da, um gebrochen zu werden. Liest du denn nicht?« Es stellte sich als einfach heraus, mit ihm in eine legere Unterhaltung zu verfallen. *Zu* einfach. Die gestrigen Ereignisse lagen nicht schwer auf uns. Im Gegenteil, sie machten das überhaupt erst möglich.

»Nein«, er kratzte sich am Hals, »aber ich sollte es. Zu Hause habe ich ein Regal, welches sich über eine gesamte Wand zieht, und kein einziges Buch steht darin. Vielleicht ein oder zwei. Und das sind Kochbücher oder Ratgeber, von denen ich nicht weiß, wer die eigentlich gekauft hat.«

»So ist es immer.« Mein Blick legte sich auf seine Finger. Finger, die mir gestern Nacht zart mein Haar aus dem Gesicht gestrichen und mich in einen unbekümmerten Schlaf geleitet hatten. Kopfschüttelnd vertrieb ich das aufkommende Gefühl in meiner Brust. »Ich lese, um nicht allein zu sein.«

»Wie meinst du das?«

»Ich kann nicht allein sein. Keine Ahnung wieso, aber so ist es nun mal. Es ist auch das erste Mal, dass ich allein wohne. In Frankreich habe ich entweder mit meinen Eltern zusammengelebt oder in einer WG. Aber irgendwann kommt immer der Punkt, an dem du allein dastehst. Und dann kamen die Bücher ins Spiel. Die Charaktere sind immer da, egal, wo du bist. Oder wer du bist.«

Alexander hörte mir aufmerksam zu. Er war der Erste, der dieses Geständnis aus meinem Mund hörte. Vielleicht waren meine Freunde doch nicht die Besten, da sich keiner wirklich dafür interessierte. Genauer betrachtet, hatten wir nichts weiter als eine oberflächliche Beziehung. Aber irgendwie hatte es gereicht.

»Ich habe noch ein Geschenk für dich«, murmelte er, stellte seine leere Tasse auf den Tisch und griff in die Jackentasche. Hervor holte er ein kleines, schwarzes Kästchen, das er mir entgegenschob.

Meine Augenbrauen schossen in die Höhe. Ich sagte aber kein Wort, als ich es in die Hand nahm. Es war aus Stein, welcher mit dünnen, goldenen Adern durchzogen war. Allein eine solche Aufmachung musste schon einiges an Geld gekostet haben.

Bevor ich es öffnete, sah ich ihm ein letztes Mal entgegen. Sein gesamtes Wesen war auf meine Reaktion fixiert.

»Ich hoffe, es gefällt dir.«

Er musste nicht hoffen. Denn was sich darin befand, raubte mir den Atem.

Eine wunderschöne Kette. Rosé-goldene, feine Glieder, die zu einem Anhänger führten. Er war mit unzähligen blauen Steinen gesäumt, die nach außen immer heller wurden, sodass klare Steine den Rand zierten.

Meine Fingerspitzen berührten das Schmuckstück. Es fiel mir schwer, wieder zu ihm zu sehen. Doch musste ich feststellen, dass Alexander nicht mehr auf der Couch saß, sondern vor mir stand.

»Sie ist unglaublich«, flüsterte ich.

»Die Diamanten haben mich sofort an dich erinnert.« Der Ausdruck in meinem Gesicht musste mir anscheinend entglitten sein, denn einer seiner Mundwinkel zuckte nach oben. »Ich muss doch mit meinem ›Haufen Geld‹ etwas Sinnvolles anfangen.«

»I … I … Ich kann das nicht annehmen«, stotterte ich und klappte das Kästchen wieder zu. Blaue und weiße *Diamanten.* Das war zu viel des Guten. »Bring die Kette wieder in den Laden zurück.« Panisch drückte ich ihm die Verpackung mitsamt ihrem Inhalt wieder in die Hand, was er überraschenderweise zuließ.

Die Rechnung hatte ich aber dennoch ohne Alexander gemacht.

Er nahm die Kette heraus und öffnete den zierlichen Verschluss.

»Sie ist für dich geschaffen. Und jetzt steh auf und dreh dich um, damit ich sie dir umlegen kann.«

Bevor ich einen weiteren Gedanken fassen konnte, brachten mich meine Füße für ihn in Position. Mein Verstand hatte keine Chance, etwas dagegen zu unternehmen.

»Sie ist zwar kein Ersatz für die deiner Mutter, aber ich hoffe, du wirst sie dennoch tragen«, hauchte er und trat nah an mich heran. Sein heißer Atem liebkoste meinen Nacken. Dieses Gefühl vermischte sich mit seinen Fingern, die die empfindliche Haut meines Halses streiften. Vorsichtig. Behutsam.

Es kostete mich einiges an Willenskraft, nicht einen Satz nach vorn zu machen. Um dieses Ziehen in meinem Magen zu stoppen, welches mit jeder Sekunde stärker wurde.

»Du verlangst von mir, dass ich mehrere tausend Euro an mir trage?«

»Ja.«

Ein leises Klicken des Verschlusses und sie lag kalt auf meinem überhitzten Dekolleté. Selbst ohne einen Spiegel wusste ich, dass sie perfekt saß. Automatisch zuckte meine Hand nach oben und umschloss das kostbare Schmuckstück.

Alexander entfernte sich nicht von mir, was mich gefangen hielt.

»Alles Gute zum Geburtstag«, flüsterte er in mein Ohr und fuhr mit seinen Fingerknöcheln von meinem Haaransatz über meine Wirbelsäule.

Ich hielt es nicht mehr aus.

Es war die reinste Qual.

Also drehte ich mich zu ihm, was auch nicht die beste Idee war.

Uns trennte weniger als eine Handbreite, dies zündete den Funken, welcher sich tief in meinem Inneren einnistete. Auch ihm schien es nicht anders zu ergehen. Sein Blick wurde unscharf, während seine Brust sich schwer hob.

»Danke.«

Kopfschüttelnd trat er einen Schritt zurück und warf einen kurzen Blick zur Haustür. »Ich sollte langsam gehen.« Er wollte sich bereits abwenden, doch meine Hand umschlang seinen Arm.

»Warte, ich habe noch eine Frage an dich.« Sie war mir bei der Heimfahrt vom Café in den Sinn gekommen. »Woher weißt du eigentlich, wo ich wohne?« Woher hatte er gewusst, wohin er mich gestern Nacht bringen musste?

»Mir gehört dieser Apartmentkomplex.«

Schwerschluckend ließ ich von ihm ab. Aus meiner Kehle löste sich kein Wort. Unbewusst umfasste ich erneut die Kette.

Was sollte man darauf antworten?

Glückwunsch?

»Also, dann –«

»Kann ich dir etwas zeigen?«, fragte er und deutete nach oben, wo mein Bett stand. Mein Ausdruck musste für sich gesprochen haben, denn anstatt des halben Grinsens, entfuhr ihm nun ein herzhaftes Lachen. »Die Aussicht aus deinem Fenster.«

Mit kleinen Fältchen auf der Stirn folgte ich ihm nach oben und sah ihn fragend an, als er tatsächlich vor der schneeüberzogenen Scheibe stehen blieb.

Er deutete auf ein hell erleuchtetes Fenster, welches durch die fallenden Schneeflocken nur schwer erkennbar war. Es lag in einiger Entfernung gegenüber von meinem.

»Und jetzt?«

»Das ist mein Zimmer. Dort wohne ich, aber das wusstest du wahrscheinlich schon.«

»Woher soll ich das wissen?«

»Dorian ist ein Arsch«, sagte er mehr zu sich selbst als zu mir. »Er wohnt mit mir und meinem Bruder dort. Hat er dir das nicht gesagt?«

»Nein.« Ich ließ mich auf mein Bett fallen und merkte erst jetzt, wie müde ich tatsächlich war. Mit jeder Sekunde auf der weichen Matratze, gewannen meine Lider an Schwere.

Wieder sah er mich so unergründlich an. Und wieder nahm er mich damit vollkommen gefangen. »Du bist müde, nicht wahr?«

»Du auch.« Die Schatten unter seinen Augen waren nicht verschwunden, obwohl sie mit der guten Laune in den Hintergrund gerückt waren. »Wieso brennt bei dir überhaupt das Licht, wenn du hier bist?«

»Ich steuere es über mein Smartphone.« Alexander zog es aus der Hosentasche hervor und drückte eine Taste, was es sofort erlöschen ließ. Nun war die alleinige Finsternis der Herrscher über die Außenwelt.

»Danke, dass du hier warst«, sagte ich, wobei sich ein herzhaftes Gähnen aus mir löste.

»Soll ich hierbleiben, bis du eingeschlafen bist?«

Das ›Nein‹ lag mir bereits auf den Lippen, es trat aber nicht zwischen uns. Ich wusste nicht, was mich erwarten würde, wenn ich die Augen schloss. Der Schlaf? Oder Bilder, die ich mit aller Kraft versuchte, aus meinen Erinnerungen zu löschen?

In Wahrheit wollte ich nicht allein sein. Nicht jetzt.

»Hast du nicht gesagt, dass du noch etwas erledigen musst?« Was auch immer das sein sollte.

»Ich glaube, du hast mir so viel Kaffeepulver verabreicht, dass ich heute Nacht sowieso nicht schlafen kann.«

Meine Zähne nahmen meine Unterlippe gefangen, um das heraufkriechende Schmunzeln zu unterdrücken. »Wenn es dir nichts ausmacht.«

»Macht es nicht. Mach dir darüber keine Gedanken.«

»Dann zieh ich mich noch schnell um.«

Ich hastete in den kleinen Raum mit der Toilette und warf mir eine Leggins und einen weiten Pullover über. Als mir meine Augen aus dem kleinen Wandspiegel entgegenblickten, hielt ich inne. Sie hatten nichts mehr mit dem verweinten Paar von heute früh zu tun. Gerade glitzerten sie mit dem Anhänger der Kette um die Wette. Eine Wendung, die ich vor Stunden nicht hatte erahnen können.

Unbeirrt trat ich wieder nach draußen und blickte auf Alexander, der seine Schuhe von den Füßen gestreift hatte und mit ausgestreckten Beinen auf meinem Bett saß. Auch das war eine unvorhersehbare Wendung des Tages.

Ich schlüpfte unter die Bettdecke und kuschelte den

Kopf mit geschlossenen Lidern tief ins Kissen. »Danke, dass du hier bist.«

»Danke, dass ich hier sein darf.«

Daraufhin kehrte Stille ein. Es war aber nicht unangenehm. Sein Gewicht, das neben mir die Matratze nach unten drückte, und seine Hand, die unmerklich über die Längen meines Haares strich, strahlten so viel Ruhe aus, dass ich in den Schlaf glitt.

Einer, der mir keinen Schrecken bescherte.

Schlaftrunken zog ich die Decke näher an mein Kinn. Um dann festzustellen, dass es nicht kalt war, wie sonst jeden Morgen.

Nein, es war warm.

Der Himmel war in ein zartes Rosa getaucht, verriet, dass bald eine kalte Sonne über dem Land thronen würde. Kleine Schneeflocken sammelten sich an den Ecken meines Fensters – jede von ihnen definiert, sodass die kleinen Verzweigungen deutlich sichtbar waren.

Ich stieg aus dem Bett, stakste verspannt die Treppe nach unten. Im Kamin glomm orange-rote Glut, was jedoch neue Fragezeichen aufwarf.

Ehe ich mir darüber jedoch den Kopf zerbrechen konnte, wurde meine Aufmerksamkeit auf den Wohnzimmertisch gelenkt. Unter dem Steinkästchen, worin die Kette verpackt war, klemmte ein Stück cremefarbenes Papier.

Es war schwer, trug eine geschwungene Handschrift und stammte unverkennbar von einer gewissen Person.

Wenn du das Bedürfnis hast, in der realen Welt ein bisschen Ablenkung zu suchen … Ich bin hier. Selbst wenn es mitten in der Nacht ist. Sag Michail Bescheid, er wird es an mich weiterleiten.

Du musst nicht allein sein.
Nicht, wenn du nicht willst.
Dein A.

Lächelnd glitt meine Hand zu der Kette, die immer noch um meinen Hals lag. Im Gegensatz zu *Mamans* oder jedem anderen Schmuckstück fühlte es sich an wie ein Teil von mir.

Und als hätte die Mauer um mein weiches Herz nicht schon Risse bekommen, flossen diese Worte – Alexanders Worte – hindurch und heilten die Wunden, welche er vor wenigen Tagen erst angerichtet hatte.

Kapitel Sieben

Chloe

Meine Augen wanderten heimlich immer wieder zur Tür, bis ich mich dazu zwingen musste, wieder auf die tanzenden Gestalten vor mir zu blicken. Es war nicht einfach – auch wenn es das sein sollte. Meine Gedanken aber kreisten ausschließlich um eine Person. Und diese war nicht hier im Ballettstudio, sonders irgendwo im Theater.

Alexander.

Instinktiv fasste ich mir an mein Dekolleté. Besser gesagt an den Anhänger der Halskette, die unter meinem Oberteil versteckt war. Es hatte mich einiges an Überwindung gekostet, sie heute Morgen anzubehalten und damit aus dem Haus zu gehen.

Ich lehnte den Kopf gegen die Wand, zog meine Beine eng an meine Brust und versuchte, klare Gedanken zu schöpfen. In den letzten Stunden war aber zu viel passiert. Also richtete ich den Blick starr auf die Balletttänzer vor mir und konzentrierte mich auf die klassische Musik, die seicht aus einem der Lautsprecher tönte.

Bis etwas dicht neben mir auf das Parkett fiel.

Es war eine Papierkugel. Doch dafür war sie viel zu schwer.

Mit zusammengezogenen Augenbrauen sah ich nach oben.

Auf mich hinab blickten Natalja, Jaroslaw Putchenko und Alexander. Eigentlich nicht auf mich, sondern auf die Tänzer, die gerade ihre Schritte durchgingen. Die Lippen des Älteren bewegten sich; leider hörte ich aus meiner Entfernung nicht, was er sagte.

Mein Blick zuckte erneut zur Kugel. Es war nicht nur Papier, denn darin lag ein Schokoladenbonbon, das in rosa Folie eingepackt war. Ich war schon im Begriff, es in meine Tasche zu werfen, als mir dunkle Tinte entgegenschimmerte.

Das zerknitterte Blatt war beschrieben. Eine Handschrift, die mir seit heute Morgen bekannt war.

Du siehst aus, als könntest du ein wenig Nervennahrung gebrauchen.

Lass uns heute etwas unternehmen. Ich warte nach deinem Training vor dem Theater auf dich. 15:00 Uhr. Kann's kaum erwarten.
Dein A.

Das Pochen in meiner Brust stieg rasant an, wobei meine Augen erneut nach oben wanderten. Er unterhielt sich mit seinem Vater und Natalja, allerdings lag ein verräterisches Grinsen auf seinen Lippen.

Ich biss in die Innenseiten meiner Wangen, sodass nicht der gleiche Ausdruck auf meine Züge trat – ohne Erfolg. Ehe ich wie eine Idiotin weiter auf den Mann starrte, landete die dunkle Schokoladenkugel auf meiner Zunge.

Lächelnd sah ich erneut zu ihnen hinauf, doch sie waren verschwunden.

Egal, wie schwer es mir gefallen war, mich zuvor zu konzentrieren, nun war es unmöglich. Selbst als ich mit meiner kleinen Pause aufhörte und meine Schritte übte. Immer wieder wurde meine Aufmerksamkeit von der Wanduhr angezogen, deren Zeiger sich nicht bewegen wollten.

Es dauerte viel zu lange, bis ich endlich aus dem Theater trat. Und als sich seine Gestalt vor mir abzeichnete, gefror ich in der Bewegung. Alexander lehnte an einer Laterne, den Blick auf das Smartphone in seiner Hand gerichtet. Sein Haar hing ihm ins Gesicht. Doch als wäre er sich meiner Anwesenheit bewusst, schnellte sein Blick zu mir.

Egal wie sehr ich vorhin mit ihm reden wollte, jetzt fiel es mir schwer, meine Beine in Bewegung zu setzen.

Mit dem kleinen Fetzen Papier zwischen meinen Fingern, das seine elegante Schrift trug, blieb ich vor ihm stehen und spiegelte sein Lächeln, welches sich auf seiner Miene ausgebreitet hatte. »Wäre es nicht einfacher, wenn du mir deine Nummer geben würdest? Dann müsstest du mir nicht heimlich Zettelchen zustecken.«

»Gefällt es dir denn nicht?«

»Doch. Vor allem die Schokolade war gut.«

»Schön, dass sie dir geschmeckt hat.«

Sein Grinsen wurde breiter, das Kribbeln in meinem Bauch stärker.

»Also, was hast du vor?«

»In der Nähe gibt es ein kleines Café. Wir können dorthin laufen und etwas essen.«

Meine Hände klopften meine Jackentasche ab, die leer waren. »Ich habe mein Portemonnaie im Theater vergessen. Ich hole es –«

»Ich bezahle, keine Sorge.«

»Du musst nicht.«

Schulterzuckend lief er los, sodass ich beinahe rennen musste, um ihn wieder einzuholen. »Ich habe dich eingeladen, also bezahle ich auch. Wer weiß, vielleicht revanchierst du dich irgendwann.«

»Kommt drauf an.«

»Wie meinst du das?« Er sah neckisch auf mich hinab.

»Warten wir ab, wie es heute läuft. Immerhin muss es sich ja lohnen.«

»Daran werde ich alles setzen.« Es klang wie ein Versprechen. Und es ließ mein Herz vor Aufregung hüpfen.

Ein paar Worte genügten.

Bin ich wieder in meinen Teenagerjahren angelangt?

Räuspernd versuchte ich das Chaos in mir zu ignorieren, während wir durch eine enge Gasse liefen. »Wie kann es eigentlich sein, dass du so wenig trainieren musst? Ich sehe dich kaum im Studio.«

»Weil ich ein Naturtalent bin.« Ich konnte mir das Augenrollen nicht verkneifen. »Die Weihnachtsaufführung ist jedes Jahr die gleiche. Da ich die Rolle des Nussknackers schon letztes Jahr gespielt habe, kann ich alle Schritte. Die meisten von unseren Tänzern im Theater kennen das Stück beinahe auswendig.«

»Was machst du dann den ganzen Tag im Theater?«

Seine Miene wurde trüb, während er auf einen kleinen Laden zusteuerte. Er sah alt, aber edel aus. An den Fenstern waren gewundene Verzierungen, die durch das goldene Licht von innen perfekt in Szene gesetzt wurden.

Unser Ziel.

»Mein Vater will, dass ich nach ihm das Theater leite. Bis dahin lerne ich. Beziehungsweise mache all seine Drecksarbeit.«

»Wirklich?« Vor meinem inneren Auge zeichnete sich das Gebäude ab, welches ich an meinem ersten Tag gierig betrachtet hatte. Es war mehr als nur Beton, Stein, Stuck und Gold. Es war ein Ort der Eleganz und Kunst, die auch der tristesten Seele neues Leben einhauchte. »Klingt ...«

»Klingt wie?«, fragte er, wich aber meinem Blick aus. War es ihm unangenehm?

»Ich weiß nicht. Nach viel Verantwortung?« Ich zog die Schultern hoch. Es war nicht das, was ich sagen wollte, doch mir fehlten einfach die richtigen Worte.

Bei dem Häuschen angekommen, hielt er mir die Tür auf, sodass mir die warme Innenluft entgegenschlug. »Aber für den Moment habe ich keine Verantwortung und stehe dir vollkommen zur Verfügung.«

»Will ich wohl hoffen.« Ein weiterer neckischer Kommentar lag auf meinen Lippen, doch all meine Sinne wurden vom Ambiente eingenommen. Die Eleganz spiegelte sich auch im kleinen Innenraum wider und erinnerte an Paris. »Es ist wunderschön«, murmelte ich und sog den Duft nach Gebäck gierig ein.

»Dein Bruder ist oft hier. Ich glaube, er vermisst Frankreich.«

Alexander zog mir einen Stuhl heran, auf den ich mich fallen ließ. Er setzte sich mir gegenüber.

»Er vermisst Frankreich nicht.«

»Wieso nicht?«

Eine Kellnerin reichte uns Speisekarten, die wir dankend entgegenahmen.

Während ich darin herumblätterte, sagte ich: »Je länger er in Moskau ist, desto weiter entfernt er sich von unserer Familie. Er hat schon früher sein eigenes Ding gemacht, aber jetzt … Anrufe bei uns sind für ihn nur noch Formsache. Meine Eltern tun zwar so, als würde es ihnen nichts ausmachen, aber das stimmt nicht. Vor allem meine Mutter kämpft damit.«

»Ich glaube wirklich, dass er euch vermisst. Vielleicht kann er es nicht zeigen, aber er tut es.«

»Wenn du das meinst.«

Plötzlich legte sich seine Hand auf meine und zog meine Aufmerksamkeit auf ihn. »Weißt du, ihr habt eine Sache gemeinsam. Ihr mögt es beide nicht allein zu sein.«

»Wie kommst du denn darauf?«

Er strich mit seinem Daumen über meine Finger. »Er hat etwas Selbstzerstörerisches an sich. Ich mochte ihn am Anfang nicht besonders, aber er hatte keinen einfachen Start in Moskau. Er hat sich ständig in Schwierigkeiten gebracht. Ich hatte also keine andere Wahl, als mich um ihn zu kümmern. Er ist aus seiner ersten Wohnung sogar rausgeflogen.«

Das klang nach Dorian.

Ein Lächeln kroch auf meine Lippen. »Danke, dass du meinen streunenden Bruder bei dir aufgenommen hast.«

»Ich habe ihm dann die Wohnung besorgt, in der du jetzt lebst. In der Zeit haben wir uns angefreundet, doch ich stellte fest, dass es ihm dort auch nicht besonders gut ging. Na ja, dann ist er irgendwie bei Konstantin und mir gelandet.«

Als die Bedienung kam und nach unserer Bestellung fragte, ließ er von mir ab. Für Alexander einen großen Kaffee; für mich Früchtetee und Schoko-Rotweinkuchen.

»Rotweinkuchen am Nachmittag?« Alex zog belustigt die Augenbrauen nach oben.

»Der Alkohol wird doch sowieso rausgebacken. Außerdem habe ich heute nichts mehr vor, außer mich in mein Bett zu legen und zu lesen. Vielleicht bereite ich auch ein paar Schuhe vor.«

»Wirklich?«, lachte er.

»Ich habe hier noch keine Freunde. Mir bleibt also nichts anderes übrig.«

»Dorian würde es nicht gefallen, dass ich hier mit dir sitze.«

Ich musste mir ein genervtes Stöhnen verkneifen. Mir war klar, wieso es meinem Bruder nicht gefiel, dennoch stellte ich die Frage. »Was hat er denn zu dir gesagt, dass du diese Annahme hast?«

»Sagen wir mal so, er hat uns gesagt, dass wir uns von dir fernhalten sollen.«

»Uns? Wie vielen hat er gedroht?« Er wich meinem Blick aus und biss sich auf die Lippen. »Alexander.«

»Er will nur sichergehen, dass dich kein Arsch ausnutzt. Glaub mir, im Theater gibt es genug davon.«

Erleichterung machte sich auf seiner Miene breit, als unsere Getränke und mein Kuchen gebracht wurden. Er begann in seiner Tasse zu rühren.

»Manchmal hasse ich ihn«, murmelte ich und hackte die kleine Gabel in den schokoladigen Kuchen. »Immer versucht er über mein Leben zu bestimmen. Ist ja nicht so, als würde ich für jeden meine Beine breitmachen. Selbst wenn, was geht ihn das an? Er ist doch selbst so. Weißt du, wie schwierig es ist, sich weibliche Freundinnen zu halten, die mit meinem Bruder geschlafen haben?«

Wieder griff er nach mir – diesmal umschlossen seine Finger mein Handgelenk. »Ich kann mir vorstellen, dass du sauer bist. Du musst aber deinen Ärger nicht an dem Kuchen auslassen, Chloe.«

Meine Schultern sackten nach unten. »Er macht es mir nur noch schwerer, mich hier einzuleben. Auch wenn es nur wenige Monate sind.«

»Weißt du«, er ließ von mir ab, »wir können ab und zu etwas unternehmen.«

»Wolltest du deswegen nichts mit mir trinken gehen? Weil mein Bruder dir gesagt hat, dass du dich von mir fernhalten sollst?«

Schulterzuckend und mit schuldbewusster Miene blickte er auf den Tisch. »Das war ein dummer Fehler. Wenn ich bei dir gewesen wäre –«

Diesen Gedanken durfte er nicht haben. Immerhin hatte er dieses Erlebnis gelindert. »Wäre. Darüber zu spekulieren bringt nichts. Was geschehen ist, war auf jeden Fall nicht deine Schuld.«

»Es hätte trotzdem nicht passieren dürfen.« Alexanders Blick wurde unscharf, während er mich in Betracht nahm. »Weißt du, ich war schon lange nicht mehr mit einer Frau einfach in einem Café. Außer mit meiner Tante, die mich fast schon dazu nötigt mit ihr Zeit zu verbringen.«

Lachend schob ich mir ein Stück Kuchen in den Mund. Ich wollte nicht mehr darüber nachdenken, was oder warum es geschehen war. Umso dankbarer war ich, dass er das Thema wechselte. »Wieso sollte dich Irina dazu nötigen?«

»Weil sie aufdringlich ist. Sie stellt Fragen, wenn sie keine stellen sollte.«

»Du magst also keine aufdringlichen Frauen?«

»Sie ist meine Tante, Chloe.«

»Was machst du denn normalerweise mit den Frauen, die du kennenlernst?«

Ein Grinsen zierte seine Lippen, während er mit dem Löffel ein Stück von meinem Teller nahm. »Dein Bruder hatte vielleicht gar nicht so unrecht.«

»Wie meinst du das?«

»Er hat mir aus einem guten Grund gesagt, dass ich mich von dir fernhalten soll. Man könnte mich möglicherweise als Arschloch bezeichnen.«

»Sag schon, du musst meiner Frage nicht ausweichen.«

Es brauchte nicht viel Denkfähigkeit, zu wissen, was er mit den Frauen machte. Ich verurteilte ihn dafür auch nicht. Er war attraktiv – wenn das überhaupt das richtige Wort für ihn war. Alexander musste wahrscheinlich nicht viel dafür tun, damit ihm die Frauen zu Füßen lagen.

»Ich habe weder die Zeit noch den Nerv für eine Beziehung, also läuft es nur auf das eine hinaus. Dates sind ausgeschlossen.«

»Gut.«

»Gut?«

Schulterzuckend lehnte ich mich zurück und wärmte meine Hände an der noch lauwarmen Tasse. »Sei mir nicht böse, Alex, aber ich könnte die Kette nicht annehmen, wenn du eine Partnerin hättest. Mir ist es ja selbst jetzt schon unangenehm, da ich dir niemals etwas Gleichwertiges schenken kann.«

Er lehnte sich nach vorn und machte eine Geste, es ihm gleichzutun. Ich folgte seiner stummen Forderung, sodass unsere Gesichter sich viel zu nah waren.

»Trägst du sie?«

»Ja«, flüsterte ich. »Unter meinem Oberteil. Ich

mache den Fehler nicht nochmal, Schmuck in der Öffentlichkeit sichtbar zu tragen.«

»Darf ich?« Alexander fuhr am Saum meines Kragens entlang. Sein Daumen strich über meine Halsschlagader – von dort breitete sich Hitze bis tief in meine Magengrube aus.

Nickend gewährte ich es ihm. Nicht mal eine Silbe brachte ich heraus.

Seine Finger holten die Kette unter meinem Oberteil hervor. »Du kannst dir nicht vorstellen, wie sehr es mich freut, dass du sie trägst.«

»Ich habe Angst, dass ich sie irgendwie kaputt mache.«

Ein sanftes Lächeln legte sich auf seine Lippen. »Mach dir darum keine Sorgen.« Ein letztes Mal fuhr er über den Anhänger, ehe Alex sie wieder unter dem Stoff verschwinden ließ. »Auch wenn ich es dir schon mal gesagt habe ... Sie steht dir.«

»Schmuck war eigentlich nie mein Fall.«

Er ließ nicht von mir ab, glitt meinen Hals hinauf zu meinem Kiefer und hielt bei meiner Schläfe inne. Die Berührung war sanft – erinnerte mich an die beiden Nächte, die er an meiner Seite verbracht hatte. Es kostete mich all meine Kraft, mich nicht an ihn zu schmiegen und meine Lider zu schließen.

»Dann sollte ich mich noch glücklicher schätzen, dass du sie trägst.«

»Vielleicht.«

Sein Blick zuckte auf seine Armbanduhr, woraufhin seine Berührung verschwand.

»So gerne ich mit dir noch mehr Rotweinkuchen essen würde, ich habe heute noch einen Termin.«

»Kein Problem, immerhin bezahlst du.«

Ehe er die Bedienung nach der Rechnung bat, fasste

er in seine Jackentasche und holte einen Kugelschreiber hervor. »Bevor ich es vergesse.« Alexander griff nach einer Serviette und schrieb eine lange Zahlenabfolge darauf. »Hier hast du meine Nummer. Obwohl ich dieses Briefeschreiben anziehend finde, ist es auf anderem Wege einfacher.«

Ich nahm ihm die Serviette mit der Nummer ab. Der Anblick entfachte ein Flattern in meinem Bauch.

»Solange du mir weiterhin Schokolade schenkst.«

Lachend warf er seinen Kopf zurück. »Keine Sorge, Chloe. Ich werde dir trotz der Nummer weiterhin Zettel schreiben und Schokolade schenken.«

»Na, wenn das so ist.«

Kapitel Acht

Alexander

Wochen waren vergangen – Zeit, die ich größtenteils mit einer gewissen Frau verbrachte.

Chloe. Auch jetzt.

»Wehe, du lässt mich fallen.«

Augenverdrehend hob ich sie in die Höhe, was ihr einen kleinen, spitzen Schrei entlockte. Mich allerdings brachte es zum Lachen. »Das sagst du mir jedes Mal, wenn wir die Hebefigur proben, Chloe.«

Ich stellte sie zurück auf die Füße, hielt sie aber fest, bis sie ihr Gleichgewicht wiedererlangte. Dabei funkelten ihre wunderschönen, nachtblauen Iriden. Genau diese ließen mich nicht mehr klar denken. Sie trugen ein Glitzern in sich, das meine Gedanken in eine bestimmte Richtung lenkte. Am liebsten würde ich sie packen und mit mir in ein leeres Zimmer ziehen, in dem ich ihr den unverschämt dünnen Body vom Leib zog und sie an irgendeiner Wand fickte.

Diese Wünsche rief sie in mir hervor.

Dorians Schwester ...

Darin lag allerdings nur ein Dilemma.

Chloe war viel zu nah an einem Geheimnis, welches aus Blut, Knochen und Tod bestand. Und mit jeder Sekunde, die ich mit ihr verbrachte, erkannte ich, wieso Dorian sie von uns abschirmen wollte.

Dafür war ich – vielleicht auch mein Schwanz – viel zu interessiert an ihr.

»Du hättest mich vorwarnen können«, flüsterte sie, stieß gegen meine Brust, sodass ich zurückstolperte.

»Dann wäre es doch nur halb so lustig gewesen.«

Daria lehnte an der Stange, die an dem riesigen Spiegel befestigt war, und sah uns mit abschätzigem Blick an. Sie war eifersüchtig – das wusste ich. Sie wollte schon lange, dass ich sie nahm. Oder Dorian. Oder Gage. Dafür hatte Nele ihr zu viel Gutes über uns erzählt.

Es hätte bestimmt ein Szenario gegeben, in dem ich sie gefickt hätte. Sie war hübsch und eine gute Tänzerin. Es war aber nicht sie, die mir in den letzten Wochen meinen Kopf verdreht hatte.

Die Frau, die ich wollte, stand mit einem unterdrückten Lächeln vor mir. Die Konturen ihrer Brüste wurden von ihrer hautengen Kleidung perfekt in Szene gesetzt. Ihr süßer Arsch wurde leider von einem dünnen Rock verhüllt, der ihr bis zu den Knien reichte.

Chloe machte einen Schritt auf mich zu, obwohl sie es war, die mich zuvor weggestoßen hatte. In ihren Augen lag ein schelmisches Funkeln, welches ich in letzter Zeit schon oft gesehen hatte. In diesen Momenten vergaß ich, wer ich war.

Ich vergaß alles, außer sie.

Ihr Zeigefinger strich die Kontur meines Kiefers entlang. Er zog eine Brandspur, die sich tief in mein Inneres fraß. Hatte sie eine Ahnung, was diese kleine Berührung mit mir anstellte? Ihr Schmunzeln sagte mir, dass sie es nur zu genau wusste.

Uns war beiden klar, wo das enden würde, wenn wir so weitermachten. Möglicherweise nicht an einer Wand. Aber ich in ihr.

»Wann machen wir mal Dinge, die ich lustig finde?«

»Was willst du denn machen?« Meine Sinne legten sich auf den Finger, der langsam meinen Hals hinabglitt. »Vor allem, wenn man in Betracht zieht, dass wir sowieso die meiste Zeit miteinander verbringen. Und ich wage mich daran zu erinnern, dass du in meiner Gegenwart schon oft gelacht hast.«

»Da musst du dich irren.« Ihre Hand fiel von mir ab. »Vielleicht kannst du mir das heute Abend in Erinnerung rufen. Du hast sowieso deinen Pullover gestern bei mir vergessen.«

Das Lächeln auf meinem Mund schwand. »Ich habe heute keine Zeit.«

In ihrer Miene machte sich Enttäuschung breit, auch wenn sie es zu verstecken versuchte.

»Was hast du denn vor?«

»Dorian, Konstantin und ich machen einen Ausflug in den Norden. Ich hätte dir ja Bescheid gegeben, aber das ist alles kurzfristig entstanden.«

»Du brauchst dich nicht zu rechtfertigen.« Dennoch hatte ich das Gefühl, dass ich genau das musste.

»Was habt ihr denn vor?«

»Trinken.«

»Das ist alles?«

Nein, aber die volle Wahrheit musste sie nicht kennen. Für eine derart helle Seele wie sie war das Blut, welches vergossen werden würde, viel zu dunkel. Das wusste ich.

»Dein Bruder wird wahrscheinlich in einer Bar eine Frau aufreißen.«

»Und du?«

Hörte ich da etwa Eifersucht in ihrer Stimme?

»Ich? Ich nehme mir eine kleine Auszeit von Frauen. Immerhin werde ich von einer täglich beschlagnahmt. Also, für dieses Wochenende nur Alkohol und ich.«

»Sagt jemand, der ständig auf der Couch einschläft, während wir einen Film auf dem Laptop ansehen.«

»Da musst du mich mit jemandem verwechseln, Chloe.«

Ihre Hand ballte sich in mein T-Shirt und zog mich zu sich nach unten. Ein schelmischer Ausdruck löste ihre anfängliche Enttäuschung ab. Sie wollte spielen. Und ich überließ ihr die Kontrolle, wobei ihr Blick über mein Gesicht wanderte. Sofort wurde das Blut in meinen Adern heißer.

»Wirklich? Komisch, ich hätte gedacht, es warst du, der schnarchend auf das Kissen gesabbert hat.«

»Du bist eine schamlose Lügnerin.«

Ich glitt über ihren Hals, fühlte ihren Puls, der unter meiner Berührung schneller wurde. Ihre Wangen wurden rot. Und mein Schwanz wurde hart. Ich wollte sie.

»Bin ich das?«, hauchte sie.

»Ja, denn ich schnarche und sabbere nicht.«

Lachend fiel ihr Kopf in den Nacken. Dabei fingen die dünnen Glieder der Kette an ihrem Hals das helle Deckenlicht auf. Es gefiel mir, dass sie mein Geschenk immer bei sich hatte.

»Dann steht wohl Aussage gegen Aussage.«

»Du hast keine Beweise.«

»Die werde ich wohl das nächste Mal sammeln müssen.«

»Ich bin gespannt, ob du mir diese liefern kannst.«

»Das werde ich.« Ihr Blick glitt hinter mich auf die Wanduhr, ehe sie die Lippen verzog. »Wenn ich mit Irina nach Hause fahren will, muss ich langsam los.«

»Ich kann dich auch fahren.« Eigentlich hatte ich dafür keine Zeit, in den vergangenen Wochen hatte ich viel zu viel Arbeit aufgeschoben. Aber sie sollte nicht allein zu ihrer Wohnung laufen müssen.

»Musst du nicht. Nicht, dass du die anderen warten lässt.«

Chloe entfernte sich endgültig von mir und raffte ihre Sachen zusammen.

»Sicher?«

»Ja, ich hole mir nur noch meine Jacke und meine Schuhe aus der Umkleide und dusche zu Hause.«

»Okay.«

Dennoch begleitete ich sie nach draußen auf den Gang.

»Wir sehen uns«, murmelte ich, strich ein letztes Mal über ihr weiches Haar. Es glitt wie Seide durch meine Finger.

»Pass auf dich auf.« Das war das Letzte, was sie sagte, ehe sie sich umdrehte und ging. Ich blieb währenddessen stehen, starrte ihr hinterher. Selbst, als sie schon lange nicht mehr zu sehen war.

Erst jetzt merkte ich, dass ich mich gar nicht aus meiner Starre lösen wollte. Das hätte nur die Wirklichkeit zu mir zurückgebracht. Eine Wahl hatte ich aber nicht, denn die Blase, die sich um mich gelegt hatte, wurde von jemandem zerplatzt.

Gage.

Er kam mit einer Tasche auf mich zu. »Darf ich fragen, wieso du ins Nichts starrst?«

»Nein.« Seine dunklen Augenbrauen zogen sich zusammen – mit dieser Antwort hatte er nicht gerechnet. Als er etwas sagen wollte, glitt meine Aufmerksamkeit auf die Reisetasche. »Du fährst nicht mit uns mit.«

Mit jedem meiner Worte steigerte sich seine Verwirrung. »Aber Konstantin hat gesagt, dass ich mitkommen soll.«

»Ich sage, dass du nicht mitfährst. Und mein Wort wiegt schwerer als das von meinem Bruder.« Ich umfasste seine Schultern, sodass sich sein Blick auf mich richtete. »Ich habe eine andere Aufgabe für dich.«

»Welche?«

»Du wirst deine Suche nach dem Bastard intensivieren, der Chloe bedroht hat. Außerdem will ich, dass du ein Auge auf sie hast, solange Dorian weg ist.«

»Besser gesagt, solange du weg bist. Oder nicht?«

Mein Kiefer wurde hart. Meine Stimme war ein Knurren. »Selbst wenn, das hat dich kein bisschen zu interessieren. Ich mag dich, Gage. Aber steck deine Nase nicht in Dinge, die dich nichts angehen. Ist das klar?«

»Ja.«

Seine Antwort dauerte viel zu lange. Aber was hatte ich erwartet? Es konnte kein Zufall sein, dass er in der damaligen Nacht in derselben Bar wie Chloe gewesen war, vor allem, da ich wusste, in welcher Kneipe er sich sonst die Zeit vertrieb.

Machte ich ihm einen Vorwurf?

Nein. Denn ich war nicht viel besser. Beide hatten wir Dorians Forderung missachtet, die Pfoten von seiner Schwester zu lassen. Doch kratzte die Wut an mir, als ich nur daran dachte, dass er sie auch nur anfassen würde. Das, obwohl ich mir schon die ein oder andere Frau mit ihm geteilt hatte. Ich hatte ihm quasi beigebracht, wie man richtig fickte.

Gage war unerfahren nach Moskau gekommen. Eine Eigenschaft, die er jetzt sicher nicht mehr besaß.

Das bezog sich nicht nur aufs Vögeln von Frauen.

Er war brutal – auch wenn es durch seine Art nicht sofort ersichtlich war. Manchmal trieb er mich in den Wahnsinn wegen seiner unvorsichtigen Unbekümmertheit. Doch wenn er Blut leckte, war er kaum wiederzuerkennen. Gage hatte kein Problem damit, seine Hände schmutzig zu machen. Vielleicht mochte ich ihn deshalb so gern.

Das änderte aber nichts daran, dass er sich von Chloe fernhalten sollte.

»Gut.« Ich atmete tief ein und setzte ein selbstgefälliges Grinsen auf die Lippen. »Solange du ihn nicht gefunden hast, bist du hier erstmal außen vor. Wenn dich Konstantin danach fragen sollte, schickst du ihn zu mir.«

Es passte ihm nicht. Menschen aufzuspüren war nicht sein Spezialgebiet. Zu langweilig.

»Was soll ich machen, wenn ich ihn finde?«

»Du rufst mich an. Und wenn ich nicht hier bin, wie dieses Wochenende, bringst du ihn her. Ich will mit ihm persönlich sprechen, bevor ich ihn umbringe.« Ich stieß ihn von mir und trat einen Schritt zurück. »Du kannst gehen.«

Es war aber ich, der sich umdrehte und einen Weg unter das Theater in mein Büro suchte. Bevor wir gingen, musste ich noch einige Akten auf meinem PC durchsuchen. Nach Informationen. Nach einem kleinen Halm, an den ich mich klammern konnte, der mir sagte, dass ich auf dem richtigen Weg war.

Nichts Hilfreiches war dabei. Nur Dinge, die ich schon wusste oder nicht von Belang waren.

Ich vergrub das Gesicht in den Händen und atmete tief ein. Einerseits konnte ich meinen Vater verstehen, dass er aufgegeben hatte, doch andererseits war sie seine Frau gewesen. Meine Mutter. Ich konnte nicht aufgeben. Ich musste suchen.

»Will ich überhaupt wissen, wieso du noch in Jogginghose und Shirt hier sitzt?« Konstantin warf einen kleinen Koffer auf meinen Bürotisch und ließ sich gegenüber von mir auf den Stuhl fallen.

»Ich muss mich noch duschen. Hatte dafür noch keine Zeit. Das Training hat ein bisschen länger gedauert, als ich eingeplant hatte.«

»Dann solltest du dich beeilen. Dorian kommt in zehn Minuten und holt uns ab.« Mein Bruder holte sein Messer aus der Tasche und putzte die saubere Klinge nochmal.

»Wenn's sein muss wartet er eben ein paar Minuten.«

»Wo ist eigentlich der Welpe?«, fragte Konstantin und fuhr die dunkle Klinge des Messers nach. »Gage ist schon lange nicht mehr zu spät gekommen.«

Ich fuhr den PC herunter und streckte für einen Moment meine Beine aus. »Er fährt nicht mit.«

»Wieso?« Konstantins Blick trug einen Hauch von Verwunderung in sich. »Ich habe Gage aufgetragen, dass er mitfährt.«

»Er hat etwas zu erledigen. Privat. Und bevor du fragst«, denn die Worte lagen sichtbar auf seinen Lippen, »es geht dich nichts an. Es hat nichts hiermit zu tun.«

»Etwas Privates? Das nichts mit der Mafia zu tun hat?«

»Ja. Geh schon mal raus. Nach dem Duschen komme ich sofort auf den Parkplatz.«

»Denkst du, er wird uns Antworten geben können?«, fragte Dorian und sah auf das einsame, verschneite Haus. Es lag außerhalb der nächsten Ortschaft. Ausschließlich ein golderleuchtetes Fenster im ersten Stock deutete darauf hin, dass es nicht verlassen war.

»Nein. Soweit ich es verstanden habe, ist er nur ein Bote. Vielleicht weiß er was, vielleicht aber auch nicht. Aber er hat sicher Dokumente im Haus, die uns einen Tipp liefern können.«

Mehr erwartete ich von unserem Besuch nicht. Wenn wir wichtige Dokumente – Bankverbindungen, Rechnungen, alles, was hilfreich sein könnte – finden würden, wäre dieser Ausflug bereits ein voller Erfolg.

Konstantin schaltete den Motor ab und holte eine Schusswaffe aus dem Handschuhfach hervor. »Wenn er wirklich ein Bote ist, werden wir etwas finden. Niemand ist zu hundert Prozent sauber.«

Mit Ausnahme von ihm.

Wir stiegen aus und liefen die kurze Auffahrt zur Haustür hinauf. Nichts außer dem heulenden Wind und Dorians Stimme hallten durch die Nacht.

Er konnte einfach seine Klappe nicht halten. Es war Dorian durch und durch.

Auch als wir vor der Tür angekommen waren, konnte er sich einen dummen Kommentar nicht verkneifen. »Willst du klopfen, oder soll ich das Schloss knacken?«

Grinsend zuckte ich mit den Schultern. »Wir sind doch die Gäste, wo bliebe denn mein Anstand, wenn ich nicht klopfen würde?«

»Ihr und eure dämlichen Spielchen«, knurrte Konstantin und schob sich an uns vorbei. Er zögerte nicht lange und trat die Tür ein. Sie war nicht robust, weshalb ein gezielter Tritt ausreichte, um sie zu öffnen.

Dorian stieß hörbar die Luft aus. »So kann man es allerdings auch machen.«

»Spart auch Zeit.« Konstantin ging über die Schwelle.

Auch wir folgten ihm.

Es war kalt. Dunkel. Leise. Es war zu leise.

Unser kleiner Freund war hier. Wahrscheinlich hatte er den Motor gehört. Oder die zuschlagenden Autotüren. Oder unsere Stimmen, die durch die dünnen Fenster gedrungen waren. Egal, was es war, ich spürte förmlich, wie er sich versteckte.

Sein Name war Juri.

Es war nicht sein richtiger. Natürlich nicht. Der Nachname hatte in den Dokumenten gefehlt, die mir einen Hinweis auf ihn gegeben hatten. Auch sollte dieses Haus eigentlich leer stehen. Wir hatten keinerlei Anhaltspunkte, wer sich hinter Juri versteckte.

Heute ließ sich das bestimmt herausfinden.

Dorian trat einen Schritt nach vorn, schaltete dabei das Licht ein. Es war ein kleiner Eingangsbereich, von dem aus zwei Türen ins Innere und eine schmale Treppe nach oben führten.

»Ich habe mir das Gelände angesehen«, murmelte er, während seine langen Finger über das Treppengeländer fuhren. »Es gibt noch einen weiteren Ausgang auf der Nordseite des Hauses. Er führt zu einer kleinen Scheune. Ich denke nicht, dass das die einzige Treppe im Haus ist.«

Konstantin ging mit seiner Waffe voraus. Nicht die Treppe hinauf, sondern durch eine der Türen des Erdgeschosses.

Dorian nickte zu mir und deutete nach oben.

Doch ehe ich auch nur die erste Stufe erklomm, ertönte ein Schuss. Gefolgt von einem schmerzverzerrten Stöhnen. Der Laut kam nicht von Konstantin.

»Das ging schnell«, stellte ich trocken fest, wobei die Spannung von meinen Schultern fiel. »Du hattest recht. Das Licht hat in einem der oberen Zimmer gebrannt.«

Er warf mir ein selbstgefälliges Lächeln zu. »Wann habe ich denn mal nicht recht?«

Augenverdrehend schüttelte ich den Kopf. »Komm. Konstantin wird schon genervt sein, dass er warten muss.«

Das war er auch.

Wir passierten einen kleinen Raum, der mit alten Möbeln und Schränken beinahe unpassierbar war, bis wir in einer Art Wohnzimmer ausgespuckt wurden. Ob das die richtige Bezeichnung dafür war, wusste ich nicht. Ich würde hier sicher nicht wohnen wollen.

Auf dem Teppichboden waren Brandflecken und in regelmäßigen Abständen eine getrocknete, gelbe Flüssigkeit – ich wollte gar nicht wissen, was das war. Der Geruch, der in der Luft hing, raubte mir den Atem. Es roch nach Pisse und Erbrochenem.

Ein Blick auf den Mann, der auf einen sperrigen Stuhl gefesselt war, lieferte eine Erklärung für den letzteren Geruch. Über seinen zerschlissenen Wollpullover lief eine bräunliche Flüssigkeit, die mit einzelnen Brocken gespickt war. Sein langes, graues Haar war fettig, sein Blick trug Wahnsinn in sich. Vielleicht durch den Schmerz, den er haben musste. Denn aus einer kleinen Einschussstelle am Schienbein lief Blut.

»Musstest du ihm ins Bein schießen?« Mein Blick fiel auf meinen Bruder, der einen letzten Knoten an Juris Handgelenk festzog, sodass seine Hände vollkommen auf den Stuhllehnen angebunden waren.

Konstantin hatte keine Zeit vergeudet.

»Nein, aber er wollte weglaufen. Außerdem hatte ich keine Lust, durch dieses Chaos hier zu hetzen.« Angeekelt rümpfte er die Nase und stellte sich gerade hin. »Da habe ich gerne eine Kugel an ihn verschwendet. Er kommt hier sowieso nicht lebend raus. Ob er jetzt ein bisschen Blut verliert oder nicht, ist doch vollkommen egal.«

»Was?!« Juris Augen zuckten wild. Er riss an den Fesseln – mit wenig Erfolg. »Ich habe nichts falsch gemacht.«

»Ach wirklich, *Juri*?« Ich betonte jeden einzelnen Buchstaben seines Namens. Mein Blick fiel auf das kleine Sofa, das ziemlich sauber wirkte, ehe ich mich darauf fallen ließ. Ich bereute es sofort. Es stank. »Oder willst du uns vielleicht deinen richtigen Namen verraten?«

Er wurde ruhig, starrte mich mit seinen glasigen, nun leeren Augen an. Wir waren also richtig. Das war ein riesiger Schritt, auch wenn ich nicht viel erwartete. Er war nicht die Art von Mann, der viel wusste.

»Antworten«, schnauzte Dorian und holte sein Messer hervor. Sein Lieblingswerkzeug.

Bei diesem Anblick schluckte Juri. Er wusste, was kommen würde. Er wusste, dass das die letzten Momente seines Lebens werden würden. Vielleicht hielt er deswegen seine Klappe. Weil es keinen Sinn mehr hatte.

Sein Schweigen war das Stichwort für Dorian.

Er trat nach vorn, packte seine Hand und versenkte die Spitze des Messers in seine Fingerkuppe. Dorian zeichnete eine feine, rote Linie, die erst in seiner Handfläche endete.

Ein schöner Anblick.

Noch schöner war das qualvolle Schreien, welches er von sich gab.

»Dorian wird dir jeden Nerv höchstpersönlich durschneiden, wenn du nicht reden willst. Und er wird sich sehr viel Zeit dabei lassen«, murmelte ich und beobachtete, wie sein Blick von meinem Freund zu mir zuckte. »Du wirst reden. Bald. Denn ich habe nicht vor, länger als nötig hierzubleiben.«

Den Anzug an meinem Körper konnte ich auf jeden Fall danach verbrennen. Dem Himmel sei Dank lagen im Auto Wechselklamotten.

Juri presste den Kiefer zusammen, zog dabei erneut an den Fesseln, merkte aber, dass es nichts nützte. Währenddessen streifte Konstantin im Raum umher. Er saugte jedes Detail auf; suchte nach Dingen, die uns weiterhelfen konnten.

»Ich will einen Deal.«

Ein kaltes Lächeln zupfte an meinen Mundwinkeln. »Einen Deal? Wieso sollten wir einen Deal eingehen?«

»Ihr wollt etwas von mir wissen.«

Dorian glitt mit dem dunklen Messer über seine Wange. Aus der Wunde quoll sofort frisches Blut. »Du wirst reden. Ich bin mit dem Messer begabt. Wir brauchen mit dir keinen Deal einzugehen.«

Ich hob meine Hand, hielt ihn damit zurück. »Lass ihn reden. Was schwebt dir denn vor?«

»Ich sage dir alles, was ich weiß, und ihr lasst mich gehen.«

»Das ist lächerlich«, lachte Dorian, wollte schon seine Folter fortsetzen, als ich ihn mit meiner Stimme aufhielt.

»Einverstanden. Du sprichst, danach wird Dorian dir die Fesseln abschneiden.« Beide Männer warfen mir einen überraschten Blick zu. Konstantin ließ sich nur ein verachtendes Schnauben entlocken. »Also, ich frage dich ein letztes Mal. Wie ist dein richtiger Name?«

Auch jetzt setzte sich der Widerwillen in seiner Miene fest. Doch er spuckte mir die Antwort entgegen. »Timur.«

»Nachname?«

»Vergiss es.«

Mein Blick fiel auf Dorian.

Mehr brauchte es nicht.

Er holte aus und schnitt quer über Timurs rissige Lippen. Wenn das überhaupt sein richtiger Name war. Ich vertraute ihm kein bisschen. Aber es war ein Spiel, welches ich gern einging. Denn ich wusste, wer am Ende der Gewinner sein würde.

»Romanow.«

»Ich hoffe für dich, dass es die Wahrheit ist«, murmelte ich und richtete die Manschetten meines Anzugs. »Ich würde dir ab sofort raten, mir auf meine Fragen sofort zu antworten. Ansonsten muss Dorian sein Kunstwerk auf dir fortfahren.«

Timur spuckte Blut auf den Teppich, welches sich zu dem aus seiner Schusswunde gesellte. »Ich kann mir denken, was ihr von mir wollt. Niemand kennt den Namen Juri.«

»Für was warst du zuständig?«

»Ich habe kleine Pakete von einem Ort zum anderen gebracht.«

»Was war darin?«

»Sehe ich aus, als hätte ich Röntgenaugen?« Diesmal war es nicht das Messer, sondern Dorians Faust, die sich in seinem Gesicht wiederfand. Wieder spuckte er Blut, ehe er mich ins Auge fasste. »Es waren Pässe. Alle gefälscht. In der Innenseite des Umschlags war eine kurze Zahlenfolge. Immer eine andere. Ich habe aber keine Ahnung, was sie bedeutet.«

»Hast du nie Fragen gestellt?«

Ein ekelhaftes Lächeln verzog seine Miene. »Nein. Die Bezahlung war gut. Ab und zu ist eine Nutte vorbeigekommen. Ich hatte keinen Grund, Fragen zu stellen.«

»Sie hätten dir mehr bezahlen sollen«, murmelte Konstantin und stellte sich hinter mich.

»Ich habe hier alles. Vor allem ein ruhiges Leben.«

Ich verschränkte die Hände im Schoß. »Wie ist er mit dir in Kontakt getreten?«

»Sie.«

»Sie?«

»Es war eine Frau, die mich kontaktiert hat. Sie hat zwar von einem ›Er‹ geredet, aber, wie gesagt, ich habe nie nachgefragt.« Sein Gesicht wurde sekündlich blasser. Konstantin musste mehr Schaden angerichtet haben, als es aussah.

»Wo hast du sie kennengelernt?«

»In einer Bar.« Seine glasigen Augen wanderten zu Dorian, der mit dem Messer über das Holz des Stuhls glitt. »Sie – Sie hat mir einen Job beschafft, weil mich der Barinhaber – dieser scheiß Wichser – gefeuert hat. Sie hatte kurze schwarze Haare, riesige Titten, leider ein wenig zu dünn für meinen Geschmack.« Sein Blick wurde lüstern, als er an die Frau dachte. »Sie hat mir nie ihren Namen verraten. Sie hat meine Neugier auch schnell mit Geld ausgeschaltet. Ich musste nur kleine Päckchen für ›Ihn‹ von der einen Poststelle zur anderen bringen. Ich holte sie alle von der gleichen ab, musste sie dann aber immer zu anderen bringen. Das stand aber auf einem Zettel dabei.«

»Welche Poststelle?«

»Die in der nächsten, großen Stadt.«

Ich war vollkommen still.

Juri – Timur – war nichts weiter als ein Mann in einer wahrscheinlich endlos langen Kette. Wieso sonst hätte man ihn damit beauftragen sollen? Gleichzeitig erfüllte es meine Erwartungen, mit welchen ich hierhergekommen war, oder? Oder hatte ich gehofft, dass er mir mehr sagen konnte? Einen Namen? Irgendwas Wichtiges?

Letztendlich war er nur eins. Ein kleines Mosaikstück in einem riesigen Kunstwerk.

»Schneid ihn los«, befahl ich Dorian, der meiner Forderung nachging. Widerwillig, aber er gehorchte. »Er weiß wirklich nichts.«

Doch als er das letzte Seil an seinen Füßen durchtrennte, hielt mir Konstantin seine ungesicherte Waffe vor das Gesicht. Stumm nahm ich sie ihm ab und zielte den Lauf direkt auf Timurs Herz. Und drückte ab.

Dorian sah mich genervt an. »Eine Warnung wäre nett gewesen.«

»Du hast doch nicht wirklich gedacht, dass ich ihn am Leben lassen werde?«

»Keine Ahnung?«

»Komm schon.« Ein Schmunzeln zuckte an meinen Lippen, als ich den zusammengesackten, toten Leib auf dem Stuhl betrachtete. Sie hätten ihn sowieso nicht am Leben gelassen. Sobald sie ihn nicht mehr gebraucht hätten, hätte er einen ähnlichen Tod erlitten. »Ich habe nicht gesagt, dass ich ihn nicht umbringen werde. Eine Lüge kannst du mir also nicht unterstellen. Außerdem kennst du mich.« Ich stand auf und klopfte den Dreck von meinem Anzug. »Lass uns rausgehen. Ich brauche frische Luft.«

Das ließ er sich nicht zweimal sagen. Konstantin aber blieb stehen, während seine Augen im Raum umherwanderten. »Ich sehe mich noch ein bisschen um. Es wird ein Albtraum, hier etwas zu finden. Das wird Stunden dauern.«

»Dann fang ruhig schon mal an, meine kleine Putzfee«, grinste der Mann neben mir, fischte eine Zigarettenschachtel aus seinem Mantel und ging vor.

Wahrscheinlich, um dem kalten, schneidenden Blick meines Bruders zu entgehen.

»Irgendwann bring ich ihn um.«

Schulterzuckend unterdrückte ich meine Belustigung. Mit nur wenig Erfolg. »Ich komme gleich wieder. Ich bin froh, wenn wir so früh wie möglich hier wegkommen.«

Doch als ich nach draußen trat, nahm ich mir einen Moment Zeit, um den hellen Mond anzusehen.

Dorian steckte sich eine Zigarette zwischen die Lippen und zündete sie an. Ich atmete stattdessen tief die eisige Luft ein, um den Geruch des frischen Blutes aus der Nase zu bekommen.

»Hast du Lust, mit mir in eine Bar zu gehen?«, fragte Dorian und blies den Rauch aus seinen Lungen. »Ich muss jetzt ficken. Ich kann mich außerdem ein bisschen umhören. Vielleicht hat jemand die Frau gesehen, von der unser Freund gesprochen hat.«

Vor wenigen Wochen hätte es nur eine Antwort gegeben. Aber heute ... Ich konnte nicht. Wegen einer Frau, die zu Hause auf mich wartete – die ich nicht haben durfte.

»Ich werde Konstantin helfen, die Leiche verschwinden zu lassen und nach ein paar hilfreichen Dokumenten zu suchen. Aber geh ruhig, du hast deine Aufgabe erledigt. Ich will so schnell wie möglich zurückfahren. Wenn wir fertig sind, werden wir dich schon irgendwie finden.«

»Du bist nicht glücklich, dass wir keinen Schritt weiter sind, nicht wahr?«

»Richtig.« Ich richtete meine Jacke und blickte in die verlassene, dunkle Landschaft. »Wenigstens wissen wir jetzt, dass es noch einige in der Kette gibt. Es macht unsere Arbeit leider nicht einfacher.«

»Ist sie denn jemals einfach?«

Schnaubend schüttelte ich den Kopf. »Nein.«

Mit einem selbstgefälligen Grinsen auf den Lippen schnipste er den Filter in den Schnee. »Früher habe ich mir das Konstrukt ›Mafia‹ einfältiger vorgestellt. Töten. Bedrohen. Weniger mit Politik, welche dich fast schon an deinem Schreibtisch festkettet.«

»Den einfältigen Job bekommen die, die ganz unten in der Nahrungskette stehen. Also du.« Ich schlug ihm auf den Rücken, sodass er einen Schritt nach vorn stolperte. »Jetzt geh schon.«

Ihm lagen Worte auf den Lippen, welche aber keinen Weg zwischen uns fanden. Stattdessen rollte er mit den Augen, winkte ab und verschwand in der dunkeln Nacht.

Ehe ich mir aber einen Weg nach drinnen zu meinem Bruder suchte, legte ich den Kopf in den Nacken und musterte den Himmel. Er war wolkenlos, sodass die grellen Sterne und die dünne Mondsichel auf mich hinabschienen.

Heute nahm mich der Anblick allerdings nicht gefangen.

Dafür war die Sehnsucht zu groß.

Die Sehnsucht nach Moskau.

Die Sehnsucht nach *ihr*.

Kapitel Neun

Chloe

Die Cafeteria des Moskauer Theaters strotzte vor Prunk, wie der Rest des Gebäudes auch. Ich könnte hier Stunden – nein, Tage – verbringen und würde immer etwas Neues entdecken.

Am liebsten wollte ich nach Hause, mich in mein Bett legen und schlafen. Ich hatte den gesamten Tag im Theater verbracht. Tanzen. Schuhe vorbereiten. Tanzen. Die Person, die mein Leben mit einem genüsslichen Teil Chaos versetzte, war nicht hier. Morgen aber – morgen würde er zurückkommen.

Es war wie eine Sucht.

Über den Tag hinweg hatte ich oft auf die Uhr geblickt und mir gewünscht, dass der Stundenzeiger schneller voranschritt, was nicht geschah.

Im Gegenteil, die Zeit schien langsamer zu vergehen. Umso glücklicher war ich, dass die Fenster mir nun den wolkigen Nachthimmel Moskaus zeigten. Eigentlich hatte ich nach dem Training sofort nach Hause gewollt, doch mein Kühlschrank war fast leer.

Müde nippte ich an meinem Tee und nestelte am dünnen Stoff meines Pullovers, der die Kette versteckte. Meine Aufmerksamkeit wurde aber sogleich auf das aufleuchtende Display meines Smartphones gezogen, das neben dem Teller lag.

Ein Blick darauf reichte, und das Herz in meiner Brust verlor seinen Rhythmus.

Alexander. 1 ungelesene Nachricht.

Alexander
Ich habe eine Idee, was wir machen können, wenn ich wieder zurück bin.

Das Lächeln auf meinen Lippen wurde breiter. Es musste dämlich aussehen – ich, auf mein Smartphone starrend und mit Vorfreude im Gesicht. Zumindest war es dieses Gefühl, welches sich in meiner Magengrube ausbreitete.

Ich
Soll ich raten oder verrätst du mir, was du vorhast?

Es dauerte nur wenige Sekunden, bis seine Antwort aufleuchtete.

Alexander
Weder noch, du sollst einfach nur auf mich warten. Spätestens morgen bin ich wieder da. Bis dahin musst du also jemand anderem die Aufmerksamkeit rauben.

Ich
Ich raube niemandem die Aufmerksamkeit.

Alexander
Doch, mir. Dorian sieht mich schon die ganze Zeit dumm an, weil ich an meinem Smartphone hänge.

Ich
Liegt vielleicht daran, dass er dumm ist. Schon mal daran gedacht?

Alexander
Nicht gerade nett, Chloe.

Ich muss es jetzt wieder weglegen. Wir sehen uns bald.

Ich
Bis bald.

Mit dieser Nachricht zerplatzte die Blase, die sich um mich gebildet hatte.

Es fühlte sich an wie ein kleiner Stich in meinem Herz.

Das war nicht gut. Denn ich fiel Hals über Kopf in etwas, das nicht gesund für meine Seele war. Ich war nach Moskau gekommen, um zu tanzen. Meine Karriere voranzutreiben. Und nicht, um mich in Alexander Putchenko zu verlieren.

Leider war es so einfach.

Kopfschüttelnd vertrieb ich die Gedanken. Sie taten mir nicht gut.

Als wüsste er, dass mich meine innere Stimme verschlang, fasste mich Gage ins Auge.

Ein leichtes Lächeln erschien auf seinen Lippen, als sich unsere Augen verhakten. Ich winkte ihm zu, was er zum Anlass nahm, sich zu mir zu setzen.

Er war eine Ablenkung.

Nicht im schlechten Sinne, da ich ihn mochte. Irgendwie.

»Ich hätte nicht gedacht, dass ich dich so spät noch hier sehe«, begrüßte er mich und ließ sich auf den Stuhl neben mir fallen.

»Kann ich nur zurückgeben.«

Schulterzuckend verschränkte er die massigen Arme vor der Brust. »Papierkram. Das Übliche. Also, was machst du hier noch so spät?«

»Ballettkram. Das Übliche.« Auch an meinen Lippen zog nun ein Grinsen, woraufhin sich seine Augenbrauen neckisch hoben. »Außerdem habe ich kaum noch was zum Essen in meinem Kühlschrank. Ich muss morgen dringend einkaufen gehen.« Mein Blick wanderte zur Theke. »Die Küche schließt gleich, wenn du dir also noch etwas holen willst, wäre jetzt der richtige Zeitpunkt.«

»Ich habe keinen Hunger.«

»Was machst du dann hier?« Sein Blick wich mir aus, sein Kopf legte sich schräg. Er suchte nach den passenden Worten, doch ich konnte es mir denken. »Du warst auf der Suche nach einer Frau, nicht wahr? Wie ist ihr Name?«

»Das ist unwichtig. Es ist nichts Ernstes. Sagen wir so, es ist eine Gelegenheitsbekanntschaft.«

»Ah, ich verstehe.«

Daran würde es ihm sicher nicht mangeln. Gage war ein gutaussehender Mann. Vielleicht lag es an seinen Tattoos gepaart mit seinem muskulösen Körper, welche die Frauen schwach werden ließen. Vielleicht an seinem leicht britischen Akzent. Oder an seinen grauen Augen, die einen dunklen Schimmer besaßen.

Wer weiß, möglicherweise wäre auch ich eine dieser Frauen geworden, hätte nicht ein anderer Mann seine Klauen um mein verdammt dummes Herz gelegt.

Nicht darüber nachdenken, Chloe!

»Wieso bist du nicht mit den anderen weg?«

»Einer muss ja die Arbeit machen. Das bin nun mal ich.«

»Hoffentlich bezahlen sie dich gut.«

»Man kann sich nicht beklagen.« Er stützte sich mit den Ellenbogen auf den Tisch, fasste mich wieder ins Auge. »Also, Chloe Pécheur, da du in der Bar nicht viel über dich verraten hast, könntest du mir jetzt ein wenig erzählen.«

»Es gibt nichts Interessantes.«

»Ach, komm schon. Dorian erzählt kaum was über dich.«

Meine Brust hob sich schwer, doch irgendwas lag in seinen Iriden, was mich schwach werden ließ. Es musste an den goldenen Flecken liegen, die mir meine Unsicherheit raubten.

Also erzählte ich.

Und egal wie banal es war, Gage hörte zu.

Gähnend warf ich den Schlüssel auf den Küchentisch und zerrte die Jacke und die Schuhe von mir. Ich war müde, und als mein Blick auf den kalten Kamin fiel, entfuhr mir ein genervtes Stöhnen. Ich hasste dieses Ding. Gefühlt immer verbrannte ich mich daran.

Ehe ich mir aber die gute Laune versaute, mit der ich das Theater verlassen hatte, trugen mich meine Beine nach oben. Zu meinen Büchern.

Ich gefror mitten in der Bewegung, als sich mir das obere Stockwerk öffnete.

Die kleine Lampe auf dem Nachttisch brannte und tauchte den Raum in gedimmtes Licht. Das war aber nicht der Grund, welcher mich zusammenzucken ließ. Nein, es war, weil jemand auf meinem Bett lag.

Als würde ihm die Wohnung gehören – was auch der Fall war –, lag Alexander auf der Matratze, die Füße übereinandergeschlagen, in seinen Händen ein dickes Buch. Eines von meinen, welches mein Blut schon oft in Wallung gebracht hatte.

»Verdammt«, sagte ich und krallte mich am Geländer fest. »Was machst du hier? Ich dachte, du kommst erst morgen.«

Er machte sich nicht mal die Mühe, mich anzusehen, sondern blätterte um. »Und ich dachte, du lässt mich die ganze Nacht warten. Ich liege hier schon Stunden, wird langsam Zeit.«

Was?

Die Stille genügte, um meine Verwirrung zum Ausdruck zu bringen. Sein Blick hing weiterhin an den Seiten. »Ich habe dafür gesorgt, dass wir ein bisschen früher nach Hause fahren. Ich war enttäuscht, als ich in deine kalte Wohnung gekommen bin.«

»Wieso?«

»Du warst nicht da.«

Als seine Augen zu mir spähten, funkelten sie, was mir neuen Atem verlieh. Im gleichen Augenblick zogen sie mich zu ihm, sodass ich mich auf die Bettkante setzte. Er hatte lediglich eine weite Hose und einen dicken, schwarzen Pullover am Leib.

Die legere Kleidung gefiel mir viel zu gut an ihm.

»Du brauchst definitiv Hobbys. Oder Freunde«, zog ich ihn auf, wollte ihm das Buch aus der Hand schnappen, doch er entzog es mir.

»Ich bin gerade an einer solch guten Stelle. Der Prinz vögelt sie gegen ein Bücherregal. Auch ein Traum von dir?« Ein Lachen entfloh ihm, als ich mich auf ihn warf, um es ihm aus seinen Fingern zu reißen. »Heute etwas stürmisch unterwegs.«

»Ach, halt die Klappe.« Obwohl meine Versuche immer wieder scheiterten, klappte Alexander es letztendlich zu und legte es neben uns. Erst da wurde mir klar, dass ich auf ihm lag. Mein Gesicht war seinem nah.

Ehe meine Sinne in seinen Zügen ertranken und mich diese dicken, dunkelblonden Strähnen zu etwas Dummen verführten, rollte ich mich von ihm, blieb aber neben ihm liegen. Alexander stützte sich auf einen Ellenbogen und blickte auf mich hinab.

Es fühlte sich so normal an. Normaler, als es sollte.

»Was machst du hier?« Es war ein zartes Flüstern, welches leicht zwischen uns schwebte.

»Wir haben die letzten Wochen immer etwas zusammen gemacht. Und gestern nicht, was an mir lag aber ... Ich ...«

Ein Kichern entfloh mir. Es war ehrlich und eines, welches meine Brust noch enger werden ließ. »Du hast mich vermisst?«

Ich hatte es auf jeden Fall. Obwohl eine Masse an Menschen mich beim Training umringten und Gage mir heute seine unbekümmerte Gesellschaft geschenkt hatte, war das mit Alexander anders. Er war wie eine feste Umarmung nach langer Einsamkeit.

»Versuch gar nicht, es zu bestreiten!«, sagte ich, da sein Mund sich zu einem Widerwort öffnete. »Immerhin liegst du in meinem Bett. Lügen ist hier nicht gestattet.«

»Dorian hatte recht, du bist schlimm.« Er drehte sich auf den Bauch und stöhnte gespielt genervt in das Kopfkissen.

Ohne Vorwarnung boxte ich gegen seinen Arm. »Sagt derjenige, der es keine 48 Stunden ohne mich aushält. Du brauchst dringend Hobbys.«

Abrupt drehte sich Alexander um. »Die habe ich.«

»Und welche?« Ein spielerischer Ausdruck setzte sich auf meine Miene.

»Dinge, die nicht daraus bestehen, kleine, dreckige Bücher zu lesen.« So wie ich ihn kannte, setzte er die ›dreckigen‹ Inhalte wahrscheinlich lieber persönlich in die Tat um.

»Du hast keine Hobbys.« Meine Stimme war rau.

Alexanders Brust hob sich schwer. »Lass uns morgen zu mir gehen, dann zeig ich dir, was ich unter ›Spaß‹ verstehe.«

Mehr als einen zustimmenden Laut brachte meine Kehle nicht hervor. Obwohl sein Zimmer nur wenige Meter gegenüber meiner Wohnung lag, fühlte es sich wie ein unerreichbares Reich an. Eines, in dem mein Bruder wohnte. Irgendwie konnte ich mir dieses Haus nicht von innen vorstellen.

»Was hast du heute eigentlich gemacht?«

»Trainiert. Den ganzen Tag. Ich habe in der Cafeteria zu Abend gegessen und dabei habe ich Gage getroffen. Wir haben ein bisschen geredet. Mehr nicht.«

Das Strahlen seiner Augen erlosch. »Wann habt ihr euch denn kennengelernt?«

Ein plötzlicher Druck entstand in meiner Brust. Es war die Erinnerung an diese Nacht. Was alles geschehen war und wie sie geendet hatte. Auch zu diesem Zeitpunkt hatte Alexander in meinem Bett gelegen.

»In der Bar.« Ich zuckte mit den Schultern. Der Ton meiner Stimme verriet, von welchem Ort ich sprach. »Na ja, und seitdem sind wir uns nur ab und zu auf dem Gang begegnet. Er ist nett.«

»Ja, das ist er.«

»Ist alles in Ordnung?«

Kopfschüttelnd setzte er eine neutrale Maske auf. Etwas, das ein Riss in mein Herz trieb. »Ich warte morgen nach den Ballettstunden auf dich, dann fahren wir zusammen zu mir.« Sein Körper brachte sich über meinem in Position, um aus dem Bett zu steigen, doch er hielt genau dann inne, als die Distanz zwischen uns am kleinsten war. Meine Brust berührte bei jedem Atemzug seine.

Es dauerte viel zu lange, bis einer von uns ein Wort herausbrachte. Seine Pupillen waren geweitet. Es lag etwas Dunkles in seinem Blick. Hunger. Nach mir.

Das war irrsinnig. Gleichzeitig ein Irrsinn, der mich faszinierte.

»Wieso gehst du schon?«, hauchte ich. Mein Atem musste sein Gesicht berühren. Alexander spürte sicher das wilde Pochen meines Herzens. »Du wartest auf mich und dann gehst du?«

Eine sandfarbene Strähne hing in seine Augen, warf einen kleinen Schatten auf seine unergründlichen Züge. Ehe ich mich versah, wanderte meine Hand zu seinem Gesicht und strich sie zurück. Seine Haut war warm, schmiegte sich an meine Fingerkuppen.

Alexanders Lippen teilten sich, doch kein Wort trat zwischen uns. Stattdessen gingen meine Finger auf Erkundung. Von seiner Schläfe, über seine Wangenknochen zu seinem starken Kiefer.

Wir wanderten auf einem schmalen Grat. Schon lange war die Versuchung nicht mehr so groß gewesen. Alles in mir wollte mehr. Wollte *ihn*.

»Weil ich gehen muss«, flüsterte er, nahm meine Hand von seinem Gesicht, zog sie aber zugleich an seinen Mund. Die weichen Lippen streiften die Innenfläche, seine Lider waren gesenkt. Qual und Genuss – das waren die Wörter, die mir bei seinem Anblick in den Kopf schossen.

Bevor ich in irgendeiner Weise darauf reagieren konnte, stand er bereits auf dem Teppich und streifte sich Schuhe und Jacke über, die auf dem Fußboden lagen.

Ich hatte sie gar nicht gesehen.

»Also morgen? Bei dir?«

»Ja.« Er ging die erste Stufe hinab, als er sich nochmals zu mir wandte. Wir waren beide außer Atem. Von einer unschuldigen, aber dennoch intimen Berührung. »Chloe?«

»Hm?«

»Du hattest recht.« Alex zog tief Luft ein. »Ich habe dich vermisst.«

Die Worte hallten in meinen Ohren wider. Sie überschatteten sogar das Geräusch der ins Schloss fallenden Tür.

Somit war ich allein.

Das Einzige, wozu ich noch fähig war, war auf die Stelle zu starren, an der er eben noch gestanden hatte.

Meine Gedanken wurden weder durch eine warme Dusche noch von der Dunkelheit der Nacht, welche durch das Fenster glimmerte, ausgeschaltet. Sie drehten sich ausschließlich um einen Mann.

Ich habe dich vermisst.

Diese vier Wörter hatten ein Chaos in mir angerichtet, welches kein Ende kannte. Meine Regungslosigkeit, mit der ich im Bett lag, machte es nicht besser. Im Gegenteil, mich durchströmte eine Energie, die mir die Adern versengte.

Meine Augen wanderten zu meinem Nachttisch, fokussierten sofort das Smartphone. Alles in mir schrie, es in die Hand zu nehmen und ihm zu schreiben. Doch ich wusste, zu was das geführt hätte. Ich hätte ihn gebeten, wieder zu mir zu kommen. Und was dann passiert wäre ...

»Fuck.« Ich fuhr mir über das Gesicht und griff stattdessen zum Buch, das zuvor auch in Alexanders Händen gelegen hatte. Es würde mich ablenken. Das war zumindest meine Hoffnung.

Leider konnte ich nicht abschalten, denn ich war an derselben Stelle, mit der mich Alexander eben noch aufgezogen hatte.

Der Prinz vögelt sie gegen ein Bücherregal.

Vielleicht war es doch keine gute Idee. Die Hitze in meinem Blut wurde nicht minder; im Gegenteil, je anstößiger die Worte auf den Seiten wurden, desto mehr verschwamm die Tinte vor meinen Augen.

Schlimmer wurde es, als ich die Seite umblätterte und mir ein Zettel entgegenstarrte.

Von Alexander.

Was würde ich dafür geben, dir jetzt in dein gerötetes Gesicht zu sehen. Ich weiß genau, dass deine Wangen glühen. Wegen der Worte, die auf den vergangenen Seiten standen. Wegen Dingen, die dein wunderschöner, weicher Körper jetzt begehrt.

Denk an mich. Immer.
Dein A.

Meine Finger zitterten.

Nicht, weil mir kalt war, sondern wegen *ihm*. Er verschlimmerte die Qual meines Leibes.

Ich konnte meine Augen nicht von dem kleinen Fetzen Papier lösen – egal, wie sehr ich es versuchte. Immer wieder glitten sie über seine geschwungene Schrift, bis ich mich zwingen musste, das Buch zuzuschlagen und tief einzuatmen.

Leider beruhigte es meine Nerven nicht.

Hitze wallte durch mich und sammelte sich zwischen meinen bebenden Beinen. Die Vorstellung von ihm gepaart mit seinem kurzen Brief reichte aus, um diese Reaktion in mir hervorzurufen.

Seufzend kniff ich die Lider zusammen, versuchte die wohlige Watte in meinem Kopf zu vertreiben.

Langsam verlor ich den Kampf um meine Selbstbeherrschung.

Kapitel Zehn

Alexander

Es war einer dieser Vormittage, die ich über Papiere gebeugt an meinem Schreibtisch im Theater verbrachte und mir wünschte, dass die Zeit schneller verging.

Ich war wie ein kleiner Junge, der ungeduldig immer wieder auf seine Armbanduhr sah, nur um festzustellen, dass in wenigen Minuten keine Stunden vergehen konnten.

Das alles wegen einer Frau.

Schon gestern Abend hatte ich mich kaum von ihr lösen können. Es war von Anfang an eine dumme Idee gewesen, sie direkt nach meiner Ankunft in Moskau aufzusuchen. Es war aber ein Trieb in mir, der mich zu jedem Zeitpunkt zu ihr zog.

Egal, wie sehr ich es in Zukunft noch bereuen würde, in diesen Momenten mit ihr fühlte es sich richtig an.

Alles an Chloe und mir. Auch wenn noch nichts passiert war. Wir wussten aber beide, dass es nur noch eine Frage der Zeit war.

Als hätte sie geahnt, dass meine Gedanken um sie kreisten, blinkte ihr Name auf meinem Smartphone auf. Eine Nachricht.

Chloe
Nette Nachricht, die du mir im Buch hinterlassen hast.

Ich lehnte mich im Sessel zurück und starrte auf die kleinen Buchstaben. Vor meinem Auge zeichnete sich die Frau förmlich ab; die Arme vor der Brust verschränkt, eine auffordernde Haltung ihres Körpers, ein neckisches Glitzern in ihren Augen.

Die Dinge, welche ich mit ihr noch machen würde. Die schiere Vorstellung verengte den Schritt meiner Hose.

Ich
Ich konnte nicht anders, Chloe. Aber das, was du da liest, ist – wie soll man das sagen? – interessant.

Chloe
Was soll daran interessant sein? Eine gute Story gepaart mit Sex, was gibt es Besseres? Und da mich mein Bruder am liebsten von jedem männlichen Wesen fernhalten würde, bleibt mir ja fast nichts anderes übrig, als zu lesen und so ein bisschen Spaß zu haben.

Ich
Ach, hast du mit mir keinen Spaß?

Ich wusste, auf was sich der ›Spaß‹ bezog. Allerdings konnte ich es nicht lassen. Wir beide konnten es nicht.

Chloe
Ich glaube, mit dir könnte man sehr guten Spaß haben.

Ich
Du hast auch alles, was man zum Spaß haben braucht, Liebste.

Chloe
Liebste? Wie alt bist du? 80?

Ich
Selbst mit 80 wäre ich besser als das, was dir deine Bücher geben.

Chloe
Eine hohe Selbsteinschätzung, das muss man dir lassen.

Ich
Wenn ich 80 bin, probieren wir es aus. Versprochen.

Chloe
Oh Gott, über was schreiben wir hier gerade?

Ich
Du hast angefangen.

Chloe
Jaja, wie du meinst.

Muss jetzt los, einige von uns müssen immerhin trainieren.

Bis später. Freu mich auf den Nachmittag mit dir.

Ich
Geht mir genauso.

Es kam keine Antwort zurück.

Es war auch besser so, denn sonst hätte ich mich nicht mehr von dem kleinen Display lösen können. Das konnte ich selbst jetzt nicht. Statt zu meiner Arbeit zurückzukehren, starrte ich auf die Nachrichten; versuchte gleichzeitig, meine Erektion im Zaum zu halten.

Mein Kopf fiel gegen die Stuhllehne, während ein Lächeln über meine Lippen glitt.

Chloe machte es einem einfach, sich in ihr zu verirren. Der Gedanke an gestern, wie nah sie mir gewesen war mit ihren wunderschönen, vollen Lippen, machte meinen Schwanz noch härter. Die Nähe ihres wohlgeformten Körpers, ihr langes, dichtes Haar. Ihre Brüste, die sich beim Tanzen schon viel zu oft an mich gepresst hatten.

Gott, ich musste vögeln.

Und ich wollte *sie*.

»Hast du Drogen genommen?«

Jede Faser in mir war in Alarmbereitschaft. Es war aber nur Tante Irina, die in meinem Sichtfeld auftauchte. Ein unterdrücktes Lachen zeichnete sich auf ihrem Mund ab, während sie im Türrahmen lehnte.

»Wie bitte?«

»Du grinst jetzt schon seit Minuten auf dein Handy. Ich denke also, dass meine Frage berechtigt ist.«

»Es ist nichts. Und nein, ich habe keine Drogen genommen. Obwohl es mit euch bei der ein oder anderen Gelegenheit gar keine dumme Idee wäre.«

Sie schnalzte mit der Zunge, stemmte die Hände in die Hüften. »Nicht nett.« Irina wagte sich in mein Büro. »Hast du eine Frau kennengelernt, die dich nicht mehr loslässt?«

Das darf doch nicht wahr sein!

Genervt verdrehte ich die Augen und stand vom Stuhl auf. »Was willst du hier?«

»Dorian sucht dich.«

Das hatte mir gerade noch gefehlt. Die Erinnerung, wer ihr Bruder war. Ihn zu ignorieren stand aber außer Frage. Eine einzelne Frau durfte mein Leben nicht bestimmen. Egal, welche Welle der Emotionen mich erfasste, wenn ich an sie dachte.

»Er weiß, wo ich zu finden bin. Wieso hat er dich geschickt?«

»Ich habe dich schon lange nicht mehr gesehen, Alex. Also, komm.« Sie drehte sich um und ging voraus, sodass ich ein paar lange Schritte machen musste, um sie einzuholen. Zusammen liefen wir durch die hellen, mit Gold verzierten Gänge. Leere Gänge, weshalb sie frei sprechen konnte. »Sieht so aus, als hätte ich viel verpasst.«

»Lass es. Hat er dir gesagt, wieso er mit mir reden will?«

Ich musste sie nicht ansehen, um zu wissen, dass Tante Irina mit den Augen rollte. Diese Regung spiegelte sich auch in ihrer Stimme wider. »Nichts Genaues. Es geht um eine Person, die sich verdächtig nahe am Theater aufhält. Bevor er etwas unternimmt, will er sich mit dir besprechen. Wie immer.«

Ein genervtes Stöhnen entfuhr mir. »Keinen Tag kann man sich mal etwas anderes vornehmen.«

»Triffst du dich mit deiner Freundin?«

»Sie ist nicht –«

»Also gibt es wirklich eine Frau.«

Fuck!

Ich fuhr mir über das Gesicht, ehe ich meine Tante ins Auge fasste. »Hör auf mich auszufragen. Dich geht es nichts an, was ich in meinem Schlafzimmer mache.«

Diese Familie. Sie trieb mich in den Wahnsinn. Besonders Irina und Konstantin.

»Man könnte sagen, dass es mein Job ist, Personen auszufragen, beziehungsweise mit ihnen zu reden.«

»Trotzdem, das ist auch für dich tabu und du wirst es jetzt auch ruhen lassen. Ich habe keine Lust, dass jeder seine Nase in meine Angelegenheiten steckt. Besonders nicht in diese.«

Damit schloss ich das Thema.

Man sah ihr an, dass Fragen auf ihrer Zunge brannten, doch schluckte sie diese herunter. Ich wollte nicht noch mehr Zeit verschwenden. Immerhin war ich heute verabredet.

Chloe

Ich hielt inne – der Grund dafür war die Erscheinung des Mannes, der an einer Laterne lehnte.

Alexanders lange Beine waren in eine elegante Anzughose gehüllt und unter seinem dunklen Mantel lugte ein bordeauxroter Rollkragenpullover hervor. Es dauerte nicht lange, da fand sein Blick mich. So wie ich ihn gemustert hatte, glitten seine Augen nun über meinen Körper, bis sie an meinem Gesicht hängen blieben.

Er sandte einen Ruck durch mich.

»Wie lange hast du schon gewartet?«, fragte ich, als ich vor ihm zum Stehen kam.

Seine Hand wanderte zu meinem Hals und strich über die Halskette, die über meinem Wollshirt lag. »Nicht lange. Es war sogar gut, dass du ein bisschen länger gebraucht hast. So konnte ich uns in Ruhe Essen zum Abholen bestellen.«

»Essen?«

»Du warst den gesamten Tag im Theater. Ich habe gedacht, es wäre eine gute Idee.« Er legte einen Arm um meine Schultern und lief mit mir in Richtung seines Autos. Seine Wärme drang sofort durch meine Jacke, wobei mich auch sein Geruch einhüllte. Als wenn nicht schon seine alleinige Anwesenheit meine Gedankendurcheinander brachte. »Ich hätte dich fragen sollen.«

Viele Worte lagen auf meiner Zunge, und doch trat nichts weiter als mein raues Lachen zwischen uns.

Verwirrtheit tränkte seinen Ausdruck. »Was?«

»Sag nicht, dass du hättest fragen sollen. Ich bin überrascht, dass du es gemacht hast. Aber wiederum auch nicht.«

»Wie meinst du das?«

»Du denkst an mehr als die Männer, die ich bisher kennengelernt habe.«

Er schenkte mir nichts weiter als ein Lächeln, bis wir im Auto saßen, er den Motor startete, aus dem Parkplatz bog und die Moskauer Straßen entlangfuhr. Sein Blick war auf den dichten Stadtverkehr gerichtet, der durch den rutschigen Schnee noch gefährlicher war.

»Was hast du heute gemacht?«, fragte ich und musterte die kleinen Steinchen an der Autodecke.

»Papiere für meinen Vater durchgegangen. War langweilig.«

»Du solltest mehr tanzen.«

Schulterzuckend bog er in eine enge Auffahrt ein, welche zu einem kleinen Haus führte. Auf einem Schild waren asiatische Schriftzeichen gemalt.

»Dabei hätte ich wenigstens eine schönere Aussicht.« Hatte ich seine Worte richtig verstanden? Ehe ich nachfragen konnte, stieg er aus. »Bleib sitzen, es dauert nicht lange. Du kannst ja währenddessen versuchen, das Radio einzuschalten.«

Damit ließ er mich allein.

Mein Blick glitt zu der Anlage, die mich mit ihren wenigen Knöpfen und dem riesigen Display etwas überwältigte. Es war kein Vergleich zum Kleinwagen, den meine Eltern fuhren.

Also ließ ich es bleiben.

Zu meinem Glück, da ich verloren dasaß und nicht wusste, was ich mit meinen Händen anstellen sollte, kam Alex tatsächlich schnell wieder – mit einer riesigen, vollen Plastiktüte in der Hand.

»Was?«, lachte ich, als er sie auf meine Beine stellte und er sich den Gurt umlegte. Die Hitze des Essens wärmte, selbst durch den Stoff meiner Hose, meine Haut.

Er steuerte den Wagen in Richtung seines Zuhauses. »Was, was? Denkst du, es wird dir nicht schmecken?«

»Es riecht fantastisch«, murmelte ich. »Aber denkst du nicht, dass das ein wenig zu viel für uns beide ist? Versteh mich nicht falsch, ich esse gern und manchmal auch viel, aber das ist unmöglich.«

»Ich wusste nicht, was du am liebsten isst. Deswegen habe ich von jedem etwas genommen. Den Rest bekommt mein Bruder.«

Meine Brust wurde eng und warm und er war der Grund.

Die Heimfahrt gestaltete sich ruhig und angenehm. Als sich aber das Tor zur Auffahrt seines Hauses öffnete, durchströmte mich die Rastlosigkeit. Denn es war atemberaubend.

Ich hatte wenig Ahnung von Architektur, geschweige denn achtete ich großartig darauf. Aber selbst für einen Laien wie mich war die Schönheit überwältigend. Es erinnerte an eine kleine Kirche, wie es sie in kleinen, französischen Ortschaften gab. Es erfüllte mich mit Nostalgie; mit Erinnerungen an meine Kindheit, als meine Eltern, Dorian und ich die Ferien auf dem Land verbracht hatten.

Zuhause.

Alles an diesem Anblick rief *Zuhause.*

»Hier wohnst du also?«

»Ja.« Alexander stellte den Motor ab, nahm die Tüte von mir und nickte in Richtung Haus. »Lass uns reingehen.«

Meine Faszination riss aber auch nicht ab, als er die Tür aufschloss. Im Gegenteil, das Innere des Gemäuers schürte meine Neugier nur an.

Vor mir eröffnete sich eine kleine Eingangshalle. Der Boden war aus rötlichem, dunklem Holz, welches teuer aussah. Unscheinbare Türen gingen von dem kleinen Bereich ab. Meine Aufmerksamkeit wurde aber von einer Glastür mit goldenen Verzierungen angezogen.

Alles sah so ... teuer aus. Wie das Auto passte es zu Alexander, der neben mir seine Schuhe und Jacke auszog.

Er musterte mich von der Seite, wobei ein unterdrücktes Lachen auf seinen Lippen lag. »Geht es dir gut, Chloe?«

»Ja«, murmelte ich und tat es ihm gleich. »Es ist nur – Ich weiß nicht. Du musst wissen, ich bin in einem kleinen Strandhaus aufgewachsen, nicht in so einem Palast.«

Nun löste sich das Lachen aus seiner Kehle. Mit glitzernden Augen deutete er auf die Tür aus Glas. »Das ist alles andere als ein Palast. Du müsstest das Anwesen meines Vaters sehen. Dagegen ist das hier fast ein Puppenhaus.«

Mit einem Schnauben versuchte ich meine Nervosität zu unterdrücken, spürte gleichzeitig die Schwere der Kette um meinen Hals. Ein Schmuckstück, das er mir zu einem Zeitpunkt geschenkt hatte, an dem er mich noch nicht mal richtig gekannt hatte.

Das hier sollte dich also nicht überraschen.

Tief durchatmend folgte ich ihm. Doch was sich mir offenbarte, konnte man definitiv nicht mit einem Puppenhaus vergleichen.

Es war ein riesiger Raum mit einer edlen Küche, einem großen Esstisch, einer Couch und Sesseln. Diese waren einer leeren Bücherregalwand, die einen kalten Kamin einrahmte, zugewandt. Alles war mit wunderschönen Veredelungen bestückt, doch schafften es meine Sinne nicht, all diese Dinge einzusaugen, da meine Augen weiterzogen. Zu einem hellen Klavier, das vor einer hohen Fensterfront mit Buntglas stand. Die unendlichen Farben verliehen dem grauen, eisigen Fluss, welcher dahinter lag, neues Leben. Und dann war da noch ein Kratzbaum.

»Ihr habt eine Katze?«

»Ja, einen Kater.« Alexander gesellte sich neben mich, plötzlich mit Teller, Besteck und unserem Essen in der Hand. »Er scheint oben in Konstantins Zimmer zu sein. Sei froh, Luc ist keine gute Gesellschaft.«

Auf meiner Zunge lag ein neckischer Kommentar, allerdings starb er auf meinen Lippen, sobald ich die Wendeltreppen sah, die zu einer neuen Ebene führten.

»Willst du die Teller nicht schon mal auf den Tisch

stellen?« Meine Stimme war abwesend, getränkt von der Faszination.

»Lass uns in mein Zimmer gehen.« Blinzelnd sah ich ihn an, als er zu der anderen Treppe bei der Küche deutete. »Ich bin später noch mit Dorian verabredet, deswegen weiß ich, dass er den ganzen Tag im Theater ist, aber bei meinem Bruder bin ich mir nicht sicher. Ich will nicht gestört werden.«

Ja. Immerhin wusste Dorian nicht, dass ich Zeit mit Alexander verbrachte. So war es besser für alle Beteiligten.

Ich folgte ihm die Stufen hinauf. Fast stolperte ich über meine eigenen Füße, als mein Blick die hohe, gewölbte Decke streifte und das Gemälde in Betracht nahm. Drei betörend schöne Engel waren dort abgebildet.

Einer tanzte.

Einer musizierte.

Und der andere hatte eine Schriftrolle in der Hand.

Es war schwer, mich davon zu lösen. Von allem hier.

Doch egal wie fasziniert ich vom unteren Teil des Hauses war, sein Zimmer überschattete alles.

Es war ein weitläufiger Raum. Der Boden war aus dunklem Holz, das eine unregelmäßige Maserung besaß; die Wände aus einem grauen, rauen Gestein. Ein dunkler Ort, wären da nicht die hellen Lichter, die im Boden, an der Wand und an der Decke eingebaut waren. Und beim Anblick des großen Bettes, welches das Herz des Zimmers darstellte, zuckten Erinnerungen vor meinem Auge auf. Erinnerungen an Nächte, dir er neben mir verbracht hatte.

»Ist das hier alles?«, fragte ich und fasste den großen Schreibtisch ins Auge.

Seine Miene war angespannt. »Es gibt noch ein paar

kleine Räume wie ein Ankleidezimmer und das Badezimmer. Soll ich sie dir zeigen oder wollen wir erst essen?« Er hob die Tüte und die Teller hoch.

»Essen«, murmelte ich und setzte mich auf den Stuhl an seinem Schreibtisch, der zur Fensterseite ausgerichtet war. Das Fenster, das man von meinem Schlafzimmer aus sehen konnte.

Er ließ sich mir gegenüber auf einen Drehstuhl fallen und räumte noch schnell ein paar lose Papiere in eine Schublade. Währenddessen machte ich mich daran, die Schalen auszupacken.

Asiatisches Essen.

Meine Augen streiften seine. Es lag immer noch Anspannung darin.

»Es ist perfekt, Alex. Alles hier ist perfekt.«

»Weißt du«, er kratzte sich am Nacken, »ich bringe kaum Frauen mit in mein Zimmer. Es ist mein Safe Place, wenn man das so sagen kann.«

Ich hielt in der Bewegung inne. »Bist du deswegen so nervös? Wenn es dir unangenehm ist oder du dich besser fühlst, können wir nach unten gehen.«

»Daran liegt es nicht.« Kopfschüttelnd schaufelte er erst mir und dann sich das Essen auf den Teller. Von allem etwas. »Es ist nur so ... Vielleicht gefällt es dir nicht.«

»Du machst dir Gedanken darum, dass mir dein Zimmer nicht gefällt?«

»Dumm, nicht wahr?«

Nein. Aufmerksam. Schon wieder.

»Du liest meine dreckigen Bücher, aber machst dir Sorgen, dass mich etwas an deinem Zimmer stört.« Ohne darüber nachzudenken, beugte ich mich nach vorn und strich ich ihm eine Strähne hinters Ohr, zog meine Hand aber sofort wieder zurück. »Dieses Zimmer ist wunderschön.«

Es hat etwas Vertrautes.

Natürlich sagte ich das nicht. Machte mich aber an das Essen. Es war köstlich. Er hatte meinen Geschmack deutlich getroffen. Währenddessen redeten wir, allerdings fast nur über mich.

Über das Theater in Paris. Mein Leben dort. Meine Kindheit. Einfach über alles. Wie immer war er charmant, weshalb es mir gar nicht auffiel, wie die Zeit durch meine Finger rann.

Als unsere Teller leer waren, hatte ich genug davon, über mich zu sprechen.

»Also«, sagte ich und sah ihn an.

»Also?«

Ich lehnte mich auf den Stuhl zurück. »Deine Hobbys. Du wolltest sie mir zeigen. Falls du überhaupt welche hast.«

»Du bist immer noch fest davon überzeugt, dass ich keine habe, oder?«

Schulterzuckend musterte ich ihn. In seinen Augen stand ein herausforderndes Funkeln. »Für jemanden, der angeblich keine Zeit für Dates hat, verbringst du sehr viel davon mit mir. Du kannst keine Hobbys haben, Alexander. Außer sie bestehen daraus, mit mir spazieren und Kuchen essen zu gehen.«

»Das mache ich sehr gerne.«

Meine Augenbrauen schnellten in die Höhe, als er eine Schublade seines Schreibtischs aufzog, ein Brett und eine kleine Schachtel hervorholte. Beides war aus Holz – und obwohl mir der Inhalt des Kästchens verborgen blieb, war mir der Anblick des Feldes bekannt.

»Schach?«

Alexander warf beides auf sein Bett und ließ auch sich darauf fallen. »Schach.«

»Das ist dein Hobby?«

»Unter anderem. Normalerweise spiele ich es aber nicht auf meinem Bett.«

Ich hatte eine Ahnung, was er darin machte.

In diesem Moment verfluchte ich mich dafür, solch ein dickes Oberteil angezogen zu haben.

»Bist du ein guter Spieler?«

»Manche würden es behaupten. Kannst du denn spielen?«

»Ein bisschen.«

Alexander schenkte mir ein anzügliches Lächeln. »Dann spiel mit mir, Chloe.« Seine Miene gepaart mit dem Fakt, dass er in seinem Bett lag, machte die Wärme auf meiner glühenden Haut unerträglich.

»Unter einer Bedingung.«

Ich erhob mich und machte einen Schritt auf ihn zu. Er sah von unten zu mir hinauf, wobei seine Augen nicht nur auf meinem Gesicht lagen. Seine Gedanken schrien mir förmlich entgegen, als sein Blick über meine Brüste hin zu meiner Hüfte wanderte.

»Was immer es ist.«

»Mir ist warm. Ich brauch ein anderes Oberteil.« Lachend warf er seinen Kopf zurück. »Ich meine es ernst, Alex.«

»Okay.« Er brauchte noch einige Momente, um seine Fassung wiederzugewinnen. »Soll ich mich ausziehen? Oder willst du ein frisches?«

Mein Blick sprach für sich, denn Alexander griff in eine Schublade seines Nachttischs und zog ein einfaches, schwarzes Shirt hervor. Er warf es mir zu, doch ehe ich den Saum meines Pullovers ergriff, wandte sich meine Aufmerksamkeit wieder auf ihn.

»Dreh dich um.«

Das tat er nicht. Dafür legte sich seine Hand auf seine Augen – so, dass ich mir sicher war, dass er nichts sah.

»Weißt du Chloe«, murmelte er, als ich mich des zu dicken Stoffes entledigte, »dafür, dass ich schon deinen Körper dicht an meinem gespürt habe – mehrmals –, ist es irgendwie widersprüchlich, dass ich jetzt nichts sehen darf. Ich verstehe es, aber wenn wir ehrlich sind, macht es keinen Sinn.«

»Doch, macht es.«

Ich erkannte seinen Punkt. Vor allem, da mich ein bisschen nackte Haut nicht störte. Allerdings war es sein Blick, welcher mich bei der alleinigen Vorstellung in den Wahnsinn trieb. Und wer weiß, vielleicht wollte ich mir dann sein Shirt gar nicht mehr überstreifen.

Hastig zog ich sein Oberteil an mir runter und räusperte mich. Ein Zeichen, das ihm genügte, um die Hand von den Augen zu nehmen.

Schluckend betrachtete er mich, machte aber schließlich eine Kopfbewegung zum freien Platz neben ihm. »Kommst du?«

Es brauchte all meine Konzentration, um mich sicher neben ihn zu legen, während er die Spielfiguren auf dem Brett aufstellte.

Meine Hände zitterten, als Alexander mich ins Auge fasste. Seine Iriden strahlten mir dunkel entgegen. »Fang an«, forderte er, sodass ich diejenige war, die die erste Figur verschob.

Damit hatte ich das Spiel begonnen. Genau so, wie er es wollte.

Wir redeten kaum. Alexander ließ sich nicht ablesen, was sein nächster Zug sein würde. Manchmal setzte er eine Figur so, dass ich mich in Sicherheit wiegte, nur um später eine so zu verschieben, dass ich kaum einen Ausweg fand.

»Hätte mir jemand vor einem Jahr gesagt, dass ich mit Alexander Putchenko in seinem Bett liege und mit ihm Schach spiele, hätte ich ihn für verrückt gehalten.«

»Weil du am Verlieren bist?«, murmelte er und versetzte einen weiteren Spielstein.

»Ich verliere nicht.«

»Doch, genau das passiert gerade.«

»Nein.« Ich sah auf das Brett und ... Verdammt! Er hatte recht. Seine Figuren standen auf Feldern, die mich einsperrten. Er hatte mich gelockt. Mit mir gespielt – genau das, was er von mir gefordert hatte.

Nun tat ich etwas, das man als kindisch beschreiben könnte. Denn genau das war es. Aber es war mir egal. Und der überraschte Ausdruck in Alexanders Gesicht machte es umso schöner.

Ich stieß gegen das Brett, sodass alle Spielfiguren umfielen und auf die Matratze rollten.

»Du bist eine miserable Verliererin, Chloe Pécheur.« Alexanders Augen zuckten zu mir; weiterhin Unglaube darin. Doch ein immer breiteres Lächeln überschattete diesen Ausdruck binnen Sekunden.

»Du hast geschummelt.«

»Rede dir das nur ein.«

»Was kann ich sonst machen? Du spielst nicht nach den Regeln.«

Plötzlich passierte alles ganz schnell.

Sein Gewicht drückte meinen Rücken tief in die Matratze, während Alexander sich über mir aufbaute. Sein Haar hing ihm in die Augen, die mich durch die dicken Strähnen anfunkelten.

»Dann erkläre mir doch die Regeln.« Die Farbe seiner Stimme war dunkel. Rauchig. Lösten Dinge in mir aus, die durch seine Nähe gefährlich waren. Er war mir genauso nah wie gestern, doch bezweifelte ich, dass er sich erneut zurückziehen würde.

Mein Mund war trocken. Instinktiv fuhr meine Zunge über meine Unterlippe, was der Mann über mir nur allzu gut wahrnahm. Seine Arme, die mich zwischen ihm und seinem Körper einschlossen, spannten sich an – entblößten die Muskeln, die mich beim Tanzen hielten.

»Was, wenn ich das nicht kann?«

»Dann bist du eine schlechte Verliererin.«

Etwas in mir schrie, mich in seinen Augen zu verlieren. Mich fallen zu lassen. Doch etwas anderes forderte, genau das zu tun, was er von mir verlangt hatte. Mit ihm zu spielen.

Denn machte es Spaß, wenn nur einer von uns die Figuren verschob?

Sicher nicht.

»Da gehen unsere Meinungen auseinander.«

»Dann –«

Er holte tief Luft, als mein Bein über seines nach oben fuhr. Obwohl Stoffschichten zwischen unserer Haut lagen, genügte die Reibung, um in meinem Kopf eine dünne Schicht Watte zu kreieren.

»Dann?«

»Dann müssen wir es ausdiskutieren.« Seine Pupillen waren riesig, wobei nur ein dünner, grüner Ring übrigblieb. Sein Blick wanderte zu meinen Lippen. Genau das nutzte ich aus.

Mit meinem Bein warf ich ihn um, sodass nun ich diejenige war, die über ihm schwebte. Ich saß auf seinem Unterbauch; durch die Wucht des Positionswechsels aber viel zu nah mit meinem Gesicht an seinem. Unsere Nasenspitzen waren wenige Millimeter voneinander entfernt.

»Müssen wir das?«, flüsterte ich und lehnte mich ein Stück zurück.

Seine Hände legten sich auf meine Hüften, lenkten meine Sinne auf die Schwere seiner Berührung. Sie schoben mich nicht von sich, sondern hielten mich fest. Als hätte er Angst, dass ich von seinem Schoß rutschen würde.

»Vielleicht nicht jetzt. Aber irgendwann bestimmt.«

Ich setzte mich auf, kletterte jedoch nicht runter. Das kam mir nicht mal in den Kopf.

»Irgendwann.«

»Mein Shirt steht dir«, murmelte er und schob eine Hand in mein Haar. Ich stützte mich mit einer Hand auf seine Brust, während meine Lider genussvoll flatterten. Ich war es leid, die Anziehungskraft zu ihm zu verstecken. Was würde es überhaupt bringen? Ich saß auf ihm, seine Hände suchten mich. Es war also nicht nur einseitig.

»Was machen wir jetzt?«

Sein Blick zuckte zu meinen Lippen. Seine Finger strichen unter dem Oberteil den Saum meiner Leggins entlang. Die Wärme seiner Haut auf meiner brachte das Nervenbündel zwischen meinen Beinen zum Pulsieren.

»Ich wollte mit dir noch in den Weinkeller gehen. Gerade weiß ich aber nicht, ob ich das wirklich möchte.«

»Du hast einen Weinkeller in deinem Haus?« Obwohl ich seine Nähe mehr als genoss, reizte mich diese Vorstellung. Und überraschen sollte es mich eigentlich auch nicht. Es passte zu diesem Haus.

»Und ein Fitnessraum, ein Schwimmbad, ein –«

»Warte, was? Wo?«

Er richtete sich auf, sodass unsere Gesichter nur noch wenige Millimeter voneinander entfernt waren. »Im Keller. Da ich heute aber noch mit deinem Bruder verabredet bin, bleibt nur Zeit für den Weinkeller.«

»Erst die Schwester, dann der Bruder?«

»Wenn ich könnte, würde ich ihm sofort absagen.« Sein Blick wurde dunkel, als er mich fest an der Hüfte packte und noch näher an sich zog. Die Feuchtigkeit zwischen meinen Beinen wurde immer dominanter, der Nebel in meinem Kopf immer dichter. »Also?«

Wir wussten beide, was passieren würde, wenn wir hier in seinem Bett blieben. Und vielleicht war es auch nur eine Frage der Zeit, bis wir uns ineinander verlieren würden. Die Nähe zwischen uns, die ständigen Berührungen ...

»Lass uns nach unten gehen«, flüsterte ich. »Wenn du mir eine Flasche mit nach Hause gibst, backe ich dir damit einen Kuchen.«

Mit einem stummen Lachen wurde sein Griff lockerer. »Kannst du denn backen?«

»Nicht gut, aber ich werde mein Bestes geben, versprochen.«

»Na gut. Dieses Angebot kann ich schlecht ausschlagen.«

Nun lösten wir uns endgültig voneinander, was allerdings sehr langsam und stockend passierte. Niemand von uns wollte dieses Bett verlassen, dennoch taten wir es.

Alexander führte mich nach unten und von dem leeren Hauptraum zu einer Abstellkammer, welche sich aber schnell als kleines Treppenhaus entpuppte. Die Temperatur sank schlagartig, überzog meine Arme mit einer Gänsehaut.

»Ziemlich kalt.«

»Wird gleich wärmer.«

Tatsächlich. Je weiter wir die gewundene Treppe hinabstiegen, desto wärmer wurde es. Und als wir im

Keller angekommen waren, wurde es auch heller. Gotische Wandlampen spendeten Licht, während er mich über einen Perserteppich den Gang entlangführte.

Meine Finger fuhren währenddessen über die raue Steinwand. »Leute würden dafür töten, um hier zu wohnen.«

»Ich habe hier meine gesamte Kindheit verbracht. Es war das Lieblingshaus meiner Mutter. Als sie gestorben ist, ist mein Vater in ein Anwesen außerhalb der Stadt gezogen. Mein Bruder und ich sind allerdings hiergeblieben.«

Der Tod seiner Mutter. Ich hatte davon gehört, doch ich wusste nicht viel darüber. Es war irgendwas mit dem Herzen.

»Das wusste ich nicht«, murmelte ich, zog meine Hände nah an meinen Körper. Aber nicht für lange.

Alexander blieb stehen und warf mir ein gepresstes Lächeln zu. »Kann ich dir ein Geheimnis verraten?«

Überraschung durchflutete meinen Körper. »Ja.«

Er atmete hörbar aus, ehe er mich ins Auge fasste. Sein Blick war ernst. Es kostete ihn einiges an Überwindungskraft.

Ich streckte meine Hände nach seinen aus, welche er dankbar ergriff.

»Sie hatte keinen Herzinfarkt. Sie wurde erschossen.«

Schmerz. Unendlicher Schmerz lag in ihm, der auch einen Weg in mein Inneres fand. Es war sein Schmerz, der mein Herz erfüllte.

»Was?«

»Nicht viele wissen davon.« Er klammerte sich an mir fest, während sein Blick trüber wurde. »Es wäre also schön, wenn du es für dich behalten könntest.«

Ich wusste nicht, was ich sagen sollte. Alle Worte

dieser Welt wären nicht richtig gewesen. Deswegen konnte ich nichts anderes tun, als meine Arme um seinen Hals zu schlingen und ihn zu halten.

Sofort erwiderte er meine Umarmung.

Sein Herzschlag drang dumpf in mein Ohr, als ich mein Gesicht an seiner Brust vergrub.

Obwohl wir uns vorhin schon unheimlich nahe gewesen waren, war diese Nähe anders. Die flimmernde Spannung fehlte, doch die Nähe war intimer und nistete sich tief in mich ein.

»Wieso weiß kaum einer davon?«, flüsterte ich und löste mich ein wenig, sodass ich in sein hartes, kantiges Gesicht blickte.

»Zu viel Aufruhr. Aber genug Trauer für heute, lass uns jetzt Wein trinken.« Sein Daumen fuhr über meine Wange, während sich seine Mundwinkel mild hoben. Ehe ich mich versah, strichen seine Lippen über die Stelle, auf der sein Finger noch vor wenigen Momenten verweilt hatte. »Danke, Chloe.«

Mit glühendem Gesicht blickte ich zu ihm auf. »Wofür?«

»Dafür.«

Ich wusste nicht, was er damit meinte, doch es spielte keine Rolle mehr, denn er nahm meine Hand und zog mich weiter den Gang entlang. Es schien, als würden wir an unzähligen Türen vorbeilaufen, ehe wir an einer innehielten.

Obwohl sich das Gewicht nicht von meinem Herzen hob, vermisste ich die Leichtigkeit nicht, die mich noch in seinem Zimmer erfüllt hatte. Im Gegenteil, ich hieß dieses Gefühl willkommen. Denn egal, wie viele Fragen mich in diesem Moment erdrückten, es war Alexanders Vertrauen, das mich diese Schwere lieben lehrte.

Er vertraute mir genug, um mir diesen Teil seiner

Vergangenheit zu schenken. Einen Teil, von dem wenige wussten. Das bedeutete mir mehr, als ich mir selbst eingestehen wollte.

Seine Hand umfasste meine und geleitete mich durch eine Tür, die zum Weinkeller führte.

An den Steinwänden waren endlose Regale mit unzähligen dunklen Flaschen angebracht. Die Temperatur war wieder etwas gesunken. Meine Sinne wurden von dem dunkelroten Teppich mit goldenen, geschwungenen Linien, auf dem ein braunes Chesterfield Sofa stand, der Bar und den mit Gläsern gefüllten Vitrinen angezogen.

Ich setzte mich auf einen der Barstühle, während er einen Käse aus einem kleinen Kühlschrank holte, ihn auf einer Platte in kleine Würfel schnitt und sie vor meine Nase stellte.

»Du musst dir nicht so viel Mühe machen.«

»Ich mache es gerne.«

Ich schob mir ein Stück Käse in den Mund und beobachtete, wie Alexander zwei Gläser und eine Flasche Rotwein hervorholte.

»Wieso sind wir nicht schon früher hierher gegangen?«, fragte ich und stützte mich auf die Theke.

»Hat es dir in meinem Bett denn nicht gefallen?« Er zog den Korken heraus und füllte uns einen dunkelroten Wein ein.

Meine Zähne nahmen meine Unterlippe gefangen, während ich an dem Stiel des Weinglases nestelte. »Oh doch. Aber dann hättest du wenigstens deine ausgedachten Regeln im Schach auf den Alkohol schieben können.«

»Du –« Sein Lächeln verwandelte sich in ein herzhaftes Lachen. »Du bist eine miserable Verliererin.«

Schulterzuckend hob ich mein Glas und wartete, bis er mit mir anstieß, ehe ich daran nippte.

Er war fruchtig und stark.

Kein saurer Nachgeschmack, stattdessen verwandelte sich die erste Süße in einen herben Nachgang, der mich von innen heraus wärmte. Es war perfekt.

»Wir hätten wirklich schon früher hierher gehen sollen«, sagte ich, nahm einen weiteren Schluck und betrachtete nochmals den Keller genauer. Besonders das Chesterfield Sofa. »Mit wie vielen Frauen warst du schon hier?«

»Soll das ein Verhör sein?« Ein gespielt genervtes Augenrollen meinerseits reichte aus, damit er meine Frage beantwortete. »Ich habe dir schon mal gesagt, dass ich keine Zeit für Dates habe. Aber wenn du es unbedingt wissen willst ... Mit meiner Tante. Soll ich dir nun auch sagen, was ich mit ihr gemacht habe, oder reicht dir diese Info?«

Wärme schoss mir in die Wangen. Um mich davon abzulenken, wandte ich mich wieder dem Käse und dem Wein zu. Es war gut, aber dennoch war der Mann, auf dessen Lippen ein verschmitztes Lächeln lag, viel faszinierender.

»Mach das nicht«, murmelte er.

»Wie bitte?«

Seine Augen glitten über mein Gesicht. Über meine Iriden, meine Wangen bis zu meinen Lippen. »Mach das nicht.« Alexander stand auf, stellte sich dicht vor mich und strich mir das dunkle Haar aus dem Gesicht. Ich kam seiner Bewegung entgegen.

»Sieh mich nicht ständig so an, Chloe«, murmelte er, fuhr mit dem Daumen über meine Unterlippe und wischte den letzten Tropfen Wein fort.

»Wie sehe ich dich denn an?«

Das Herz in meiner Brust schlug viel zu schnell.

Wir waren allein. Allein in einem Keller, wo uns niemand hören würde. Die lederne Couch zu meiner rechten schürte die unzüchtigen Gedanken umso mehr an. Und irgendwie brachte das Bild von ihm und mir darauf meine Lust zum Überschwappen.

»Das werde ich sicher nicht laut sagen.«

»Wir sind doch Freunde. Und Freunde sollten miteinander reden können«, hauchte ich, wobei mein Blick zu seinen Lippen schweifte. Auch sie glänzten noch von einer dünnen Schicht des Alkohols.

Ein kratziges Lachen entfuhr ihm. Dunkel, voller Dinge, die sich auch in seinem Kopf verfestigt hatten.

Leicht lehnte er sich nach vorne. Sein Mund war kurz vor meinem. »Oh nein, Chloe. Wir sind keine Freunde.«

»Wieso?«

»Weil ich meine Freunde nicht ficken will.«

Kapitel Elf

Chloe

Ein endloser Augenblick verging, bis seine Worte in mein Inneres drangen. Sobald sie aber in mir Gestalt annahmen, richteten sich all meine Nerven auf ihn.

Dieser Moment – das, was nun geschehen würde – war schon viel zu lange überfällig. Zu sehr waren wir in den letzten Wochen umeinander herumgetanzt.

»Scheiß drauf«, murmelte er, vergrub seine großen Hände in meinem Haar und presste seinen Mund auf meinen; glitt mit seiner Zunge über meine Lippen und verlangte Einlass.

Ein Stöhnen erfüllte den Raum. Ob es von mir oder von ihm kam, konnte ich nicht ausmachen. All meine Sinne wurden durch seinen Geschmack vernebelt. Der Wein war gut gewesen, doch was danach kam …

Alexander eroberte mich. Meine Nerven. Meinen

Körper, welcher an ihn gepresst war. Seine Hitze sprang auf mich über, verwandelte das zarte Pulsieren meiner Mitte in ein Hämmern, welches unerträglich war. Ihm erging es aber nicht anders, da sich seine Erektion gegen meinen Bauch drängte.

Als meine Hand aber über die Beule der Anzugshose strich, schob er mich ruckartig von sich.

In Alexanders Augen tobte es, seine Brust hob sich schwer. Vor mir stand ein Mann, welcher für Sex geschaffen war. Und ich wollte ihm all das geben, was meine Fantasien mir in den einsamen, kalten Nächten entgegengeschrien hatten.

Bevor sich aus ihm nur eine falsche Silbe löste, packte ich Alex am Kragen und machte dort weiter, wo er uns unterbrochen hatte.

Mein Name drang dunkel und gequält aus seiner Kehle.

Unsere Zungen spielten miteinander. Seine strich über meine und erkundete mich mit langsamen Stößen. Es war mein Untergang, welchen ich mit Freude begrüßte.

Er zog mich auf die Füße. Mit den Fingerspitzen wanderte ich über seine Brust, bis zu dem Saum seiner Anzugshose.

Schweratmend löste sich Alexander, floh aber nicht, sondern glitt mit seinem Mund zu meinem Hals und hinterließ heiße, quälende Küssen. »Du bringst mich um.«

Ich ließ meine Hand tiefer gleiten und umfasste seine Größe, die definiert gegen den rauen Stoff drückte. Allein die Kontur raubte mir den Atem.

»Du –« Ehe er seine Worte zu Ende führen konnte, rammte er erneut unsere Münder aufeinander, sodass wir zurücktaumelten. Dabei umfasste er meine Hüfte. Der Griff machte deutlich, welche Kraft tief in ihm schlummerte und darauf wartete, losgelassen zu werden.

Wir fielen auf die Couch, sodass ich auf seinem Schoß saß. Er hielt mich fest an sich gepresst, wodurch sich sein Schwanz fest gegen meine Scham drückte. Bis zu diesem Moment war mir gar nicht bewusst gewesen, wie sehr man die wenigen Schichten von Stoff derart hassen konnte.

Wieder brach er den Kuss, diesmal sah Alexander mir jedoch tief in die Augen. Ein wilder Sturm wütete in seinen Iriden, die von den Lidern halb verdeckt wurden. »Ich glaube, es ist gut, dass wir jetzt nicht mehr im Bett sind.«

»Brauchen wir das überhaupt?«, murmelte ich und ließ mein Becken träge auf seiner Härte kreisen. Es war eine Pein. Für ihn wie auch für mich. Dennoch genoss ich, wie die Feuchtigkeit zwischen meinen Beinen immer präsenter wurde.

Sein Kopf fiel zurück, während seine Hände meinen Hintern fanden. Sie kneteten mein Fleisch, was mich nur noch gieriger machte. Sein Gesichtsausdruck. Seine Stärke. Sein abgehackter Atem. Alles an ihm machte mich zu einem Wesen, welches ausschließlich seiner Lust folgte.

»Ich kann mit dir an jedem Ort vögeln, Alex.«

Ein tiefes Knurren rollte aus seinem Brustkorb. Er hob den Kopf, kam meinen Lippen wieder gefährlich nahe. »Wie soll ich mich von dir fernhalten, wenn du solche Sachen sagst, Liebste?«

Dieser Kosename.

»Du sollst dich nicht von mir fernhalten.«

»Mhmm.« Seine Finger steckten mir eine Strähne hinters Ohr, ehe seine Lippen meinen Kiefer suchten. Er hauchte kleine, leichte Küsse auf meine Haut. »Ich habe mir das schon viel zu oft ausgemalt, Chloe. Es gab Stunden, da konnte ich an nichts außer an dich denken. Ich habe mich danach gesehnt, Zeit mit dir zu verbringen. Ich wollte deinen Körper an meinem spüren, das will ich nicht verleugnen.«

»Ging mir genauso.« Meine Mitte erhöhte den Druck auf die Länge, was er mit einem Schlag auf meinen Hintern quittierte. Der Schmerzensblitz, der durch mich zuckte, machte mich nur noch wilder.

Schon lange hatte ich dieses überwältigende Gefühl nicht mehr gespürt. Obwohl es möglicherweise das erste Mal war, bei dem meine Emotionen derart durcheinander waren.

Ich wollte ihn in mir. Ich wollte *alles* von ihm.

Meine Finger rissen seinen Kopf von meinem Hals, sodass Alexanders Gesicht vor meinem war. Das Haar durcheinander, die Lippen geschwollen, der Blick von der Lust verschleiert – so musste ein Gott aussehen.

»Das ist so falsch«, brachte er unter schwerem Atem hervor und richtete uns auf, strich dennoch andächtig über meine Kurven. Mein Leib bettelte nach seinen Berührungen.

»Halt die Klappe.«

Ich rutschte von seinem Schoß und ließ mich auf die Knie sinken. In seinen Augen lag ein Wissen. Ein Wissen darüber, was ich machen wollte. Doch er hielt mich nicht auf. Auch nicht, als ich an seinem Hosenknopf nestelte und ihm diese mitsamt der schwarzen Boxershorts herunterzog. Alex half mir sogar, indem er die Hüften anhob und sich dann setzte.

Ihn so zu sehen – bereit für mich – machte alles andere in meinem Leben unwichtig. Ich wollte ihm Erlösung schenken. Mit meinem Mund.

Meine Finger fuhren eine dünne Ader entlang, die

sich über seine Länge erstreckte. Bei der Berührung zuckte er zusammen.

»Deine Hand ist kalt.«

Es hielt mich nicht davon ab, mit meinen Erkundungen fortzufahren. Er lag perfekt in meiner Hand, was für ihn allerdings eine Qual war. Denn ich ließ mir Zeit, bis selbst mir die Geduld entglitt.

»Wie hast du es am liebsten?«, hauchte ich an seinen Schwanz, meine Lippen nur noch wenige Millimeter von der empfindlichen Stelle entfernt. Am liebsten wäre ich aufgesprungen, hätte mir meine Hose vom Leib gerissen und ihn so lange geritten, bis wir beide nicht mehr atmen konnten.

Ich verharrte aber auf den Knien und blickte durch meine dichten Wimpern zu ihm empor. Seine Brust hob sich abgehackt, wobei seine Augen klar auf mich gerichtet waren. In ihnen stand ein loderndes Feuer.

Plötzlich griff er mit einer Hand in mein Haar und zog es gewaltsam zurück. Der Schmerz zuckte durch mich, sodass mir ein tiefes Stöhnen entfuhr.

»Muss ich mehr sagen?«

Nein.

Ohne ein weiteres Zögern schlang ich meine Finger um seinen dicken Schaft, fuhr sacht zu seiner Eichel und stieß schnell und kraftvoll wieder nach unten.

»Scheiße!«, fluchte er.

Für mich war es ein weiterer Anreiz.

Ich wollte ihn schmecken.

Meine Zunge glitt über seine Länge. Alexanders Oberschenkel spannten sich unter meiner anderen Hand an, während ich ihn vollkommen in den Mund nahm.

»Chloe.« Er sah auf mich hinab und strich das Haar aus meinem Gesicht.

Ein salziger Geschmack breitete sich in meinem

Mund aus, während meine Zunge um seine Eichel kreiste.

Tief stöhnend vergruben sich seine Hände in meinem Haar. Seine Reaktion spornte mich an.

Alexanders Geschmack, seine Größe, das Zucken seiner Muskeln – alles daran gefiel mir. Je schneller und kräftiger ich wurde, desto mehr verlor er die Kontrolle.

Und es dauerte nicht lange, bis seine Gefühle mit ihm durchgingen.

Er sprang auf, meinen Kopf in den Händen und stieß unerbittlich in meinen Mund. Ich vergrub meine Nägel in seinem nackten Oberschenkel, wobei mein verschwommener Blick auf ihn gerichtet war.

Der Schmerz, welcher durch die Kraft von Alexander ausgelöst wurde, war nur der Vorbote für das, was mir noch alles bevorstand. Das wusste ich genau. Wie er mich hier vögeln würde. Hart und erbarmungslos.

»Chloe«, ächzte er und warf seinen Kopf in den Nacken.

Keinen Moment später spritzte sein heißer Samen in meinen Mund. Schwall für Schwall durchflutete er mich, wobei sich jeder anfühlte wie ein eigener, kräftiger Stoß seines Glieds.

Brennende Tränen stiegen mir in die Augen, dennoch schluckte ich, nahm seinen primitiven Geschmack vollkommen in mir auf. Noch nie hatte ich es derart genossen. Noch nie hatte ich solches Verlangen nach einem Mann gehabt.

Als es vorüber war, glitt seine Länge aus mir, wobei Alexanders Hände von meinem Haar zu meinen Wangen wanderten. Langsam hob er meinen Kopf und verschlang mich mit seinem Blick.

Nicht nur ich brannte.

»Ausziehen«, sagte er, »oder ich zerreiße diese beschissene Leggins und ficke dich mitsamt deiner Klamotten.«

Ehe ich nur einen Muskel regen konnte, stieß Alexander ein Brüllen aus.

Mit tränenverhangenem Blick beobachtete ich die Szene vor mir. Mit seinem weiterhin glänzenden und harten Schwanz sah er auf mich hinab, wobei ein Handy in seiner Hand erschien. Es blinkte und vibrierte.

Alexander hielt es sich ans Ohr, wobei seine Stimme ein einziges Knurren war. »Was?«

Seine zittrige Hand fuhr durch sein Haar, während er der anderen Person hinter dem Lautsprecher lauschte. Nicht lange, doch reichte es aus, dass mich Enttäuschung durchströmte.

»Bis gleich«, sagte er und legte auf. Dabei richteten sich seine Augen erneut auf mich. Ich konnte daraus nichts deuten. »Steh auf.« Er zog mich behutsam auf die Füße, stellte sicher, dass ich einen festen Stand hatte, ehe er von mir abließ. In seiner Berührung lag unglaubliche Zärtlichkeit, welche mich in diesem Moment überwältigte.

»Wer war das?«

»Dein Bruder.« Sein Daumen wanderte zu meinen Lippen. »Während Dorian gerade draußen auf mich wartet, wische ich seiner Schwester mein Sperma aus dem Mundwinkel.«

Stimmt. Er und Dorian hatten heute noch eine Verabredung gehabt, welche ich schnell vergessen hatte.

»Geh«, sagte ich und versuchte mich halbwegs zu sammeln. »Ich finde, glaube ich, allein raus. Das ist kein Problem.« Man sah das Zögern in seiner Miene. Alex fühlte sich schlecht, was er aber nicht musste. »Ich meine es ernst.«

Selbst als er sich von mir löste, steckte der Widerwille

in ihm. Es hielt ihn aber nicht davon ab, meinen Worten Folge zu leisten, sodass ich wenige Minuten, nachdem er in mir gekommen war, allein dastand.

Alexander

Einen Moment.

Einen Moment nahm ich mir Zeit, meinen Herzschlag zu beruhigen und mein Gemüt zu senken.

Jede Faser meines Körpers schrie nach ihr. Nach ihrer Stimme. Nach ihrem Duft. Nach ihrem Stöhnen. Nach ihrem heißen Mund. Nach ihrem wunderschönen Körper.

Kaum zu glauben, dass ich es geschafft hatte, mich von ihr loszureißen. Bei jeder anderen Frau wäre es mir egal gewesen. Aber ich wusste, dass Dorian nach mir sehen würde, falls ich ihn ewig warten ließ. Und es wäre unschön geworden, hätte er mich erwischt, wie ich seine Zwillingsschwester im Weinkeller fickte.

Denn genau das wäre passiert.

Hätte ich nur eine Sekunde länger in ihre gläsernen, nachtblauen Augen gesehen, hätte mich nichts mehr halten können. Besonders nicht, da sie es genauso wollte.

Umso mehr brannte es wie Säure in meinen Adern, sie verlassen zu haben. Das hätte ich nicht tun sollen. Dennoch stand ich hier. An die Wand gelehnt und versuchte, meine Gedanken zu ordnen. Wenigstens ein bisschen.

Ein letztes Mal atmete ich die eisige Luft ein, ehe ich in den Wagen stieg, der in der Einfahrt wartete.

Ich konnte nicht mal die Autotür zuziehen, da schlug mir bereits Dorians bescheidene Laune entgegen. »Was hat da so lange gedauert?«

»Papierkram«, antwortete ich trocken und lehnte mich tiefer in den weichen Beifahrersitz. Erst jetzt, da mein Körper sich beruhigte, bemerkte ich, dass die Sonne untergegangen war. Der Horizont war zwar noch nicht vollkommen dunkel, doch die ersten silbernen Sterne schimmerten bereits am Himmel. Hoffentlich kam sie sicher nach Hause. Auch wenn es nur ein paar Meter zum Apartmentkomplex waren. »Wieso bist du so schlecht gelaunt?«

Er warf mir einen genervten Blick zu, schüttelte allerdings den Kopf und konzentrierte sich wieder auf die Straße. Er nickte zum großen Display, welches einen Großteil des Cockpits einnahm. »Kannst du bitte mein Adressbuch öffnen? Ich muss meine Schwester anrufen.«

Jeder Muskel in meinem Körper spannte sich an. »Deine Schwester?«

»Ich habe mich schon etwas länger nicht mehr bei ihr gemeldet. Irgendwie fühle ich mich schlecht, sie einfach allein zu lassen. Wie macht sie sich denn im Theater?«

Ich ging seiner Bitte nach, kam aber nicht mal auf die Idee, ihren Namen auszuwählen. »Gut.«

»Das ist alles?«

Ich beobachtete ihn aus dem Augenwinkel, er schien aber nicht so, als würde er wissen, dass seine Schwester und ich viel zu viel Zeit miteinander verbrachten. Wissen, dass sie vor wenigen Minuten noch meinen Schwanz im Mund gehabt hatte.

»Sie ist eine begnadete Tänzerin.«

An der nächsten Ampel wählte er ihren Namen aus,

woraufhin die stetigen Laute des ausgehenden Anrufs den Innenraum ausfüllten. Je länger sie andauerten, desto größer wurde die Hoffnung in mir, dass sie nicht abhob.

Genau diese wurde einen Moment später zerschmettert.

»Dorian?«

Chloes Stimme war ein bisschen verzerrt, doch sie rief die neu geschaffenen Erinnerungen hervor. Alles, was ich im Kopf hatte, waren ihre tränengefüllten Augen, nachdem ich in ihr abgespritzt hatte. Das Gefühl, als ich aus ihrem Mund glitt.

Verdammt, ich war schon wieder geil.

»Ist alles okay?«, fragte sie, der Ton nun mit Unruhe durchzogen. »Ist etwas passiert?«

»Nein, ich wollte einfach fragen, wie es dir geht. Wir haben uns schon länger nicht mehr gesprochen.«

Stille. Ausschließlich das Surren des Motors und die rollenden Reifen waren zu hören. Es beruhigte mich kein bisschen – im Gegenteil, mit jeder Sekunde, die verstrich, wurde es schlimmer.

Ein raues Lachen ertönte durch die Lautsprecher. »Bist du sicher, dass es dir gut geht? Du rufst sonst nie einfach so an.«

Dorian presste die Lippen zusammen, sodass nur noch ein dünner, weißer Strich zu sehen war.

»Weil sich Mama und Papa um dich gekümmert haben. Jetzt bist du hier. Jetzt muss ich ein bisschen mehr Verantwortung übernehmen.«

»Wir sind am selben Tag geboren. Du brauchst dich nicht um mich zu kümmern, wenn du nicht willst.«

Die Farbe wich ihm aus dem Gesicht, wobei sich sein Griff um das Lenkrad verkrampfte. »Ist es denn so schlimm, dass ich dich angerufen habe? Ich wollte bloß fragen, wie es dir geht. Und was du gemacht hast, aber wenn –«

»Tut mir leid. Es überrascht mich nur.«

Seine Hand fuhr durch sein dichtes Haar. Er wirkte ein wenig entspannter, doch ein Rest seines vorherigen Zustandes blieb zurück. »Also, was hast du heute so gemacht?«

»Ich war im Theater. Und gerade habe ich ... ähm ... gegessen.«

Ich verschluckte mich an meinem eigenen Speichel.

Hustend versuchte ich meine Fassung wiederzugewinnen, was sich als schwerer herausstellte, als es sollte. Es waren ihre Worte, die es so schwer machten.

Sie hatte gerade gegessen.

Na ja, so konnte man es auch ausdrücken. Genau genommen, hatte sie ihn also nicht mal angelogen.

Obwohl sie die Antwort wusste, stellte sie dennoch die eine Frage. »Bist du allein?«

»Nein«, murmelte Dorian und warf mir einen schrägen Blick zu. »Alexander ist bei mir.«

»Hallo, Chloe.« Ich ballte die Hände zu Fäusten, hoffte gleichzeitig, dass meine Stimme normal klang. Gerade war kein guter Zeitpunkt, um Dorian misstrauisch werden zu lassen.

»Okay«, sagte sie und räusperte sich. »Dorian, ich rufe dich später nochmal an. Ich wollte nämlich gerade duschen, bevor du angerufen hast. Also ...«

»Schon verstanden. Wir sehen uns.«

»Wir sehen uns.«

Damit war das Telefonat beendet.

»Lief ja super«, flüsterte er und bog auf einen der Parkplätze des Theaters ein. »Vermutlich kann ich einfach nicht mit ihr umgehen.«

»Wie kommst du darauf?«

»Erst streiten wir uns und dann wird sie ganz komisch und würgt mich ab.«

»Mach dir darum keine Gedanken. Vielleicht war sie wirklich beschäftigt.« Ich konnte ihm ja schlecht sagen, dass es wegen mir war.

Kapitel Zwölf

Chloe 

Er war mir aus dem Weg gegangen. Schon den ganzen verdammten Tag.

Genervt warf ich meine Tasche mit den Einkäufen auf den Boden. Im Kamin glomm noch eine leichte, orangene Glut, die ausreichte, um wenigstens meine durchgefrorenen Hände wieder aufzutauen. Doch kam ich nicht umhin, neues Holz aufzulegen. Dabei rammte ich mir prompt einen Holzsplitter in den Finger.

»Perfekt«, murmelte ich und ließ mich auf die Couch fallen. Ich konnte ihn noch herausziehen, trotzdem passte es einfach zu meinem Tag. Heute war alles schiefgelaufen.

Erst hatten wir auf dem Weg zum Theater im Stau gestanden, was zur Folge gehabt hatte, dass ich zu spät zum Training gekommen war, nur um herauszufinden, dass Alexander mich versetzt hatte. Vor allem hatte er es mir nicht persönlich gesagt. Nicht mal eine Nachricht – es war Daria, die mir seine Nachricht überbracht hatte. Und es tat weh, selbst jetzt noch. Ich verlangte keine Blumen, ich wusste, auf was ich mich eingelassen hatte. Ich war diejenige, die ihm einen hatte blasen wollen. Aber wir waren Freunde, da erwartete ich, dass er mir gegenübertreten konnte.

Vielleicht hatte er genau das gewollt. Einen Blowjob und das wars. Das konnte ich mir aber nicht vorstellen. Alexander hätte es von mir schon viel früher haben können. Außerdem ... wieso hatte er mit mir so viel Zeit verbracht; mir die Wahrheit über den Tod seiner Mutter erzählt, wenn er mich nur fürs Vögeln haben wollte?

Ausgelaugt strich ich mein Haar zurück und stieg die Treppe zu meinem Bett hinauf. Ich hatte keinen Hunger. Stattdessen riefen mein Bett und ein gutes Buch nach mir.

Bevor ich mich allerdings auf die Matratze fallen ließ, erstarrte ich. Mein Blick glitt aus dem Fenster zu einem anderen, welches golden in der Dämmerung schimmerte. Auch wenn die Nacht bereits angebrochen war, erkannte ich den dunklen Schemen darin.

Alexander.

Wir starrten uns an, obwohl ich seine Miene durch die angefrorene Scheibe und die Entfernung nicht deuten konnte. Das musste ich aber auch nicht, es reichte vollkommen aus, dass er in seiner Position verharrte.

Je länger wir dastanden, desto mehr Wut sammelte sich in meinen Adern.

Das letzte Mal als wir uns gesehen hatten, hatte er mit pochendem Schwanz vor mir gestanden, bereit sich in mir zu versenken. Er war ein Mann mit einer Menge Geld und aus irgendeinem Grund hatte er ein Auge auf mich geworfen.

Die Vorstellung, dass er in meinem Mund gekommen war, mich ignorierte und mich dennoch aus der Weite beobachtete, brachte mich an den Rand meines Verstandes. Vielleicht sogar darüber hinaus. Eine andere Erklärung für mein Verhalten gab es nämlich nicht.

Meine Finger ertasteten den Saum meines Pullis und zogen ihn über meinen Kopf.

Es war unmöglich, dass er die Einzelheiten meiner nackten Brüste sehen konnte, trotzdem war auch für ihn erkennbar, dass ich oberkörperfrei vor dem Fenster stand.

Ich wurde von einem süßen Kribbeln erfüllt, bei dem Gedanken, dass er mich so sah. Es wanderte zwischen meine Beine und löste ein schnelles Pochen aus.

Ich wollte ihn provozieren. Und dieses Ziel hatte ich erreicht. Zumindest glaubte ich das. Oder hoffte es.

Einen Wimpernschlag später stand er nicht mehr im Fensterrahmen. Auch das Licht in seinem Zimmer erlosch. Ewig würde er mir nicht aus dem Weg gehen können. Außer, er entschied sich, nun vollkommen zum Kind zu mutieren.

Das war aber nicht der Fall. Was mir nur recht sein konnte.

Minuten später hämmerte es an meiner Wohnungstür, wodurch ich zusammenzuckte. »Chloe, mach die verfickte Tür auf!«, brüllte Alexander und schlug erneut mit der Faust gegen das Holz, welches unter seiner Kraft ächzte. »Chloe!«

Ich schluckte und ging die Treppe hinab. Vorfreude, aber auch Aufregung durchströmte mich. Ich dachte nicht mal daran, mir ein Oberteil überzustreifen. Das hier konnte nur auf zwei Weisen enden. Äußerst peinlich oder wir beide im Bett.

Mein Herz schlug mir bis zum Hals, als ich die Tür öffnete und mir wilde Augen entgegenstarrten. In ihnen stand der pure Wahnsinn und Lust, während sie von meinem Gesicht zu meinen Brüsten glitten.

Er übertrat die Türschwelle, zwang mich, Schritte zurückzumachen. Dabei warf er seine Lederjacke auf den Boden, streifte sein Shirt von seinem Körper und schleuderte es mir entgegen.

Meine Aufmerksamkeit legte sich allerdings auf seine Muskeln, die sich über seinen Bauch zogen. Seine breite Brust hob sich abgehackt, verdeutlichte seine Wut.

Dieser Mann hatte mich gestern in den Mund gefickt und war in mir gekommen.

»Zieh es an!«, forderte er, was meine Gedanken ein wenig klärte.

Was?

»Das hier ist meine Wohnung.« Ich warf das Stück Stoff auf den Boden zu seiner Jacke und reckte ihm mein Kinn entgegen. »Ich kann rumlaufen, wie ich will.«

Ein Knurren entfuhr ihm. Seine Emotionen erinnerten mich an den Alexander, der mir gestern gegenübergetreten war, ehe uns der Anruf meines Bruders unterbrochen hatte.

»Du legst es darauf an, oder?«

»Auf was?«

»Dass ich dich vögle.«

»Ich sehe nichts Verwerfliches daran, dass ich in *meiner* Wohnung oberkörperfrei bin. Außerdem hast du mich von deinem Fenster aus beobachtet, nachdem du mir den gesamten Tag aus dem Weg gegangen bist.«

»Aus gutem Grund.«

»Welcher wäre das?«

Er trat einen weiteren Schritt auf mich zu. Diesmal wich ich aber nicht zurück, uns trennten nur noch wenige Millimeter. Sein warmer Atem legte sich auf meine Lippen, als er auf mich hinabsah.

»Ich darf dich nicht haben.«

»Wieso bist du dann hier?«

»Weil ich ein selbstsüchtiger Arsch bin.«

Eine Möglichkeit, etwas darauf zu erwidern, blieb mir nicht, seine Lippen legten sich bereits auf meine. Ich ließ ihn gewähren, zog ihn sogar noch näher zu mir, während seine Hände meine Brüste umfassten. Ein Schauer fuhr durch ihn hindurch, welcher sich kurz darauf auch in mir wiederfand.

Er war genauso fordernd wie im Weinkeller.

Keine Scheu meine Kurven nachzufahren, als würde er jeden Zentimeter davon anbeten; mich in eine bestimmte Richtung dirigieren. Heute gab er sich aber nicht mit der Couch zufrieden. Nein, sein Ziel war das Bett.

Er trug mich die Treppe hinauf und warf mich auf die Matratze, dann baute er sich vor mir auf. Sein Blick brannte, als er meinen Körper hinabfuhr.

»Deswegen habe ich dich heute gemieden. Weil ich wusste, dass ich dich ficken würde, sobald ich dich sehe.« Er knöpfte seine dunkle Jeans auf und kniete sich über mich. Obwohl er mich nicht berührte, wurde das Pochen zwischen meinen Beinen immer stärker. »Ich habe die vergangene Nacht und den gesamten Tag über nur an dich gedacht.«

Meine Wangen brannten. »An was hast du gedacht?«

Ein verschmitztes Lächeln legte sich auf seine Lippen. »An so viele Dinge.«

»Welche Dinge?«

»Was ich mit dir anstellen könnte«, murmelte er, beugte sich zu mir hinab und hauchte einen Kuss zwischen meine Brüste. Sein Haar kitzelte mich, entlockte mir ein Stöhnen. »Das hier. Wie sich deine Brüste in meinen Händen anfühlen.« Seine Lippen glitten über eine Wölbung zu meinem Nippel. »Das habe ich mir schon ewig vorgestellt.«

Alex nahm meine Brustwarze in den Mund und knabberte leicht mit den Zähnen daran. Mein Kopf wurde leer. Nichts existierte, außer dem Gefühl seines Mundes auf mir. Seine Wärme und sein herber Geruch, die mich einhüllten. Seine Zähne, die sich in dem sensiblen Fleisch vergruben. Alles andere verwandelte sich in Nichtigkeiten.

Mein Atem beschleunigte sich, als seine Hände zum Bund meiner Leggins wanderten. »Dein Arsch sieht darin perfekt aus.« Alex glitt meinen Bauch hinab, zeichnete seinen Weg mit Küssen nach. »Ich hätte mich von dir fernhalten sollen, aber ich kann es nicht.«

»Du sollst nicht.«

Seine Augen suchten meine.

Dieser Anblick – er, wie er einen Weg zwischen meine Beine fand; oberkörperfrei – war genug, um mich noch mehr in meinem Verlangen zu verfangen. Er warf mir ein schelmisches Lächeln zu. Wusste genau, was er mit mir anstellte.

»Das werde ich nicht. Ich muss mich außerdem noch bei dir revanchieren.«

Er zupfte am Bund meiner Hose, sodass ich mein Becken hob, um es ihm einfacher zu machen, sie herunterzuziehen und warf sie auf den Boden.

»Kein Slip«, stellte er fest und glitt mit den Händen an den Innenseiten meiner Oberschenkel entlang. »Winkel deine Beine für mich an, Liebste.«

Ehe seine Worte in meinen vernebelten Kopf dringen konnten, gehorchte ihm mein Körper, sodass sich sein heißer Atem auf meine empfindlichste Stelle legte. Sein Blick direkt auf mir; brannte sich tief in mein Inneres.

Ich wollte, dass er mich nahm. Aber er zögert es heraus, schürte die Lust in mir bis zur Unerträglichkeit an. Es waren seine Berührungen, die mich neckten, mich aber nie an den Stellen berührten, an denen ich ihn brauchte.

Mit flatternden Lidern verkniff ich mir ein Stöhnen, biss mir dabei aber auf die Lippen, sodass sich ein Tropfen Blut auf meiner Zunge ausbreitete. »Alex«, wimmerte ich und krallte meine Finger ins Bettlaken.

»Du bist wunderschön.« Er hauchte einen Kuss auf den Übergang zu meinen Schenkeln und wanderte weiter in die Mitte. »Und so feucht.«

Mit einem Finger fuhr er unverwandt durch meine Schamlippen, dabei sah er erneut zu mir. Ein Lächeln glitt über seine Lippen, ehe er sich diesen in den Mund steckte und ihn genüsslich ableckte.

Noch nie in meinem Leben hatte ich etwas so Verruchtes gesehen. Obwohl ich kein Unschuldslamm war. Ganz im Gegenteil, ich mochte es, Sex zu haben. Aber dieses Bild – wie er zwischen meinen Beinen lag und meinen Saft kostete ... Ich konnte mich daran nicht satt sehen. Im gleichen Moment wollte ich seine Lippen endlich auf mir spüren. Seine Zunge in mir fühlen.

Ich wollte, dass er mich leckte.

Doch bekam ich kein Wort heraus. Stattdessen beobachtete ich, wie er eine Hand über meine Scham wandern ließ.

»Bist du dir sicher, dass du das willst, Chloe?«

Er bekam von mir nichts weiter als ein Nicken.

»Gut. Ich bin mir nämlich nicht sicher, ob ich aufhören kann, wenn ich erstmal anfange.« Sein Blick wurde dunkel; ein Vorbote, was auf mich warten würde. In welchen Abgrund mich Alexander stoßen konnte, wenn er wollte.

Das hier würde nicht nach diesem Tag enden. Da war ich mir sicher.

Dieser Gedanke wurde sogleich ausgelöscht, als Alexander den Weg seines Fingers von vorhin nachzeichnete. Seine Zunge fuhr durch meine Feuchtigkeit, sandte einen Schauer über meine Wirbelsäule.

Stöhnend fiel mein Kopf in die Kissen, während sich meine Hände in seinem Haar wiederfanden. Ich zog daran, als er sich in mir verlor. Denn genau das tat er. Seinem Mund folgte ein Finger, den er in mich schob, dann einen zweiten, der mich weitete.

»Alexander.«

Mein Becken bäumte sich auf, damit sich der Druck auf meine empfindsame Stelle erhöhte. Ehe mich aber die Wellen des Orgasmus erschütterten, zog er sich zurück. Er stand auf und entkleidete sich.

Ich war eine Gefangene meiner eigenen Lust, die sich in Pein verwandelte, je länger er mich hinhielt.

»Brauchen wir ein Kondom?« Mehr als ein Kopfschütteln brachte ich nicht zustande. »Gut.« Die Matratze senkte sich unter seinem Gewicht, während er sich über mich beugte und in meine Lippe biss. »Ich wusste gar nicht, dass es so wenig braucht, um dich in diese Verfassung zu bringen.«

In seiner Stimme lag etwas Neckisches. Vielleicht war es genau das, was mir neue Klarheit verlieh.

Ein träumerisches Lächeln zupfte an meinen Mundwinkeln, wobei mein Bein seine Seite hinaufstrich. »Bist du dir sicher?«, flüsterte ich und fuhr mit dem Mund seinen Kiefer entlang. »Denkst du wirklich, du kannst mich so leicht um den Finger wickeln?«

Er konnte es, aber das musste er nicht wissen.

Sein Mund öffnete sich – den Kommentar bereits auf der Zunge –, ich aber hatte einen anderen Plan.

Ich erhöhte den Druck meines Beins auf seine Hüfte. Und irgendwie schaffte ich es, ihn auf den Rücken zu werfen. Nun war ich diejenige, die über ihm thronte. Genauso wie damals in seinem Bett. Diesmal aber kreiste ich mit den Hüften, was ihm ein kehliges Stöhnen entlockte.

»Ich wusste gar nicht, dass es so wenig braucht, um *dich* in diese Verfassung zu bringen.«

Alexander fuhr über meine Kurven und lehnte sich in die Kissen. »Beweis es mir.«

Eine Herausforderung.

Das ließ ich mir nicht zweimal sagen.

Ich griff nach seinem Schaft und dirigierte seine Eichel an meinen Eingang. Die Feuchtigkeit zwischen meinen Beinen sorgte dafür, dass er viel zu einfach hineinglitt – bis er zum Anschlag in mir steckte.

»Fuck!«, fluchte er. Seine Lider flatterten, doch sein Blick lag auf meiner Gestalt. »Chloe.«

Die Watte in meinem Kopf kehrte zurück.

Alles in mir konzentrierte sich auf das Gefühl seines Glieds in mir. Ich musste mich an seine Größe gewöhnen, bevor ich mich bewegen konnte.

»Langsamer, Liebste.«

Der Trieb in mir ließ aber nicht nach. Mit den Händen auf seine Brust gestützt, warf ich den Kopf in den Nacken und ritt ihn weiter. Schnell. Unkontrolliert.

Nur aus weiter Entfernung hörte ich Alexander, während die Lust vollkommenen Einzug in mir nahm. Seine Worte verschwammen in meinem Kopf, bis sie für mich keinen Sinn mehr ergaben.

Doch plötzlich fand mich auf dem Rücken wieder.

»Ich habe gesagt, langsamer«, brachte er aus zusammengebissenen Zähnen hervor und baute sich über mir auf. Seine Muskeln spannten sich an, um sein Gewicht nicht auf mir abzulegen.

Sein Schwanz begann sich wieder in mir zu bewegen, in dem Tempo, welches er für angemessen hielt. Quälend langsam zog er sich aus mir heraus.

»Ich muss kommen«, wimmerte ich und vergrub meine Fingernägel in seinen Oberarmen. Diese Reibung – dieses Warten – war zu viel.

Er war zu viel.

Sein Ausdruck wurde ernst. Jegliche Lust war verschwunden. Sogar seine Bewegungen stoppten, sodass seine Eichel geradeso meinen Eingang streifte.

»Hast du immer dieses Problem?«

Kein klarer Gedanke ließ sich durch den tobenden Sturm in meinem Inneren greifen. Alles, was meine Nerven brauchten, war die Erlösung. Durch ihn. Durch ihn allein.

»Mach weiter«, bettelte ich und rutschte näher an ihn heran. »Bitte.«

Natürlich machte er es nicht. Im Gegenteil, die Distanz zwischen uns wuchs mit jeder Sekunde. Seine Hand wanderte jedoch zu meinem Gesicht und hielten mich fest.

»Sieh mich an, Chloe.« Ich gehorchte und sammelte gleichzeitig die verstreuten Teile meines Verstandes zusammen. Mein Atem verlangsamte sich allerdings nicht. Seine verschwitzte Brust, der Geruch seiner weiterhin präsenten Lust, machten es mir nicht einfacher. »Hast du immer diese Probleme?«

»Ich weiß nicht, was du meinst.«

Der Griff um mein Kinn wurde fester. »Mit dem Kommen.«

Kopfschüttelnd versuchte ich mich von ihm zu lösen. Gott, peinlicher konnte es ja kaum werden. Er dachte ... Er dachte ... Dieser Gedanke wollte sich in meinem Kopf nicht formen.

»Hey, das muss –«

»Ich weiß nicht, was du meinst, okay? Ich brauche frische Luft, lass mich raus.« Mir war klar, dass Alexander mich keine Sekunde aus den Augen ließ, ich aber fixierte seine starken Arme, die mich eingeschlossen hielten. »Es ist besser, wenn du jetzt gehst.«

Es war eine törichte Vorstellung, dass er meinen Worten nachging. Immerhin hatte dieser Mann sich in den vergangenen Wochen in meine Seele geschlichen und wusste, wie es in mir aussah.

»Chloe«, wieder zwang er mich, zu ihm emporzublicken. Diesmal erlaubte ich es mir sogar, mich in diesen perfekten Zügen zu ertränken. »Wir werden das zu Ende führen.«

»Und wie?« *Wie, wenn du denkst, dass mein Körper nicht auf dich reagiert?*

Seine Lippen fanden meinen Hals, während seine Hände meine Brüste umfassten. »Fühl einfach und halt dich an mir fest. Vielleicht bist du einfach nicht der dominante Part.« Ein breites Grinsen war in seiner Stimme zu hören, was all meine Unsicherheiten vernebelte. So einfach schaffte er das.

Ich schnappte nach Luft. »Dominant?«

»Oh ja.« Seine Finger rollten über meine Brustwarzen und kniffen ohne Vorwarnung zu.

»Alex!«

»Wie oft hast du dir in deinem kleinen, dreckigen Kopf bereits ausgemalt, mich schonungslos zu reiten? Dich auf meinen Schwanz zu setzen und wild zu sein?«

Stöhnend drückte ich meinen Rücken durch, wobei mein Unterbauch seine Härte berührte. All das – seine Berührungen, seine Worte, seine Lust – machte es nur noch schlimmer.

Eine Antwort verließ meinen Mund nicht, er wusste sie aber auch so.

Seine Lippen wanderten zu meinem Ohr. »Das habe ich mir gedacht. Eins kann ich dir versprechen ... Du wirst den besten Orgasmus deines Lebens haben, wenn *ich* dich bis zur Besinnungslosigkeit vögle.«

Er griff zwischen uns und glitt in mich. Sein Daumen legte sich auf meine Klit, kreiste träge, als er fest in mich stieß. Der stetige Rhythmus verwandelte sich in eine Wildheit, die mich von innen heraus zerriss.

Es war seine Wildheit, nicht meine. Ein feiner Unterschied, der eine unheimliche Wirkung auf mich hatte.

Seine lustverzerrten Laute vermischten sich mit meinen.

Der Druck seines Fingers wurde größer, während er mir immer wieder unanständige Worte ins Ohr flüsterte. Alles in mir war heiß und sehnte sich die Erlösung herbei.

Ich krallte meine Nägel in seinen Rücken, kam ihm mit meinen Hüften entgegen. Alexander stürzte mich einen Strudel hinab, dem ich nicht entkommen konnte. Er konnte aber auch nicht mein Retter sein, da er mit mir sprang.

Der Orgasmus holte uns beide ein. Wir verloren uns in dem jeweils anderen. Doch selbst als die Wellen abgeebbt waren, hielten wir uns.

Ich konnte zwar den klebrigen Schweiß der gestrigen Nacht von meinem Körper waschen, allerdings nicht die Erinnerungen. Nicht das Gefühl seiner Berührungen, seiner festen Stöße, die meine Nerven erneut entzündeten.

Um mich abzukühlen und meine Gedanken zu klären, stellte ich das Wasser auf kalt. Ich bereute es sofort, da der eisige Schauer auf meiner nackten Haut schmerzte. Alles war besser, als der Lust zu verfallen, die mich einnehmen würde, wenn ich ihn wieder sah. Und das würde ich, denn er war unten in der Küche.

Nachdenken, Chloe.

Der Sex war verdammt gut gewesen. Viel zu gut. Vielleicht mied ich Alexander deswegen. Weil ich nicht wusste, was ich sagen sollte. Weil ich, wenn er wollte, sofort wieder die Beine für ihn breitmachen würde.

Es war ein gefährlicher Grad.

Er war mein Tanzpartner und ein Mensch, dessen Gesellschaft ich genoss. Wenn noch unbeschreibliches Vögeln dazu kam, konnte das nur schiefgehen. Denn es hörte sich viel zu gut an. Außerdem würde meine Zeit in Moskau enden. Es konnte also nur scheitern.

Doch da war noch etwas. Gestern Nacht brachte nicht nur verführerische Erinnerungen mit sich, sondern auch welche, die mich seelisch entblößten.

Kopfschüttelnd vertrieb ich sie und stieg aus der Dusche. Immerhin konnte ich mich hier nicht ewig verstecken. Also warf ich mir einen Bademantel über und flocht mein nasses Haar in einen unordentlichen Zopf. Währenddessen legte ich mir ein paar Phrasen bereit.

Guten Morgen.

Hast du schon gegessen?

Nein? Willst du hier frühstücken?

Alles hörte sich bereits in meinem Kopf schrecklich an.

Wieso stellte ich mich derart an? Ich hatte schon One-Night-Stands gehabt, nach denen die Männer über Nacht geblieben waren. Die Begegnung am Morgen danach war nie schlimm gewesen. Aber möglicherweise lag es daran, dass ich Alexander kannte und mit ihm all meine Zeit verbrachte.

Zu einer richtigen Unterhaltung kam es aber nicht.

Als ich nach unten ging, hielt er sein Smartphone ans Ohr gedrückt und lauschte der Person an der anderen Leitung. Er saß am Esstisch, mit der Jogginghose und dem Shirt, welches er bereits gestern getragen hatte, und bemerkte mich im ersten Moment gar nicht.

Alex rieb sich müde das Gesicht. »Dorian, kann ich nicht ein wenig später kommen? Gerade ist nicht der richtige Moment.« Wieso musste es eigentlich immer mein Bruder sein, der förmlich zwischen uns stand? Alexander atmete genervt aus und nahm seine Nasenbrücke zwischen zwei Finger. »Ja, ich weiß. Ich bin gleich da.«

Als er auflegte, fiel sein Blick auf mich.

»Du musst gehen?«

»Ja.« Er schluckte und schob den Stuhl zurück – wahrscheinlich, um zu mir zu gehen –, doch ich streifte in die Küche und riss die Kühlschranktür auf. Um meine Enttäuschung zu verbergen. »Geht es dir gut?«

»Ja. Alles in Ordnung.« Ich verhielt mich kindisch. Die Schwere in meinem Herzen bewies mir aber, dass ich auf gutem Weg war, mich in dieser Sache zu verlieren. »Ich bin nur müde.«

»Chloe …«

»Ich meine es ernst.« Ich warf ihm ein gepresstes Lächeln zu. »Frühs ist er nicht gut gelaunt, besonders, wenn man ihn warten lässt. Du solltest dich also beeilen, wenn du einen gut gelaunten Dorian willst.«

Ehe er mich aber verließ, holte er seinen vollen Schlüsselbund hervor und löste einen kleinen Schlüssel davon. Er hielt ihn mir entgegen.

»Ich will, dass du ihn hast.«

»Wofür ist der?«, fragte ich und umfasste das kalte Metall.

»Habe ich dir schon mal erzählt, dass es eine direkte Verbindung zwischen diesem und meinem Haus gibt?«

»Nein.«

»Unten im Foyer befindet sich hinter dem Tresen doch eine Tür. Diese führt zu einem Tunnel.«

»Alex ...«

Ein dünnes Schmunzeln zuckte über seine Miene. »Wenn man diesem geradeaus folgt, kommt man zu einer Treppe, die vor meiner Zimmertür endet. Sollte ich mal doch ungestört sein wollen, kann ich diese auch abschließen.«

»Ich kann nicht –«

»Doch. Dorian ist in den nächsten Wochen oft zu Hause. Und ich würde gerne mehr Zeit mit dir bei mir verbringen. Es ist einfacher so.« Er wich zurück und griff nach seiner Jacke. »Ich muss jetzt los. Wir sehen uns heute im Theater nicht. Deswegen ... melde dich bei mir.«

Er ging und ich starrte auf den kleinen Schlüssel in meiner Hand.

Kapitel Dreizehn

Alexander

Gedankenverloren fixierte ich mein Smartphone, während ich rastlos am Schreibtisch saß. Es war Nachmittag, die Aufgaben und Dokumentenpapiere stapelten sich, allerdings waren meine Gedanken an einem ganz anderen Ort.

»Hallo? Hörst du mir zu?« Konstantin, der schon eine Weile in meinem Büro im Theater war, schlug einmal fest auf die Tischplatte, was meine Aufmerksamkeit wieder auf ihn lenkte. In seinem Gesicht stand Unglauben gemischt mit Verwirrung und Ärgernis. Er hasste es noch mehr als ich, sich über einen Berg von Papieren zu beugen. Am liebsten würde er auf der Straße herumstreifen, aber leider bestand die Mafia nicht nur aus beobachten, bedrohen und morden. »Du bist den gesamten Tag schon unkonzentriert, verdammt.«

»Entschuldigung. Was hast du gesagt?«

Genervt strich er eine Strähne seines offenen Haars hinter das Ohr. »Ich habe gefragt, ob du auf einen Anruf wartest?«

»I … Ich –« Kopfschüttelnd fuhr ich mir über das müde Gesicht. Ich konnte ehrlich zu Konstantin sein, doch er musste nicht alles wissen. »Auf einen Anruf. Oder auf eine Nachricht. Oder auf was auch immer.«

»Du hast gestottert.«

»Na und?«

Ich lehnte mich auf meinem Sessel zurück und verschränkte die Arme vor der Brust, während sich ein amüsierter Ausdruck auf seine Miene legte.

»Seit wann stotterst du?« Er wandte sich nun vollkommen von den Dokumenten ab – falls er jemals ernsthaft an ihnen gearbeitet hatte. »Ich wusste immer, dass du der Erste zwischen Gage, Dorian und dir sein würdest, der mehr von einer Frau wollen wird.«

»Was soll das denn bedeuten? Und wer sagt, dass es um eine Frau geht?« Manchmal hatte ich das Gefühl, er konnte direkt in meinen Kopf blicken. Er hatte diese Gabe, Dinge zu wissen, die er faktisch nicht wissen konnte.

»Komm schon, Alex, es geht um eine Frau. Es bedeutet das, was ich gesagt habe. Gage ist doch noch viel zu grün hinter den Ohren, um sich an eine Frau zu binden. Und Dorian … Angenommen, Dorian würde sich dazu entscheiden, müsste die Frau verrückt sein.«

»Man kann sich nicht einfach entscheiden.«

»Jetzt wirst du auch noch sentimental.« Das Grinsen auf seinen Lippen vertiefte sich, während seine Finger in einem stetigen Rhythmus auf das dunkle Glas des Tischs trommelten. Dieses Geräusch straffte jeden Nerv in meinem Körper. »Also, wer ist sie?«

»Das ist unwichtig.«

»Nein, ist es nicht.« Eine kleine Denkfalte tauchte auf seiner Stirn auf. Nun machte Konstantin etwas, das er nicht oft machte. Er ließ mich an seinem Denkprozess teilhaben. Mehr oder weniger. »Du bist oft weg, das habe ich bemerkt. Aber du bist nie länger als 24 Stunden fort, also muss sie hier in Moskau leben. Vielleicht ist sie auch hier im Theater.« Seine grünen Argusaugen beobachten jede einzelne Regung meines Gesichts. So sehr ich auch versuchte, mir nichts anmerken zu lassen; ich fiel durch seinen Test durch. »Gut zu wissen, dass sie hier im Theater arbeitet. Das macht es einfacher für mich.«

»Lass es.« Leider war er mein Bruder und ließ sich nur in Notfällen etwas von mir sagen.

»Ihr haltet euch bedeckt. Jetzt stellt sich die Frage nach dem Wieso. Schämst du dich für sie?«

Diese Worte entfachten solch eine Wut in mir, die mich beinahe blind machte. Schon zu viele Menschen waren durch meine Hand gestorben, doch bei jedem Leben, welchem ich ein Ende gesetzt hatte, waren meine Emotionen kalt gewesen. Aber jetzt – mit der brennenden Wut in mir – wollte ich am liebsten das gesamte Zimmer niederreißen.

»Nein, ich schäme mich nicht für sie«, knurrte ich, wobei meine Nägel in das weiche Leder meines Bürostuhls schnitten. »Jetzt verschwinde, bevor ich dir die Zähne aus deiner Fresse schlage.«

Seine Miene blieb amüsiert. »Geht es dir gut? Ich habe dich schon lange nicht mehr in dieser Verfassung gesehen. Schon gar nicht wegen einer Frau.«

Kopfschüttelnd raffte ich die Papiere zusammen und versuchte mein Gemüt abzukühlen. Konstantin hatte recht, ich war schon lange nicht mehr in diesem Ausmaß von der Rolle gewesen. Das alles nur wegen einer Frau, die sich am Morgen nach dem Sex komisch verhalten und sich bis jetzt nicht gemeldet hatte.

»Ich gehe nach Hause. Die Arbeit mache ich dort.«

Ehe ich mich aber vom Stuhl erheben konnte, stemmte er beide Hände vor mir auf den Tisch. Seine Belustigung hatte sich nun in Überraschung und Unglauben verwandelt. »Sag mir nicht, dass es Dori–«

»Nicht. Ich will jetzt nicht mehr mit dir darüber reden.«

So einfach ließ er sich nicht abschütteln. Schon gar nicht, da meine Reaktion mehr als tausend Worte sprach.

»Bist du verrückt, Alex? Er hat dir gesagt, dass du dich von seiner Schwester fernhalten sollst.«

»So einfach ist das nun mal nicht.« Meine Augen wichen seinen aus, während ich mir meinen Mantel überstreifte. »Lass das Thema ruhen. Ich habe alles im Griff.«

»Bist du dir sicher?«

Eine Antwort bekam er nicht.

Stattdessen ging ich an ihm vorbei und machte mich auf den Weg nach Hause.

Chloe

Sobald meine Finger den Schlüssel berührten, würde meine Entscheidung feststehen.

Keine 24 Stunden waren vergangen, seit Alexander ihn mir gegeben hatte. Jetzt war der Himmel dunkel, die schweren Wolken verdeckten die Sterne und den Mond am Horizont und ich lag in meinem Bett. Das Licht der

Deckenlampe erleuchtete meine Hand, die Kreise um den Schlüssel zog.

»Sei nicht so ein Feigling«, flüsterte ich zu mir selbst. »Wenn er nicht gewollt hätte, dass ich ihn benutze, hätte er ihn mir nicht gegeben.«

Aber lag es wirklich daran?

War es die Angst, er könnte es unpassend finden, wenn ich mitten in der Nacht in seinem Zimmer auftauchte?

Diesen Gedanken vertrieb ich schnell wieder aus meinem Kopf.

Rasch schwang ich meine Beine aus dem Bett, schlüpfte in Plüschpantoffeln und warf mir einen Morgenmantel über. Ehe ich mich versah, umfasste ich das kalte Metall, das mich zu Alexander führen würde.

Meine Schritte hallten leise durchs Treppenhaus, während das Herz in meiner Brust flatterte. Es war eine Mischung aus Nervosität und Vorfreude. Ich wollte zu ihm gehen, doch ich hatte keine Ahnung, was passieren würde, sobald ich ankam.

Schon heute früh hatten ungesagte Dinge zwischen uns gestanden. Dinge, die mich nicht zur Ruhe kommen ließen.

Ein Stein fiel mir vom Herzen, als ich sah, dass niemand unten an der Rezeption saß. Wie hätte ich es Michail erklären sollen, was ich mitten in der Nacht hier unten wollte? Falls er vom Geheimgang wusste – wovon ich ausging –, hätte er mein Ziel sowieso erkannt.

Als ich aber in genau diesen hinter der unverschlossenen Tür trat, breitete sich ein mulmiges Gefühl in mir aus. Es brannten nur wenige, dämmrige Lampen an den rauen Wänden. Der Boden bestand aus alten Fliesen, die an einigen Stellen bereits abgeplatzt waren. Die Temperatur sank rapide, sodass ich den Mantel enger um mich schlang. Zudem musste ich aufpassen, wo ich hintrat. Der Gang hatte ein Gefälle, das einen leicht ins Stolpern geraten ließ.

Bin ich hier wirklich richtig?

Es erinnerte mich an den Tunnel, der uns zum Weinkeller geführt hatte. Hier war es aber dunkler. Kälter. Möglicherweise lag es aber auch daran, dass Alexander nicht neben mir war.

Mir blieb nichts anderes übrig, als ihm zu vertrauen. Am Ende des Weges würde eine Tür auf mich warten, welche in sein Zimmer führte.

Neben mir zweigten in unregelmäßigen Abständen weitere Gänge ab; Türen durchbrachen die Steinwände. Nichts davon reizte meine Aufmerksamkeit, obwohl ein Funken Neugier in mir aufleuchtete.

Als mich aber Zweifel ergriffen, endete der Tunnel. Mit einer Tür, wie Alexander gesagt hatte. Tatsächlich war sie zugesperrt, sodass ich den kleinen Schlüssel hervorholte, den ich Minuten zuvor nicht mal berühren wollte.

Ich sah hinter mich.

Niemand war da.

Kein Geräusch.

Keine Seele.

Nichts, außer das leicht flackernde Licht, welches der Dunkelheit trotzte.

Bevor mich die Unsicherheit packte, steckte ich den Schlüssel ins Schloss und drehte, bis ein leises Klicken ertönte.

Die Tür schwang auf und machte die Sicht auf einen kleinen Raum frei, in dem sich eine gewundene Treppe befand, die nach oben führte. Sie schien endlos, doch je weiter ich die Stufen hinaufstieg, desto heller und wärmer wurde es. Und als ich oben angekommen war – es war ein runder, kleiner Raum –, wusste ich, dass ich richtig war. Ein dicker, roter Teppich lag vor einer Tür, der mich an die von Alexanders Zuhause erinnerte.

Sie war nicht abgeschlossen.

Doch wo sie mich ausspuckte, überraschte mich.

Es war sein Ankleidezimmer.

Ich fand mich inmitten von maßgeschneiderten Anzügen, anderer sündhaft teurer Kleidung und in Vitrinen verstauten Uhren und Ringen wieder.

Mir war schon vorher bewusst gewesen, wie viel Geld er hatte – daran erinnerte mich täglich die Kette, die um meinen Hals lag –, aber es war dennoch ein Schlag ins Gesicht, das alles hier zu sehen. Dagegen schien sein Geschenk an mich wie ein Tropfen auf dem heißen Stein. Für ihn. Nicht für mich. Für mich war sie mehr, als ich mir wünschen konnte. Besonders mit der Geschichte, die uns damit verband.

Was sollte ich überhaupt sagen, wenn ich vor ihm stand?

Hätte ich ihm vorher eine Nachricht schicken sollen? Immerhin war es nicht alltäglich, dass eine Frau einfach so in seinem Zimmer auftauchte.

Kopfschüttelnd warf ich die Gedanken ab, ehe ich einen Rückzieher machte. Ich hätte es nämlich bereut.

Meine Nägel schnitten in meine Handfläche, während ich mich nach vorn wagte. Die Teppiche dämpften meine Schritte, mein Herz schlug aber umso lauter. Die Umgebung war ruhig.

Vielleicht war er nicht hier.

Der kleine Lichtspalt unter der Tür, die zu seinem Zimmer führte, sagte mir aber, dass Alexander wenige Meter von mir entfernt war.

Als meine Hand die Klinke hinunterdrückte, durchflutete mich eine Mischung aus Leichtigkeit und einem heißen Kribbeln.

Alles wurde nebensächlich, als ich ihn sah.

Er saß aufrecht an die Kopfstütze gelehnt im Bett und auf seinem Schoß lag ein Berg an Papieren. Sein Oberkörper war nackt, jeder definierte Muskel lag frei. Es reichte aus, dass sich meine Mitte zusammenkrampfte. Gestern hatte ich genau diesen berührt. Hatte seine Stärke gegen meinen weichen Körper gespürt, während er mich schonungslos genommen hatte.

Ich blieb allerdings an seinem Gesicht hängen, welches mir zugewandt war.

»Alexander.«

»Chloe.« Er richtete sich weiter auf, doch es lag keine Verwunderung über mein Kommen in seiner Miene. Im Gegenteil, seine grünen Augen glitzerten mir entgegen.

»Du wusstest, dass ich komme.«

Er nickte in Richtung seines Smartphones, welches auf dem Nachttisch lag. »Wenn die Tür zum Tunnel geöffnet wird, bekomme ich eine Benachrichtigung. Es überrascht mich dennoch.«

Meine Finger nestelten am Morgenmantel. In diesem Moment verfluchte ich mich dafür, dass ich darunter nur einen dummen Pyjama anhatte – besonders, da Alex' Gestalt wie gemalt war. Ein Mann, dem die Welt mit seinem Erscheinen zu Füßen lag. Einschließlich der Frau, die in mir steckte und die nicht wusste, wie es hierzu überhaupt gekommen war.

»Kann ich mich zu dir legen?« Ich biss mir auf die Lippen und musste mich zwingen, einen normalen Atemrhythmus beizubehalten.

Er antwortete nicht, legte die Blätter aber auf den Boden und rutschte beiseite, sodass genug Platz neben ihm war. »Das hättest du nicht fragen müssen.«

Gedankenverloren huschte ich zum Bett und schlüpfte zu ihm unter die Decke. Sofort umschlangen mich seine Arme und zogen mich an ihn. Unter meinem Ohr klopfte sein Herz unruhig und schnell, was mich umso rastloser machte. Bereits bei unserer ersten Begegnung raubte er mir jeglichen Verstand.

Meine Finger strichen über seine feste Flanke. Das Gefühl seiner warmen Haut – seiner Muskeln – ließ mich noch tiefer fallen. »Wieso überrascht es dich, dass ich hier bin?«

»Weil …« Seine Hand vergrub sich in meinem Haar, während sich seine Brust schwer hob. »Du hast am Morgen kaum mit mir geredet. Hast dich komisch verhalten.«

»Es lag nicht an dir.« Vielleicht nicht die ganze Wahrheit, doch würde er es falsch verstehen. Ich konnte ihm ja schlecht sagen, dass ich vor dem Angst hatte, was in der Zukunft lag. Dennoch wollte ich ihm wenigstens einen Teil beichten.

»Du musst nich–«

»Ich habe mich geschämt.« Ich biss mir so fest auf die Zunge, dass sich der eiserne Geschmack meines Blutes auf meine Zunge legte.

Ich hatte mich an diesem Morgen geschämt. Selbst jetzt, als mich die Bilder der Nacht überkamen, erfüllte mich dieses Gefühl.

Alex schob mich ein wenig von sich weg, doch nur so weit, bis seine Augen meine erfassen konnten.

»Wofür hast du dich geschämt, Chloe?«

Der Versuch, seinem Blick auszuweichen, gelang mir nicht, da er es nicht zuließ. Sein Daumen fuhr über meine Wange, was mir noch eine Sekunde Zeit gab, die richtigen Worte zu suchen. Oder um den Mut zu finden, die Wahrheit auszusprechen.

»Ich war ungeschickt.« Druck baute sich in meinem Herz auf, was es umso schwerer machte. »Wie ich mich gestern verhalten und angestellt habe –« Kopfschüttelnd rang ich nach Luft. Jeder meiner Nerven schrie, dass ich verschwinden und mich wieder in mein Bett verkriechen sollte. »Gott, es war so, als hätte ich zuvor noch nie Sex gehabt. Es war peinlich, auf allen Ebenen.«

»Du hast den Sex danach also nicht genossen?«

Bitter lachend drehte ich meinen Kopf dennoch weg. »Du hast mir mehr Lust bereitet als jeder andere zuvor.« Nach dem Schlamassel hatte er mir geholfen loszulassen und dafür gesorgt, dass ich mich nur auf uns konzentrieren konnte. »Aber für dich muss es –«

»Sieh mich an.« Er umfasste mein Kinn und drehte mein Gesicht in seine Richtung. Alles an ihm war ernst. Seine Augen. Sein angespannter Kiefer. Die Falten auf seiner Stirn. »Bevor du aus meiner Sicht Vermutungen aufstellst, frag mich wenigstens, wie ich diese Nacht empfunden habe.«

»Bitte lüg mich nicht an, nur damit ich mich besser fühle.«

Es war keine Frage, dennoch reichte es ihm.

»Ich hätte dich mich reiten lassen können. Eine Frau wie dich auf mir zu haben«, sein Daumen fuhr über meine Oberlippe, was einen Ruck durch mich sandte, »passiert nicht jeden Tag. Aber du hast etwas anderes gebraucht, was ich dir gerne gegeben habe. Ich habe es so oder so genossen. Wegen dir, Chloe. Und wenn es nach mir geht, werden wir sehr oft miteinander schlafen. Da ist absolut gar nichts, für das du dich schämen müsstest.«

Mein Herz wurde schwer. »Meinst du das ernst?«

»Du hast keine Ahnung, was du täglich mit mir anstellst. Also ja, ich meine es ernst.« Seine Hände nahmen mein Gesicht gefangen, während er sanft über meine

Schläfen strich. Jede Berührung ließ mich tiefer fallen; doch wusste ich, dass er hier war. Er – der Mann, der mich von der Klippe schubste – würde auch der sein, der mich wieder auffing.

»*Du* hast keine Ahnung, was du mit *mir* machst«, flüsterte ich und umfasste sein Handgelenk. »Wie sind wir überhaupt zu diesem Punkt gekommen?«

»Das ist egal.« Seine Stimme war nichts weiter als ein sanfter Hauch auf meinen Lippen, ehe er mit seinem Mund über meinen strich.

Ich griff in sein weiches Haar, als er sich noch tiefer zu mir hinabbeugte, um den Druck seiner Lippen zu erhöhen.

»Alex …«

»Schhh«, lächelte er und drückte einen federleichten Kuss auf meinen Mundwinkel. »Lass mich dich küssen, Chloe.«

Das verdammte Herz in meiner Brust drohte zu zerbersten. Als seine Zunge stumm um Einlass bat, gewährte ich ihm diesen. Tränen brannten sogar in meinen Augen, die er zum Glück nicht bemerkte. Vorsichtig, als wäre es unser erster Kuss. Unser erstes Kennenlernen.

Meine Finger wanderten, bis sie am Bund seiner Schlafhose ankamen. Dort stoppte Alexander mich.

»Nein.« Er schob meine Hände hinauf zu seiner Brust, wagte es aber nicht, sich weiter von meinen Lippen zu entfernen, als es für das Sprechen nötig war. »Heute Nacht will ich dich nur küssen. Stundenlang. Bis die Sonne den Himmel in ein Orange färbt. Dann will ich neben dir einschlafen und auch wieder aufwachen.«

Und genau das taten wir.

Dieser wunderschöne Mann, für den mir manchmal die Worte fehlten, küsste mich. Innig. Sanft. Leidenschaftlich. Auf jegliche Weise, die ich mir wünschte und brauchte. Dabei hielt er mich die ganze Zeit.

Doch auch als wir mit geschlossenen Lidern nebeneinander lagen, ließ er nicht von mir ab und trug mich in den Schlaf.

Kapitel Vierzehn

Chloe

Tiefe Schatten zeichneten sich unter meinen Augen ab, trotzdem konnte ich das dämliche Lächeln auf meinem Mund nicht verstecken.

Ich lehnte mich an das Waschbecken im Badezimmer meiner Wohnung und ließ mich für einen Moment von den Erinnerungen an gestern Nacht wegtragen.

Seine Lippen.

Sein Körper.

Seine starken Arme, die mich festhielten, als wir zusammen in den viel zu kurzen Schlaf geglitten waren.

Nachdem wir unsanft von seinem Wecker wachgerüttelt worden waren, war ich über den gleichen Weg wieder in mein Zimmer gegangen, welchen ich schon in der Nacht benutzt hatte.

Alexander und ich hatten kaum geredet, als ich mich angezogen hatte. Allerdings war es ein warmes

Schweigen gewesen. Die Blicke, die wir uns geschenkt hatten, reichten aus. Wahrscheinlich hätten uns Worte wieder in sein Bett getrieben. Und wer wusste schon, was dann passiert wäre. Bei Küssen wäre es sicher nicht geblieben. Selbst jetzt schoss die Hitze in meine Mitte.

Ich konnte es kaum erwarten, bis wir wieder allein waren.

Das war etwas Neues. Noch nie hatte ein Mann ein derartiges Verlangen in mir ausgelöst. Es übernahm die Kontrolle über mich und ließ mich nicht mehr klar handeln.

Meine Finger fuhren über die stetig dunkler werdenden Flecken, die sich auf meinem Hals ausbreiteten. Ein sanfter Schmerz zuckte durch mich, als ich den Druck auf die Zeichen seiner Küsse erhöhte.

Ehe ich mich darin verlor, riss ich mich von meinem Spiegelbild los und streifte mir Klamotten über.

Unten in der Küche warf ich einen Müsliriegel und eine Wasserflasche in meine Tasche, zögerte aber, ehe ich aus der Wohnung trat. Meine Gedanken wanderten zu meinem Spind im Theater.

Hatte ich dort einen dünnen Rollkragenpullover, den ich mir beim Tanzen überwerfen konnte?

Ich wollte nicht, dass mein Bruder es sah. Er würde nur Fragen stellen, die ich nicht beantworten wollte. Allein bei dem Gedanken, dass er Alexander verboten hatte, mit mir Zeit zu verbringen, ärgerte ich mich.

Dorian würde die Leichtigkeit in mir ruinieren, falls er die Ergüsse an meinem Hals sah. Allerdings war es fraglich, ob ich ihn überhaupt zu Gesicht bekam.

Ohne noch einen weiteren Gedanken an ihn oder sein nerviges Verhalten zu verschwenden, machte ich mich auf den Weg nach unten; erwartete bereits Irina, doch fand ich eine vollkommen andere Person vor.

Neben der Eingangstür lehnte ein Mann; die Hände in seine Lederjacke gesteckt, sein schulterlanges, dunkelblondes Haar offen. Obwohl einzelne Strähnen einen Großteil seines Gesichts verbargen, wusste ich, wer vor mir stand. Das verrieten mir seine strahlend grünen Augen.

An der Wand lehnte Alexanders Bruder. Konstantin Putchenko.

Mein Blick glitt zu Michail, der ihn keine Sekunde aus den Augen ließ.

»Guten Morgen«, murmelte ich, um die Spannung zwischen den beiden Männern zu brechen – was mir nicht gelang. Im Gegenteil, es wurde noch schlimmer. »Muss Irina heute nicht arbeiten?« Es war ungewöhnlich, dass ich vor ihr unten in der Eingangshalle war.

Konstantin sah mich an und musterte mich von oben bis unten. Meine offenen, langen Haare. Mein Gesicht, welches unter seinem Blick prickelte. Mein Körper, der in den engen Pullover und die lockere Hose eingehüllt wurde. Bis hin zu den schwarzen Stiefeln, die durch das Salz auf den Straßen von weißen Schlieren gezeichnet waren.

Seine Musterung war taxierend. Und das Gefühl, das er in mir auslöste, könnte sich nicht mehr von dem unterscheiden, welches sein Bruder hervorrief.

Endlich kehrte seine Aufmerksamkeit zu meinem Gesicht zurück. Erleichtert atmete ich ein, wobei mir erst auffiel, dass ich die Luft angehalten hatte.

»Irina kommt immer fünf Minuten später, wenn ich sie ins Theater fahre.« Konstantin zuckte mit den Schultern und löste endlich seine unsichtbaren Krallen von mir. »Wenn du –«

Michails Kiefer zuckte. »Es ist nicht nötig, dass du Irina fährst. Das ist meine Aufgabe.«

Stille fuhr über uns. Unangenehme, schneidende Stille.

Es dauerte eine halbe Ewigkeit, bis sich jemand der beiden regte.

»Sie ist meine Tante.« Konstantin stieß sich ab und baute sich drohend vor dem Mann auf. Obwohl Michail bulliger war und mit seiner Waffe bedrohlicher wirken sollte, war es der langhaarige Mann, der mir das Blut in den Adern gefrieren ließ. Es war sein kalter, emotionsloser Ton; die Ruhe, die er mit jeder Bewegung ausstrahlte. »Wenn ich mich also dazu entscheide, sie zur Arbeit zu fahren, werde ich das sicherlich tun dürfen.«

Michail blieb stumm, wich Konstantins Blick allerdings nicht aus.

Diese Szene weckte Faszination und zugleich das Bedürfnis zu fliehen. Letzteres aber überwiegte, weshalb ich so schnell wie möglich hier weg wollte. »Kannst du mir ein Taxi rufen, Michail?«

Alexanders Bruder wandte sich erneut mir zu. »Ich nehme dich und meine Tante mit ins Theater. Irina würde sowieso darauf bestehen.«

»Das ist nicht nötig.«

»Das ist kein Problem.« Damit war die nicht vorhandene Diskussion beendet. Selbst wenn ich weiter darauf bestand, hätte es nichts gebracht. Das verriet mir sein bestimmter Blick, der mich zum Schweigen brachte.

So begleitete uns die Stille, bis Irina die Treppen hinabgestiegen kam. Sie blieb vor uns stehen und sah erst mich und dann die zwei Männer an.

»Ihr scheint euch wirklich viel zu erzählen zu haben«, murmelte sie und schulterte ihre Tasche. Ihre Zähne nahmen ihre Unterlippe gefangen, als sie Michail ins Auge fasste. »Konstantin hat mich gefragt, ob er mich zur Arbeit mitnehmen soll. Ich konnte nicht nein sagen. Außerhalb des Theaters sehe ich ihn sowieso kaum.«

Der starke Mann zuckte mit den Achseln, was die Frau sichtlich enttäuschte. Ihre Schultern sackten hinab, während sie einige Sekunden den Blick nicht von ihm reißen konnte. Als aber keine weitere Reaktion kam, nickte sie ihrem Neffen zu. »Du nimmst Chloe doch mit, oder?«

»Nein.« Ihre Augen weiteten sich, während sie den Mund zusammenpresste. »Natürlich, Tante Irina. Das habe ich dir doch gestern gesagt. Und jetzt kommt. Ich habe noch Termine.«

Überrascht von seiner lockeren Art gegenüber seiner Tante – wenn man das so bezeichnen konnte –, folgte ich ihnen, ohne ein Wort zu sagen. Als Irina jedoch auf die Hintertüren eines schwarzen Geländewagens zusteuerte, machte ich mich wieder bemerkbar.

»Du musst dich nicht hinten reinsetzen.«

Sie winkte ab und riss die Tür auf. »Glaub mir, es ist besser, wenn ich nicht vorne sitze. Konstantin und ich neigen dazu, uns in Streitigkeiten zu verfangen.«

Der Mann rollte entnervt seine Augen, fing sich aber einen Moment später. Er nickte mit dem Kopf zum Wagen. »Steig ein, Chloe. Ich beiße nicht. Auch wenn dir das Irina vielleicht einreden möchte.«

»Das habe ich nie gesagt!«, ertönte es aus dem Wagen, was mir ein kurzes Grinsen auf die Lippen setzte. Das leichte Scherzen zwischen den beiden hauchte Konstantin eine Wärme ein, die ich zuvor nicht an ihm gesehen hatte. Möglicherweise war das auch der Grund, wieso es manchmal zu den besagten Reibungen kam.

Ich ließ mich also auf den Beifahrersitz fallen und konnte nicht anders, als das Auto mit dem von Alexander zu vergleichen. Natürlich war es von außen schon ein vollkommen anderes Modell, aber auch von innen sprangen mir die Unterschiede entgegen. Einfacher. Während an dem einen Innendach kleine Sterne funkelten, war das hier mit einem Stoff überzogen.

Eben ... einfach.

Doch passte es zu Konstantin, der sich neben mich setzte, und den Motor startete.

Mein Blick war auf die belebte Straße vor mir gerichtet. Viel Zeit, um in Gedanken zu versinken blieb mir nicht, da Konstantin sich als gesprächig entpuppte.

»Ich habe gehört, du spielst die Hauptrolle in der Weihnachtsaufführung.«

Ich musterte ihn von der Seite. Seine Augen waren nach vorn gerichtet, doch ich erkannte, dass seine Mundwinkel leicht gehoben waren.

Ob Dorian auch ihm gesagt hatte, dass er sich von mir fernhalten sollte?

»Ja?«

»Klingt nicht sicher.«

Irina schlug ihn leicht auf den Nacken. »Sei lieb.«

Ein schweres Schnauben entwich ihm, wohingegen ich mir das Lachen verkneifen musste. Ob Alex auch solch eine Beziehung zu seiner Tante pflegte?

Als hätte Konstantin meine Gedanken gehört, schwenkte er die Unterhaltung zu genau dieser Person. Seinem Bruder. »Nerv Alex, nicht mich.«

»Ist er heute überhaupt im Theater?«, fragte Irina.

Konstantin warf mir einen Blick zu. »Du kannst das doch am besten beantworten. Er ist dein Tanzpartner.«

Die verdeckten Stellen meines Halses fingen an zu brennen. Ich war mir sicher, dass sich meine Wangen mit Röte überzogen. Dafür musste ich in keinen Spiegel sehen. Ich konnte nichts dagegen tun, was unsinnig war.

Woher sollte er wissen, was sein Bruder und ich getan hatten?

Vielleicht hatte er es ihm erzählt. Aber hätte mir Alexander das nicht gesagt?

»Ähm ... warte.« Ich kramte in meiner Tasche nach dem Planer, in dem die Trainingstermine mit ihm standen, und blätterte zum heutigen Datum. Das kleine Kästchen war leer. »Ich habe heute keine Ballettstunde mit ihm. Ich weiß es also nicht.«

»Dann musst du ihn –«

Er wurde von einem schrillen Ton unterbrochen.

Während ihm ein belustigtes Grinsen auf die Lippen kroch, gefror mir das Blut in den Adern. Es lag nicht am Laut, sondern am Namen, der auf dem Display im Cockpit aufleuchtete.

Alexander.

»Wenn man vom Teufel spricht«, murmelte Konstantin mit einem süffisanten Unterton. Er drückte eine Taste am Lenkrad und nahm damit den Anruf an. »Alex.«

»Wo bist du?« Alexanders samtige Stimme war leicht verzerrt, was seine Anspannung aber nicht übertünchte. »Du wolltest schon seit –«

»Entspann dich. Ich fahre Tante Irina und Chloe Pécheur ins Theater.«

Stille. Am Ende der Leitung war nichts weiter als Stille. Genau diese trieb mich beinahe in den Wahnsinn. Ich knetete meine Hände, bis sie schmerzten.

»Wieso das denn?«

Ja, er hatte ihm sicher nichts gesagt. Zumindest hörte es sich so an. Und irgendwie sank mit dieser Vermutung mein Herz.

Es war dumm, denn wir hatten nur einmal miteinander geschlafen. Nichts, was man jedem erzählen musste. Vielleicht war mein Kopf von den Büchern zu weich gewaschen – dieses eine Mal bedeutete noch gar nichts. Auch wenn meine Brust bei der Erinnerung daran, neben seinem warmen Körper einzuschlafen, während er mir Küsse auf den Hals hauchte, enger wurde.

»Einer netter als der andere«, sagte Irina. Aus dem Rückspiegel sah ich, wie sie sich mit einem wütenden Gesichtsausdruck nach vorn lehnte. »Dein Bruder fährt seine Tante zur Arbeit, Alexander. Wofür brauchst du jetzt genau eine Erklärung?«

»Vergiss es«, murmelte der Mann an der anderen Leitung und atmete hörbar ein. »Wann seid ihr da?«

Konstantin setzte den Blinker. »Fünf Minuten.«

»Chloe?«

Ein Stromschlag durchzuckte mich von Alexanders Stimme. »Ja?«

»Ich muss mit dir die restlichen Trainingstermine für die Zeit bis zur Weihnachtsaufführung durchgehen. Wie lange bist du heute im Theater?«

Es war ein Vorwand mich zu sehen. Er hätte mir einfach eine Nachricht schicken oder es an anderen Gelegenheiten mit mir besprechen können. Wir sahen uns oft genug in der Woche. Und vielleicht wischte genau das Wissen, dass er mich unbedingt sehen wollte, meine Unsicherheit fort.

»Ich bin eigentlich den gesamten Tag da. Wenn du mich suchst, findest du mich.« Das hatte er auch in meiner Geburtstagsnacht.

»Das werde ich.«

Ich konnte das Lächeln auf meinem Gesicht nicht verstecken. In diesem Moment war es mir egal, ob es sein Bruder oder seine Tante sahen.

Ehe Alex auflegte, richtete er sein Wort an Konstantin. »Ich warte schon ewig im Theater auf dich. Beeil dich.«

Dann war die Leitung tot.

Doch erst einige Momente später drang sein letzter Satz zu mir durch. Konstantin hatte von Anfang an gewusst, dass Alexander heute im Theater war.

Auf meinen Blick zuckte er lediglich mit den Schultern. Und das sagte genau eins: *Ich wollte nur deine Reaktion sehen.*

Vielleicht hatte Irina recht. Es war einfach, sich mit ihm in Streitigkeiten zu verfangen. Dafür kannte ich ihn aber nicht gut genug, weshalb ich den Rest der Fahrt meinen Mund hielt.

Es dauerte sowieso nicht mehr lange, bis wir auf dem Parkplatz des Theaters zum Halt kamen und ausstiegen.

»Ich gehe noch kurz in die Bäckerei. Soll ich euch etwas mitbringen?«, fragte Irina, wobei ihr Blick bereits auf den kleinen Laden auf der anderen Seite der Straße gerichtet war.

Kopfschüttelnd schlang ich den Mantel eng um mich. Der kalte Wind war heute besonders stark. »Nein, danke.«

»Für mich auch nichts.«

Meine Erwartung war, dass Konstantin verschwand – einen Nebeneingang benutzen würde –, doch er lief neben mir in Richtung des Haupteingangs. Der knirschende Schnee unter unseren Schritten rieb meine Nerven auf.

Irgendwann konnte ich mich nicht weiter in meinem Schweigen ertränken. »Arbeitest du auch hier?«

»Kann man so sagen, aber eher hinter den Kulissen. Ich mag es nicht besonders, im Mittelpunkt zu stehen.«

»Mit einer solchen Familie ist es nicht einfach, oder?«

»Im Gegenteil. Es ist leicht, neben den beiden in den Hintergrund zu rutschen. Vater und Alex genießen die

Aufmerksamkeit auf ihre eigene Weise. Ich habe meine Rolle schon längst angenommen. Und mir gefällt sie.« Aus dem Augenwinkel warf mir Konstantin einen skeptischen Blick zu. »Ich erwarte nicht, dass du das verstehst. Du wärst keine Tänzerin geworden, wenn du nicht die Aufmerksamkeit genießen würdest.«

»Tanzen ist eine Kunst, die ich liebe. Die Aufmerksamkeit ist ein Übel, das ich eingehen muss. Aber irgendwie verstehe ich dich. Glaub mir, mein Bruder wirft schon mein halbes Leben Schatten auf mich. Manchmal hat es seine Nachteile, nur die Schwester von Dorian Pécheur zu sein, manchmal genieße ich es auch.«

»Dennoch bist du hier und spielst die Hauptrolle in der Weihnachtsaufführung. Du arbeitest hart daran, nicht nur die Schwester zu sein. Du arbeitest daran, Chloe Pécheur zu sein.«

Blinzelnd starrte ich diese kalte Seele – die gar nicht so kalt war – wortlos an. Er hatte mit seinen Worten ein Loch in mir aufgerissen. Ein Loch, aus dem Gedanken strömten, die mich nur zu einer Erkenntnis kommen ließen. Er sprach die Wahrheit. Ich arbeitete daran, Chloe Pécheur zu sein. Nicht mehr nur *die Schwester*, die ich selbst in Paris war.

»Du kennst mich doch überhaupt nicht«, murmelte ich, hielt in meiner Bewegung inne, was er mir gleichtat. »Sieht man es mir denn so sehr an?«

»Wenn man genug Zeit mit Irina verbringt, lernt man, aus Menschen innerhalb kurzer Zeit zu lesen.«

»Wieso?«

Auf seiner Stirn bildeten sich kleine Fältchen. »Sie ist die Psychologin des Theaters. Hat sie dir das nicht gesagt?«

»Nein.«

»Es gibt noch weitere. In deinem Vertrag müsste

sogar festgehalten sein, dass du während deiner Zeit in Moskau ein Recht auf eine psychologische Hilfestellung besitzt.«

Da habe ich wohl das Kleingedruckte nicht gut genug durchgelesen.

»Okay, ab–«

»Pass auf deinen Rollkragen auf«, sagte er und blickte auf meinen Hals. »Er scheint leicht runterzurutschen.«

Mit hektischen Fingern zog ich den Stoff nach oben, merkte dabei deutlich die Reibung des Kragens auf den blauen Flecken. Es war unmöglich, nicht an Alexanders Lippen zurückzudenken, die mich die gesamte Nacht wachgehalten hatten.

»Danke für den Tipp.« Trotzdem stieg die Hitze in meine Wangen.

Sein Lächeln verwandelte sich in ein seichtes Lachen, ehe er sich wieder in Richtung des Theaters wandte. Dabei hielt er in seiner Position inne.

»Natürlich. Er hat dich schnell gefunden«, murmelte er.

Alexander tauchte in der Eingangstür auf. Seine Erscheinung – alles an diesem Mann – nahm mich sofort gefangen.

Konstantin legte seine Hand auf meine Schulter und zwang mich, ihn anzusehen. »Wir sehen uns nun bestimmt öfter. Treib ihn bitte nicht zu sehr in den Wahnsinn. Ich kann mich jetzt nicht auch noch um meinen Bruder kümmern.«

Zeit, um zu fragen, was er damit meinte, hatte ich nicht mehr, denn er drehte sich von mir weg und lief auf seinen Bruder zu, der uns entgegenkam. Ob er etwas zu ihm sagte, erkannte ich leider nicht. Alexander kam wenige Momente später vor mir zum Stehen.

»Dein Bruder weiß es, oder?«

»Er hat eine Ahnung.« Alex schlang einen Arm um meine Schulter und zog mich eng an seine Seite. Sein Körper blockte den reißenden Wind und durchflutete mich mit seiner Wärme. Vernebelte mir mit seinem Geruch die Gedanken. »Aber er hat sicher nicht einfach so Tante Irina zur Arbeit gefahren.«

Mit schnellen Schritten liefen wir in die Eingangshalle des Gebäudes, wofür ich unheimlich dankbar war.

»Du hast mir gar nicht erzählt, dass sie hier Psychologin ist.«

»Ich hätte gedacht, du wusstest es.«

»Nein.«

»Dann solltest du sie mehr ausfragen.« Ein Lächeln huschte über seine Miene, als er mich losließ. Dabei fuhr sein Daumen ein letztes Mal über meinen Kiefer. »Ich muss los, ich habe noch einiges zu erledigen. Aber ich komme später im Ballettsaal vorbei. Wegen der Termine.«

Er hatte es also ernst gemeint. Ob die Notwendigkeit bestand, wusste ich nicht. So genau hatte ich meinen Kalender nicht im Blick.

»Du findest mich.«

»Ich finde dich.«

Alexander

»Du konntest es nicht lassen, nicht wahr?«

Ich warf die Tür hinter mir zu und fasste meinen Bruder ins Auge, der sein Messer in einem Waschbecken säuberte. Wir befanden uns in einem der dunklen Räume, aus dem die meisten nicht lebend herauskamen. Einzelne Ketten hingen von der Decke herab, mit welchen schon der ein oder andere gefesselt worden war.

Schulterzuckend steckte er die Klinge wieder in die Scheide und warf mir ein wissendes Lächeln zu. Er genoss die Situation viel zu sehr. Etwas, was er sich nicht oft anmerken ließ. »Ich muss doch die Frau kennenlernen, die meinem Bruder den Kopf verdreht.«

»Sie –« Ehe der Widerspruch zwischen uns trat, brach ich ihn ab. Ich wollte sie jetzt vor ihm nicht mehr verheimlichen. »Hat es dir etwas gebracht?«

»Sie ist nett. Macht auf den ersten Eindruck ein geordneteres Bild als ihr Bruder.«

»Das ist auch nicht schwer.«

»Ein bisschen naiv ist sie auch.« Sein Blick war auf mich gerichtet, als versuchte er, Reaktionen von meinem Gesicht abzulesen. »Und sie ist ein unschuldiges Wesen. Ich hätte nicht gedacht, nach all dem, was mit Mutter passie–«

»Fang bitte nicht damit an.«

Keine Sekunde später stand er vor mir, eine Hand auf meine Schulter gelegt. In dieser Berührung steckte keinerlei Gewalt, in seinen Augen aber umso mehr Sorge. »Dorian hat euch wahrscheinlich nicht nur gesagt, dass ihr euch von seiner Schwester fernhalten sollt, weil es ihm nicht passen würde, wenn ihr mit ihr etwas anfangt. Er wollte sie auch schützen.«

Eine leise Stimme in mir gab ihm recht. »Ich hab's versucht. Wusstest du, dass er kaum Kontakt zu seiner Familie hat?«

»Nein, obwohl er sie tatsächlich kaum erwähnt.« Sein Griff verfestigte sich, sodass meine volle Aufmerksamkeit auf ihm lag. »Mach keine Dummheiten. Und zieh dieses Mädchen nicht in Dinge rein, in denen sie nichts zu suchen hat. Belasst es bei Sex, in einigen Wochen wird sie sowieso wieder in Frankreich sein. Und ihr werdet erneut eure getrennten Leben führen.«

Gerade fühlte ich mich, als wenn ich der jüngere Bruder von uns wäre. Konstantin gab mir einen Ratschlag, von dem ich innerlich nichts hören wollte. Ich wollte nicht daran denken, wann Chloe wieder zurück nach Frankreich ging. Dafür hatte sich diese Frau schon zu tief unter meine Haut geschlichen. Es war ihre Nähe, ihre Stimme, ihre Art. Es war *sie*, die mich zu den Dummheiten trieb, vor denen mich mein Bruder warnte.

Ich riss mich von ihm los. »Lass das mein Problem sein. Ich habe auch schon vor ihr mit Frauen geschlafen, schon vergessen?«

»Das fühlt sich aber anders an.«

»Du hast keine Ahnung, wie sich das anfühlt«, knurrte ich, was seine Vermutung nur bestätigte. Aber es war keine Befriedigung, sondern Sorge, die sich in seinen Zügen abzeichnete. Schon wieder.

»Alex ...«

»Vergiss es einfach.« Kopfschüttelnd versuchte ich meine Fassung zurückzugewinnen. »Wenn ihr den Mann gefangen habt, sagt mir Bescheid.« Ich sprach von der

Person, die Dorian nun schon seit längerem verdächtig vorkam.

Konstantins Antwort wartete ich nicht mehr ab.

Meine Füße trugen mich bereits aus dem dunklen Raum. Allerdings nicht in mein Büro, sondern zu einem ganz anderen Ort. Einem Ort, der eine viel schönere Aussicht bot.

Kapitel Fünfzehn

Alexander

Ich lehnte mich gegen die Brüstung und blickte auf das Ballettstudio unter mir hinab. Oder besser gesagt, auf die Frau, die durch den Saal schwebte.

Chloe war das eleganteste Wesen, wenn sie tanzte. Niemand kam ihr gleich. Ihre langen Beine. Ihr wohlgeformter Körper. Ihr Ausdruck, der Arroganz und gleichzeitig Unschuld in sich trug.

Wie hatte ich es nur geschafft, mich so lange von ihr fernzuhalten? Ich hatte sie berührt. Wir hatten gemeinsam getanzt. Sie war das Einzige, das ich gerade wollte.

Sie.

In was ich mich hier verlor, war gefährlich. Das wusste ich. Für mich, aber auch für Chloe.

»Sie sieht gut aus.« Mein Blick zuckte zu Dorian, der sich neben mich stellte und nach unten blickte. Er war vollkommen in schwarz gekleidet, während sein dunkles Haar ordentlich zurückgekämmt war. Auch er trug diese Eleganz in sich – genauso wie seine Schwester. »Darias neuer Haarschnitt steht ihr gut.«

»Mhmm.« Daria war mir vollkommen egal. Es war allerdings gut, dass er genau das dachte. Denn meine Augen waren schamlos auf seine Schwester gerichtet.

»Nele vermisst dich.«

Ein dünnes Lächeln zupfte an meinen Lippen.

Ich hatte sie schon eine halbe Ewigkeit nicht mehr gesehen. Nicht seit dem Tag, an dem Chloe mir zum ersten Mal begegnet war. Und mich ergriff keinen Moment das Bedürfnis, sie aufzusuchen.

»Du musst sie vertrösten, Dorian. Ich habe gerade nicht den Kopf für sie.«

»Ist mir aufgefallen.«

Schulterzuckend hüllte ich mich in Schweigen, beobachtete die brünette Frau, die sich zum Takt der klassischen Töne bewegte.

»Du hast damals nicht übertrieben«, murmelte Dorian, lenkte meine Aufmerksamkeit – auch wenn schwerfällig – auf ihn.

»Was?«

»Damals, als ich gefragt habe, wie sich Chloe macht. Sie ist wirklich gut.«

»Das ist sie. Spätestens bei dieser Aufführung wird sie sich einen Namen machen.« Das würde sie. Alles, was Rang und Namen hatte, sah sich jedes Jahr die Weihnachtsaufführung des Moskauer Theaters an.

»Ich muss mit Chloe noch ein paar Termine vereinbaren. Willst du mit nach unten?«

»Ja, ich habe Daria schon lange nicht mehr gesehen.«

Mein Gedanke war eher, dass er mit seiner Schwester ein paar Worte wechseln konnte. Aber dann erinnerte ich mich wieder, welcher Mann neben mir stand. Dorian hatte vor allem Sex im Kopf. Dennoch ... es war seine Zwillingsschwester. Welche Beziehung sie zueinander führten, war mir bis heute nicht bewusst. Vielleicht wussten sie es beide selbst nicht.

Zusammen liefen wir nach unten, stießen die Tür zum Saal auf und hielten vor den beiden Frauen inne.

Daria lehnte mit verschränkten Armen und angesäuerter Miene an der Wand, während Chloe die letzten Schritte ihrer Szene absolvierte. Zumindest hatte sie das vor, denn bei unserem Erscheinen stoppte sie. Ihre konzentrierte Miene hellte sich auf, als sie einen Schritt auf uns zu machte.

Dorian drückte ihr zwei schnelle Küsse auf die Wangen, murmelte dabei ein ›Bonjour‹, ehe er sich zu Daria wandte, die ihn mit einem breiten Lächeln begrüßte. Währenddessen richteten sich ihre Augen auf mich. Ihre Hände waren miteinander verschränkt, wobei die Knöchel weiß hervorstachen.

»Ich habe dir von oben zugesehen. Mit dir könnte es eine der besten Weihnachtsaufführungen werden, die ich jemals gesehen habe.«

Röte breitete sich auf ihren Wangen aus, welche sich bis zu dem hohen Kragen ihres dünnen Oberteils ausbreitete. Diese Reaktion von ihr reichte aus, um einen Ruck durch meinen Körper zu senden.

Die Erinnerungen an die vergangene Nacht kamen zurück.

Ihre Gestalt, die sich an mich presste. Ihre Hände, die über mich glitten. Ihre Lippen, von welchen ich nicht ablassen konnte. Selbst jetzt hatte ich das Verlangen, ihr Gesicht zu umfassen und meinen Mund auf ihren zu legen.

Ihr Blick richtete sich nach unten, während sie sich

auf die Unterlippe biss. »Dafür werde ich noch sehr viel üben müssen.«

»Weniger als du denkst.«

Ihre Finger nestelten an den Enden ihres geflochtenen Haars. So – mit ihrer hochgeschnittenen Ballettkleidung – sah sie aus wie das unschuldigste Wesen auf Erden. Und sie stand vor einem der gefährlichsten Männer Russlands.

Sie deutete auf den Beutel, der in einer Ecke des Raums lag. »Wenn du jetzt die Termine durchgehen willst ... Meinen Kalender habe ich dabei.«

Ich wollte ganz andere Dinge mit ihr machen. Nichts, was mit Planungen oder Ballett zu tun hatte. Jetzt aber zu gehen, ohne die verdammten Daten mit ihr auszumachen, würde Dorian skeptisch machen.

»Lass es uns hinter uns bringen«, murmelte ich und ging mit ihr zu ihrer Tasche.

Wir setzten uns auf den Boden und besprachen die Termine bis zur Aufführung. Dabei hing mein Blick an der Kette, die sich unter dem dünnen Stoff ihres Shirts abzeichnete.

»Wieso starrst du mich so an?«, flüsterte sie mit einem Lächeln auf den Lippen und packte den Planer wieder ein.

Ich strich eine Strähne hinter ihr Ohr, welche sich aus ihrem geflochtenen Haar gelöst hatte. »Wieso sollte ich dich nicht ansehen? Du bist viel zu schön, um wegzuschauen.«

»Keine falschen Komplimente. Ich bin durchgeschwitzt.«

»Glaubst du mir nicht?«

Ihr Mund öffnete sich, wobei ihr Blick hinter mich glitt. »Selbst wenn, mein Bruder ist hier.«

»Na und? Er hört uns doch nicht.« Ich folgte dem

Ziel, welches ihre Augen anvisierten. »Außerdem scheint Daria ihn in Beschlag zu nehmen. Er bekommt nichts mit.«

Mit hochgezogenen Brauen legte sich ihre Aufmerksamkeit erneut auf mich. »Du scheinst bei ihr aus Erfahrung zu sprechen.«

»Eifersüchtig?« Chloe ließ sich ausschließlich ein Augenrollen entlocken. »Ich kenne deinen Bruder. Er war mit mir oben und hat dir zugesehen, schon da hat er von Daria gesprochen. Und was meine Erfahrung angeht ...« Ich beugte mich näher zu ihr, sodass meine Lippen ihre Wangen streiften. »Keine Frau raubt mir derart meine Sinne, wie du es tust.«

Hörbar schnappte sie nach Luft; ihre Hand legte sich auf meinen Oberschenkel. Ihre Nähe berauschte mich. Lust pulsierte durch meine Adern, die mich von innen heraus versengte.

»Alex.« Ihre Fingernägel schnitten in den Stoff meiner Hose. »Du weißt, dass mein Bruder hier ist.«

Mein Mund fuhr zu ihrer Schläfe. Meine Gedanken waren vernebelt – gerade zählte nur eins für mich. Die Frau, mit der ich schon unendliche Stunden, die dennoch viel zu kurz waren, verbracht hatte.

»Mhmm.« Ihr schneller Atem wärmte meinen Hals. Ich wusste, dass ich mich zurücklehnen sollte, doch ich schaffte es nicht. Am liebsten hätte ich sie hier auf dem Boden gevögelt. »Es war übrigens schön, neben dir aufzuwachen.«

»Du kannst froh sein, dass ich heute Training hatte, sonst hättest du mich nicht so einfach da rausbekommen.« Ihre Hemmungen wurden mit jeder Sekunde geringer, was mich leichtsinnig machte. Aber nicht nur mich.

Ihre Hand entspannte sich, wanderte in einer qualvollen Geschwindigkeit mein Bein hinauf. Mein Schwanz wurde steinhart. Es lag an ihrer Lust, die mir entgegenschrie. Lust, die ich gestern hätte befriedigen müssen. Oder heute Morgen. Ich hätte sie einfach zurück auf die Matratze werfen und sie ficken sollen, bis wir beide keinen einzigen Schritt mehr hätten laufen können.

»Chloe«, presste ich hervor, wobei sich ein breites Grinsen auf ihren wunderschönen, vollen Lippen zeichnete.

Als sie bei meinem Schritt angekommen war, war es zu spät. Sie ertastete mit ihren langen Fingern die Kontur meines Glieds.

»Da kann wohl jemand nicht genug von mir bekommen«, gurrte sie und rieb mich. Vom Schaft bis zur Eichel, an der sie schon einmal gesaugt hatte. Ihre Finger blieben dabei immer über der Hose; suchten sich keinen Moment einen Weg unter den festen Stoff.

Sie trieb mich in den gleisenden Wahnsinn.

»Dein Bruder ...«

»Wolltest du nicht genau das?«

Ich wollte ... *alles*.

»Mach weiter damit und ich werde in meiner Hose kommen. Dann kannst du Dorian erklären, wieso ein feuchter Fleck in meinem Schritt ist«, flüsterte ich und packte ihre gierige Hand. Anstatt sie aber wegzuziehen, presste ich sie enger an meinen Schwanz.

Keuchend flatterten meine Lider.

Verdammt, ich wollte mir nicht vorstellen, was ich hier und jetzt alles mit ihr angestellt hätte, wenn nicht wenige Meter neben uns Daria und Dorian gewesen wären.

Ich musste mich zwingen, die Augen zu öffnen.

»Alex–«

»Ich warte vor der Tür auf dich.«

Ich rappelte mich auf und atmete tief durch, ehe ich mich in Bewegung setzte.

Bevor ich aus dem Studio ging, blickte ich ein letztes Mal hinter mich. Chloe saß weiterhin auf dem Boden, die Beine bis an ihre Brust gezogen. Selbst aus meiner Entfernung sah ich das Glitzern in ihren Augen. Das Verlangen, welches auch an ihr nicht vorbeigegangen war.

Bevor ich noch länger wartete, machte ich eine kleine Geste mit meinem Kopf, die nur eines sagte: *Folg mir!*

Nun begann das Warten.

An die Wand gelehnt blickte ich auf die Tür zum Ballettsaal und hoffte, dass eine großgewachsene Brünette jeden Moment vor mir stehen würde.

Minuten fühlten sich wie Stunden an.

Als ich bereits glaubte, sie hatte mein Zeichen nicht richtig gedeutet oder übersehen, stand Chloe vor mir.

»Komm mit.« Ich nahm ihre Hand und zog sie neben mir her. Ihre Schritte waren unsicher, ihre Hände zitterten. Schweigend liefen wir Gänge entlang, stiegen Treppen empor. Mein Ziel war klar, und ich konnte es kaum erwarten, mich mit ihr dort den gesamten Nachmittag einzuschließen. »Habe ich dir schon mal erzählt, dass es ein paar kleine Privatapartments im Theater gibt?«

»Nein, wieso?«

Ohne Vorwarnung drückte ich sie gegen die Wand. Davor stellte ich sicher, dass wir allein waren. Meine Lippen fanden ihren Hals, während meine Hände über den Schwung ihrer Taille strichen.

»In einer der Wohnungen gibt es eine Badewanne.«

Sie schnappte hörbar nach Luft, als meine Zähne an der dünnen Haut schabten. »Und?«

»Wir beenden da drin, was du angefangen hast. Ich habe dich gestern die gesamte Nacht geküsst, aber jetzt«, ich drückte meinen harten Schwanz gegen ihren Bauch, was ihr einen wunderschönen Laut entlockte, »jetzt will ich in dir sein.«

Ohne weitere Zeit zu verschwenden, nahm ich sie wieder an der Hand und führte sie weiter.

Das kleine Apartment befand sich in einem der oberen Stockwerke. Von außen kam man nicht auf die Idee, dass sich ein Schlafzimmer dahinter befand. Selbst mich überraschte es jedes Mal, wenn ich hier war.

Es war nichts Besonderes. Mehr als ein Bett, eine Kommode und ein Wandspiegel befand sich nicht darin. Und eine Tür, die zu einem Badezimmer führte.

Als wir aber den Raum betraten, saugte Chloe jedes Detail auf. Egal wie groß mein Verlangen in diesem Moment war, ich konnte nichts anderes tun, als diese Frau bei jedem Schritt zu beobachten.

»Es erinnert mich an dein Zimmer bei dir zuhause.«

»Ich habe es auch eingerichtet. Das hier ist mein Zimmer. Ich verbringe viele Stunden im Theater. Deswegen habe ich eins bekommen, falls es mal zu spät ist, nach Hause zu fahren.«

Chloe richtete ihre Augen erneut auf mich. Erst jetzt fiel mein Blick auf ihren Hals, der nicht mehr vom dünnen Stoff des Rollkragens verdeckt war.

Leichte Blutergüsse strahlten mir entgegen.

Ich fuhr mit dem Daumen über eine dieser Verfärbungen. Ihr Körper zuckte unmerklich zusammen, ihre Augen ließen aber keine Sekunde von meinen ab.

Abrupt packte ich sie und verschmolz unsere Lippen miteinander. Meine Zunge drang in ihren Mund, spielte mit ihr, bis Chloe mit ihren Händen meinen Körper suchte und an meiner Kleidung zerrte.

»Bring mich ins Bett«, stöhnte sie, wollte in meine Hose gleiten.

Ehe ihr das aber gelang, hielt ich sie zurück.

Ich würde sie genauso ficken, wie ich es mir heute den Tag über ausgemalt hatte. Nicht anders.

»Nein.«

»Nein?«

»Wir gehen in die Badewanne, Liebste.«

Ich zog sie in das dunkelgehaltene Badezimmer und drehte die Regler der Wanne, ehe ich mich wieder ihr zuwandte.

Das Wasser rauschte, wobei schon einige Dampfschwaden in der Luft waberten. Meine Aufmerksamkeit lag aber auf der Frau, die mich abwartend anblickte. Lust stand in ihren glitzernden Iriden.

»Wie soll ich jemals von dir wegkommen?«, flüsterte ich und fuhr mit den Handrücken über eine Rundung ihrer Brüste. Der Drang sie sofort zu nehmen war verschwunden. In diesem Moment wollte ich mir Zeit lassen. Mit ihr.

Sie kam meiner Berührung entgegen. »Wieso hältst du dich immer zurück?«

»Das nennst du Zurückhaltung?« Sie war mir so nah, dass sich ihr warmer, abgehackter Atem auf meine Haut legte. »Hätte ich dich etwa in dem Gang ficken sollen? Oder doch vor deinem Bruder?«

»Du weißt, was ich meine, Alex. Es ist fast so, als würdest du alles dafür tun, um nicht mit mir zu schlafen. Das ist nicht nur auf gestern Nacht bezogen. Ist es wegen meines Bruders?«

Meine Lippen legten sich auf ihre Schläfe und zogen eine Linie über ihre Wange. »Dorian ist mir vollkommen egal.« Ich hauchte einen Kuss auf ihren Mundwinkel. »Du bist zu gut für mich. Ich habe immer das Gefühl, dass ich die Kontrolle über mich verliere, wenn du bei mir bist. Und das sagt dir eine Person, die sich sehr gut unter

Kontrolle hat.«

»Ich weiß nicht, wie du das meinst.«

Fordernd packte ich den Kragen ihres Bodys, öffnete mit Leichtigkeit den Neckholder-Verschluss und zerrte den dünnen Stoff herunter. Keine Sekunde später folgte der Rock, der um ihre Hüfte geschlungen war.

Mein Blick war lange auf den kleinen Haufen Kleider zu ihren, in einer Strumpfhose gehüllten, Füßen gerichtet. Auch wenn sie es nicht verstand, musste ich mir erst vollkommen sicher sein, dass sie mich nicht überwältigte.

Genau das war bei dieser Frau unheimlich schwierig.

Ihre Finger berührten meine Hand. Leicht. Diese Berührung lastete schwer auf meiner Seele; fraß sich einen Weg in mich, bis ich meinen Blick förmlich heben musste.

Ich hatte Chloe schon nackt gesehen. Ich hatte sie schon gefickt. Aber das hier ... Es übertraf sogar die Tänzerin, die in ihr steckte.

Die dünne Strumpfhose bedeckte ihre Scham, reichte bis über ihren Bauchnabel und endete am schmalsten Punkt ihrer Taille. Von dort aus nach oben war Chloe nackt. Ihre vollen Brüste mit den festen Nippeln ragten mir entgegen. Bettelten mich an, sie in meine Hände zu nehmen.

Bei diesem Anblick kamen mir hundert neue Ideen, was ich mit ihr anstellen wollte. Was ich mit ihr anstellen *würde*.

Mit der Schwester eines meiner engsten Vertrauten. Meines Freundes.

Mein Daumen fuhr über den Bund der Strumpfhose. »Zieh sie aus.«

Ohne Wiederworte gehorchte sie mir. Auch ihr letztes Kleidungsstück, da sie keinen Slip trug, gesellte sich zu denen, welche bereits auf dem Boden lagen. Mitsamt den dünnen Ballettschuhen.

Chloe war nackt.

Und ich steckte noch in meinem Hemd und der Anzugshose.

»Geh rein.«

Sie folgte meiner Anweisung. Ihre nackte Gestalt in die Wanne steigen zu sehen, war ein Bild, welches sich tief ihn mich brannte. Ihr Rücken, der von ihrem dunklen Haar verdeckt war. Ihr Hintern, der mein Glied noch mehr anschwellen ließ.

Ehe Chloe sich aber ins Wasser senkte, drehte sie sich zu mir um.

Gott, ich war mir sicher, wenn ich diese Frau nur lange genug ansah, würde ich in meiner Hose kommen. Die dunklen Nippel auf ihrer natürlich gebräunten Haut. Die Kurven in ihrer Silhouette, die für meine Hände wie geschaffen waren. Ihre rosigen Lippen, die leicht geöffnet waren.

Diese Frau würde mein Untergang oder mein persönlicher Himmel sein.

»Und wenn ich mir wünsche, dass du die Kontrolle verlierst?«

»Das wünschst du dir nicht.« Meine Stimme war nur ein Murmeln, als ich dicht an sie trat und mit meinem Daumen über eine ihrer Spitzen strich. »Du bist wunderschön.«

Lasziv sank sie auf die Knie, sodass das Wasser an ihrer Taille leckte. »Wieso bist du noch angezogen?«

Ihre Finger hakten sich in meinen Hosenbund und zogen mich näher an sich, bis ihr Gesicht dicht vor meinem Schritt war.

Ehe sie auch nur auf die Idee kam, meine Hose zu öffnen, meinen Schwanz zu befreien und ihn in den

Mund zu nehmen, riss ich mir selbst die Klamotten vom Leib. Ich wollte sie ficken. Aber ich wusste, sobald sie mich zwischen die Lippen nahm, würde ich in ihr kommen.

Chloes Mund teilte sich, als ihre Augen an mir hinabfuhren. Sie musterte meinen nackten Körper genauso gierig, wie ich ihren angesehen hatte.

Ich stieg in die Wanne und ließ mich nieder. Es war heiß, genauso, wie ich es haben wollte.

»Und jetzt?«, fragte Chloe.

»Warte ab.« Ich packte sie an der Taille, positionierte sie so, dass sie mit ihrem Rücken an meine Brust und ihr Kopf gegen meine Schulter gelehnt war. Ihr Hintern drückte sich gegen mein Glied, während ich nur den Blick senken musste, um den Anblick ihrer Brüste zu genießen.

Ich erkundete ihren Körper, fuhr an der Seite ihres Oberschenkels entlang und glitt zu ihrer Scham. Mein Daumen fand sofort ihre empfindliche Stelle, was ihr einen wunderschönen Laut entlockte.

»Alexander.« Ihr Becken hob sich, erhöhte den Druck.

»Ich muss mich in Zurückhaltung üben.« Ich kreiste immer weiter über ihre Klit, was sie unruhiger werden ließ.

»Wieso?«, wimmerte Chloe und presste ihren Kopf fester gegen meine Schulter. »Was haben wir davon?«

»Wir könnten jetzt auch in einem dunklen Abstellraum sein, anstatt in einer Badewanne zu liegen. Ich möchte nur, dass es dir so gut wie möglich geht. Außerdem«, ich strich über ihren Kiefer, hörte mit meinen trägen Kreisen jedoch nicht auf, »als du dich am Morgen nach dem Sex so komisch verhalten hast, habe ich gedacht, dass ich dir wehgetan habe. Körperlich.«

Vielleicht hatte ich sie deswegen mit hierher genommen.

Vielleicht konnte ich mich nicht von ihr fernhalten, weil ich sie schon in ihren dunkelsten Stunden gesehen hatte. Zumindest ihre dunkelste Stunde in Moskau.

Chloe versteifte sich, ehe sie sich auf mir bewegte. Sie drehte sich, bis ihr Gesicht wenige Millimeter von meinem entfernt war. Ihre Züge waren ernst, trugen einen Hauch Besorgnis in sich.

Ich hasste diesen Ausdruck mit jeder Faser meines Körpers, da ich dafür verantwortlich war.

Ihr Daumen fuhr über meine Wangenknochen, ihre Augen ergriffen meine. »Du hast mich nicht verletzt, Alex. Kannst du – der Mann, der an der Autodecke kleine, leuchtende Steinchen hat, die ihn an Sterne erinnern – überhaupt jemandem etwas antun?«

Die Unschuld in Chloes Blick und der vollkommene Glaube in ihrer Stimme raubte mir die Luft.

Wie falsch sie doch lag. Wenn sie wüsste, wer ich wirklich war ... wahrscheinlich würde sich Chloe nicht mehr von mir berühren lassen.

Bevor ich weitere Gedanken daran verschwendete, nahm ich ihr Gesicht und presste meinen Mund auf ihren. Stöhnend teilten sich ihre Lippen, was ich selbstsüchtig ausnutzte.

Blind drehte ich sie wieder auf den Rücken, brach den Kuss keine Sekunde ab. Meine Finger fanden allerdings nicht ihre Mitte, diesmal positionierte ich meinen Schwanz so, dass es nur einen Stoß brauchte, um mich tief in ihr zu versenken ... Und genau das tat ich.

Meine Lider flatterten, als jeder meiner Nerven sich auf ihre Pussy richtete, die meinen Schwanz umklammerte.

Wie durch eine dicke Wand hörte ich ein gedämpftes

Stöhnen, während ihr Kopf auf meine Schulter fiel. Chloes Rücken wölbte sich, doch ich drückte sie eng an meine Brust.

Ich wollte, dass sie es genoss.

»Was machst du mit mir?«, murmelte ich und fuhr mit meiner Hand über einen ihrer aufgerichteten Nippel, die aus dem Wasser lugten. »Noch keine Frau hatte so viel Kontrolle über mich.«

Ein raues Lachen entfloh ihr.

Dieser sinnliche, dunkle Klang genügte, um mein Glied in ihr zum Zucken zu bringen.

»Wieso lachst du?«

Ehe eine Antwort von ihr kam, bewegte ich mich in ihr. Langsam, bis nur noch meine Eichel ihre Schamlippen teilte. Mit jedem Zentimeter, den ich aus ihr glitt, verhärteten sich meine Muskeln.

Meine Zähne nahmen ihre Ohrmuschel gefangen, während sie ihren Bauch hinabwanderte. Sie wollte nach meinem Schaft greifen, aber ich stoppte ihr Handgelenk und biss zu.

»Na, na. Nicht so ungeduldig. Ich habe mich eine gesamte Nacht davon abgehalten, mich in dir zu versenken und dich bis zur Besinnungslosigkeit zu vögeln. Glaub mir, es war schwierig, mich im Zaum zu halten. Denn nicht nur deine kleine Pussy schmeckt köstlich. Dein Mund …« Bilder von ihr auf den Knien blitzten in meiner Erinnerung auf. Wie ihre Lippen die Länge meines Glieds hinaufgestrichen waren. »Dein Mund kann so viele Dinge anstellen.«

»Was willst du?«, wimmerte sie, wobei sie mit ihrer Hüfte näher an meinen Schwanz zu kommen versuchte.

»Ich will«, stöhnend packte ich sie und hielt sie still, »dass du meine Frage beantwortest.«

»Welche?«

»Wieso hast du gelacht?«, raunte ich; fuhr diesmal die kaum sichtbaren Einkerbungen meiner Zähne in ihrer Ohrmuschel nach.

»Ich habe keine Kontrolle über dich, Alexander. Gar keine. Dafür du umso mehr über mich.«

»Du hast keine Ahnung.« Mein Daumen glitt über ihren weichen Bauch, tauchte unter die Wasseroberfläche bis hin zu ihrer Scham. Doch fuhr ich nicht über ihre Perle. Stattdessen nahm ich meinen Schwanz in die Hand und fuhr mit der Spitze immer wieder über ihre Spalte – drang aber nie weiter ein. »Noch nie war ich von einer Frau so abhängig wie von dir. Meine Gedanken sind tagsüber bei dir. Was macht sie wohl gerade? Denkt sie auch an mich? Und nachts ... Nachts liege ich mit meinem Schwanz in der Hand in meinem Bett, pumpe ihn, bis ich komme. Dabei habe ich dein Gesicht vor Augen.«

»Nur mein Gesicht?«

Ich hauchte einen Kuss auf ihren Hals, um das Grinsen zu verstecken. Dumm – da sie es sowieso nicht sehen konnte. »Soll ich dir darstellen, was mir meine Vorstellungskraft noch zeigt?«

Sie brachte kein Wort hervor. Dennoch reichte der klägliche Laut von ihr dafür, dass ich mit dem Vorspiel ein Ende fand. Um ehrlich zu sein, war es auch mir langsam zuwider. Ich wollte sie ein bisschen leiden lassen – für das, was sie im Ballettstudio getan hatte. Aber mein Verlangen würde mich peinigen, wenn ich es noch länger hinzog.

Als ich wieder in sie stieß und mich in einem langsamen Rhythmus bewegte, wollte ich nicht mehr damit aufhören. Ich konnte es nicht.

Die trägen Stöße wandelten sich in unkontrollierte, sodass das Wasser über den Rand der Wanne schwappte.

Sie war perfekt. Ihr Stöhnen. Die Weise, in der sich ihre Spalte um meinen Schwanz zusammenzog; mir zeigte, wie heftig ihr Orgasmus sein würde. Ihre überhitzte Haut, die sich keine Sekunde abkühlen konnte.

Chloe war *alles*.

»Bitte«, wimmerte sie und warf ihren Kopf hin und her. »Bitte, lass mich kommen.«

Meine Hand stahl sich bereits zu ihrer Mitte hinab, als eine Tür zuschlug. Ich gefror in der Bewegung. Nur einer wusste von diesem Zimmer. Nur einer wagte es, hier einfach einzutreten.

»Alexander?«

Konstantin.

»Das darf nicht wahr sein«, murmelte ich. Schnaubend fiel mein Kopf zurück, während sich die Frau auf mir versteifte. Sie wollte sich von mir lösen, doch hielt ich sie in der Position fest. Ich immer noch in ihr. »Bleib. Er geht schon gleich wieder, wenn ihm niemand antwortet.«

Da hatte ich die Rechnung ohne meinen Bruder gemacht.

»Ich weiß, dass du hier bist.«

Wut durchströmte meine Adern.

Er war gerade dabei, alles zu ruinieren. Verdammt würde ich sein, wenn ich es zuließ. Chloe würde ihren Orgasmus bekommen. Und das jetzt.

Ich nahm die Stöße wieder auf, während mein Daumen Kreise über ihre Klitoris zog.

»Alex«, flüsterte sie mit einer atemlosen Stimme.

»Schhh.« Ich legte meine andere Hand über ihren Mund, während der Druck und die Geschwindigkeit meiner Stöße größer wurden. »Wenn du leise bist, wird er nichts hören. Die Wände sind ziemlich dick.«

Obwohl es hier um ihren Orgasmus ging, zog sie mich

mit sich in den Strudel der Lust. Gleichzeitig spürte ich, wie Konstantins Geduld sich dem Ende neigte.

»Was willst du?«, knirschte ich.

»Gage hat was in den Unterlagen gefunden, was dich interessieren könnte.«

»Und das kann nicht warten, oder was?«

»Ich mache nur das, was du mir gesagt hast. Dir sofort Bescheid geben, wenn wir etwas finden.«

Chloe gab ein gedämpftes Wimmern von sich. Es waren aber die zusammenkrampfenden Wände ihrer Mitte, die mir ihren Höhepunkt zeigten. Ihr Körper bäumte sich unkontrolliert auf; suchte einer schnelleren Erlösung.

»Verpiss dich. Ich bin beschäftigt.«

Als die letzte Silbe verklang, kam ich.

Ich vergrub mein Gesicht in ihrem Hals, während ich versuchte, nicht ihren Namen zu stöhnen. Es war die reinste Qual.

Durch mein pulsierendes Blut erklang Konstantins Lachen. »Okay, das kann wahrscheinlich warten. Ich gehe dann mal.« So schnell verschwand er aber nicht. In diesem Moment kostete er mich all meine Nerven.

»Bevor ich es vergesse ... Chloe, du hast dein Smartphone in meinem Auto vergessen. Ich lege es auf die Kommode.«

Mit diesen Worten verließ er das Schlafzimmer.

Meine Finger lösten sich von ihrem Mund, was sie zum Anlass nahm, sich zu mir zu drehen. In ihren Augen standen unendlich viele Emotionen. Lust. Befriedigung. Aber auch Schock. Vielleicht, weil ich sie wenige Meter von Konstantin entfernt genommen hatte. Vielleicht wegen seiner Worte, die direkt an sie gerichtet waren.

Er hatte gewusst, dass sie mit mir hier war.

»Woher?«

Seufzend und mit überhitztem, aber befriedigtem Gemüt sank mein Kopf nach hinten, während meine Arme sich um ihren Körper schlangen. »Er weiß sowas einfach. Keine Ahnung, woher.«

Es dauerte eine Weile, bis sie sich entspannte und sich vollkommen an mich fallen ließ. Ihr Gesicht schmiegte sich an meine Brust, während sie immer wieder über meine Flanke strich.

»Was machen wir jetzt, Alex?«

»Ich will noch ein bisschen hier liegen bleiben. Mit der Voraussetzung, dass du bei mir bleibst. Dann will ich mit dir zu mir nach Hause. Wir lassen uns Essen liefern und trinken so viel Wein im Bett, wie du willst.«

»Klingt nach einer guten Idee.« Ein Grinsen tränkte den Ton ihrer Stimme. »Vorausgesetzt, du suchst einen guten Wein aus.«

»Zweifelst du an meinem Geschmack?«

»Wie könnte ich nur?«, neckte sie mich.

Kapitel Sechzehn

Chloe

Stunden verwandelten sich in Tage. Tage verwandelten sich in Wochen.

Immer noch im Halbschlaf zog ich die Bettdecke bis hoch zu meinem Kinn und kuschelte mich tiefer in die warme Matratze.

Alles roch nach *ihm*. Sein herber Geruch, welcher mich mit Erinnerungen an gestern Nacht erfüllte. Oder an die anderen Male, die ich in seinem Bett verbracht hatte. Was viel zu oft vorkam. Am liebsten wäre ich ewig hier geblieben, doch der Morgen zerrte an meinem Bewusstsein und holte mich langsam in den Wachzustand.

Es dauerte dennoch, bis ich das Geräusch vom rauschenden Wasser aus dem Badezimmer wahrnahm. Ich musste nochmal eingeschlafen sein, als sich Alexander aus dem Bett geschlichen hatte. Na ja, geschlichen konnte man es nicht nennen. Er hatte mich gefragt, ob ich mit ihm duschen wollte. Ich aber hatte mich nicht dazu durchringen können, sein warmes Bett zu verlassen.

Meine Lider flatterten, als er nackt in das Zimmer trat. Kein Tuch, das um seine Hüften geschlungen war. Nur bare Haut. Kleine Wassertropfen rannen seine Muskeln hinab, während er sich durchs nasse Haar fuhr.

»Du starrst mich an.«

»Du bist auch ein schöner Anblick«, murmelte ich und rekelte mich, sodass die Decke von meinen Brüsten glitt. Auch ich war nackt.

Mit einem leichten Lachen ließ er sich zurück aufs Bett fallen und zog mich auf ihn. Sein halbsteifes Glied drückte sich gegen meinen Bauch, was meine Gedanken nicht gerade klärte.

Ich stützte mich auf, sodass ich ihn ansehen konnte.

Alex strich mir eine Strähne hinters Ohr. »Ich liebe diesen Ausdruck auf deinem Gesicht.«

»Dann musst du dafür sorgen, dass du ihn öfter siehst.«

Seine Zähne nahmen seine Unterlippe gefangen, als sein Blick an mir hinabfuhr. Sofort durchströmte mich Hitze. Leider hatten wir keine Zeit mehr. Ich musste ins Theater.

»Ich versuch's«, murmelte er und fuhr mit dem Finger die Kurve meiner Taille entlang. »Dein Bruder ist übrigens nicht hier. Du musst also nicht durch den Tunnel gehen. Du kannst dir auch etwas zum Frühstücken mitnehmen.«

Eigentlich fuhr er mich meistens ins Theater, heute aber würde er von hier arbeiten. Ich war mir sicher, dass Irina und Michail auf mich würden warten müssen, wenn wir hier weiter trödelten. Alexanders Tante bekam zwar nicht mit, dass ich viele Nächte nicht mehr in meiner Wohnung verbrachte, dafür hatte mich Michail schon oft genug dabei erwischt, wie ich zurück ins Haus geschlichen war. Egal, ob ich den Tunnel oder die Eingangstür benutzte. Er stellte nie Fragen. Ich war mir sicher, dass er von Alexander und mir wusste. Dafür hatte er ihn oft genug gesehen, wie er zu mir gegangen war.

Meine Hand stoppte seine, die immer tiefer wanderte. »Ich verstehe wirklich nicht, wieso wir das immer noch vor ihm geheim halten. Es ist nur Dorian. Dein Bruder weiß es doch auch.« Es war ein Thema, welches ich schon oft angeschnitten hatte, er wich mir aber immer aus.

»Was soll ich ihm sagen, Chloe? Dass wir miteinander schlafen? Dass seine Schwester mir einen geblasen hat? Dass ich nicht aufhören kann, dich zu lecken und zu vögeln?«

Seine Worte waren wie ein Schlag in die Magengrube. Doch viel schlimmer war das schmerzhafte Ziehen in meiner Brust, welches Enttäuschung mit sich brachte. Nach all den Stunden, die wir miteinander verbracht hatten, fühlte ich mich nun weit von ihm weg. Und das, obwohl ich nackt auf ihm lag.

Die wohlige Wärme war vollkommen verschwunden.

»Ich sollte duschen gehen«, murmelte ich und kletterte aus dem Bett. Er hielt mich nicht zurück, sondern ließ mich gehen. Insgeheim hatte ich mir gewünscht, dass er es getan hätte – auch wenn dieser Wunsch naiv war.

Selbst als ich angezogen und mit geföhntem Haar wieder zu ihm kam, lag eine Anspannung in der Luft, die mich unruhig machte. Er trug mittlerweile eine Jogginghose und ein weißes Shirt. Nichts, womit er rausgehen würde.

»Ich gehe dann mal«, sagte ich mit der Klinke in der Hand, doch seine Stimme hielt mich auf.

Mein Puls schoss in die Höhe; ich wurde bei seinen Worten allerdings bitter enttäuscht.

»Kommst du heute nach dem Training zu mir oder soll ich zu dir?« Alexander hatte nicht mal den Mut dazu, mir in die Augen zu sehen. Was auch besser so war. Denn die Enttäuschung, die in mir hallte, hätte er sicher bemerkt.

Was hatte ich erwartet? Verdammt, ich wusste nicht mal, was das genau zwischen uns war. Manche Dinge brauchten keine Definition, doch das hier ...

»Ich bekomme heute Nacht meine Periode. Es wäre also besser, wenn wir die nächsten Tage getrennt schlafen. Bei dir hat sich außerdem viel Arbeit angestaut. Womöglich ist jetzt der richtige Zeitpunkt, ein bisschen davon aufzuholen.« Meine Ausrede war schwach. Ich würde zwar meine Tage bekommen, aber das hatte uns zuvor auch nicht aufgehalten, Zeit miteinander zu verbringen. Ob es ein Essen war oder wir uns zusammen einen Film im Bett angesehen hatten. Vielleicht war es genau deshalb so schmerzhaft. Es war nicht nur alles körperlich zwischen uns.

Auf den Boden starrend fuhr er sich durchs Haar. »Du hast recht.«

Auch jetzt hatte ich mehr erwartet. Eine stärkere Reaktion. Sie blieb aber aus.

Ich machte ihm keinen Vorwurf. Nur mir. Ich war diejenige, die viel zu viel in uns hineininterpretiert hatte. Selbst mir fehlten die Worte dafür, was zwischen uns war. Wie sollte er sie kennen, wenn ich für ihn wahrscheinlich nur ein Arrangement war. Ein Arrangement, das enden würde, sobald ich Moskau verlassen würde.

»Wir sehen uns morgen beim Training«, flüsterte ich und verließ ihn.

Egal, wie gut meine Laune heute früh beim Aufwachen gewesen war, gerade hatte sie einen neuen Tiefpunkt erreicht. Sie wurde nicht besser, als ich Konstantin unten am Esstisch sitzen sah.

Sein Blick zuckte zu mir, als ich die Wendeltreppe hinabstieg. »Wo ist Alexander?«

»Oben.«

»Will er denn nichts essen, bevor er dich ins Theater fährt?«

»Alex hat gestern ein paar Unterlagen mit hierhergenommen, um sie hier durchzugehen. Deshalb fahre ich mit Michail und Irina.«

Er zog die Schultern hoch. »Ich kann dich fahren.«

»Nein.«

»Ist alles okay?«, fragte Konstantin und legte die Gabel auf den Tisch. Seine Aufmerksamkeit war vom Essen auf seinem Teller nun endgültig zu mir gewandert. »Du bist komisch.«

»Ich bin müde.«

»Ich kenne deinen müden Zustand. Das ist es nicht.«

»Dann muss ich dich leider enttäuschen.« Luc – der Kater, den ich nicht oft zu Gesicht bekam – lag auf seinem Kratzbaum neben dem Klavier und sah mich mit seinen stechend grünen Augen an. Er verbrachte die meiste Zeit mit Konstantin, was mich nicht wunderte. Sie passten zusammen. Irgendwie. »Es ist alles perfekt. Wenn du mich also entschuldigen würdest. Ich will deine Tante nicht warten lassen.«

Alexander

Ich bin ein Idiot.

Schnaubend ließ ich mich zurück auf die Matratze fallen und starrte an die Zimmerdecke. Wenigstens eine neue Aussicht, denn ich hatte gefühlt Stunden auf den Boden gesehen.

Meine Gedanken kreisten ausschließlich um eins. Um eine Person. Chloe.

Ich hatte förmlich gespürt, wie sie sich von mir entfernte, nachdem ich ihr diese dummen Worte an den Kopf geworfen hatte.

Was soll ich ihm sagen, Chloe?

Dass wir miteinander schlafen? Dass seine Schwester mir einen geblasen hat?

Dass ich nicht aufhören kann, dich zu lecken und zu vögeln?

Selbst jetzt hallten der Schmerz und die Enttäuschung, die in ihren Augen gelegen hatten, in mir nach. Ich konnte sie auch nicht besänftigen, da ich wusste, dass sie auf dieses Thema beharren würde. Und ich konnte ihr nicht die Wahrheit sagen, wieso ihr Bruder nichts davon wissen durfte.

Ich setzte mich ruckartig auf. In meinen Gedanken zu versinken, war keine Option. Es durfte keine sein. Denn das machte es alles nur schlimmer. Eigentlich war es das schon. Der Sex war zu mehr geworden. Aber vielleicht war das *mehr* auch schon vor dem Sex da gewesen.

Vielleicht.

Ich musste raus. Irgendwas machen. Nicht hier in der Stille sitzen.

Letztendlich hätte ich in meinem Zimmer ausharren sollen. Denn es war mein Bruder, der mich mit seinen ruhigen, grünen Augen beobachtete, wie mich meine Beine nach unten in die Küche trugen. Keine Sekunde riss sein Blick von mir ab.

»Ich will ja nicht fragen …«, begann er und nahm einen Schluck von seinem Cranberry-Saft.

»Dann lass es.«

Natürlich hatte Konstantin das nicht vor. »Hattet ihr Streit?« Mein schneidender Blick war Antwort genug für ihn. »Interessant.«

»Was?!« Ich riss die Kühlschranktür auf und nahm mir die Aluschachtel von gestern Abend heraus. Hummer mit Kartoffeln. Ich machte mir nicht mal die Mühe, es aufzuwärmen, sondern griff nach dem Besteck und ließ mich ihm gegenüber fallen. »Was ist daran interessant?«

Konstantin schenkte mir ein verschmitztes Grinsen und strich sein offenes Haar zurück. Allerdings wich er meinen Augen aus. Was auch besser so war. Allein seine verfickte Neugier trieb mich zur Weißglut.

»Sie bringt dich aus der Fassung.«

»Na und?«

»Es tritt nicht häufig auf, dass jemand derartig mit dir spielt.«

»Chloe spielt nicht mit mir«, blaffte ich und schob mir eine voll beladene Gabel in den Mund. Es schmeckte fade, fast schon leer. Es lag nicht am Essen, sondern ausschließlich an mir. An meinen dummen Gefühlen, die an mir nagten. Die ich am liebsten herunterschlucken wollte. Dazu war ich jedoch nicht in der Lage.

»Doch, Alex.«

»Menschen haben Meinungsverschiedenheiten. Das ist normal.«

»Chloe ist mir heute Morgen schon begegnet. Jetzt du. Ihr beide habt nicht die beste Laune. Das ist nicht nur eine dumme Meinungsverschiedenheit. Also, rede.«

Ich biss in die Innenseite meiner Wange, während ich nach den richtigen Worten suchte. Es war gar nicht mal so einfach. »Sie will sich nicht mehr verstecken müssen. Ergo will sie, dass ihr Bruder davon erfährt.«

»Wieso sagst du es ihm nicht einfach?«

Augenverdrehend kratzte ich mit der Gabel auf dem dünnen Aluminiumboden der Schachtel. »Er würde verlangen, dass ich es sofort beende.«

»Und das willst du nicht, stimmt's?«

»Ich kann nicht.«

»Du kannst nicht?«

Ein verächtliches Lächeln glitt über meine Miene. Doch wusste ich nicht, wem dieses Gefühl galt. Ihm, weil er es nicht verstand? Oder mir, weil dieses Wissen in mir wütete? Das Wissen, dass ich mich nicht von ihr fernhalten konnte.

»Du verstehst es nicht, Konstantin.«

»Dann lass es mich verstehen.« Er stützte sich mit den Händen auf den Tisch und sah mich eindringlich an. »Wie zum Teufel ist sie dir derart tief unter die Haut gegangen?«

»Ich weiß es nicht.« Ich massierte meine Schläfe und versuchte, das ansteigende Pochen zu mindern. »Irgendwas hat diese Familie an sich. Erst Dorian, dem ich damals aus der Scheiße geholfen habe, obwohl es mir egal hätte sein sollen.« Er hatte sich betrunken mit einer Straßengang angelegt, die ihn eines nachts aufgesucht hatte und ihn wahrscheinlich totgeschlagen hätten, wenn ich nicht aufgetaucht wäre. »Und Chloe ... Sie ist unglaublich schön.«

»Es gibt viele schöne Frauen auf der Welt.«

»Ihr Äußeres, ihr Charakter ... I–Ich kann es nicht erklären. Aber eins weiß ich, ich will sie. Und ja, das ist selbstsüchtig. Daran brauchst du mich nicht zu erinnern. Während ich tagsüber foltere und töte, gehe ich nachts zu ihr.«

Konstantin rümpfte die Nase. »Bitte sag mir nicht, dass Gefühle im Spiel sind.«

»Dazu kann ich nichts sagen.«

Sex war das eine. Das, was sich in mir regte, wenn ich sie sah, stand allerdings auf einem anderen Blatt. Als ich sie vor der Bar in ihrer Geburtstagsnacht gefunden hatte – eiskalt, zerbrochen – hatte sie einen unausgesprochenen Anspruch auf mich erhoben, den ich ihr nicht verwehren konnte.

»Aber –«

Kopfschüttelnd stand ich auf. »Ich habe dafür jetzt keinen Nerv. Außerdem wartet noch Arbeit auf mich.«

Kapitel Siebzehn

Chloe

»Bei der Aufführung musst du mich anders ansehen, Chloe.«

Ich presste die Lippen fest aufeinander, um nicht etwas Unüberlegtes zu sagen. Stattdessen legte ich meine Hand in Alexanders und ließ mich von ihm durch den Raum führen. Unsere Schritte wurden vom Parkett des Ballettstudios verschluckt – ausschließlich die Melodie des Nussknackers untermalte unseren Tanz, ehe er endete.

Mein Blick verhakte sich mit seinem. Leider fiel die Spannung nicht von meinem Körper ab. Dafür war er mir zu nah. Eine Nähe, die wir nun bereits seit Tagen nicht mehr gehabt hatten. Nicht, weil ich noch meine Periode hatte – diese war schon längst vorbei –, sondern, weil wir immer noch nicht über dieses lästige Thema namens Dorian Pécheur gesprochen hatten.

»Das werde ich hinbekommen«, sagte ich trocken, ging zu meiner Tasche und holte eine Wasserflasche hervor.

Er folgte mir. »Wirklich?«

»Ja.«

»Lass uns reden.«

»Nicht jetzt.« Wir waren zwar allein, aber ich hatte gerade keine Lust. Ich würde nur gereizt sein und seinen Versuchen keine Chance geben. Und das wollte ich nicht. »Ich muss ein paar Schuhe vorbereiten, weil ich bald keine mehr habe. In der Cafeteria. Allein.«

»Chloe …«

»Nein, Alexander. Es ist besser so. Glaub mir.«

Damit ließ ich ihn allein, doch auch an dem für mich beruhigenden Ort wurde es nicht besser. Im Gegenteil, die Stimmen in meinem Kopf wurden lauter.

Ich ließ mich auf einen Stuhl fallen und schloss für einen Moment die Lider. Egal wie sehr ich es versuchte, immer wieder tauchte Alexanders Gesicht vor meinem inneren Auge auf.

Wut breitete sich in mir aus. Sie galt nur mir. Wegen des Stichs, der sich in meine Brust bohrte, sobald ich an ihn dachte. Diese Gefühlsregung war lächerlich; zumindest redete ich mir das ein.

Kopfschüttelnd holte ich frische Ballettschuhe und eine Blechdose mit den Sachen hervor, die ich für die Vorbereitung brauchte. Doch der puderrosa Stoff, das weiße Garn und die spitze Nadel konnten mir keine klaren Gedanken bringen. Auch die voller werdende Cafeteria schenkte mir keine Ablenkung.

Dafür aber ein bestimmter Mann.

Gage setzte sich mit einem breiten Lächeln zu mir an den Tisch. Bei dem Anblick meiner Miene verzogen sich allerdings seine Mundwinkel. »Schlecht gelaunt, oder was?«

»Langer Tag. Mehr nicht.« Wir verbrachten nicht viel Zeit miteinander. Wie auch? Ich hatte meine gesamte Freizeit im Heimlichen mit Alexander verbracht. Doch manchmal hatte mir Gage Gesellschaft geleistet, wenn Alex arbeitete. Meistens hier. Wie aßen zusammen, tranken Tee, sprachen über banale Dinge.

Genau deswegen wollte ich nicht mit ihm darüber reden. Das alles ging zu tief. Er ließ sich aber nicht so einfach von mir abfertigen.

»Dich beschäftigt etwas.« Keine Frage, eher eine Feststellung.

Es wunderte mich kein bisschen, dass er durch meine bröckelnde Fassade sah. Egal, wie bedrohlich und einschüchternd sein Aussehen wirkte, in ihm schlummerte eine weise, sanfte Seele.

Meine Finger fuhren über die Bänder, die ich frisch an den Schuh genäht hatte.

Ich zuckte mit den Schultern. »Enttäuschung.«

Die Neugier stand ihm ins Gesicht geschrieben. »Du kannst mit mir über alles reden, Chloe.«

»Ich weiß.« Aber vielleicht nicht über dieses Thema. »Letztendlich bin ich selbst schuld. Ich hatte Erwartungen, die ich nicht hätte haben dürfen.«

»Geht's um Alexander?«

Mein Herz setzte einen Takt aus. »Wa–Was? Wie kommst du auf ihn?«

Er lehnte sich auf dem Stuhl zurück und verschränkte die Arme vor der breiten Brust. »Sagen wir mal so, es bleibt nicht unbemerkt, wenn Alexander Putchenko viel Zeit mit einer Frau im Theater verbringt.«

»Was? Aber ...«

»Es wird ein bisschen darüber geredet, aber das ist

alles halb so schlimm. Immerhin seid ihr Tanzpartner.« Über sein Gesicht zuckte ein Schatten. »Ich weiß nicht, was zwischen euch genau läuft – das geht mich auch überhaupt nichts an –, aber es fällt auf.«

»Perfekt. So viel zum Geheimhalten«, murmelte ich und stützte mein Kinn auf die Hand.

»Dorian weiß nichts davon.«

»Aber du hast doch gesagt –«

Sein Mundwinkel hob sich müde. »Ja, aber jeder hier weiß, dass das nichts Offizielles ist. Keiner will Alexander verärgern, weshalb niemand mit Dorian darüber spricht. Und ihm fällt es nicht auf, weil Alex ihm versprochen hat, dass er sich von dir fernhält. Normalerweise hält er sein Wort.«

Nichts Offizielles.

Diese Worte schmerzten mehr, als sie es sollten. Denn es war die Wahrheit. Zwischen Alex und mir war nichts Offizielles. Das war auch nie der Plan gewesen. Ich war hier, um zu tanzen. Meine Karriere voranzutreiben. Nicht, um mit einem unbeschreiblichen Tänzer ins Bett zu gehen und Gefühle zuzulassen.

Ich war einfach eine Idiotin.

»Sie wollen Alex nicht verärgern? Weil sonst was passiert? Haben sie Angst vor ihm, oder was?«

»Kann man so sagen.«

Bei der Vorstellung verzog sich meine Miene. »Mein Gott, es ist nur mein Bruder. Was habt ihr nur alle? Außerdem, was soll Alexander denn machen? Die Leute, die es ihm stecken, rauswerfen lassen? Das ist unfassbar lächerlich.«

Gage wich meinem Blick aus, was die Wut in mir erneut auflodern ließ. Selbst er benahm sich, als würde Alexander mit mir ein Staatsverbrechen begehen. »Ich muss langsam los. Außer, du willst noch ein wenig darüber reden.«

Darauf konnte ich verzichten.

»Ich muss einkaufen.« Ich warf meine Nähutensilien und die fertigen Schuhe zurück in meine Tasche und schob mit einem ohrenbetäubenden Kratzen den Stuhl zurück. »Wenn du Alexander siehst«, ein selbstgefälliges Lächeln glitt mir über die Lippen, »sag ihm, dass er sich künftig bei meinem Bruder melden soll, wenn er mit jemandem mit dem Nachnamen Pécheur schlafen will.«

Alexander

Der Tag war für mich gelaufen. Bis ein Anruf von Gage kam.

»Wo ist er?«, knurrte ich und riss das Lenkrad rum, damit ich kein anderes Auto rammte. Mein Fuß stand bleischwer auf dem Gaspedal, während die in Dunkelheit gehüllte Stadt an mir vorbeirauschte. An mir und Konstantin, der neben mir auf dem Beifahrersitz saß. »Gage, mach deinen scheiß Mund auf und sag mir, wo du ihn gesehen hast!«

»Er sitzt auf einer Bank, auf der Brücke am Fluss. Ich habe Konstantin die Koordinaten geschickt.«

Dieser nahm sein Smartphone hervor und nannte mir eine Straße, die mir bekannt war. Sie lag nicht weit von unserem Zuhause entfernt.

Ich beendete den Anruf und starrte auf die Straße vor mir. Nichts anderes existierte in diesem Moment. Alles, was ich wollte, war so schnell wie möglich an meinem Ziel anzukommen.

»Kannst du mir jetzt endlich sagen, was los ist?« Aus dem Augenwinkel beobachtete ich, wie Konstantin sich mir zuwandte. »Du benimmst dich wie ein Wahnsinniger.«

»Vielleicht bin ich das ja.«

Zumindest war ich zu einem geworden, nachdem Gage angerufen hatte. Wir waren gerade auf dem Weg nach Hause gewesen, als er mir sagte, dass er seinen ›Auftrag‹ gefunden hatte.

Konstantin jedoch verstand nichts. »Alex, Scheiße! Pass auf!«

Ich wich der aufgehenden Autotür eines parkenden Wagens aus. »Er hat sie bedroht. Sie ausgeraubt. Dafür wird der Hurensohn bezahlen.«

»Von was redest du?«

»Chloe. Sie wurde damals vor einer Bar ausgeraubt.«

»Nimmst du deswegen Gage in Beschlag?«

Meine Oberlippe zuckte, während sich meine Hände um das Lenkrad verkrampften. Ich durfte jetzt nicht die Kontrolle verlieren. Zum einen musste ich mich auf den Verkehr konzentrieren. Zum anderen hatte ich nicht die Zeit, ihm in die Fresse zu schlagen.

»Ich nehme ihn in Beschlag«, presste ich hervor, »weil ich es kann. Er untersteht mir, vergiss das nicht. Verkneif dir also diesen Ton. Selbst wenn ich ihm befehle, dass er dir jeden Morgen einen deiner Autoreifen zerstechen soll, könntest du nichts dagegen machen.«

»Ich könnte ihn umbringen.«

Widerwillig breitete sich ein Lächeln auf meinen Lippen aus. Ich konnte es nicht verhindern. Die Vorstellung amüsierte mich, zähmte gleichzeitig mein Gemüt.

Die Räder kamen zum Halt und ich starrte in den vom Scheinwerfer beleuchteten Abend.

Wir waren tatsächlich an einer engen Seitenstraße am Fluss, in der sich ausschließlich ein paar Bürogebäude befanden. Nicht weit von hier war sogar ein kleiner Supermarkt. Es war eine ruhige Gegend im Vergleich zu der großen Stadt.

Meine Aufmerksamkeit wurde von einem Schatten gefesselt, der an meiner Fensterscheibe auftauchte.

Gage.

Seine grauen Augen starrten mir ernst entgegen. Er wusste genau, was passieren würde, wenn ich meine Hände an den Unbekannten legte. Und ich hatte eine vage Vorstellung, dass es ihm auch nicht anders erging. Gage hatte zwar nicht die gleiche Verbindung wie ich zu Chloe, trotzdem schlummerte in ihm das Interesse an ihr.

Darüber durfte ich mir nun aber keine Gedanken machen.

Jetzt zählte nur das eine.

Ich riss die Tür auf und baute mich vor ihm auf.

»Wo?«

Er nickte zu der Brücke, auf der eine Bank stand und die einen guten Blick auf den stillen, darunterliegenden Fluss bot. Darauf saß eine dunkle Gestalt. Bevor ich aber auch nur einen Schritt in deren Richtung gehen konnte, hielt mich Gage zurück.

»Ich kann es machen.«

Kopfschüttelnd riss ich seine Hand von meinem Arm. »Nein. Du hast deinen Auftrag erledigt. Jetzt übernehme ich.«

Er würde mich nicht aufhalten, auch wenn das Ergebnis letztendlich dasselbe gewesen wäre. Ich wollte aber selbst die Augen sehen, die Chloe mit diesem Erlebnis gebrandmarkt hatten. Ich wollte sehen, wie das Leben aus ihnen wich.

Je näher ich ihm kam – die Silhouette immer klarer werdend, sein Atemrhythmus erkennbar –, desto größer wurde das Verlangen nach Blut an meinen Händen. Es war eine Sucht. Und als ich mich neben ihn setzte, pulsierte die kommende Gewalt heiß in meinen Adern.

»Kalter Abend«, murmelte ich und starrte wie er auf den Fluss. Schon so oft hatte ich ihn aus dem großen Buntglasfenster zu Hause angesehen. Er lud einen mit seiner kräuselnden Wasseroberfläche ein, sich in Gedanken zu verlieren. Jetzt war mein Kopf aber frei. Egal, wie viel Wut in mir tobte. Gerade war alles still.

Er legte den Kopf in den Nacken. Falten zogen sich durch seine spannungslose Haut, während silbernes, langes Haar über seine Schultern fiel. »Die Nächte sind in dieser Jahreszeit immer kalt.«

»Perfektes Wetter zum Nachdenken, nicht wahr?«

Er drehte sich zu mir, sodass mir dunkle Iriden entgegenblickten. Sie wirkten rastlos, gleichzeitig aber auch müde. »Was willst du, Junge?«

»Was ich will?« Ein verächtlicher Ausdruck huschte über meine Miene. »Ich will dein größter Albtraum sein. Allerdings habe ich für ein weiteres Problem keine Zeit. Geschweige denn habe ich den Nerv dafür.«

»Ich glaube, du solltest jetzt gehen, Kleiner.«

»Der Kleine ist von der Mafia.«

»Was habe ich getan, dass mich ein unbedeutender Mann von der Mafia sucht?«

Ein leises Lachen entfloh meiner Kehle. »Unbedeutend ... Glaub mir, ein gut gewähltes Wort von mir und deine Blutlinie würde binnen Stunden ausgelöscht sein.« Der Ausdruck in seinen Augen veränderte sich. Hohn wandelte sich in Unglauben, welcher in Entsetzen endete. »Aber deswegen bin ich nicht hier. Du hast nicht den Ärger der russischen Mafia auf dich gezogen. Sondern ausschließlich meinen.«

Kopfschüttelnd stand er auf und vergrub seine Hände in den Manteltaschen. »Du musst mich verwechseln. Ich habe mir nichts zuschulden kommen lassen.«

»Sag das der Frau, die du bedroht und ausgeraubt hast.« Er musste nicht mal etwas sagen. In seinem Gesicht spiegelte sich das Wissen wider. Selbst, wenn Chloe sein einziges Opfer gewesen war, es war eines zu viel. Es war Chloe. »Kannst du dich daran erinnern? Wie du ihr die Kette vom Hals gerissen hast?«

»Ich habe Geld gebraucht.«

»Du hast sie also verkauft?«

»Ja.«

Er beobachtete, wie ich mich erhob. Es fing an zu schneien.

»Keine weise Entscheidung.«

Pure Angst stand in seinen Augen. »Ich habe ihr nichts getan.«

»Das ist mir egal«, presste ich hervor, packte ihn am Kragen und zog ihn dicht vor mich. Wir waren ungefähr gleich groß, sodass mir sein modriger Atem entgegenschlug. »Du kannst froh sein, dass ihr Bruder nichts davon weiß. Gott, Dorian hätte dir lebendig die Haut abgezogen und jedes Organ einzeln aus deinem Körper gerissen.«

»Und du?«

»Ich –«

Ich schnappte nach Luft und taumelte zurück. Ein brennender Schmerz breitete sich von meiner Bauchdecke aus. Gefolgt von einer feuchten Wärme. Es war Blut. Rubinrotes Blut tränkte das helle Shirt an meinem Bauch.

Mein Blick zuckte auf seine Hände. Zwischen seinen Fingern steckte ein Messer, dessen Klinge mit meinem Blut getränkt war. Es musste in seiner Manteltasche gesteckt haben, denn ich hatte es nicht gesehen.

Er hatte mich auf dem falschen Fuß erwischt.

Weil ich meine Gefühle vor das rationale Denken gestellt hatte. Etwas, das mir nicht passieren durfte, da es mich das Leben kosten konnte.

Ehe er nochmal mit dem Messer ausholen konnte, packte ich seinen Kopf und riss ihn abrupt rum.

Der Mann sackte spannungslos zu Boden, wobei sich die Wärme auf meinem Bauch immer weiter ausbreitete.

»Hast du …?«

»Sein Genick gebrochen?« Meine Augen wanderten zu Konstantin, der plötzlich neben mir auftauchte, während stetig neues Adrenalin durch meine Adern pumpte. Es wurde von Sekunde zu Sekunde stärker. »Ja. Ein netter Tod für das, was er getan hat.« Am liebsten hätte ich ihm das Herz aus seinem lebendigen Körper geschnitten. Auf einer öffentlichen Straße war das aber nicht die beste Idee.

Ich beugte mich zur Leiche hinab, hob ihn hoch und warf ihn über die Brüstung. Er verschwand in der Dunkelheit, bis klatschendes Wasser zu hören war. Er würde in diesem Fluss verrotten.

»Was, wenn ihn jemand findet? Wir hätten uns wenigstens die Mühe geben können, ihn zu vergraben.«

Schulterzuckend richtete ich meinen Mantel, atmete dabei die eisige Luft tief ein. Das Töten hatte wieder seine Klauen in mich geschlagen. Sie rissen die gut verpackte Gier auf, die mich jedes Mal aufs Neue überkam. »Man wird denken, er ist von der Brücke gesprungen. Niemand fragt nach, wenn man einen Mann ohne eine

Wunde im Wasser findet. Und schon vergessen, insgeheim machen wir die Regeln in dieser Stadt.«

Genervt schnaubte er und sah zum Auto. »Lass uns –« Seine Augen lagen auf meinem Bauch. »Hat er dich verletzt?«

»Das ist nicht so schlimm. Reg dich nicht auf.«

»Er hat dich verletzt.« Mein Bruder machte einen Schritt auf mich zu, gefror allerdings in der Bewegung, als sich seine Aufmerksamkeit hinter mich legte. Auf die gegenüberliegende Straßenseite, auf der eine Person stand.

Chloe.

Ihr Blick war auf uns gerichtet. Sie konnte uns gut erkennen, da wir direkt unter einer Straßenlaterne standen. In ihren Händen hingen zwei Plastiktüten.

»Verdammt!«, fluchte Konstantin, wollte mich bereits mit sich ziehen, doch ich blieb wie angewurzelt stehen und betrachtete die Frau, die mich mit jedem Herzschlag mehr in den Bann zog.

Ob sie gesehen hatte, wie ich diesen Mann umgebracht hatte? Dieser Gedanke wurde allerdings von der Gier in mir überschattet. Sie fokussierte sich vollkommen auf die wunderschöne Frau, die mich mit Verwunderung ansah.

Einen klaren Verstand besaß ich nicht mehr. Sonst hätte nicht das eine Verlangen in mir existiert, welches meinen gesamten Körper regierte. Eines, mit dem ich das Morden bisher immer kompensiert hatte.

Ficken.

Ich wollte sie jetzt ficken.

Kapitel Achtzehn

Chloe

Alexander stand in einem goldenen Leuchtkegel. Seine Brust hob sich schwer. Seine Hände waren zu Fäusten geballt, während Schneeflocken vom Himmel rieselten. Und sein Blick war ausschließlich auf mich gerichtet.

Alles an seinem Erscheinungsbild war fesselnd.

Die Intensität seiner grünen Augen.

Seine Silhouette, die wegen der Dunkelheit größer, stärker wirkte.

Mein Herz setzte einen Takt aus und wurde mit jeder verstreichenden Sekunde schneller.

Es sollte mich nicht überraschen. Ich hatte mich vor dem Training mental vorbereiten müssen, ihn zu sehen. Seine Hände auf meinem Körper zu spüren. Meine Gefühle für ihn auszusperren.

Jetzt gelang mir das nicht. Es wurde sogar nur noch schlimmer, da er auf mich zu ging.

Ich hätte mich umdrehen und nach Hause gehen sollen. Das wäre die einzig richtige Entscheidung gewesen. Aber natürlich blieb ich stehen, bis er dicht vor mir zum Halt kam.

Konstantin stand währenddessen weiterhin unter dem Lichtkegel.

»Was machst du hier?«, fragte ich, wobei mein Griff um die Plastiktüte mit den Einkäufen fester wurde.

Kopfschüttelnd streifte er mit seinen Fingern meine Wange, sodass ich zusammenzuckte. Alexander zog sich aber nicht zurück, stattdessen vergrub sich seine Hand in meinem Haar.

Er machte mich schwach.

»Alex ...«

»Ich vermisse dich, Liebste.« Nun war ich es, die den Kopf schüttelte. Das kümmerte ihn nicht. »Ich brauche dich. Ich denke an nichts anderes als an dich. Am Morgen. Am Tag. In der Nacht. Du kannst dir nicht vorstellen, was du mit mir machst. Auch wenn du nicht bei mir bist.«

»Das funktioniert so nicht mehr. Das weißt du.«

»Ich weiß nichts. Gar nichts.« Sein Blick war verschleiert, während er immer wieder zu meinen Lippen glitt. Wir waren beide nicht bei der Sache, aber er ... Alexander wirkte *anders*.

»Bist du okay?«

»Nein.« Seine andere Hand umfasste mein Gesicht. Er trat näher an mich, blockte somit den eisigen Wind von mir. »Ich will dich, Chloe.«

»Was?« Wo waren meine klaren Gedanken? Ich konnte keinen einzigen finden.

»Ich will dich. Jetzt.«

Ehe ich seine Worte verstehen konnte, presste er seinen Mund auf meinen. Und ich? Ich küsste ihn zurück, konnte nichts dagegen tun. Es war ein Instinkt, welchem jede Faser meines Körpers Folge leisten wollte.

Seine Zunge fuhr über meine Lippen. Es war keine stumme Bitte, sondern eine Forderung. Gleichzeitig zwang er mich Schritte zurückzumachen, bis mein Rücken an die kalte, raue Fassade eines Gebäudes stieß.

Ich war gefangen zwischen der Kälte und seinem heißen, harten Körper, der mir seine Lust deutlich zeigte. Er öffnete meinen Mantel, sodass sich Alexanders Schwanz gegen meinen Bauch drückte. Ein Gefühl, welches mir den Atem raubte. Und endgültig meinen Verstand. Die Tüten lagen schon lange nicht mehr in meiner Hand, dafür vergruben sich meine Finger im Kragen seines offenen Mantels.

Was machten wir hier?

Stöhnend brach ich den Kuss. Meine Hände wanderten seine Brust hinab. Ich war bereit, mich ihm hinzugeben. Mir war egal, wo wir und befanden. Dass sein Bruder nicht weit von uns entfernt war. Dass uns jeder Passant sehen könnte. Dafür hatte ich seine Nähe viel zu sehr vermisst.

Ich hatte ihn vermisst.

Egal, wie groß die Wut auf ihn war.

Doch dann hielt ich inne. Ich ertastete etwas Feuchtes auf seinem Pullover.

Mein Blick zuckte nach unten. Das, was ich sah, ließ alles in mir erstarren.

Blut.

An meinen Fingerkuppen glitzerte frisches Blut.

»Was?«, stammelte ich, was auch seine Aufmerksamkeit nach unten lenkte. Ihn kümmerte es aber nicht, denn sein Becken presste sich gegen mich und begann langsam zu kreisen. »Alex, da ist Blut an dir.«

Keine Reaktion, stattdessen packte er meine Schenkel und hob mich hoch. Mein Rock teilte sich, bot ihm einen leichten Zugang zu mir. Er wollte mich vögeln. Vielleicht war er deswegen derart von der Rolle. Er stand vollkommen neben sich.

Er wanderte meine Gestalt hinab, während sein Kopf sich in meiner Halsbeuge vergrub.

»Bitte, du bist verletzt«, flüsterte ich, doch er ließ nicht von mir ab. Im Gegenteil, die Lippen auf meiner Haut wurden fordernder. Die Erektion wurde größer.

Das Blut an seinen Klamotten tränkten nun auch meine, bedeckte mich mit dem Geruch von Eisen. Ich sollte ihn stoppen. Das wäre das einzig Vernünftige gewesen. Dennoch hielt ich ihn nicht auf.

Die Kälte biss sich durch den Stoff, wobei sich Alexander unter den Rock schob, direkt zu meiner Scham, welche durch die dicke Strumpfhose bedeckt war.

»Alexander.« Mehr als ein Wimmern brachte ich nicht hervor, da sein Daumen meine Klit stimulierte. Die eisige Wand in meinem Rücken, der Schnee, welcher auf uns fiel, verschwand in dem Ziehen, das von meinen Zehenspitzen bis in meine Finger reichte.

»Bitte.« Um was bat ich ihn? Dass er mich losließ, damit ich die Ursache des Blutes feststellen konnte? Oder dass er mich härter küsste? Dass er mir die Strumpfhose vom Leib riss und die quälende Leere zwischen meinen Beinen ausfüllte?

Alexander schob sie mir so weit vom Körper, dass er freien Zugang zu meiner Spalte hatte. Die kriechende Kälte wurde sofort von seiner Hand abgeschirmt, die mich rieb. Meine Nässe auf meinen Schamlippen verteilte.

»Deine süße, kleine Pussy«, murmelte er an meinem Kiefer, wobei ich sein Lächeln deutlich auf meiner Haut spürte. »Sie ist perfekt für meinen Schwanz.«

Seine Worte warfen mich endgültig von der Klippe der Vernunft. Nun fiel ich. Und genoss jede Sekunde. Ich dachte nicht mehr nach. Ich hatte nur eine Sache in meinem Kopf.

Alexander.

Meine Hüfte kam seiner Hand entgegen, half ihm, den Druck auf meine Klit zu erhöhen. Jedes Streifen seiner Fingerkuppen – so sanft es auch sein mochte – schickte ein Zittern durch meine Gliedmaßen. Es war die sich zusammenbrauende Lust, die meinen Puls in die Höhe trieb und mich mit brennender Hitze durchströmte.

»Lass das Vorspiel weg, Alex.«

Er lehnte sich zurück, sodass er mir ins Gesicht sehen konnte. Auch in seinen Augen spiegelte sich das Verlangen. Es war aber das verschmitzte Grinsen, das mich in den Wahnsinn trieb.

Ihm gefiel es viel zu sehr, mich in diesem Zustand zu sehen. Er wusste genau, was er in mir auslöste.

»Du bist so unglaublich gierig.«

Seine Hände ließen plötzlich von mir ab, sodass meine müden Beine das Einzige waren, das mich vom Fallen abhielt. Sie klammerten sich um seine Hüfte, während mein Blick nach unten zu seinen Fingern glitt.

Alexander schob den blutigen Stoff nach oben und nestelte an seinem Hosenknopf. Keine Sekunde später sprang mir sein steifer Penis entgegen, der mein Bein streifte. Es war nur eine seichte Berührung, doch sie besaß die Macht, mich in Brand zu setzen.

Falls ich nicht schon längst meine Moral verloren hatte, glitt sie mir spätestens dann aus den Händen, als sein Mund erneut meinen Hals suchte und er seine Eichel zwischen meine Schamlippen schob.

Ächzend fiel mein Kopf gegen den harten Stein, als er sich in mich vergrub. Bis zum Anschlag. Seine Größe sandte einen Schmerzensblitz durch mich, welcher aber sofort abebbte, als er sich langsam in mir bewegte. Alexander dehnte mich von innen heraus, bis ich perfekt für ihn war.

»Du bist alles, was ich will«, flüsterte er in mein Ohr, während seine Hüften das Tempo erhöhten. Jeder Stoß kreierte eine neue Lage Watte in meinem Kopf. Mein Blick wurde unscharf. Das Einzige, das ich wahrnahm, war das pulsierende Blut in meinen Ohren und seinen Schwanz, der unerbittlich in mich pumpte. »Wie soll ich nur jemals von dir loskommen?«

Mehr als ein unverständliches Stammeln bekam ich nicht zusammen. Ein Stammeln, das sich in ein kehliges Stöhnen verwandelte, das die frostige Winternacht ausfüllte.

»Ich kann mich nicht länger von dir fernhalten. Ich kann nicht.« In Alexanders Stimme schwang Verzweiflung mit. In den Stößen, mit welchen er mich ausfüllte, war davon nichts zu spüren. Alleinig die Härte – die Lust – trieb mich an den Rand meines Selbst. »Jede Stunde habe ich mich nach dir gesehnt.«

Seine Hand glitt von meiner Brust über meinen Bauch hinweg zwischen uns. Sein kalter Daumen legte sich direkt auf meine Klit, was mir einen spitzen Schrei entlockte.

»Genauso gefällst du mir.« Er sah mir direkt in die Augen. In ihnen stand der pure Wahnsinn. »Komm für mich. Komm für mich, meine süße Chloe.«

Ich wusste nicht, ob es seine Worte oder der Druck seines Fingers gepaart mit seinem Schwanz waren, was mich über die Klippe stieß. Egal, was es war, alles in mir zerbrach in unzählige Teile.

Und Alexander hielt mich zusammen.

Der Orgasmus füllte meinen gesamten Körper aus; zog an meinen Nerven. Das Gefühl meiner zuckenden Wände um seinen Schwanz ließ aber auch ihn nicht kalt.

Ein Knurren drang zu mir durch, ehe Alex' Stöße unregelmäßig und fester wurden.

Alexander ließ mich nicht zur Ruhe kommen. Ein neuer Orgasmus braute sich in mir zusammen, der durch seine rauen Berührungen geschürt wurde.

Seine Hand schloss sich um meine Kehle, sodass ich keine andere Möglichkeit hatte, als ihn anzusehen. Qual lag in jedem Zug seiner Miene.

Auf eine verdrehte Weise gefiel es mir. Dass auch ich dieses Gefühl in ihm hervorrufen konnte.

Seine Dominanz, die er an mir ausübte.

Alles, was er in mir weckte. Alles, was er mit mir machte.

Und als mich die zweite Welle überkam, riss ich ihn mit mir.

Stöhnend presste er seinen Mund auf meinen, als er kam. Mein flehendes Wimmern wurde durch seine Zunge gedämpft, die besänftigend über meine strich. Wir hielten uns, bis auch das letzte Nachbeben verklungen war.

»Es tut mir leid«, flüsterte er gegen meine Lippen und legte seinen Kopf in meine Halsbeuge. Er hauchte zarte Küsse auf meine dünne Haut. »Es tut mir leid.«

Ich wusste nicht, was er meinte.

Was tat ihm leid?

Nachfragen konnte ich nicht, da ich kein Wort herausbekam. Meine Konzentration lag allein auf dem Gefühl seines Glieds, welches aus mir glitt.

Dabei ließ er mich keine Sekunde los. Hielt mich gegen die Hausfassade gedrückt, während er blind seine Hose zuknöpfte und mir unverständliche Worte zuflüsterte.

Ein Räuspern ertönte, sodass mein Blick nach oben zuckte. Es war dunkel, dennoch erkannte ich die Person, die wenige Meter von uns entfernt stand. Sein Blick durchbohrte mich, seine Miene ließ aber keine Reaktion zu.

Konstantin.

»Seid ihr fertig? Alexanders Wunde muss versorgt werden.«

Alexander drückte einen letzten Kuss auf meine Wange, ehe er sich von mir löste. Erleichterung durchflutete mich. Denn ich hätte es nicht geschafft, ihn von mir zu stoßen.

Er hielt mich fest; selbst dann, als er einen Schritt von mir wegtrat. Seine Brust hob sich schwer. Das Blut an seinem Bauch war mehr geworden. Erst jetzt bemerkte ich, dass an der Stelle ein Schnitt im Pullover war. Seine Aufmerksamkeit lag aber ausschließlich auf mir. Ihm war seine Wunde egal.

»Chloe …«

»Kommt jetzt!« Der Ton seines Bruders wurde bestimmter. Schneidender. Vielleicht war es genau das, was Alexanders Blick Klarheit verschaffte.

Ein letztes Mal sah er auf mich hinab und stellte sicher, dass es mir gut ging.

Geht er jetzt? Lässt er mich stehen, ohne irgendwas zu sagen? Ohne eine Erklärung?

Bevor mich die Gedankenspirale erfasste, hob er die Tasche mit den Einkäufen auf. Zusammen liefen wir auf Konstantin zu, der mit verschränkten Armen auf uns wartete. Er nahm wortlos und mit ernster Miene seinem

Bruder den Beutel ab und nickte in Richtung des Wagens, welcher am Rand der Straße geparkt war.

Alexander und ich folgten ihm und stiegen auf die Rückbank.

Er sagte nichts und bald erfüllte nur noch das Schnurren des Motors die Stille.

Kapitel Neunzehn

Chloe

Meine Gliedmaßen waren kalt.

Gleichzeitig durchströmte mich eine Rastlosigkeit, die mit jeder Minute schlimmer wurde, die ich im Auto verbrachte. Fragen über Fragen lagen auf meiner Zunge, doch wagte ich davon keine auszusprechen.

Mir war nicht mal bewusst, wie lange wir fuhren.

Alexander ...

Er saß still neben mir, während Konstantin auf die Straße abbog, die zu ihrem Haus führte. Vielleicht würden sie mich auch zu meiner Wohnung fahren. Aber könnte ich jetzt wirklich dorthin gehen, als wäre nichts geschehen? Als wäre Alexanders weißer Pullover nicht von Blut getränkt?

Ehe mich die Fragen verschlangen, öffnete sich vor uns das Tor, welches in ihre Auffahrt führte.

Der Motor verstummte, sodass die Stille noch erdrückender wurde.

Alexander fuhr über meine Hand, lenkte meinen Blick zu ihm.

»Komm mit rein, Chloe.«

»Sagst du mir dann, was los ist?«

Wieder hüllte er sich in Schweigen.

Dennoch folgte ich ihm und Konstantin hinein. Vielleicht, weil er weiterhin meine Hand hielt und mir damit Hoffnung schenkte. Vielleicht lag es auch daran, dass ich einfach nicht anders konnte. Genau deswegen hatte ich mich auch von ihm an der Hausfassade nehmen lassen. Ich war ihm schon viel zu sehr verfallen, um ihn jetzt zu verlassen. Dazu war mir Alexander zu wichtig. Selbst, wenn er uns verstecken wollte.

Außerdem war er verletzt. Ich konnte ihn nicht allein lassen.

Zusammen gingen wir hinter Konstantin her, der mit schnellen Schritten ins Wohnzimmer lief. Ich aber streifte erst meine Schuhe und die Jacke ab. Meine Absicht war es nicht nur sicherzustellen, dass es Alex gut ging. Sie würden das alles auch erklären müssen, ehe ich ging.

Ich sah zu dem Mann, der mich keine Sekunde allein ließ. Sein Gesicht war blasser als sonst, auch wenn er versuchte, sich nichts anmerken zu lassen. Mir konnte er aber sicher nichts vorspielen. »Wie schlimm ist es?«

»Es geht schon.«

»Lüg mich nicht an.« Wir betraten den Küchenbereich, in dem Konstantin in einer Schublade irgendwas suchte. Auf der Arbeitsplatte saß Luc; er beobachtete jeden seiner Handgriffe haargenau, schenkte uns jedoch keine Beachtung.

»Das mache ich nicht.«

»Doch, das machst du«, sagte sein Bruder, ein Erste-Hilfe-Kit hervorholend. Er nickte in die Richtung des Sofas. »Setz dich jetzt endlich hin, oder soll ich dich dazu zwingen? Und glaub mir, das werde ich. Ob dir das passt oder nicht.« In seiner Stimme stand pure Sorge.

Alex hielt mir die Hand hin, doch ich blieb stehen. Seine Lippen wurden schmal. Es war die Enttäuschung, die sich in seiner Miene abzeichnete.

Seine Reaktion machte meine Brust enger.

Ich hielt den dumpfen Schmerz aus, folgte ihm aber mit den Augen, als er sich auf die Couch niederließ und Konstantin sich neben ihn auf den Boden kniete. Luc klebte Konstantin weiterhin an den Füßen.

Dieser schob das blutige Shirt von Alexander hoch und entblößte die klaffende Wunde. Frisches Blut lief in dünnen Rinnsalen seinen Bauch hinunter.

In mir wütete Chaos.

Ich wusste nicht, was ich denken sollte. Was ich fühlen sollte. Alles in mir fokussierte den Mann, der mir so viele schöne Stunden geschenkt hatte. Ob es nun im Weinkeller, in seinem Zimmer im Theater oder genau hier war – nie hätte ich gedacht, dass wir uns in dieser Situation wiederfinden würden.

Er, mit einer Schnittwunde am Bauch. Ich, vollkommen ahnungslos, während sein Bruder keine Fragen stellte, sondern sich um ihn kümmerte. Und sie nähte? Ja, er trug mittlerweile weiße Latexhandschuhe und eine Nadel mit Faden in der Hand, welche ich nur aus Fernsehserien kannte.

Was zum Teufel geht hier vor sich?

In diesem Moment erkannte ich keinen der Männer vor mir.

Die Kette auf meiner Haut fühlte sich an, als würde sie glühen.

»Das sollte fürs Erste reichen«, murmelte Konstantin und ließ von Alex ab. »Du wirst das aber kontrollieren lassen. Meine schönste Naht war es übrigens nicht. Es wird eine kleine Narbe zurückbleiben.«

»Die war überhaupt nicht nötig.«

»Doch, das war sie. Und jetzt leg dich hin.«

Kopfschüttelnd saugte ich die Szene vor mir ein. Wie sie einfach so miteinander redeten. Alexander sichtlich müde, dennoch entspannter als der andere, der mich anscheinend vergessen hatte.

»Was ist passiert?«, flüsterte ich und konnte meinen Blick nicht von der frisch zugenähten Wunde lösen. Alexander hatte recht, sie war nicht tief gewesen – doch das verschmierte Blut auf seiner hellen Haut reichte aus, um mir den Magen umzudrehen.

In diesem Zustand hatte er mich genommen. Ich hatte gewusst, dass er verletzt war, dennoch hatte ich es zugelassen. Er war wie berauscht gewesen. Und er hatte alles mit mir machen dürfen.

Ich näherte mich den beiden um einen Schritt. Eine Antwort auf meine Frage bekam ich natürlich nicht. Anstatt dass sich Enttäuschung breitmachte, herrschte vollkommene Leere in mir. Vielleicht war es auch dumpfer Unglaube.

»Alexander, bitte sag was.«

»Es ist nicht so schlimm, wie es aussieht. Versprochen.« Er zog den Pullover aus, um vom getrockneten Blut wegzukommen.

»Lüg mich nicht an.« Schon zum zweiten Mal kam diese Phrase aus meinem Mund. Und diesmal schien sie ihn auch zu erreichen, denn es kehrte Leben in sein Gesicht zurück. »Nicht nach dem Ganzen hier.«

Seine Schultern sackten nach unten, während er langsam nickte. »Setz dich zu mir, dann können wir reden. Wir müssen es sogar.« Konstantin zog hörbar die Luft ein, wofür er sich von Alexander einen scharfen Blick einhandelte. »Hol uns doch was zum Trinken. Und mir ein neues Oberteil. Wenn du so nett wärst.«

Egal wie streng der Jüngere vor wenigen Minuten noch gewesen war, er gehorchte. Auch ich folgte seinen Worten und setzte mich zu ihm. Jetzt, als ich mich in das weiche Polster lehnte, wurde die Leere minder.

Mein törichtes Herz empfand aber nicht Wut, sondern unbändige Sorge.

Ich strich eine helle Strähne aus seinem Gesicht und fuhr über seinen hohen Wangenknochen. Er war wunderschön. Selbst jetzt.

»Stell mir deine Fragen«, murmelte er, suchte nun auch mit seinen Händen meinen Körper. Sie waren sanft, als hätten sie Angst, ich würde unter ihrer Berührung zerbrechen. Ein Kontrast zu der Art, wie er mich gevögelt hatte.

»Und wenn ich nicht weiß, wo ich anfangen soll?«

»Du kannst dir so viel Zeit lassen, wie du willst. Wenn du zu dir nach Hause –«

»Nein. Ich will nicht zu mir.«

»Dann bleiben wir hier.«

Schluckend wanderte mein Blick zu Konstantin, der zwei Gläser Cranberry-Saft vor uns abstellte.

Bei seiner Gestalt kam mir eine Frage in den Sinn, vor der ich keine Angst hatte. Wahrscheinlich lag es an dem Mann, den ich zwar mochte, aber dessen Antwort nicht viel kaputtmachen konnte. Zumindest hoffte ich das.

»Wo hast du gelernt, eine Wunde zu nähen?«

Seine grünen Augen wanderten von mir, zu Alex und

schließlich wieder zu mir. »Ich habe eine Zeit lang Medizin studiert, habe es aber wieder abgebrochen.«

Es klang logisch.

Aber wenn es wirklich genäht hatte werden müssen, wieso hatte er ihn nicht in ein Krankenhaus gebracht?

Meine Augen glitten zu Alexander, der mich abwartend ansah. »Wer hat dir das angetan?«

»Ein Mann.«

»Ein bisschen genauer vielleicht.«

Anspannung zeichnete sein Gesicht, als er eines der Gläser umfasste und einen großen Schluck davon nahm. Sein Bruder stieg währenddessen die Treppe hinauf – um Alex' zweiter Forderung nachzugehen. Das saubere Shirt.

»Ich kannte ihn nicht persönlich. Um ehrlich zu sein, habe ich ihn an diesem Abend das erste Mal gesehen.«

Aus seiner Antwort wurde ich nicht schlau. Er sprach in Rätseln, was die Verzweiflung in mir wachsen ließ. »Wieso sollte er dich angreifen?«

»Ich habe ihn aufgesucht, Chloe.«

Gott, seine Erzählung ergab doch keinen Sinn.

»Wieso?«

Er stellte das Glas wieder auf den Tisch. »Kannst du mir etwas versprechen?«

Stumm nickte ich.

»Hör mir zu. Und wenn du das Bedürfnis hast, weglaufen zu wollen ... Geh in mein Zimmer, dort werde ich dich allein lassen, solange du es brauchst.« Wieso sollte ich vor ihm weglaufen wollen? Immerhin war er verletzt worden. »Ich habe noch eine Bitte an dich.«

»Welche?«

»Küss mich. Danach werde ich dir alles erzählen.« Etwas in seiner Stimme brach. Gleichzeitig entstand ein

Riss in meiner Brust. Es war seine Verzweiflung, die mich willenlos machte. Ich konnte nicht anders, als seiner Bitte nachzugehen.

Meine Hand fuhr über seine Brust bis hin zu seiner Schulter. Die Kälte der Nacht war schon längst aus seiner Haut verschwunden, die mit meinen Berührungen noch heißer wurde.

Ich lehnte mich zu ihm, fuhr mit dem Daumen über seine Unterlippe. Sie war noch feucht. Einen Wimpernschlag später strich ich sanft mit meinem Mund über seinen.

Zuerst war der Kuss leicht; kaum eine Berührung. Er verwandelte sich aber schnell in etwas Forderndes, was tief in meine Fußspitzen zog. Seine Zunge strich über meine, ließ mich den Geschmack des süßen Saftes schmecken. Gemischt mit seinem, vernebelte er meine Sinne.

Genau das hatte ich in den vergangenen Tagen vermisst.

Seine Aufmerksamkeit.

Seine Berührungen.

Seine Küsse.

Ihn.

Stöhnend griff ich in sein Haar und verlor mich in ihm. Seine Verletzung war nur noch ein blasser Schatten in meinen Gedanken.

Pure Naivität meinerseits.

»Chloe«, flüsterte er und hauchte zwei Küsse auf meinen Mundwinkel. »Ich weiß nicht, wie ich dir das erklären soll.«

»Vielleicht fängst du damit an, von den Lippen meiner Schwester abzulassen.«

Ich zuckte zurück und starrte in die Augen meines Bruders. Er lehnte im Türrahmen zum Eingangsbereich und starrte uns an. In seiner Miene stand keine Emotion – wenn man den zusammengepressten Kiefer außer Acht ließ. Seine zu Fäusten geballten Hände deuteten zudem darauf hin, dass ihm Alexanders und mein Anblick nicht gefiel.

»Dorian.« Der Mann neben mir erhob sich, fasste sich aber sogleich an die frische Naht. Ich wollte mir nicht vorstellen, wie schmerzhaft es war.

Mein Bruder kam ihm einen Schritt entgegen. Sein Blick glitt kurz zu der Verletzung, doch beirrte sie ihn nicht. Um ehrlich zu sein, wirkte er kein bisschen geschockt. »Willst du mir sagen, dass es nicht so ist, wie es aussieht?«

»Nein. Ich glaube, das ist klar.«

Das Zuschlagen einer Tür durchschnitt die Anspannung zwischen den Männern.

Es war Konstantin, der aus Alexanders Zimmer getreten war und von der Brüstung auf uns hinabblickte. Man sah ihm die Genervtheit über das sich zusammenbrauende Drama an. »Das kann ja noch gut werden.«

»Du wusstest, dass er meine Schwester vögelt?«

»Und du weißt, dass ich mich nicht in das Sexleben meines Bruders einmische. Solange es nur das betreffen würde.« Den letzten Satz hätte er sich sparen sollen.

Dorians starre Miene bekam Risse.

Konstantin warf Alex' Shirt nach unten, welches direkt neben mir landete. Er ging nicht, sondern lehnte sich auf das Geländer und sah auf uns mit Neugier hinab. Er schien es zu genießen. Als hätte er nur auf diesen Tag gewartet.

»Wie lange geht das schon?«, knurrte Dorian.

Etwas in Alexanders Körperhaltung veränderte sich. Er wirkte größer. Bedrohlicher. Jetzt erinnerte er mich an den Mann, den ich vor wenigen Stunden unter der Laterne gesehen hatte. Dessen Augen mich wie eine Beute ins Visier genommen hatten, ehe er zuschnappte. Und er hatte zugeschnappt. Aber nun war sogar seine Stimme eiskalt. Die Stimme des Mannes, der mir heiße Küsse geschenkt hatte, war nicht wiederzuerkennen.

»Fordere mich nicht heraus, Dorian. Du weißt, dass du keine Chance hast. Du bist wie ein Bruder für mich, aber auch du hast Grenzen, die du nicht überschreiten solltest. Außerdem ... Habe ich dir nicht einen Auftrag gegeben? Du solltest schon längst auf dem Weg in den Norden sein.«

Seine Worte waren undurchsichtig. Zumindest für mich.

»Ich habe dir gesagt, dass du deine Finger von ihr lassen sollst.« Dorian kam immer näher, versetzte Alexander unter ansteigende Spannung; als müsste er jemanden schützen. »Das war alles. Und was machst du? Fickst sie und drohst sie in Dinge zu ziehen, in denen sie nichts zu suchen hast.«

»Dorian –«

»Halt die Klappe, Chloe«, unterbrach er mich und warf mir einen verächtlichen Blick zu. »Verschwinde, wir reden später darüber.«

Ehe ich reagieren konnte, war da Alexander. Alexander, der jegliche Zurückhaltung ablegte.

Seine Hand schloss sich um Dorians Hals und drückte zu. »Du hast ihr nichts zu sagen. Und wenn du noch einmal mit ihr in diesem Ton redest, kannst du froh sein, wenn ich dir nicht jeden einzelnen Knochen in deinen Beinen breche, Dorian.«

Diese Worte aus seinem Mund waren fremd. Sie gehörten nicht zu ihm. Sie konnten nicht zu dem Mann gehören, den ich dachte zu kennen. Gerade war er nämlich ein Unbekannter für mich.

Ich sah zwischen den beiden Männern hin und her, die mir auf unterschiedliche Weise unglaublich viel bedeuteten, konnte mich aber nicht regen. Selbst meine Zunge war bleischwer.

Alexander trat dichter an ihn heran; baute sich vor ihm auf. »Du hättest vielleicht deiner Schwester mehr Aufmerksamkeit schenken sollen, anstatt deine kleinen Schlampen aus dem Theater zu vögeln.«

Dorian umfasste Alex' Handgelenk, riss die Hand aber nicht von seiner Kehle. Wahrscheinlich war das auch gar nicht möglich. »Weil ich nicht täglich bei ihr war, musstest du mit ihr was anfangen?« Seine Stimme gepresst.

»Ich mache das, was mir passt. Falls du dich sorgst«,

seine Mundwinkel hoben sich selbstgefällig, »deine Schwester hat jede Sekunde genossen.«

Das wurde mir alles zu viel.

»Hört auf.« Ich stellte mich hin, während sich die Aufmerksamkeit beider auf mich legte. Selbst Konstantin verfolgte mich von oben mit seinen Augen. »Beide. Was ist nur in euch gefahren?«

Dorians Lippen verzogen sich bei meinem Anblick. »Alexander ist ein Mörder, Chloe. Hat er dir das nicht gesagt? Du fickst seit Wochen einen Mörder, Schwester.«

Ich verstand seine Worte nicht. Die Worte, die er aneinanderreihte, ergaben keinen Sinn.

Mein Blick wanderte zu Alexander, während ich den Kopf schüttelte. Seine Finger lösten sich von Dorians Kehle, während er sich mir zuwandte. Langsam. Die Wut auf meinen Bruder war verschwunden.

Ein ungläubiges Lachen mit einem Hauch Hysterie entfloh mir. »Wie bitte?«

»Sag's ihr schon, Alex. Wie lange wolltest du es ihr verschweigen? Du solltest dich genau aus diesem Grund von ihr fernhalten. Da du es nicht geschafft hast, ist es an der Zeit, die Wahrheit auszusprechen.«

»Von was redet er?«

»Chloe …«

»Sag ihr doch, dass du der russischen Mafia angehörst. Siehst du, war doch ganz einfach. Du hast deinen Schwanz in sie gesteckt, also trag jetzt auch die Konsequenzen.«

Kopfschüttelnd stolperte ich einen Schritt zurück und stieß mit meinen Waden gegen die Couch. »Nein.« Mein Blick war fest auf Alexander gerichtet und wanderte zu seinem Bruder. Keiner von beiden bestritt Dorians Worte. Erneut sah zu Alex. »Wie –«

»Setz dich. Lass uns in Ruhe darüber reden.«

Wie konnte ich mich jetzt hinsetzen?

Blind stolperte ich zur Treppe und stieg die Stufen hinauf. Mein Körper gehorchte meinem Kopf nicht mehr, sonst hätte ich nicht den einen Ort angesteuert.

Ich drückte die Klinke der Tür herunter, als mich jemand packte.

»Lass mich los«, fauchte ich und wollte mich aus Konstantins Griff befreien. Leider ziellos. Seine Hand lag fest um meinen Arm.

»Beruhig dich, Chloe.«

Seine Worte bewirkten das Gegenteil. »Lass mich!«

»Ich will nur, dass du weißt, dass du sicher bist. Niemand wird dir etwas antun. Besonders Alexander nicht.«

Etwas Dummes in mir wollte seinen Worten Glauben schenken, während ein anderer Teil immer noch hoffte, dass alles hier ein schlechter Scherz war. »Dann sag mir, dass Dorian vollkommen verrückt ist.«

»Das kann ich nicht.«

Meine Brust wurde eng; schnitt mir die Luft ab.

Ich schüttelte seinen Griff ab und schlüpfte durch

den schmalen Spalt in ein Zimmer, das zu einem Mann der russischen Mafia gehörte. Einem Mann, der Leben genommen hatte, mir aber gleichzeitig Berührungen schenkte, die mich mit Lust erfüllten.

Keinen Moment dachte ich daran, in meine Wohnung zu gehen.

Kapitel Zwanzig

Chloe

Ich wusste nicht, wie lange ich einfach auf dem Bett saß und vor mich hinstarrte. Meine Gedanken nagten an mir, als wären bereits Stunden verstrichen, doch waren es in Wahrheit wahrscheinlich wenige Minuten.

Letztendlich war es egal. Denn alles in mir war laut und leise zugleich. Es war eine Zerrissenheit, die tief in meinem Inneren lag.

Was sollte ich glauben?

Das, was mein Herz sagte?

Oder die Worte, die sich immer und immer wieder in meinem Kopf abspulten.

Alexander ist ein Mörder, Chloe.

Du fickst seit Wochen einen Mörder, Schwester.

Ein eisiger Schauer überfiel mich, als die Bedeutung

in mich sickerte. Mein Atem stockte, während sich meine Hände in der Matratze verkrampften.

So sehr ich es auch nicht wahrhaben wollte, ging mir Alexanders und Konstantins Reaktion nicht aus dem Kopf. Keiner von ihnen hatte Dorian widersprochen. Sollte das nicht all meine Hoffnung im Keim ersticken?

Ich vergrub mein Gesicht in den Händen, versuchte die Stimmen in mir zum Schweigen zu bringen. Doch selbst als sie endlich leise wurden, konnte ich die Ruhe nicht genießen.

Ein zögerliches Klopfen durchschnitt die Stille.

Mir war klar, wer hinter der Tür stand. Er würde nicht reinkommen, solange ich nicht antwortete. Das hatte er mir versprochen. Doch egal was Dorian über ihn gesagt hatte – egal, wie viel Angst ich vor ihm haben sollte –, es war weiterhin der Mann, der sich in meiner dunkelsten Stunde um mich gekümmert hatte.

Ich kroch weiter auf das Bett, lehnte mich an die Kopflehne und zog die Decke bis zu meinem Bauch. Die Wärme und sein Geruch, welcher im Kissen lag, verliehen mir den nötigen Mut. »Komm rein.«

Alexander schlüpfte in den Raum. Seine Augen fanden mich sofort, während er sich an die Tür lehnte. Er wagte es nicht, weiter in das Zimmer zu gehen. Er blieb genau dort stehen.

»Ich kann gehen, wenn du willst.«

Kopfschüttelnd vergrub ich die Hände in der Decke und beobachtete, wie Alex das Holz hinabrutschte und sich auf den Boden setzte. Dabei wandte er keine Sekunde den Blick von mir ab.

»Russische Mafia?« Das war das Einzige, das ich herausbekam.

»Ja.«

Gott, das konnte doch nicht wahr sein ...

»Wie tief steckt mein Bruder drin?«

Seine Augen richteten sich auf den Boden; wichen mir aus. Das war schon Antwort genug, doch ich musste es aus seinem Mund hören. »Frag nicht, wie tief er da drin ist. Er ist Mitglied. Das ist alles, was wichtig ist. Da gibt es keinen Grad, der zwischen schlimm und gut entscheidet.«

»Wie ist es passiert?«

Er erzählte etwas von einer Straßengang. Wie Dorian sich in Schwierigkeiten gebracht hatte, doch ich verstand seine Worte kaum. Sie ergaben für mich keinen Sinn, außerdem brannte mir eine neue Frage auf der Seele.

»Und du?«

»Mein Vater.« Ein bitteres Lachen glitt über seine Lippen, während er auf seine Hände starrte. »Er ist der Kopf der russischen Mafia, die hier ansässig ist. Ich wurde hineingeboren.«

Jaroslaw Putchenko.

Bei meiner Ankunft in Moskau hatte ich ihn das erste Mal gesehen. Alexanders Vater hatte etwas Elitäres an sich gehabt. Es war schwer vorstellbar, dass er sich seine Hände schmutzig machte. Aber wenn es stimmte, dass er der Anführer war …

Rasselnd zog ich die Luft in meine Lungen, um den Druck aus meiner Brust zu lösen.

»Du hast erzählt, dass du deinen Vater irgendwann beerben wirst …«

»Ja. Das Theater und die Mafia.« Wo war ich hier? In was hatte sich mein Leben in den letzten Stunden verwandelt? »Konstantin und Gage auch. Das solltest du wissen.«

An beide hatte ich in diesem Moment nicht gedacht. Bei Konstantin war es naheliegend und Gage … Ich hätte es mir zusammenreimen können. Es waren Menschen, mit welchen ich Zeit verbracht, gelacht hatte. Menschen, die sehr wahrscheinlich andere Menschenleben auf dem Gewissen hatten.

Niemand wird dir etwas antun. Besonders Alexander nicht.

Die Worte seines Bruders.

Ich wusste nicht, was mich naiver machte. Wegzulaufen und zu hoffen, dass das heute ein Albtraum war. Oder weiter hier zu sitzen und Konstantin Glauben zu schenken.

Leider stand das erste Szenario nie zur Debatte. Dafür war ich Alexander schon viel zu sehr verfallen. Egal, welches Monster in ihm steckte. Ich klammerte mich an das Bild des Mannes, der die vergangenen Monate mit mir verbracht hatte.

»Du hattest also niemals eine Wahl?«, fragte ich.

»Nein. Selbst wenn, ich hätte mein Leben nicht anders gewählt.«

»Wieso?« Machte ihm das Spaß?

»Meine Mutter. Ich habe dir schon gesagt, dass sie getötet worden ist. Sie ist von einem entfernten Geschäftspartner umgebracht worden, weil mein Vater ihn provoziert hat. Er war damals noch nicht in der Position, in der er heute ist, sonst hätten diese Feiglinge sich das nie getraut. Meine Mutter war ein guter Mensch. Aber sie war das Wertvollste in seinem Leben. Das haben sie ihm einfach genommen.«

Der Schmerz in seiner Stimme und seinem Gesicht traf sogar mich.

»Du willst sie rächen?«

Nickend schüttelte er die Emotionen ab. »Ja. Mein Vater hat aufgegeben. Er hat lange nach den Männern gesucht, aber sie waren verschwunden. Es wurde auch nicht besser, als Vater die Position bekommen hat, die er gerade einnimmt. Diese Bastarde wissen, dass ihr Leben am seidenen Faden hängt. Aber es sind Jahre vergangen und er hat sie nicht gefunden. Vielleicht hat er keine Kraft mehr. Vielleicht auch keine Hoffnung. Egal welcher Funken in ihm erloschen ist, in mir glüht er noch.«

»Und ihr wisst nicht, wer sie getötet hat?«

»Nein. Wir haben keine Ahnung. Wir haben zwar Hinweise, aber die bringen alle nichts. Er spielt mit uns. Mein Bruder und ich haben anscheinend ein neues Interesse in ihm geweckt.«

Alexander war eine geschundene Seele.

Meine Hände rieben über die Decke, unter der meine Beine steckten, da ich sie nicht mehr stillhalten konnte. Das Bedürfnis, mich zu bewegen, wurde stärker, doch würde es nur zu einem führen. Es würde mich in seine Arme treiben. Denn ich wollte ihn berühren. Ich wollte ihm einen Teil des Schmerzes nehmen, obwohl das unmöglich war.

»Hatte der Mann, den du heute aufgesucht hast, etwas damit zu tun?«

»Nein.« Alexander sah mich an. »Mit dir aber.«

Blinzelnd schüttelte ich den Kopf. »Was?«

Das konnte er nicht ernst meinen.

Genau das war aber der Fall. »Damals, an deinem Geburtstag, als du von dem Mann angegriffen wurdest.« Die Erinnerung trieb ein Schaudern durch meine Gliedmaßen. »Du hast es niemals hinterfragt, wahrscheinlich wolltest du einfach nicht mehr zu der Nacht zurück. Denn ... Gage hat mich angerufen. Er hat ihn noch gesehen, kam aber zu spät. Er hatte keine Ahnung, was er mit dir machen oder wie er mit dir umgehen sollte. Deswegen hat er mir Bescheid gegeben.«

»Wie hängt das mit heute zusammen?«

»Denkst du wirklich, ich lass diesen Bastard laufen?

Nach dem, was er mit dir gemacht hat?« Hilflosigkeit durchströmte mich, als er sich aufrappelte und zu mir ging. Ich hatte genug Zeit, um zu sagen, dass ich das nicht wollte. Aber kein Wort löste sich aus meiner Kehle. Stattdessen sah ich zu, wie er sich neben mich auf die Kante der Matratze setzte und eine Hand auf meinen zugedeckten Oberschenkel legte. Bei dieser Berührung funkelten seine Augen auf. Und mich trafen sie tief, bis ins Herz. »Ich habe Gage beauftragt, ihn zu suchen, da er ein Teil seines Gesichts gesehen hat.«

»Er hat ihn gefunden?«

»Ja.«

Meine Finger legten sich über seine. »Was ist passiert, Alex?«

Ich musste es aus seinem Mund hören.

Er strich mir eine Strähne hinters Ohr. »Du weißt es doch schon.«

»Nein«, log ich.

»Hast du Angst vor mir?«

»Nein.« Diesmal keine Lüge. Genau dieses Wissen hielt mich fest. Denn ich sollte Angst haben. Jeder rational denkende Mensch sollte Angst haben. Möglicherweise konnte ich bei Alexander nicht mehr rational denken.

»Ich habe ihm gedroht, weil ich ihn leiden lassen wollte. Er hat mich mit einem Messer verletzt, das ich nicht gesehen habe. Ich war blind vor Wut gewesen. Und dann …«

»Dann?«

»Dann habe ich ihm das Genick gebrochen und ihn in den Fluss geworfen.«

Meine Lider schlossen sich, während ich versuchte, bei seinen Worten nicht durchzudrehen. Wie einfach er es sagte. Wie leicht es ihm fiel, darüber zu reden. Es war für mich unverständlich. Doch blieb die Angst wieder aus. Oder vielleicht war sie doch da und wurde nur vom Schock übertüncht.

»Von welchem Auftrag hast du vorhin gesprochen? Den, den mein Bruder ausführen soll.«

»Informationen besorgen. Es ist eine Spur, die zum Mörder meiner Mutter führen könnte. Zumindest hoffe ich das.«

Kopfschüttelnd richtete ich meinen Blick auf die Bettdecke. »Wieso habe ich das alles nicht gesehen?«

Er zog kleine Kreise über meinen Handrücken, zwang mich aber nicht, ihn anzusehen. »Man sieht es nur, wenn jemand will, dass du es siehst. Das ist alles unglaublich kompliziert, Chloe.«

»Aber du bist doch den ganzen Tag im Theater. Oder war das auch eine Lüge?« Die Frage war, wie viel würde ich noch ertragen können, ehe die Last des neuen Wissens mich unter sich zerquetschte.

»Die russische Mafia ist im Theater.«

»Was?«

»Unter dem Theater. Chloe, du hättest das niemals erfahren –«

Ich wollte das nicht von ihm hören. Nicht von dem Mann, mit dem ich all meine Zeit verbracht hatte. Nicht von dem Mann, der jeden Tag einen Teil von mir geraubt hatte.

»Zeig es mir.«

Als ich diese drei Worte aussprach, wusste ich nicht, ob ich das alles noch bereuen würde.

Alexander

Es hatte mich einiges an Überwindung gekostet, ihrer Forderung nachzugehen. Mit ihr zum Theater zu fahren und die Wendeltreppe hinabzusteigen, die zu einem Teil von mir führte, den Chloe nie hätte sehen dürfen.

Ich ging mit ihr durch die hellen Gänge, die mit Stuck und Gold verziert waren. Sie hatte das definitiv nicht erwartet. Ihre Finger fuhren über kleine Ornamente an den Wänden; ihre Augen glitten über jedes Detail, welches sich vor ihr auftat.

Wir waren an Räumen vorbeigelaufen, in welchen ich Menschen umgebracht hatte. Ich bereute es nicht, diese Leben genommen zu haben. Aber Chloe so nah daran zu haben ... Es war grausam.

»Ich habe mir das irgendwie anders vorgestellt«, murmelte sie und kam mit verschränkten Armen neben mir zum Halt. Ihre Lippen waren zusammengepresst; blass. Es war nur eine Frage der Zeit, bis ihr alles zu viel wurde. Aber ich traute mich nicht, sie zum Gehen aufzufordern. Dazu hatte ich kein Recht. »Hier ist alles so wie oben.«

»Es gibt auch andere Räume.« Sie hüllte sich aber in Schweigen, was meine Nerven beruhigte. Kein ›*Bitte zeig sie mir*‹. Ich wusste nicht, ob ich das geschafft hätte. Nicht heute. Vielleicht würde ich dazu nie in der Lage sein. »Irinas Büro ist ganz anders. Es ist warm. In vielen Brauntönen gehalten.«

»Irina?«

Schulterzuckend und mit zusammengekrampften Händen sah ich auf sie hinab. »Sie lebt hier in Moskau.

Man kann seine Familie nur zu einem gewissen Grad aus den Sachen raushalten.«

»Also ist sie keine Psychologin.«

»Oh, doch.« Ein dünnes Lächeln glitt mir beim Gedanken an meine aufgeweckte Tante über die Miene. »Auch Mitglieder der russischen Mafia haben die ein oder anderen Probleme. Glaub' mir.«

Chloes Burst hob sich schwer. »Und wo arbeitest du? Zum Großteil?«

»Mein Büro?«

»Ja.«

»Okay.« Ich wollte ihre Hand nehmen, ließ es aber doch sein. Es war die Angst, dass sie sich vollkommen von mir zurückziehen würde. Also nahm ich das, was sie mir gab. Es reichte aus.

Als ich die Tür zu meinem Büro aufstieß, hatte sich ein Teil ihrer nervösen Art gelegt. Sie war es, die den ersten Schritt hineinwagte. Sie war es, die sich – ohne meine Frage, ob sie sich setzen wollte – auf meinen Bürostuhl fallen ließ. Kraftlos. Ich konnte es ihr nicht verübeln. Es war mitten in der Nacht. Und wir beide hatten viel in den letzten Stunden erlebt.

Ich lehnte mich an den Tisch; wusste nicht, was ich mit meinen Händen anfangen sollte. Die Kante schnitt in meinen Oberschenkel, doch ich nahm das Ziehen dankbar an, um meine Gedanken klar zu halten.

Mir blieb nichts anderes übrig, als die Arme vor der Brust zu verschränken, um sie unter Kontrolle zu haben. Denn sonst hätte ich sie irgendwann berührt. Das wollte ich nicht. Sie musste von sich aus den ersten Schritt machen.

Chloe musterte den Raum um sich herum. Dort war nicht viel, doch es verging eine halbe Ewigkeit, bis ihr Blick sich auf mich richtete. Der anfängliche Schock stand nicht mehr darin. Er wurde von Anspannung abgelöst.

»Hier arbeitest du also?« Ihr Kopf legte sich schräg, entblößte ihren Hals, an dem die Glieder meiner Kette glitzerten.

»Den Papierkram. Ja.«

»Das gibt es bei der russischen Mafia?«

Ich entspannte mich ein wenig. Es war naiv, da Chloe mich mit jeder Sekunde verlassen könnte. Jetzt war sie aber noch bei mir; stellte Fragen, die von ihrer Neugier geleitet waren. Das war alles, was zählte. Auch wenn sie wahrscheinlich selbst nicht wusste, wieso sie noch hier saß.

»Ja.« Mir entfuhr ein raues Lachen. Ihre Reaktion war beinahe identisch mit der ihres Bruders, als er diese Welt kennengelernt hatte. »Viel zu viel. Aber vieles basiert auf Beziehungen, die sich über die gesamte Welt ziehen. Wir sind keine kleine Straßenbande, die alles ohne Methode macht.«

Nickend schluckte sie. »Ja, hier ist nichts klein.«

»Kann ich dir eine Frage stellen?«

»Ich habe dich die letzten Stunden damit gelöchert, also ist es nur fair, dass du auch eine stellen darfst.«

»Wieso bist du noch hier?« *Wieso bist du nicht schon längst von mir weggelaufen?*

»Soll ich etwa gehen?«

»Nein.« In meinen Adern breitete sich Angst aus. Es war die Vorstellung, die mich mit dieser erfüllte. »Es ist nur ... Verdammt.« Ich raufte meine Haare, da ich keine Ahnung hatte, wie ich es formulieren sollte.

Ihre Fingerspitzen streiften mein Bein, was meine Nerven beruhigte. »Was ist?«

»Du hättest das alles niemals erfahren sollen. Der Plan war, dass du mit mir die Weihnachtsaufführung tanzt und dann unwissend zurück nach Paris gehst. Genau das wollte dein Bruder.«

Schulterzuckend biss sie sich auf die Lippe. »Anscheinend hat er nicht bekommen, was er wollte.«

»Für mich stellt sich aber immer wieder die Frage, wieso du nach all dem, was du heute Nacht erfahren und gesehen hast, nicht vor mir flüchtest. Jeder Mensch mit einem gesunden Menschenverstand würde nämlich genau das machen. Flüchten. Nicht mehr zurückschauen.«

»Dann bin ich wohl krank«, scherzte sie und griff nach meiner Hand. Ihre Augen nahmen meine gefangen, während sie aufstand und dicht zu mir trat. Sie war mir so nah, dass ich jede Einzelheit ihres Gesichts sehen konnte. Vielleicht erkannte ich ja doch einen Hauch von Schrecken. Vielleicht bildete ich es mir auch nur ein. »Weißt du, ich habe versucht, Angst zu spüren. Mehr als ein fader Schatten breitete sich aber nicht aus.«

»Wieso?«

»Weil ich den Mann gesehen habe, der immer bei mir war. Der, der mich zum Lachen gebracht hat. Wie könnte ich vor diesem Angst haben? Deswegen bin ich noch hier. Ich sehe den Alexander der russischen Mafia nicht.«

»Dieser ist aber in mir.«

»Es ändert aber nichts daran.« Ihre Hand umfasste meine Wange. Ihr Blick schweifte zu meinen Lippen. »Ich bin naiv, oder?«

Ich beugte mich zu ihr hinab und küsste sie. Chloe zog sich nicht zurück, sondern kam mir entgegen; strich mit ihrer Zunge über meine Lippen.

»Ja, vielleicht bist du das«, murmelte ich, ehe ich sie enger an mich zog und meinen Mund öffnete, sodass sie mich erkunden konnte.

Genau das tat sie.

Ihre Hände fuhren über meine Schultern, vergruben sich in meinem Haar und zogen daran, bis ich leicht in ihre Unterlippe biss.

Keuchend löste sie sich von mir und sah mich mit einem lustvollen Blick an. »Ich will nicht mehr darüber nachdenken müssen.«

»Soll ich dich nach Hause bringen?«

Kopfschüttelnd strich sie über meine Brust. »Ich will zu dir.«

Ihre Worte bedeuteten mir mehr, als sie sich vorstellen konnte. Dennoch hallte Zweifel in mir. Es war zu schön, um wahr zu sein.

Kapitel Einundzwanzig

Chloe

Etwas hatte sich verändert.

Auch wenn Alexander und ich es nicht zugeben wollten, es hatte sich etwas zwischen uns verändert. Es wäre erschreckend gewesen, wenn nicht.

Doch nicht nur zwischen uns war es anders. Auch zwischen mir und meinem Bruder. Er sah mich mit einem argwöhnischen Blick an, sobald wir uns in einem Raum befanden. Es widerte ihn an, dass ich etwas mit Alex hatte.

Das Versteckspiel hatte aufgehört, sodass wir nicht mehr darauf achteten, ob Dorian zu Hause war.

So wie jetzt.

Ich saß allein auf einem Sessel vor dem entfachten Feuer im Kamin mit einem Buch in der Hand, als er durch die Glastür trat. Seine Augen lagen sofort auf mir, wobei seine Miene starr wurde.

»Was machst du hier?«, knirschte er und ging in die Küche. Währenddessen beobachtete ich jeden seiner Schritte, bis er sich auf die Arbeitsplatte stützte und mich ins Visier nahm.

So viel Aufmerksamkeit hatte ich gar nicht von ihm erwartet.

»Alexander ist oben und arbeitet. Da ich ihn nicht stören will, sitze ich hier und lese. Aber ich wüsste nicht, was dich das angeht.« Es war die Wahrheit. Zum Teil. Ich würde Alex nicht stören, das hatte er mir oft genug versichert, doch konnte ich mich in seiner Anwesenheit nicht auf die Wörter in meiner Hand konzentrieren. Und ich sehnte mich danach, ein paar Stunden in einer fremden Welt zu versinken.

»Das wird nicht von Dauer sein, ich hoffe, das weißt du.«

Das aus seinem Mund zu hören, schmerzte. Er war mein Bruder, egal, wer er hier in Moskau war und was er machte. »Du bist nicht derjenige, der das bestimmt.«

»Ich kenne Alexander. Ich kenne ihn besser als du. Er hat sich noch nie lange auf eine Frau eingelassen. Daran wirst auch du nichts ändern. Es ist schon widerlich genug, dass du dich von ihm ficken lässt, aber es ist noch schlimmer, dass du immer noch naiv in seine Arme rennst.«

Ich klappte das Buch zu, legte es neben mich und zog die Beine eng an meine Brust – um mich vor seinen verbalen Schlägen zu schützen. »Ich habe wirklich gehofft, dass du es verstehst.«

»Nein, ich verstehe es nicht.« Die Genervtheit stand ihm ins Gesicht geschrieben. »Hast du schon mit Mutter geredet? Hast du ihr erzählt, mit wem du ins Bett gehst?«

In meiner Kehle braute sich ein verächtliches Lachen zusammen, doch ich verkniff es mir. »Hast du ihr denn erzählt, dass du ein Mörder bist? Redest du deshalb kaum mit unseren Eltern?«

»Du hast keine Ahnung.«

»Das kann ich auch von dir behaupten.«

»Ich warne dich. Ein falsches Wort und –«

»Du wagst es ernsthaft, deiner Schwester zu drohen?« Mein Blick schnellte nach oben und entdeckte Alexander, der mit den Händen auf dem Geländer gestützt auf uns hinabsah. Seine Schultern waren in dieser Position breiter als sonst. Bedrohlich. Auch seine Schritte, während er die Wendeltreppe zu uns hinabstieg, sollten nur ein Gefühl in meinem Bruder auslösen. Angst. Er benötigte keine Worte, um ihm zu drohen. Das schaffte er mit seiner alleinigen Präsenz.

»Misch dich nicht in Familienangelegenheiten ein«, sagte Dorian und reckte ihm trotzig sein Kinn entgegen, als dieser neben mir zum Stehen kam.

Alex' Hand legte sich auf meine Schulter, nachdem er mir eine Strähne hinters Ohr gestrichen hatte. Die Angst, die er auslösen wollte, fand keinen Weg in mich. Im Gegenteil, seine Berührung durchströmte mich mit Wärme.

Vielleicht hatte Dorian recht. Ich war naiv. Ich konnte mich aber nicht von Alexander lösen. Es war einfach nicht möglich. Allerdings war das meine eigene Schuld. Ich hatte mich wochenlang von ihm abhängig gemacht. Ich hatte mir nicht die Mühe gemacht, andere Bekanntschaften zu schließen, weil mein dummes Herz nur eins gewollt hatte.

Ihn.

Und es begehrte ihn immer noch. Obwohl ich mir nicht mal ausmalen konnte, wie viel Blut an seinen Händen klebte.

»Ich mische mich ein, wo ich will.«

»Ich habe mehr von dir erwartet.« Mich ließ das Gefühl nicht los, dass Dorians Worte nicht nur für Alexander gedacht waren. »Das kann nicht gut ausgehen.«

Er sprach von der Zukunft. Einer, von der ich nicht wusste, wie sie aussah. Ich wusste nicht mal, was ich mir wünschte. Wie auch, wenn ich nach Moskau gekommen war, um Ballett zu tanzen.

Jetzt fand ich mich inmitten der russischen Mafia wieder.

Alexander wich keinen Moment von mir. Dafür war ich dankbar, denn Dorians stechender Blick schlich sich tief unter meine Haut. Ehe aber einer von uns noch etwas sagen konnte, klingelte Dorians Smartphone.

»Geh ran«, forderte Alexander, als er es ignorierte, »danach können wir weiterreden. Obwohl ich bezweifle, dass wir noch viel besprechen müssen. Denn hier gibt es keinen Spielraum für deine Meinung.«

»Ich hasse dich.«

»Glückwunsch für diese Erkenntnis«, murmelte Alexander, während sich Dorian das kleine Gerät ans Ohr hielt.

»Ja, hier ist Dorian Pécheur.« Seine Stimme war nicht mehr genervt, sondern mit Verwirrtheit getränkt. »Wer? Die französische Polizei?«

Ich richtete mich im Sessel auf.

Je länger er der Person am anderen Ende der Leitung lauschte, desto blasser wurde sein Gesicht. Alles um uns herum wurde leise, sodass das Blechern der Stimme im Smartphone auch für Alexander und mich hörbar wurde.

Und was sie sagte … Es ergab keinen Sinn. Es *durfte* keinen Sinn ergeben.

Das Herz in meiner Brust raste, während sich Taubheit von meinen Fingerspitzen bis tief in mein Inneres fraß. Leider erreichte sie nicht meine Gedanken, die vollkommen auf Dorian und die Stimme fixiert waren.

»Chloe.« Alexander fasste mich an der Schulter, wollte meine Aufmerksamkeit auf sich ziehen.

Ohne Erfolg.

Stattdessen stand ich auf. Wie in Trance machte ich einen Schritt auf meinen Bruder zu, der mit unfokussierten Augen vor sich hinstarrte. Seine Hände zitterten, als er das Smartphone auf die Arbeitsplatte legte. Es fühlte sich an, als würde die Zeit sich verlangsamen. Jeder Atemzug war eine Qual. Jede verstreichende Sekunde ein Messerstich in mein Herz, das nicht mehr schlagen wollte.

»Sag mir, dass das nicht wahr ist«, flüsterte ich und sah Dorian eindringlich an. Er regte sich nicht. Ausschließlich sein stockender Atem und die glasig werdenden Augen verrieten mir, dass er nicht aus Stein war. Und sie zeigten mir, dass der Anruf kein ekelhafter Scherz war. Ich musste es aber aus seinem Mund hören, sonst konnte ich es nicht glauben. »Dorian.«

Sein Blick zuckte zu mir, wobei sich eine Träne aus seinem Augenwinkel löste. Kopfschüttelnd presste er seine Hand auf die Brust und rang nach Atem.

»Dorian, sag mir, dass das nicht wahr ist«, brüllte ich und klammerte mich an der kalten Arbeitsplatte der Küche fest. Ich hatte gar nicht bemerkt, dass ich weiter auf ihn zugelaufen war.

Er sah mich mit ausdruckloser Miene an, was mir Tränen in die Augen trieb. Ich bekam keine Luft mehr. Ich spürte meine Gliedmaßen nicht mehr. Alles in mir klammerte sich an Dorian, der all die Hoffnung mit seinen Worten zerschmetterte.

»Sie wurden erschossen, als sie an einem Ufer spazieren gingen. Es war früher Morgen; nicht viele Leute waren auf der Straße. Man hat ihre Leichen in einem Fluss gefunden.« Seine geröteten Augen ergriffen meine, wobei nun ungehindert Tränen über seine Wangen strömten. »*Maman* und Papa wurden umgebracht.«

Ich stolperte zurück.

Nein. Ich konnte das nicht glauben.

Mein Rücken stieß gegen etwas Hartes. Ich konnte aber nicht erkennen, was es war. Vor meinen Augen wurde es dunkel, während ich nicht atmen konnte. Jeder Zug brannte in meinem Herzen. Ich wollte schreien, doch kein Ton kam mir über die Lippen.

»Chloe.« Eine Stimme drang zu mir durch. Es war Alexander; ihn hätte ich unter Tausenden erkannt. »Chloe, ruhig. Du musst dich beruhigen.«

Aber das konnte ich nicht. Stattdessen wurde ich von einem Sturm aus Dunkelheit mitgerissen, der mir Dorians Worte entgegenschlug.

Sie wurden erschossen.

Man hat ihre Leichen in einem Fluss gefunden.

Maman und Papa wurden umgebracht.

Es war das Letzte, das ich hörte, ehe ich das Gleichgewicht verlor. Es erwischte sogar Alex auf dem falschen Fuß. Einen Augenblick später glitt ich aus seinem Halt und schlug hart auf dem Boden auf.

Alles verwandelte sich ins Nichts.

Alexander

Ich strich über ihr Haar.

Ich hatte Chloe in mein Bett getragen und hielt sie so fest ich konnte. Stunden waren verstrichen, doch hatte ich es bis jetzt nicht über mich gebracht, mich von ihr zu lösen.

Ihre Eltern waren tot. Erschossen.

Der Gedanke ließ mir einen Schauer über die Wirbelsäule fahren, obwohl er es nicht sollte. Ich sollte ein Mann sein, an dem alles vorbeiging. Immerhin waren durch meine Hände schon genug Menschen gestorben. Menschen, von denen ich manchmal keine Ahnung hatte, ob sie nicht selbst Eltern waren.

Als ich zum ersten Mal getötet hatte – mit 15 Jahren –, hatte ich daran einen Gedanken verschwendet. Danach nie wieder. Das hatte mir Vater verboten. Damit war ich zu einem Mann geworden, der eine emotionslose Maske trug.

Jetzt aber ... Jetzt kamen all diese Gedanken zurück. Weil es um die Frau ging, die zu einem Teil meines Lebens geworden war. In so kurzer Zeit hatte Chloe sich in mein Herz geschlichen, auch wenn die vergangenen Wochen nicht wie zuvor gewesen waren.

Sie wirkte nachdenklicher.

Jeder merkte, dass sie das Wissen über das, was um sie herum passierte, belastete. Manchmal beschlich mich das Gefühl, dass wenn sie mich ansah, sie darüber nachdachte, was ich über den Tag hinweg getan hatte. Ob ich sie anlog, wenn ich ihr davon erzählte.

Ich konnte es ihr nicht verübeln.

Es war meine Schuld, dass es überhaupt dazu gekommen war. Wir hätten nichts miteinander anfangen dürfen. Ich hätte dafür sorgen sollen, dass es nicht so weit kam. Im Nachhinein war es aber immer leichter von einem ›hätte‹ zu sprechen, wenn die Realität anders aussah.

Jetzt lag sie nämlich in meinen Armen.

Ein letztes Mal sah ich auf die Frau in meinem Bett, ehe ich aufstand. Ihr braunes Haar war wild über das Kissen verteilt, während ihre Lippen von den salzigen Tränen geschwollen waren. Am liebsten hätte ich mich wieder zu ihr gelegt und sie für immer und ewig gehalten. Doch durfte ich es nicht. Denn ich konnte nicht dieser Mann sein, der alles um sich herum für eine Frau vergaß. Obwohl ich es so sehr sein wollte.

Also schloss ich hinter mir leise die Tür und blickte sofort auf das Wohnzimmer unter mir. Ihr Bruder lief auf und ab, mit dem Smartphone am Ohr. All seine Muskeln waren angespannt, sein Atem stockte.

Ich hatte ihn allein gelassen, als ich Chloes spannungslosen Leib in mein Zimmer getragen hatte. Sie war schnell wieder zu Bewusstsein gekommen. Und dann konnte sie nichts weiter als weinen. Ich war mit ihr durch die endlos scheinenden Tränen gegangen, bis sie die Erschöpfung übermannt hatte.

Dorian sagte ein paar Worte auf Französisch, bevor er das kleine Gerät nahm und es gegen die Wand warf. Besser gesagt in den erkalteten Kamin, in dem es in Einzelteile zerschellte.

»Fuck!«, schrie er und raufte sich die Haare. Er stolperte zum Esstisch, ließ sich auf einen Stuhl fallen, wobei er mich entdeckte. Alles an ihm war wild. Das geraufte

Haar. Die zerknitterte Kleidung. Die geröteten, müden Augen. Einfach alles. »Wie geht's ihr?«

»Frag nicht«, murmelte ich und gesellte mich zu ihm. Die Auseinandersetzung von vorhin hatte sich zu einer Nichtigkeit verwandelt, die mit unbändigem Schmerz einherging. Schmerz, der seine Schwester bereits übermannt hatte. Schmerz, der auch ihn irgendwann einholen würde. Spätestens wenn die Dunkelheit über den Himmel kroch. Das wusste ich. Jetzt verdrängte er es vielleicht noch, aber er würde kommen. Und dann musste jemand bei ihm sein. Konstantin. Ich. Gage. Egal wer, Hauptsache irgendjemand. Denn er konnte das nicht allein durchstehen. Das konnte kein Mensch der Welt. »Mit wem hast du telefoniert?«

»Mit der französischen Polizei. Sie haben Bilder von der Mörderin.«

Unruhe machte sich in mir breit. Es war dieselbe Unruhe, die mich überkam, nachdem ich erfahren hatte, dass Chloes und seine Eltern ermordet worden waren. Der Tod war Dorians und mein Freund. Doch konnte er binnen Sekunden unser größter Schrecken werden und uns alles nehmen.

»Mörderin? Es war eine Frau?«

»Ja, sie wollen mir die Bilder per E-Mail schicken.« Seine Finger begannen seine Schläfen zu massieren, während er versuchte, nicht die Fassung zu verlieren. »Leider habe ich meinen Laptop im Theater vergessen. Und das scheiß Smartphone ist jetzt auch kaputt.«

»Nimm meinen.« Er lag in einem Fach des leeren Bücherregals. Heute war ich froh, dass ich ihn oft dort liegen ließ. Ich holte ihn und legte ihn vor meinen Freund.

Nur zögerlich schaltete er ihn ein und ging in sein Postfach. Dabei konnte ich meine Augen nicht vom Bildschirm abwenden. Ich machte mir nämlich nicht nur

Sorgen um die Frau in meinem Bett, sondern auch um den Mann, der unruhig neben mir saß.

Als die Bilder aber aufpoppten, wurde alles an ihm still. Der Bildschirm zeigte eine ältere Frau mit grauen Haaren, die von einer Überwachungskamera aufgenommen worden sein musste. Eine Kapuze war über ihren Kopf gezogen, doch hatte sie einen Fehler gemacht. Sie hatte die Augen nicht immer auf den Boden gehalten. Das war eine der ersten Regeln, die ich gelernt hatte. Niemals das Risiko eingehen, dass man einen erkennen konnte.

Mein Blick glitt zu Dorian. Seine Haut war blass; erinnerten mich an den Mann, der gerade am Telefon die Nachricht bekommen hatte, dass seine Eltern erschossen worden waren. Ich kannte das Gefühl nicht, das Gesicht des Mörders eines Elternteils zu kennen, doch irgendwas stimmte nicht.

Es war die erdrückende Ruhe, die all meine Alarmglocken schrillen ließ.

»Dorian? Was ist los?«

Er klappte den Bildschirm zu und schüttelte den Kopf. Seine Stimme war ausschließlich ein Flüstern. »Es ist meine Schuld.«

»Was?«

»Es ist meine Schuld.«

»Es ist nicht deine Schuld. Rede –«

Er fasste mich ins Auge. »Sie ist die Frau des Mannes aus dem Norden, den ich hierherbringen sollte, um Informationen zu bekommen.«

Auch in mir setzte sich die Ruhe fest. Es war aber keine friedliche, sondern eine, die sich binnen weniger Augenblicke in einen Sturm verwandeln konnte, der alles um sich niederreißen konnte. Würde.

Er hatte damals meiner Order nicht Folge geleistet.

Er hatte den Mann nicht nach Moskau gebracht, sondern vor Ort gefoltert, bis er gestorben war. Natürlich hatte er keinerlei Informationen erfahren, die uns auch nur ein Stück weitergebracht hätten.

»Erkläre mir, dass es nicht das ist, was ich glaube«, sagte ich mit ruhiger Stimme und schloss die Lider, um meine Gefühle unter Kontrolle zu bringen. »Sag mir nicht, dass du dich erwischen lassen hast.«

Sein Schweigen war Antwort genug.

Ein Kribbeln breitete sich in meinen Fingerspitzen aus, welches sich durch meine Nerven direkt in meinem Kopf ausbreitete. Ich wollte Dinge kaputtschlagen. Gleichzeitig breitete sich Wut in meinen Adern aus, die nur auf eine Person gerichtet war. Und diese saß direkt neben mir.

»Ich habe aufgepasst, Alexander. Ich habe nur ein Foto gesehen, auf dem diese Frau und er zusammen abgebildet waren. Es muss seine Frau sein.«

»Wie zum Teufel hat sie dann herausgefunden, was mit ihrem Mann passiert ist?«

»Ich habe keine Ahnung!«

»Brüll mich nicht an.« Ich drehte mich zu ihm, wobei sich meine Hände verkrampften. »Wie oft habe ich dir gesagt, dass du dich nicht erwischen lassen darfst? Viele in Russland kennen dein Gesicht und deinen Namen, Dorian. Und was hast du gemacht? Du warst unvorsichtig. Hast Spuren zurückgelassen.«

»Ich habe alles so gemacht, wie du es wolltest«, presste er hervor.

Etwas in meinem Kopf brannte durch.

Ich packte ihn am Kragen seines Hemdes und warf ihn auf den Tisch. Mein Laptop fiel auf den Boden, doch lag meine volle Aufmerksamkeit auf Chloes Bruder, der mich mit glühenden Augen ansah. »Nein, hast du nicht.

Du hast es gemacht, wie es *dir* gerade gepasst hat. Und weißt du wieso? Weil du sauer auf mich warst. Das hast du dir alles selbst zuzuschreiben. Und ich verspreche dir, dass du den Schmerz, den du Chloe damit zugefügt hast, noch bitter bereuen wirst.«

Aus mir sprach nicht der Mann, der ich gerade sein musste. Aus mir sprach einer, der denselben Fehler beging wie er. Sich von seinen eigenen Emotionen leiten zu lassen. Er, weil er wütend auf mich war. Und ich ... Ich, weil er Chloe verletzt hatte.

»Nimm ihren Namen nicht in deinen dreckigen Mund.«

Ich packte seine Kehle und beugte mich zu ihm. »Ich habe schon ganz anderen Dinge von ihr in den Mund genommen.«

Damit war ich zu weit gegangen.

Er holte mit der Faust aus und traf meine Nase.

Ich stolperte zurück, wobei die Fesseln der Wut endgültig brachen. Sie überschattete sogar den Schmerz, der sich in mir ausbreitete. Ich wischte das herausströmende Blut von der Lippe, während Dorian sich aufrichtete. Auch in seiner Miene spiegelte sich der Wahnsinn.

Ich sollte ihn nicht ermutigen, diesen auszuleben. Nicht in seinem Zustand. Aber ich konnte nicht anders. Vor meinen Augen zeichnete sich ausschließlich die Frau ab, die zusammengekauert in meinem Bett lag. Wegen etwas, für das ihr Bruder verantwortlich war.

»Das wirst du bereuen.« Das war das Letzte, was ich sagte, ehe ich mich auf ihn stürzte.

Meine Faust traf seine Wange, sodass die Haut unter meiner Kraft aufplatzte. Mein Gemüt konnte sich nicht mehr zurückhalten. Alles, was ich wollte, war ihm denselben Schmerz zuzufügen, den auch seine Schwester erlitt.

»Na mach schon«, presste Dorian hervor, als ihn ein weiterer meiner Schläge traf. »Bring mich um, das habe ich nicht anders verdient. Mach schon!«

Dazu kam es aber nicht, egal ob ich es in Betracht gezogen hätte oder nicht. Denn mir bot sich nicht mal die Möglichkeit, um darüber nachzudenken.

Konstantin kam ins Wohnzimmer.

Bei unserem Anblick ließ er den Schlüssel fallen, kam auf uns zu und zerrte mich von dem zerschundenen Mann, der noch viel mehr Wunden verdient hätte.

»Bist du verrückt, Alexander?!« Mein Bruder schüttelte mich. Ich aber konnte mich nicht von Dorian abwenden, der sich unter einem qualvollen Stöhnen aufrichtete. Konstantins Blick wanderte zu ihm. »Geh in mein Auto, oder willst du, dass er dich umbringt, du Idiot?«

Natürlich gehorchte er nicht. Noch nicht. Es musste noch etwas kommen, sonst wäre sein Name auch nicht Dorian Pécheur.

Er spuckte mir Blut vor die Füße, was erneut grelle Wut in mir aufblitzen ließ.

»Geh!«, brüllte Konstantin, während er mich immer noch am Kragen hielt. »Und ich schwöre bei Gott, Dorian, wenn ich komme und du nicht in meinem Auto sitzt, hast du ein noch größeres Problem als anscheinend jetzt schon.«

Blut lief mir die Nase hinab, mein Atem war unkontrolliert, während ich die Augen nicht von diesem Bastard abwenden konnte. Nicht, bis er hinter der Glastür verschwand. Erst als die Haustür schwer ins Schloss fiel, stieß mein Bruder mich von sich.

»Was soll das, Alex? Du fängst in diesem Zustand mit ihm eine Prügelei an?«

Ein bitteres Lachen entfloh mir. Und es erfüllte mich mit Befriedigung. Ich wollte ihn leiden sehen. Ich wollte sehen, wie ihn die Trauer, die auch Chloe auffraß, von innen heraus zerriss.

»Was ist los mit dir? Wenn ich nicht gekommen wäre, hättest du ihn umgebracht. Verdammt, rede, Alex!«

Die nächsten Worte spuckte ich förmlich aus. »Es war eine Frau, die seine Eltern umgebracht hat. Rate mal, wer es war.« Verwirrung spiegelte sich in seiner Miene. Es war wie Säure, die sich in mich brannte. »Kannst du dich noch an den Auftrag erinnern, den ich ihm gegeben habe? Den er wie ein bockiges Kind ausgeführt hat, weil er erfahren hat, dass ich etwas mit seiner Schwester habe?«

»Ja, was hat das damit zu tun?«

»Er war schlampig. Von Beginn an haben wir ihm immer wieder gesagt, dass er sauber sein muss, wenn er nicht umgebracht werden und unsere Sache in Gefahr bringen will. Vor allem, weil er kein Unbekannter ist.« Konstantin schluckte. Wahrscheinlich hatte er eine Vorahnung, was ich jetzt sagen würde. »Der Mann hatte eine Frau. Anscheinend hat sie ihn erkannt. Er ist dafür verantwortlich. Er ist dafür verantwortlich, dass seine Schwester in ständiger Gefahr leben wird.«

Der Ausdruck meines Bruders versteinerte sich. Er suchte nach Worten, doch waren es nicht seine, die die drückende Stille erfüllten.

Es waren die von Chloe.

»W… wa… was?«, stotterte sie.

Ihre Gestalt stand an der Brüstung und starrte mit leeren Augen auf uns hinab.

Mein Herz wurde unerträglich schwer. Sie so zu sehen … Sie hatte meine harten Worte gehört, die für sie keinen Sinn ergeben konnten. »Chloe …«

Kopfschüttelnd sah sie weiterhin auf uns hinab, während ich einen Schritt in ihre Richtung machte. »Was meinst du damit, Alex?«

»Lass mich das in Ruhe erklären.«

»Dann mach«, spie sie und verschränkte schützend die Arme vor der Brust.

Nur entfernt bekam ich mit, dass Konstantin sich zurückzog und nach draußen ging. Ich war viel zu sehr auf die Frau fixiert, deren Zurückgezogenheit ich immer mehr zu spüren bekam, desto weiter ich die Stufen zu ihr hinaufstieg.

Ich musste ihr die Wahrheit sagen. Eine andere Wahl blieb mir nicht. Genau das tat ich, allerdings mit sanften Worten. Selbst diese waren aber wie ein Schlag für sie.

»Dir wird nichts passieren. Ich verspreche es dir. Wir werden sie finden, Chloe. Bis dahin werde ich dich beschützen. Ich werde an deiner Seite stehen.«

Sie sah mit leeren, glasigen Augen zu mir auf. Ihre Lippen teilten sich, doch kam kein Wort hervor. Stattdessen wurde ihr Blick unscharf.

Ich sah dabei zu, wie Chloe sich in eine leere Hülle verwandelte.

Kapitel Zweiundzwanzig

Chloe

Die Tage verschwammen ineinander.

Ich stand auf, ging ins Theater, fuhr mit Alexander zu ihm und verbrachte dort die Nacht. Mit ihm. Ich ließ mich in diesen Stunden von ihm halten, bis die Dämmerung anbrach und alles wieder von vorn begann.

So rann die Zeit durch meine Finger. Bis zu einem gewissen Tag. Der Tag, der mich verfrüht nach Frankreich zurückkehren ließ.

Die Beerdigung meiner Eltern.

Konstantin fuhr durch die engen Straßen, die von unzähligen Palmen flankiert wurden, während Alexander und ich auf der Rückbank saßen. Er hielt meine Hand; hatte sie seit unserem Privatflug von Moskau nach Nizza kaum eine Sekunde losgelassen. Als hätte er Angst, ich könnte mich ohne den Druck seiner Finger in Luft auflösen. Um ehrlich zu sein, wollte ich gerade nichts anderes als das. Nicht mehr fühlen. Nicht nachdenken müssen. Ich wollte mich vom Wind treiben lassen und über die rauschenden, grauen Wellen des Meers schweben.

Das durfte ich aber nicht.

Auch wenn Alexander und sein Bruder mir viel Arbeit und Planung der Beisetzung abgenommen hatten, konnte ich mich nicht verkriechen. Das hatten *Maman* und Papa nicht verdient.

Sie hatten nichts hiervon verdient.

Dorian war währenddessen nicht hier. Er konnte nicht. Er befand sich in irgendeinem Versteck in Russland. Mit Gage. Er passte auf ihn auf. Die Bedrohung war viel zu groß, dass die Mörderin zurückkommen würde und uns somit in Gefahr brachte. Und das würde Alexander nicht zu lassen.

»Chloe, wir sind hier.« Der Mann neben mir drückte meine Hand, sodass sich mein Blick klärte.

Vor uns breitete sich das Haus aus, in dem ich meine Kindheit verbracht hatte. Es war in einem sanften Gelb gestrichen, mit Fenstern und Türen aus hellem Holz. Dahinter blitzte das Wintermeer auf, das mit einer weißen Gischt an den Strand rollte.

»Bist du dir sicher, dass wir hier schlafen sollen? Wir können uns immer noch ein Hotel nehmen«, flüsterte er und strich mir eine Strähne hinters Ohr.

»Nein. Ich will hier sein. Hier ist mein Zuhause.«

Konstantin wartete, bis Alex und ich aus dem Mietwagen stiegen, ehe er nach draußen trat. Beide Brüder trugen einen dünnen, schwarzen Pullover, als könnte die frische Luft ihnen nichts anhaben. Mir hingegen war kalt. Jedoch wusste ich nicht, ob es am Wetter oder an mir lag. An meinem erstarrten Selbst, das nur in seltenen Momenten Wärme spürte.

»Komm.« Alexander schlang einen Arm um meine Schultern und ging mit mir zum Eingang. Je näher wir dem kleinen Strandhaus kamen, desto enger wurde meine Brust. Hätte er mir nicht bereits vor dem Flug den Schlüssel abgenommen, hätte ich ihn nicht hervorholen können. Geschweige denn ihn ins Schloss zu stecken und aufzusperren.

Und als mein Fuß die Schwelle übertrat, wusste ich auch, wieso ich es nicht selbst gekonnt hätte.

Der Anblick des leeren Hauses war wie ein Schlag.

Sie waren wirklich tot.

Meine Eltern waren nicht mehr hier. Das würden sie nie wieder sein.

Vor uns lag das Wohnzimmer, welches gleichzeitig auch zur Küche gehörte. Der Fernseher war nicht an, der tagsüber eigentlich immer lief; egal ob es eine Kochshow oder eine Dokumentation über Meerestiere war. Es hatte niemals diese erdrückende Stille geherrscht.

Meine Hand krampfte sich um seine, wobei ich versuchte, normal zu atmen. Ich scheiterte kläglich.

»Chloe, schau mich an.« Alexander löste sich von mir, nur um einen Moment später mein Gesicht in beiden Händen zu halten. Seine grünen Augen suchten meine, versuchten sie festzuhalten. »Du musst ruhig atmen.«

Er packte mein Handgelenk und presste meine Handfläche auf seine Brust. Ich spürte, wie sich sein Brustkorb ruhig hob und langsam sank.

Es dauerte nicht lange, da hatte er vollkommene Kontrolle über mich gewonnen. Er war derjenige, der meinen Atem kontrollierte; der entschied, wann ich bereit war, mich von ihm zu lösen. Und genau das brauchte meine Seele, welche nur bei ihm Ruhe fand.

Mir stiegen Tränen in die Augen. »Ich weiß nicht, ob ich das kann, Alexander.«

»Du kannst das.« Sein Finger strich über meinen Handrücken, während ich seinen stetigen Herzschlag fühlte. »Du würdest dich nur selbst hassen, wenn du jetzt nicht hier wärst. Sonst wärst du nicht in dieses Haus gegangen.«

Er sprach die Wahrheit. Ich hätte es mir nicht verziehen, wenn ich mich vor dieser Herausforderung gedrückt hätte.

Die salzige Flüssigkeit rann meine Wangen hinab.

Sein Daumen wischte sie fort, doch sagte er mir nicht, dass ich nicht weinen sollte. Alexander wusste, dass ich nicht anders konnte. Und in einer unerklärlichen Weise tat es mir sogar gut.

So standen wir da; regungslos, bis meine Tränen versiegt waren.

Ein letztes Mal trocknete er meine Wangen, ehe er mir einen leichten Kuss auf die Lippen hauchte. »Ich werde für dich da sein. Ich werde der Mann sein, den du brauchst. Egal, wie dieser aussehen sollte. Ich bin bei dir, Chloe.«

»Sei einfach nur du.« Mehr musste er nicht sein. Zudem wollte ich nicht, dass er sich verstellte.

Nickend befreite er mich aus seinem Griff, hielt aber sofort meine Hand, als mein Fokus sich wieder auf den Raum vor mir legte. Der Anblick tat immer noch weh, doch war der Schmerz ertragbar. Er würde mich nicht in die Knie zwingen. Nicht, solange Alex an meiner Seite war. Dennoch krampfte sich mein Magen bei dem Gedanken zusammen, wer er war.

Um nicht weiter darüber nachzudenken, betrachtete ich meine Umgebung nun genauer. Obwohl Totenstille herrschte und es sich nicht wie mein Zuhause anfühlte, sah es aus wie immer. Die kitschige Muscheldekoration an jeder Ecke. Die helle Couch, auf der sich Kissen stapelten und über deren Lehne eine flauschige Decke hing.

Mutter hatte es jedoch noch nicht geschafft, für Weihnachten zu dekorieren. Sie hatte das schon immer bis zum letzten Moment hinausgezögert und meist erst Monate danach vollkommen weggeräumt.

Atmen, Chloe. So, wie es dir Alexander gesagt hat.

Mein Blick wanderte zu der Treppe, die nach oben führte. Hier unten mochte zwar alles aufgeräumt sein, doch in meinen vier Wänden …

»Konstantin kann in Dorians altem Zimmer schlafen«, sagte ich, wollte mich zu ihm umdrehen, doch war er nicht hier. »Wo ist er?«

»Wahrscheinlich schleicht er im Garten herum. Er muss seine Umgebung immer kennen, bevor er abschaltet. Wenn er das überhaupt kann.«

Schluckend nickte ich. Bei seinem ›Beruf‹ war genau das wohl notwendig. Vorsicht. Denn an jeder Ecke konnte eine Gefahr lauern, die ihn das Leben kosten könnte.

»Wir müssen unsere Taschen aus dem Auto holen.«

»Das machen wir später. Wir machen jetzt das, was du willst, Chloe.«

»Ich will schlafen.« Ich wollte mich ins Bett legen und nicht an den morgigen Tag denken. Außerdem war jegliche Energie aus meinem Körper verschwunden. Egal, mit wie wenig ich bereits in den Privatjet gestiegen war. Jetzt war davon nichts mehr in meinen Knochen.

»Okay.«

Zusammen stiegen wir die Treppen hinauf.

In diesem Moment war ich glücklich, dass mein persönlicher Rückzugsort einer der ersten im Gang war.

Als ich aber einen Fuß hineinsetzte, erstarrte ich.

Bücher stapelten sich. Auf meinem Schreibtisch. In den Regalen, die aus allen Nähten zu platzen schienen. Selbst auf dem Boden. Alles sah genau so aus wie an dem Tag, an dem ich nach Moskau geflogen war. Als *Maman* versucht hatte, Essen in meinem Koffer zu verstecken.

Als ich den Mann noch nicht kennengelernt hatte, der mir schweigend folgte.

Der Mann, der sich mit mir ins Bett legte.

Der Mann, der den Schnitt zwischen Vergangenheit und Gegenwart so deutlich machte.

Alexander

Chloe war nur noch eine Hülle ihres Selbst.

Die Beerdigung ihrer Eltern war schon längst vorbei, doch sie kniete weiterhin am Grab und schaute mit leeren, geröteten Augen auf das weite, graue Meer hinaus. Jede Faser meines Körpers schrie danach, zu ihr zu gehen. Ich konnte mich aber nicht dazu durchringen, sie vom kalten Boden zu heben und von ihren toten Eltern wegzubringen. Das war nicht das, was sie wollte. Außerdem hatte ich nicht das Recht dazu. Deshalb blieb ich unter einer alten Weide stehen und wandte keine Sekunde den Blick von ihr ab.

Ihre Schultern zitterten von den stummen Tränen, die ihre Wangen hinabrollten – dafür musste ich nicht mal in ihr Gesicht sehen. Ich wusste, dass sie weinte. Und ich konnte nichts dagegen tun.

Es fühlten sich an wie Stunden, ehe sie aufstand und zu mir schlurfte.

»Bring mich nach Hause«, murmelte sie mit hinabhängenden Schultern und lief an mir vorbei in Richtung Auto. Sie würdigte mich keines Blickes; ließ mir kaum Zeit, sie einzuholen.

Ich machte ihr keinen Vorwurf. Trotzdem war es ein Stich in mein Herz. Ihre Reaktion. Ihr eigener Schmerz, der mir entgegenstrotzte.

Deshalb folgte ich ihr wortlos, hüllte mich auch in Schweigen, als wir zurück zum Haus fuhren. Ihre Augen waren auf die davonziehende Küstenlandschaft gerichtet. Alles an ihr war verkrampft.

Auch als wir ankamen, änderte sich das nicht.

Chloe setzte sich schweigend auf das Sofa, zog die Beine an die Brust und starrte aufs offene Meer. Bei ihrem Abbild krampfte sich mein Herz zusammen. Sie hatte an Gewicht verloren. Jeder ihrer Gesichtszüge stach deutlich hervor.

»Ich rufe Gage an«, sagte ich und deutete auf die Treppe.

Mehr als ein Nicken bekam ich nicht.

Enttäuscht stieg ich die Stufen hinauf. Und mit einem schlechten Gewissen, da es eine Lüge war. Ich hatte nicht vor, Gage anzurufen. Aber unten bei ihr bleiben konnte ich nicht. Ich würde sie nur erdrücken, da ich sie nicht so sein lassen konnte, wie sie es gerade war.

Ehe ich Chloes Zimmer erreichte, rutschte ich die Wand hinab und verbarg mein Gesicht in den Händen. Ich musste klar denken. Es war aber unmöglich auch nur eine Sekunde abzuschalten. Egal, wie sehr ich es versuchte.

»Wie geht's ihr?«

Mein Blick zuckte nach oben.

Konstantin lehnte im Türrahmen, der zu Dorians Kinderzimmer führte. Sein Haar war offen, unter seinen Augen zeichneten sich jedoch dunkle Schatten ab. Diese ganze Sache nagte an ihm, auch wenn er es versuchte zu verstecken.

»I... Ich ...« Entnervt raufte ich mein Haar. »Nicht gut, zumindest glaube ich das. Aber ich habe das Gefühl, dass ich sie erdrücke. Mit jeder Sekunde, die ich bei ihr bin, wird sie stiller.«

»Komm rein«, sagte er, trat beiseite, sodass ich seiner Forderung folgen konnte.

Das Zimmer erinnerte mich an das, was er auch in unserem Haus hatte. Dunkler Boden. Helle Wände. Ein paar grüne Pflanzen. Regale. Nichts Besonders, doch eröffnete es einen vollkommen neuen Blickwinkel auf den Mann, der hier einen Großteil seines Lebens verbracht hatte.

Er vermisste sein Zuhause mehr, als ich gedacht hatte. Sonst wäre sein Zimmer in Moskau nicht das Ebenbild von dem hier.

»Hast du schon mit Dorian gesprochen?«, fragte ich und ließ mich auf die Kante des Bettes fallen. Dieser Anblick hatte selbst die letzte Kraft aus mir gezogen. Nähme nicht bereits seine Schwester meine Aufmerksamkeit ein, hätte ich ihn jetzt selbst angerufen. Egal, welche Wut ich ihm gegenüber empfand.

Kopfschütteln ging er zum Fenster und sah auf die rauschenden Wellen, die man deutlich sehen konnte. »Er lässt niemanden an sich ran. Ich habe Gage nach der Beerdigung angerufen.«

»Was hat er gesagt?«

»Dorian ist heute nicht mal aus dem Bett aufgestanden.« Seine Augen musterten mich. »Willst du meine Meinung wissen oder willst du sie nicht hören?«

»Du weißt, dass sie mir wichtig ist.«

»Das bedeutet nicht, dass du auf mich hörst.« Mir war klar, auf was er hindeutete. Besser gesagt, auf *wen*. Darauf ging ich aber nicht ein, was er auch schnell bemerkte. »Er trauert. Dazu hat er auch das Recht. Aber wenn die Trauer vergeht, dann wird er nur noch einen Gedanken haben. Rache. Du kennst dieses Gefühl gut genug.«

»*Wir* kennen es gut, ja.«

Einer seiner Mundwinkel hob sich. »Das Problem ist nur, wir waren damals Kinder. Er ist erwachsen. Die Rache ist in uns gewachsen, aber in ihm ...«

»Er wird sie nicht kontrollieren können.«

»Er wird *sich* nicht kontrollieren können. Das ist das Problem. Wir müssen einen Weg finden, damit das nicht eskaliert.«

Meine Lider schmerzten. In meinen Schläfen pochte es. Ich wollte nicht darüber nachdenken, was außerhalb dieses Hauses passieren könnte. Denn dann würde mir das Ausmaß der Situation bewusst werden, in welcher wir uns gerade befanden. Das war aber meine Aufgabe. Dorian gehörte zu mir; stand unter meiner Verantwortung. »Wir können ihn aber auch nicht ewig wegsperren.«

»Dann brauchen wir einen Plan, ihn unter Kontrolle zu halten. Und gleichzeitig das Problem zu beheben.«

»Aber nicht heute.« Ich fuhr mir müde übers Gesicht. »Dafür habe ich gerade keine Nerven.«

Konstantin beäugte mich, ließ aber seine Gedanken nicht in seiner Miene widerspiegeln. Dafür war er zu schlau. Besonders bei Chloe drohte ich leicht die Kontrolle zu verlieren. Seine Meinung dazu hatte er mir schon oft genug gesagt. Zu oft.

»Lass sie darüber hinwegkommen, Alex.«

»Das ist nicht so einfach. Ihre Eltern wurden wegen

einer Sache umgebracht, von der sie erst vor Kurzem erfahren hat. Ihr Bruder ist bei der russischen Mafia –«

»Und ihr Freund wird irgendwann der Boss der ganzen Sache sein.«

Bei der Bezeichnung zuckte ich zusammen.

Freund.

Wir waren Freunde. In einer verdrehten Art und Weise. Aber Konstantin hatte dieses Wort in einem anderen Zusammenhang benutzt. War ich wirklich ihr Freund? Waren Chloe und ich zusammen?

Am Ende war es nur eine Bezeichnung. Die Realität zeigte eindeutig, dass diese Frau mir unter die Haut fuhr. Und das schon zu lange und zu tief. Es ging übers Körperliche hinaus, sonst würden wir nicht hier sitzen.

Es war vielleicht doch einfach, dem einen Stempel aufzudrücken. Gerade war aber sicher nicht der richtige Zeitpunkt dafür.

»Ich weiß nicht, ob sie das aushält«, flüsterte ich. Obwohl ich die Worte zu Konstantin sprach, galten sie mir. Sie spukten schon lange in meinem Kopf. Heute war es das erste Mal, dass ich sie hervorbrachte.

»Wo ist sie überhaupt?«

»Unten. Ich sollte auch langsam wieder runter zu ihr.«

Doch ehe ich den Raum verlassen konnte, hielt mich mein Bruder auf. »Vergiss nicht, wir fliegen morgen wieder zurück nach Moskau. Du musst in der Lage sein, klar zu denken.«

»Ich weiß.«

Mit diesen Worten trat ich aus dem Raum und schloss die Tür hinter mir.

Ich stieg die Treppe hinab, gefror aber in der Bewegung, als sich ihr Anblick vor mir ausbreitete.

Chloe saß zusammengekauert auf dem Sofa und

starrte aus dem Fenster. Dicke Regentropfen klopften gegen das Glas, kreierten einen stetigen Rhythmus, der meine Nerven aufrieb. Sie schien es aber nicht zu kümmern, denn ihr Atem war ruhig. Ihr Körper regungslos.

Schwerfällig löste ich mich aus der Starre und räusperte mich, als ich am Absatz der Treppe ankam. Ihr Kopf schwang langsam zu mir, wobei etwas Leben in ihre Miene zurückkehrte. Die Lippen teilten sich, während sich ihr Brustkorb schwer hob.

»Wie geht's dir?«, fragte ich und setzte mich neben sie. Es lagen einige Zentimeter zwischen unseren Körpern, obwohl das Verlangen in mir groß war, sie in den Arm zu nehmen. Ihre Wärme auf meiner Haut zu spüren. Aber ich wusste nicht, in welchem Zustand sie war. Ich wollte sie nicht bedrängen.

Ein fades Lächeln legte sich auf ihre Lippen. »Besser.«

»Sicher?«

»Ja.« Ihre Hand drückte meine, wollte mich damit von ihren Worten überzeugen, doch hatte ich das Gefühl, dass es ihr galt. Sie musste sich von der Wahrheit ihres Gesagten überzeugen. »Es ist nur so … Hier zu sein bringt Erinnerungen mit sich.«

»Du kannst mit mir reden. Das weißt du.«

Ihr Blick wurde matt. »Ja, ich weiß. Es ist nur schwer vorstellbar, dass sie nicht mehr hier sind. Durch *Maman* und Papa sind diese Wände erst lebendig geworden. Es fühlt sich nicht richtig an. Und die Vorstellung, sie nie wiederzusehen …« Ihre Brust hob sich ruckartig. Tränen sammelten sich in ihren Augen.

»Liebste.« Ich überbrückte die Distanz zwischen uns und nahm sie fest in den Arm. Wenn sie mich wegstoßen würde, würde ich es aushalten und akzeptieren müssen.

Aber sie tat es nicht. Im Gegenteil, sie schmiegte ihre Wange an meine Seite.

»Weißt du, wieso ich mit dem Balletttanzen angefangen habe?«

Ich hauchte einen Kuss auf ihren Scheitel, während sich ihr Atem beruhigte. »Nein, das hast du mir nie erzählt.«

»Wegen meiner Mutter. Sie war schon immer vom Ballett begeistert gewesen. Sie hat aber nie angefangen, selbst zu tanzen. Als Dorian und ich Kinder waren, hat sie uns in eine Ballettschule gebracht. Es war nichts Ernstes, dafür waren wir auch noch viel zu jung. Sie wollte einfach, dass wir etwas Spaß haben.«

»Trotzdem bist du im Pariser Ensemble gelandet.«

»Ja. Und Dorian in Moskau. Obwohl er es am Anfang gehasst hat, seine freien Nachmittage in einem Ballettstudio zu verbringen. Aber irgendwann hat er sich darin verliebt. Genauso wie Mutter.«

»Und du?«

»Mir ging es nicht anders. Die Vorstellung auf einer großen Bühne zu stehen, ohne sie im Publikum ... Es fühlt sich falsch an.«

»Wenn du willst, kann auch Daria in der Weihnachtsaufführung für dich auftreten. Genau das ist der Sinn eines Back-ups, wenn du dich nicht –«

Sie legte eine Hand auf meinen Oberarm, schüttelte dabei vehement den Kopf. »Keine Sorge. Ich schaff das schon. Immerhin bin ich dafür von Paris nach Moskau gegangen. Für diese Weihnachtsaufführung.«

So viele Worte lagen auf meiner Zunge, doch brachte ich keines davon heraus. Keines davon wäre passend. Nicht, nachdem ihr Blick erneut diese Leere angenommen hatte.

Kapitel Dreiundzwanzig

Chloe

Ich hatte mich vor diesem Tag gefürchtet. Doch heute war es eine andere Angst als die, die mich bei meiner Ankunft eingenommen hatte. Damals konnte man es nicht mal als Angst beschreiben, das richtige Wort war Nervosität gewesen.

Heute spürte ich von dieser nichts mehr.

Während mir die Frau von der Maske eine weitere Schicht Puder auf die Haut pinselte, beobachtete ich das rege Treiben hinter der Bühne, welches – je näher der Abend rückte – mehr anschwoll. Normalerweise elektrisierte mich dieser Anblick, jetzt ließ er mich kalt.

Die Weihnachtsaufführung war eine Tradition des Moskauer Theaters. Die wichtigsten Menschen der Stadt versammelten sich an diesem Tag hier, lauschten dem Orchester. Bewunderten die Tänzer, die über die Bühne schwebten.

Wie viele von ihnen wussten, was sich unter den Gemäuern des Kunsthauses befand? Wahrscheinlich viel zu viele. Es rief mir in Erinnerung, dass die Welt kein rosaroter Ort war. Menschen waren grausam, das waren sie schon immer gewesen. Doch war ich die falsche Person, um darüber zu urteilen. Dazu fehlte mir das Recht.

»Du siehst nachdenklich aus.«

Mein Blick fiel auf Konstantin, der einen Stuhl neben mich zog und sich darauf fallen ließ. Die Stylistin beäugte ihn kritisch, packte schließlich ihre Sachen zusammen und ließ uns ohne Verabschiedung allein. Wenn man das gerade überhaupt sein konnte.

»Müsstest du das nicht am besten wissen?«

Er strich sich sein langes Haar zurück, wobei er desinteressiert mit den Schultern zuckte. »Nachdenken ist nichts Schlimmes, aber du siehst miserabel aus.«

Aua.

Wenigstens war er ehrlich.

»Wo ist Alexander?«

Konstantin ließ zu, dass ich das Thema wechselte. »Er müsste bald hier sein. Keine Sorge.«

In den vergangenen Wochen hatte er oft Zeit mit mir verbracht – wenn er nicht gerade bei Dorian war. Wir redeten nicht viel, das war aber auch nicht nötig. Seine Anwesenheit beruhigte mich. Er bot mir eine Auszeit von den unbändigen Emotionen, die mich auch bei Alex überkamen.

»Wie geht's meinem Bruder?«

»Gage war die letzten Tage bei ihm. Er ist jetzt wieder hier, aber ich habe noch nicht direkt mit ihm gesprochen. Ich fahre morgen zu ihm. Auch um ihn musst du dir keine Sorgen machen.«

»Mache ich nicht.«

Er hörte die Lüge in meiner Stimme heraus, doch

ignorierte er sie. »Wenn er könnte, würde er sie selbst umbringen. Aber das kann er nicht und Alexander wird nicht zulassen, dass ihm etwas passiert.«

»Mhmm.«

»Ich bin mir sicher, dass Dorian dir heute Abend vor dem Fernseher zusehen wird.« Manchmal vergaß ich, dass es auch dort übertragen wurde.

»Denkst du das wirklich?«

»Ja.«

Ich wollte seinen Worten glauben. Egal, welche Wut in mir steckte, er war immer noch mein Bruder. Irgendwie war es mir wichtig, dass er heute zusah.

»Bleibst du heute zur Feier hier?«, fragte Konstantin.

Die Feier ... Wenn man das denn so nennen konnte. In Wirklichkeit würde es ein Essen mit unendlichen, steifen Ansprachen werden. Das hatte mir Alexander erzählt, der mich auch dazu eingeladen hatte.

»Nein, ich glaube nicht, dass das mein Ding ist.«

»Alexander konnte dich davon nicht überzeugen?«

»Er hat es versucht.« Alex war der Sohn vom Leiter des Theaters, der selbst Ballett tanzte. Es war seine Pflicht anwesend zu sein.

»Wenn man vom Teufel spricht.« Konstantin nickte hinter mich. »Alex ist da.«

Er kam auf uns zu – in sein Kostüm gekleidet, das meine Laune hob. Die weiße, hautenge Hose, der rote Frack mit den schwarzen Manschetten und goldenen Knöpfen hätten an seinem Bruder lächerlich ausgesehen, aber an ihm ... Er trug es mit einer unendlichen Eleganz, die mich gefangen nahm.

Bei uns angekommen, beugte er sich zu mir hinab und drückte mir einen Kuss auf den Mund. Vor all den Leuten. Seitdem ich wusste, was sich unter dem Theater verbarg, hatte er das Versteckspiel aufgegeben. Alexander berührte mich, küsste mich in der Öffentlichkeit, ohne aufzupassen, wer es sehen konnte. Es brachte neugierige Blicke mit sich, die mich verfolgten; egal, wohin ich lief.

»Wie kann es sein, dass sie mich schon in meine Sachen gesteckt haben, während du hier noch im Bademantel sitzt?«

»Vielleicht mögen sie deinen Anblick darin.«

Er lächelte mir zu und legte einen Arm um mich.

»Wann fährst du?«, fragte Alexander seinen Bruder, der uns musterte.

»Morgen früh.«

»Gut.«

Alex wandte sich wieder mir zu, doch ehe er etwas sagen konnte, kam eine Frau von der Schneiderei auf uns zu. Man sah ihr deutlich an, dass sie uns nicht stören wollte, doch hatte sie keine Wahl.

»Chloe Pécheur?«

»Ja?«

»Sie müssten jetzt mit mir kommen.«

Nickend stand ich auf. Erst jetzt fiel mein Blick erneut auf Alexander.

Sacht strich mein Daumen über seinen Mund, der eine ungewöhnlich rote Farbe hatte. »Mein Lippenstift hat abgefärbt.«

Bevor ich aber ging, nahm er meine Hand und drückte einen Kuss auf die Innenfläche.

Ich spürte ihn selbst dann noch, als mir eine Kostümbildnerin ein blassblaues Kleid überstreifte. Der Tüllrock ging mir bis zu den Knien. An einer Stange hing mein zweites Kleid für den zweiten Akt des Stücks. Dieses war rosa, mit goldenen Verzierungen.

Beide waren auf ihre eigene Weise wunderschön.

Je näher die Aufführung rückte, desto stärker wurde die Rastlosigkeit. Ich war bereit dafür. Das wusste ich.

Aber noch nie war ich die Hauptrolle vor einer solchen Kulisse gewesen.

Und als die ersten Töne der Ouvertüre erklangen, lief ein Schauer über meinen Körper.

Eine warme Hand legte sich in meinen Nacken und massierte die angespannten Muskeln. Es waren Berührungen, die meine Knie weich werden ließen und die Schwere von meiner Seele nahmen.

»Du schaffst das.«

Ich fasste Alexander ins Auge, der für die Veränderung in mir verantwortlich war. Er sah auf die Bühne, auf die wir von der Seite einen guten Blick hatten, und wir beobachteten die einzelnen Figuren, die vor das verschneite Bühnenbild eines Hauses traten und ihre Rolle ausführten.

Meine Hand suchte nach seiner freien, die ich sofort fand. Ich verschränkte unsere Finger miteinander und ließ mich von der Ruhe durchströmen, die er ausstrahlte.

»Es sind sehr viele Gäste hier«, stellte ich fest und sah zu, wie sich das düstere, kalte Bühnenbild in ein prunkvolles, warmes Wohnzimmer verwandelte – die Szene der Weihnachtsfeier der Familie Silberhaus.

»Sie werden von dir begeistert sein.«

Ich warf ihm ein gepresstes Lächeln zu.

Vor uns betrauerte die junge, von einem Mädchen gespielte Klara die Nussknacker-Puppe – ein Geschenk ihres Patenonkels Drosselmeier –, die ihr Bruder Fritz kaputt gemacht hatte. Traurig ging sie ins Bett.

»Macht euch langsam bereit«, sagte die Koordinatorin, während wieder ein dunkles Bühnenbild binnen weniger Sekunden aufgebaut wurde.

Der folgende Szenenverlauf fühlte sich wie ein Wimpernschlag an. Klara, um welche alles größer geworden war. Der zum Leben erweckte Nussknacker, der gegen das Heer des Mäusekönigs kämpfte, welches nur durch sie vertrieben werden konnte, indem sie dem König einen Schuh an den Kopf warf.

Der Nussknacker half Klara wieder in ihren Schuh. Und dann wurde es dunkel.

Das war unser Signal.

Alex nahm mich an der Hand, während wir über die dunkle Bühne huschten und den Platz der beiden Kinder einnahmen.

Wir brachten uns in Position. Doch ehe es losging, flüsterte er: »Ich hätte mir keine bessere Partnerin vorstellen können.«

»Danke.«

Dann schien das Scheinwerferlicht auf uns. Und alles, was in den vergangenen Monaten passiert war, war nicht mehr von Relevanz. Hier, auf dieser Bühne, war er der Nussknacker-Prinz und ich die Klara. Es waren diese Figuren, die durch ihre Bewegungen, ihre Blicke, ihre Gesten die Geschichte stumm erzählten.

Ich genoss jede Sekunde, die ich über die Bühne schwebte. Das Publikum war schon längst vergessen. Ausschließlich die Musik des Orchesters und der Mann, der mich hielt; der mich

führte; der mich ansah, als wäre ich das Einzige in seinem Leben, existierten.

Es war alles ein Schauspiel. Allerdings war es so schön, dass ich nicht wollte, dass es jemals aufhörte.

Selbst als ich nicht im Vordergrund stand, saugte ich jeden Moment auf. Der Schneeflocken-Walzer. Der Spanische Tanz. Der Arabische Tanz. Der Chinesische Tanz. Der Russische Tanz. Und so viele Tänze mehr, in denen ich keine Rolle spielte, die mich aber immer wieder einnahmen. Bei den Proben war ich immer bis zum Schluss geblieben, weil ich Ballett liebte.

Doch vor allem der Blumenwalzer, welchen Alexander und ich einleiteten, hatte es mir angetan. Ich beobachtete von der Seite, wie die Tänzer und Tänzerinnen ihr Stück zu einer Melodie aufführten, die jeder schon einmal gehört hatte. Es war ein Sturm aus weiß und rosa, der sich schon als Kind in mein Herz geschlichen hatte. Zudem war es meine erste Rolle im Pariser Ensemble gewesen. Damals war ich eine von vielen gewesen, heute – in Moskau – war ich die Eine.

Genau das zeigte ich mit meinem Solo. Alle Augen lagen auf mir. Ich musste sie nicht mit Alex teilen. Sie gehörten alle mir. Es erfasste mich wie ein Rausch, in dem ich mich wiegte; der sich warm um mich legte und mich zur Perfektion trieb. Jeder Schritt, jede Drehung war so, wie sie sein sollte. Doch waren es nicht die Bewegungen, die schon Unzählige vor mir getanzt hatten. Jede Bewegung – so klein sie auch sein mochte – gehörte mir.

Ich war aber nicht enttäuscht, als Alexander mich ablöste, ehe ich ihn wieder begleitete und wir zusammen das Finale tanzten. Und auch nicht, als wir alle nacheinander auf die Bühne liefen und uns verbeugten.

Es war ein gezwungenes Lächeln, welches ich der klatschenden Menschenmenge zuwarf. Schon als Kind hatte ich es nicht gemocht, mich von den Zuschauern feiern zu lassen. Es fiel mir also nicht schwer, meine Mundwinkel künstlich zu heben und ein Glitzern in meine Augen zu legen.

Als ich damals an diesen Tag gedacht hatte, nachdem ich die Zusage bekommen hatte, schlich sich die Hoffnung in mir ein, dass sich dieses Gefühl in mir ändern würde. Die Klara im Moskauer Theater zu spielen war immerhin eine Ehre. Jeder hätte unsägliche Dinge getan, um in meiner Position zu sein. Aber jetzt – nach all den Stunden Training und Schmerzen meiner Muskeln –

fühlte es sich an wie immer. Ich wollte einfach wieder hinter die Bühne verschwinden.

Während mich Alexander bei der Hand nahm und von den grellen Scheinwerfern wegführte, fiel ein kleiner Teil der Last von mir ab. Er dirigierte mich zu einer kleinen Nische nah bei den dicken Vorhängen. Gefühlt war das Treiben jetzt noch reger als vorher. Vielleicht lag es auch daran, dass die Anspannung nicht mehr da war.

»Du warst großartig«, murmelte er und strich über meine Wange.

»Du auch.« Alex war einer der besten Balletttänzer, die ich je gesehen hatte. Und der beste, mit dem ich zusammenarbeiten durfte. Das würde sich so schnell nicht ändern.

»Bist du dir sicher, dass du nicht mit zum Essen willst?«

»Ja. Ich konnte gestern Nacht nicht viel schlafen. Ich bin müde.«

»Geh wenigstens noch hier duschen.«

Nickend holte ich rasch meine Tasche und ging mit ihm in sein Zimmer im Theater. Auf dem Bett lag ein schwarzer Kleidersack, in dem sein Anzug sein musste. Obwohl ich ihn nicht sah, wusste ich, dass Alex darin gut aussehen würde. Alexander sah immer gut aus.

»Geh schon mal vor«, murmelte ich und war mit den goldenen Ohrringen beschäftigt. »Du sollst die anderen nicht warten lassen müssen.«

Er gab ein verächtliches Schnauben von sich, folgte aber meinem Vorschlag. Als das rauschende Wasser zu mir drang, sank ich auf die Matratze und hielt inne. Bewegte keinen Muskel. Dachte an nichts. Ich hielt sogar die Luft an. Mich umgab nichts weiter als eine warme, behagliche Leere. Keine Gedanken. Keine Zukunft.

Leider dauerte dieser Zustand nicht lange an, da das

Wasser verstummte und somit Alexander nicht lange auf sich warten ließ.

Sein Haar war trocken, doch um seine schmalen Hüften war ein flauschiges Tuch geschlungen. In seinem ›V‹ sammelte sich das Wasser.

»Geht's dir gut, Chloe?« Er machte einen Schritt auf mich zu, woraufhin ich mich schnell aufrichtete und ihm auf halbem Weg zum Bad entgegenkam.

Meine Lippen hauchten ihm einen leichten Kuss auf die Wange, ehe ich verschwand. Ich konnte ihm keine Antwort geben, denn ich wusste sie selbst nicht. Mir fiel sie auch nicht ein, als ich unter dem warmen Wasser stand.

»Du wirst das Richtige tun«, murmelte ich und presste die Stirn an die Fliesen. Ihre Kühle war ein angenehmer Kontrast zur Hitze, die sich in meinem Körper ausbreitete. Zudem hielt sie mich wach, obwohl der heiße Dampf um mich herum eine einschläfernde Wirkung hatte.

Ewig konnte ich hier aber nicht stehen bleiben, auch wenn die Vorstellung reizvoll war.

Vielleicht hätte ich dennoch im Badezimmer ausharren sollen, bis Alexander gegangen war. Denn beim Anblick, der sich mir darbot, schwoll mein Herz an.

Er saß auf dem Rand der Matratze, die Hände ineinander verschränkt, den Blick nach unten gerichtet. Gepaart mit dem schwarzen Anzug an seinem Körper, sah er aus wie eine gebrochene Seele.

»Du hättest nicht auf mich warten müssen«, sagte ich und zog die Badezimmertür hinter mir zu. »Ich will nicht, dass du mit deinem Vater Probleme bekommst.«

Seine Augen zuckten zu mir. »Keine Sorge. Er will mich nur bei diesem Essen haben, um mich zu bestrafen. Oder um mir eine Lektion zu erteilen. Was auch immer.

Wenn ich ein bisschen zu spät komme, macht das nichts.«

»Wieso sollte er das tun?« Ich stand weiterhin an der Tür; bewegte mich nicht. Dafür wurde mein Griff um das Handtuch, welches mich einhüllte, fester.

»Ich bin dafür verantwortlich, dass das alles passiert ist.«

Der dumpfe Schmerz der letzten Wochen blitzte auf. Ein Zustand, der sich schon lange in mir festgebissen hatte; welchen ich jedoch an manchen Tagen ignorieren konnte. Gerade übermannte er mich aber und rief die stechende Vergangenheit ins Hier und Jetzt.

Kopfschüttelnd drängte ich all diese Eindrücke zurück, was mich aus meiner Starre befreite.

Ich machte einen Schritt auf ihn zu. »Nein, bist du nicht. Du kannst nichts für das, was passiert ist, Alexander.«

»Es liegt aber in meiner Verantwortung.«

Es tat weh ihn so zu sehen. Er sollte wieder lächeln. Aber das tat er in der letzten Zeit nicht oft. Ich wollte ihm schöne Momente schenken. Und das konnte ich auch.

Durch Sex.

Sex, der uns einfach nur *sein* ließ.

In dieser Zeit existierte keine Vergangenheit oder Zukunft. Es zählte ausschließlich die Gegenwart.

Das Tuch fiel von meinem Körper, sodass ich nackt vor ihm stand und auf ihn hinabblickte. Seine Augen fuhren jeden Zentimeter meiner baren Haut ab. Über meine Scham, meinen Bauchnabel, meine dunklen Nippel, bis hin zu meinen Lippen.

»Du bist wunderschön.« Alex nahm eine Strähne meines Haars zwischen die Finger und ließ sie hindurchgleiten. »Habe ich dir das schon mal gesagt?«

»Das ein oder andere Mal.« Ich nahm seine Hände in

meine und legte sie auf meine Hüfte. Die Berührung rückte den Schmerz, die Erinnerungen, in den Hintergrund. So wie er es immer schaffte, wenn er mir über die Wange strich. Oder mich küsste. Oder ich die Wärme seiner Haut spürte. »Hast du noch ein bisschen Zeit für mich?«

Sein Blick wanderte zu meinen Augen. »Immer.«

Ich kletterte auf seinen Schoß, wobei ich niemals den Blickkontakt brach. Meine Finger nestelten am Knopf seiner Anzugshose, wobei die Leichtigkeit in mich zurückkehrte.

Ich griff in seine Hose und holte seinen harten Schwanz heraus. »Kannst du dich noch daran erinnern, als wir das erste Mal hier waren?«

Stöhnend packte er meinen Hintern und nahm meine Unterlippe zwischen die Zähne. Als Antwort umfasste ich seinen Schaft und drückte ein wenig zu.

»Gott, Chloe.« Er rang nach Luft, als ich seine Länge auf und ab fuhr. »Wie könnte ich das jemals vergessen?«

»Keine Ahnung.«

Es war, als wäre zwischen damals und jetzt ein halbes Leben vergangen. Zumindest waren Dinge passiert, die für ein gesamtes ausreichten.

Meine Lippen streiften seine Ohrmuschel, während sein Atem immer schneller und abgehackter wurde. »Du hast mich so oft gefickt. Ich weiß nicht, ob du dich an alle Male erinnern kannst«, flüsterte ich, hauchte einen Kuss auf die dünne Haut hinter seinem Ohr.

Sein Griff wurde fester, ehe er mich auf die Matratze warf und sich über mir aufbaute. Alexander steckte immer noch in seinem Anzug, nur sein Glied streifte meinen nackten Bauch.

»Wie könnte ich jemals eine Minute vergessen, die ich mit dir verbracht habe?« Sein Mund schloss sich um einen meiner Nippel und fuhr mit der Zunge über die Haut. »Besonders, wenn es Minuten sind, die wir gemeinsam in der Badewanne verbracht haben.«

Mit einem lustverzerrten Laut presste ich meinen Kopf in die Kissen, während sich mein Becken fordernd hob. Ich wollte, dass er mich vögelte. Deshalb wartete ich, bis er seinen Schaft in die Hand nahm und die Eichel zwischen meine Schamlippen schob.

Und dann nahm er mich. So, wie er es mich lieben gelehrt hatte. Hart. Neckisch. Bis ich meinen Verstand verlor und ich die Frau wurde, die ich sein wollte. Die Frau, die Alexander all ihre Kontrolle gab.

Jeder kraftvolle Stoß war ein Versprechen, welches ich willentlich brechen würde.

Um mich nicht in den Gedanken zu verlieren, nahm ich sein Gesicht in beide Hände und drückte meine Lippen fest auf seine. Gleichzeitig spreizte ich meine Beine weiter, sodass er noch leichter Zugang zu mir fand.

Ich stöhnte in seinen Mund, zog ihn noch näher an mich. Falls das überhaupt möglich war.

Es waren seine unregelmäßigen Stöße, die meine Spalte zum Zittern brachten. Meine Wände krampften sich um seine Länge, während ich meinem Orgasmus freien Lauf ließ. Ein Orgasmus, der auch auf Alex überschwappte.

Knurrend nahm er meinen Nippel zwischen die Zähne und biss zu. Es war der Schmerz gepaart mit der Ekstase, die mich zum Schreien brachten.

Schweratmend glitt seine Zunge über den Vorhof meiner Brustwarze, linderte den Biss, während seine Hände beruhigend über meinen überhitzten Körper strichen. Sie massierten meine Hüfte, ehe er aus mir glitt und sich von mir rollte.

»Soll ich dich nach Hause bringen?«, fragte Alexander und strich sanft über meinen Handrücken.

»Nein.«

Ich stand auf und streifte mir die Kleidung über, die in meiner Tasche war. Bei jedem Schritt wurde mir die Leere zwischen meinen Beinen bewusst. Wäre ich die Chloe und er der Alexander von damals – vor dem erdrückenden Chaos –, hätten wir es die gesamte Nacht nicht aus diesem Bett geschafft.

Er setzte sich auf und brachte seine Hose an den richtigen Platz. »Dann lass dich wenigstens von Gage fahren. Er ist noch hier.«

In mir stieg bereits ein Widerspruch auf, doch presste ich fest die Lippen aufeinander und hüllte mich in Schweigen. Ich wollte nicht mit ihm diskutieren und gleichzeitig musste ich gehen. Sonst hätte ich den Plan, der mir so viel Angst bereitete, nicht übers Herz gebracht. Denn egal, wer Alexander war, ich kannte den Mann, mit dem ich unzählige Nächte verbracht hatte. Der mich umgarnt hatte. Mit dem ich gelacht hatte.

»Ruf ihn an, ich warte draußen auf ihn«, murmelte ich und war im Inbegriff zu gehen. Doch bevor ich einen Fuß über die Schwelle setzte, drehte ich mich ein letztes Mal zu ihm um. »Niemand sollte so viel Verantwortung tragen müssen. Auch du nicht.«

Er wollte etwas sagen, doch schlüpfte ich nach draußen in den Gang. Es war feige zu gehen. Ihm keine Möglichkeit zu geben, darauf zu antworten.

Blind rannte ich die Treppen hinab und warf Gage ausschließlich eine schale Begrüßung entgegen, als ich ihn in der Eingangshalle traf. Er musste in der Nähe gewesen sein, sonst hätte er mich unmöglich so schnell abpassen können.

Meine Wortkargheit zog sich auch durch die Autofahrt hindurch, bis der Wagen vor meiner Wohnung stehen blieb.

»Wie geht's jetzt eigentlich weiter?«, fragte er und dachte nicht mal daran, die Autotür zu entriegeln.

Das Hoch des Sex' war schon lange verschwunden, sodass die Müdigkeit in meine Muskeln kroch. Vor meinen Gedanken machte sie aber auch nicht Halt. Allein das Wissen, dass Gage nicht lockerlassen würde, raubte mir all meine Energie.

»Wie meinst du das?«

»Komm schon.« Er beäugte mich prüfend, als könnte er meine Antwort erahnen. »Du bist nach Moskau gekommen, um bei der Weihnachtsaufführung teilzunehmen. Das hast du jetzt.«

»Das habe ich.«

»Du und Alexander ... Und alles, was passiert ist ...«

»Ich bin müde, Gage. Es wäre nett, wenn du aufsperren könntest.«

»Chloe –«

»Bitte.« Der Ton in meiner Stimme war scharf. Ich wollte dieses Thema nicht anfangen. Es war irrelevant. Außerdem ging es ihn nichts an. »Du solltest mich heimfahren. Das hast du getan, also lass mich jetzt bitte auch raus.«

Er murmelte etwas Unverständliches, drückte jedoch einen Knopf, der die Türen entriegelte.

»Danke, Gage.«

Ich schlang meinen Mantel um mich und versuchte so schnell wie möglich ins Haus zu kommen, um nicht von den Schneeflocken durchtränkt zu werden.

Im Foyer brannte Licht. Der Grund dafür saß auf einem Stuhl hinter der Rezeption.

»Schläfst du eigentlich jemals, Michail?«, fragte ich und stützte mich müde auf den Tisch.

Er warf mir ein dünnes Lächeln zu. »Hier und da. Wenn ich nichts zu tun habe.«

Erst jetzt kam mir in den Sinn, dass auch er in die Machenschaften verwickelt sein musste. Alexander würde niemals seine Tante in einer Wohnung leben lassen, die nicht von jeglicher Gefahr so gut wie möglich abgesichert war. Nicht nach dem, was mit seiner Mutter passiert war.

Immerhin war es sein Apartmentkomplex.

»Michail?«

»Chloe?«

Ich biss auf meine Lippen und wich seinem Blick aus. Nicht wegen ihm, sondern wegen mir. Es war die Pein, die jetzt schon in meiner Brust hallte, obwohl die Bitte noch nicht zwischen uns getreten war. Ich konnte immer noch einen Rückzieher machen … Dabei würde ich aber nur mein eigenes Todesurteil unterschreiben.

»Kannst du mir einen Gefallen tun?«

Seine Augenbrauen hoben sich, bis ich meine Bitte aussprechen konnte. Seine Miene verhärtete sich, es stand sogar ein Funke Widerwille darin.

Doch als ich bereits glaubte, dass er sich nicht dazu bereit erklären würde, nickte er.

»Okay.«

Kapitel Vierundzwanzig

Alexander

Etwas stimmte nicht.

Unruhig streifte ich durch die Gänge unter dem Theater und versuchte das ungute Gefühl abzuschütteln, welches sich bereits heute Morgen in mir festgebissen hatte. Eigentlich schon gestern Nacht, als Chloe nach dem Sex gegangen war.

Es war ein anstrengendes Essen gewesen. Ständig waren meine Gedanken um Chloe gekreist, während mich irgendjemand mit unwichtigen Sachen zugetextet hatte. Einige hatten aber auch nach ihr gefragt. Nach der wunderschönen Frau, die ich so gefesselt angesehen hatte. Darunter waren auch Männer gewesen, die ich nicht in ihrer Nähe haben wollte.

Seitdem war ich hier im Theater. Zum einem, weil es länger gedauert hatte, als ich es geplant hatte. Zum anderen, weil ich nachdenken musste.

Die Weihnachtsaufführung war vorbei.

Es war Zeit, mit Chloe zu reden. Mit offenen Karten zu spielen. Sie wusste, wer ich war, aber das war nicht genug. Es hielt sie nicht hier in Moskau. Der Sex würde sie auch nicht hier halten.

Jeder meiner Muskeln brannte, machte die Müdigkeit in meinem Körper bei jeder Bewegung deutlich. Die Vorstellung meines Bettes zu Hause war verlockend, gleichzeitig durfte ich nicht daran denken.

Meine Beine trugen mich zu Konstantin. Er war in einem Zimmer oben im Theater. Es erinnerte ein wenig an meines, welches nicht weit entfernt war. Er legte gerade Shirts und Hosen ordentlich in einen Koffer.

»Konstantin?« Er klappte den Deckel zu und drehte sich zu mir. »Kannst du mich zu Chloe fahren? Ich würde es ja gerne selbst machen, aber du hast sie und mich hierhergebracht.«

»Mich hat es gewundert, dass du sie gestern einfach so gehen lassen hast.«

»Fahr mich einfach zu ihr.«

»Ich würde es gerne verstehen.«

Meine Brust hob sich schwer. Wieso wollten er und Irina immer alles wissen? »Weil ich sie nicht erdrücken will. Sie hat sich verändert.«

»Sie hat auch viel in den letzten Wochen durchmachen müssen.«

»Ja, und wenn ich zu viel will, könnte sie …« Ich wollte es nicht aussprechen. Denn es machte mir Angst. Mir war schon längst die Kontrolle verloren gegangen; falls ich sie denn jemals gehabt hatte.

»Komm«, murmelte er, nahm den Koffer in die Hand und ging mit mir zu seinem Auto.

Konstantin sagte die Fahrt über nichts. Dennoch

spürte ich seine stetig kurzen Blicke auf mir. Natürlich wollte er mehr wissen, doch er behielt seine Fragen bei sich. Das deutliche Chaos in mir hielt ihn auf. Was vielleicht besser so war. Ich hätte nur meine Fassung verloren. Stattdessen sah ich aus dem Fenster und beobachtete den grauen Himmel, der mit jeder Minute heller wurde.

Als der Motor vor Chloes Wohnung verstummte, durchlief mich Zweifel. Sollte ich bis zum Nachmittag warten? Wollte sie mich überhaupt sehen? Und was waren die richtigen Worte, die beschreiben konnten, was in mir vorging? Was mit mir passierte, wenn ich sie sah. Wenn sie mir eines ihrer Lächeln schenkte. Wenn sie in meinen Armen lag und ihre Wange an meine Brust drückte. Möglicherweise ließ sich das nicht in Worte fassen. Ich musste es aber versuchen.

»Du musst nicht mitkommen«, sagte ich, als er die Autotür aufriss.

Ein schelmisches Lächeln glitt über seine Lippen. »Ich will meinem Freund Michail nur einen Besuch abstatten.«

Gerade so verkniff ich mir das Augenrollen. Er hatte noch immer nicht begriffen, dass Irina und Michail sich gegenseitig ausnutzten. Immer noch, obwohl Irina wusste, dass er eine Frau und ein gemeinsames Kind zu Hause sitzen hatte. Sie konnten es beide nicht lassen. Auch ich hatte meine eigene Meinung dazu, doch wollte ich mich nicht darin einmischen. Das war nicht mein Problem und es würde auch nicht zu meinem werden. Beide waren erwachsene Menschen – verdammt, sie waren älter als ich! –, was sie machten, ging mich nichts an.

Dennoch konnte ich auch Konstantin zu einem gewissen Punkt verstehen. Selbst mich überkam ein unangenehmes Kribbeln, wenn ich ihn sah. Auch heute.

Der bullige Mann saß auf einem Stuhl und blätterte in einem Prospekt; bei unserem Anblick aber versteifte er sich und richtete sich auf.

»Kann ich euch helfen?«

»Ich will zu Chloe.« Ich war im Inbegriff die Stufen der Treppe hochzusteigen – eine Hand am kalten Geländer –, als mich Michail mit seiner Stimme zurückhielt.

»Ich weiß nicht, ob das eine gute Idee ist.«

»Wie bitte?« Ich drehte mich zu ihm und hob belustigt die Augenbrauen. Vielleicht auch verwundert. »Was hast du gesagt, Michail?«

»Sie war gestern …« Er presste die Lippen zusammen, wich meinem Blick aus. »Ich denke einfach, du solltest ihr ein bisschen Freiraum lassen.«

»Lass es. Ich tue ihr nichts. Unterhalte dich doch ein wenig mit Konstantin. Ihr habt euch bestimmt etwas zu sagen. Meinetwegen redet über das Wetter.«

Das Bedürfnis war riesig, einen Streit vom Zaun zu brechen, doch wollte ich mich nicht unnötig aufhalten lassen. Dafür war sie mir zu wichtig. Leider war auch sie der Grund, weshalb ich mich so leicht reizen ließ. Sonst hätten mich Michails Worte nicht interessiert. Er kannte seinen Platz und ich kannte meinen.

Ehe ich weiter darüber nachdenken konnte, stieg ich die Treppe hinauf, verharrte aber kurz vor Chloes Eingangstür. Sie war einen Spalt geöffnet.

Ich trat einen Schritt in ihre Wohnung. »Chloe, ich bin's, Alexander. Deine Tür ist offen.«

Keine Antwort.

Nichts.

Der Raum war kalt.

Es war aber nicht die Temperatur, die mir einen Schauer über den Körper laufen ließ. Es war die drückende Stille. Und als mein Blick auf ein zusammengefaltetes Blatt auf dem Esstisch fiel, durchflutete mich eine Vorahnung. Eine, die sich verfestigte, als ich die Kette, die ich ihr geschenkt hatte, daneben liegen sah.

Ich entfaltete den Brief.

Alexander,

wenn du diese Worte hier liest, sitze ich hoffentlich schon in einem Flieger nach Hause. Wenn ich gelandet bin, schreibe ich dir eine Nachricht, die du hoffentlich verstehen wirst. Oder verstanden hast – kommt darauf an, wann du diesen Brief hier liest.

Bitte suche mich nicht auf. Nicht, weil ich dich hasse und dich am liebsten nie wiedersehen würde. Im Gegenteil. Deswegen schreibe ich dir diesen Brief. Ich kann dir diese Worte nicht persönlich sagen. Ich würde es nicht schaffen, dich zu verlassen. Doch wissen wir beide, dass es nicht anders geht.

Ich kann nicht noch mehr Leid und Schmerz in meinem Leben ertragen. Und leider sind das zwei Hauptbestandteile deines Lebens.

Das heißt nicht, dass du kein guter Mann bist, Alex. Du hast mit mir diese dunklen Tage durchgestanden. Du hast mir Erinnerungen geschenkt, an welchen ich wahrscheinlich mein ganzes Leben zehren werde.

Ich bin mir sicher, dass du dein Glück und deinen Frieden finden wirst. Das wünsche ich mir für dich.

Ich aber muss heilen. Allein und in Frankreich.

Wahrscheinlich passen unsere Seelen einfach nicht zusammen. Dennoch warst du derjenige, der mir so viel gegeben hat. Für uns beide muss es einfacher sein, wenn wir ab jetzt getrennte Wege gehen.

Kümmere dich bitte um Dorian.

In Liebe,

deine Chloe.

Das Blut in meinen Adern war eiskalt.

Immer wieder glitten meine Augen über ihre geschriebenen Worte, bis sie vollkommen zu mir durchdrangen. Bis ich mir sicher war, dass sie real waren.

Ich sprang auf und rannte die Treppe zu ihrem Bett hinauf.

Das Laken war abgezogen. Die Kommode an der Wand war leer. Im Badezimmer gab es nichts mehr, was darauf hindeuten würde, dass hier jemand lebte.

Vor meinen Augen wurde es dunkel; in mir wurde es leise und laut zugleich. Es war ein Sturm in mir, der mich in den Abgrund riss.

Ich stolperte zurück und sackte auf die Matratze.

Chloe war weg – so, wie sie es in ihrem Brief geschrieben hatte.

Sie war weg.

Sie hatte mich verlassen.

Mein Magen krampfte sich zusammen, während ich kopfschüttelnd das Gesicht in meine Hände vergrub. Verzweiflung und bittere Hoffnungslosigkeit durchzog jede Faser meines Körpers.

Nichts hatte sie hinterlassen – außer den Brief und die Kette, die neben mir lagen. Gestern Nacht hatte ich ja nicht ahnen können, dass ich ihre Stimme zum letzten Mal hörte. Dass sie mich zum letzten Mal berühren würde.

Bitte suche mich nicht auf.

Dieser Satz hatte mein Herz in tausend Stücke zerschmettert. Wie konnte sie das von mir verlangen? Wie konnte sie von mir verlangen, dass ich sie nie wiedersehen sollte? Nach all den Gefühlen, die ich Idiot zugelassen hatte?

Vielleicht hielten mich genau diese davon ab, in einen Privatjet zu steigen und zu ihr nach Südfrankreich zu fliegen. Es war ihr Wunsch. Und meine Gefühle für sie waren zu groß, um ihr diesen zu nehmen. Egal, wie sehr es mich kaputtmachen würde. Denn genau das würde passieren.

Das hatte ich mir selbst zuzuschreiben.

Ich hatte es zugelassen, dass sie sich durch jede Faser meines Körpers bis direkt in mein Herz schlich. Ich hatte die Zeichen gesehen, dass es ihr nicht gut ging, nur hatte ich es ignoriert – mit der Hoffnung, dass die Zeit sie heilen würde. Bei mir.

Wut stieg in mir auf. Auf mich und ...

Meine Finger schlossen sich um das Papier und die Kette, während ich aufstand und blind die Treppe hinabstolperte. Je weiter mich meine Beine brachten – aus ihrer Wohnung, zurück ins Treppenhaus – desto mehr fraß sich die brennende Wut durch mich.

Bis ich kurz vor dem Foyer angekommen war. Die beiden Männer, die sich darin befanden, konnte ich schon sehen. Und auf einen davon konzentrierte ich mich besonders.

Ich fasste Michail ins Auge, dessen Aufmerksamkeit zu mir wanderte. Sein Blick glitt auf das Stück Papier und die Kette in meiner Hand, welche ich in meine Jackentasche gleiten ließ. Keine Verwirrung, keine Fragezeichen las ich aus seiner Miene – sondern Wissen. Er hatte gewusst, dass Chloe fortgegangen war.

Mit tauben Beinen stieg ich die letzten Stufen hinab, bis ich vor ihnen zum Stehen kam.

Das Blut pulsierte in meinen Ohren, während sich die unerträgliche Leere in mir in Zorn verwandelte.

Gerade kannte sie nur ein Ventil: der Mann, der weiterhin seinen Blick auf mich gerichtet hatte.

»Du wusstest es«, sagte ich mit ruhiger Stimme. »Du wusstest, dass sie nicht mehr hier ist.«

Konstantin wandte sich mir zu. Jeder seiner Muskeln spannte sich bei meinem Anblick an. Er wusste, was kommen würde. Ich wusste das auch. Und ich wollte es von Anfang bis Ende auskosten.

»Sie hat mich darum gebeten, dir nichts zu sagen.«

Schwerfällig setzte ich einen Fuß vor den anderen. Mein Atem war abgehackt, vernebelte auch den letzten klaren Gedanken.

»Du unterstehst mir. Schon vergessen, Michail?«

Seine einsetzende Nervosität war wie Honig in meinem Mund. Er verlagerte sein Gewicht. Etwas, das ich von ihm eigentlich nicht kannte.

»Ich unterstehe immer noch deinem Vater.«

»Aber ich war es, der dir diesen Auftrag gegeben hat.«

Er straffte die Schultern und sah mir endlich wieder in die Augen. »Du hast mir den Auftrag gegeben, die Bewohner dieses Hauses zu schützen. Genau das habe ich gemacht. Chloe wollte es, Alexander. Ich habe sie höchstpersönlich zum Flugzeug gebracht und habe sichergestellt, dass ihr nichts passiert. Es war ihre Entscheidung.«

»Du hättest mir Bescheid geben sollen.« Meine Stimme war ein einziges Knurren, welches tief aus meiner Brust kam. »Chloe gehört –«

»Sich selbst«, beendete er meinen Satz.

Das hätte Michail lassen sollen.

Etwas brannte in meinem Kopf durch.

Ich nahm dieses Gefühl zu gerne an. Denn genau das wollte ich.

Ich überbrückte die letzte Distanz zwischen uns und holte mit der Faust aus. Der Schmerz, der mich durchzuckte, als meine Knöchel auf sein Jochbein trafen, machte mich süchtig. Gepaart mit dem Blut, das aus seiner aufgeplatzten Haut triefte, minimierte sich meine Welt nur auf das eine – ihm qualvolle Pein zuzufügen.

Fast schon mit Ekstase stürzte ich mich auf ihn und riss ihn mit mir zu Boden. Ich wollte, dass er sich wehrte. Dass dieser Bastard zuschlug, um mir den gleichen Schmerz zuzufügen. Um mich von dem abzulenken, das mein Herz eingenommen hatte.

Doch das machte er nicht. Stattdessen ließ er es zu, sodass binnen weniger Fausthiebe Rinnsale aus seiner Nase und seinem Mund liefen, die sich in einer kleinen, roten Pfütze auf dem hellen Boden sammelten.

»Wehr dich, Michail«, brüllte ich, packte ihn am Kragen und drückte ihn fester auf den Marmor. Seine

Lider flatterten, doch rührte er keinen Finger. »Das ist ein Befehl!«

Ein weiteres Mal landete meine Faust in seinem Gesicht, was ihm ein Stöhnen entlockte. Ich hatte einen Knochen gebrochen, da war ich mir sicher.

Meine Hand schloss sich um seine Kehle, woraufhin er mit aufgerissenen Augen zu mir empor sah. In ihnen spiegelte sich pure Angst. »Du wirst dich wehren.« Meine Finger erhöhten den Druck, sodass er verzweifelt nach Luft schnappte. Dieses Geräusch durchzuckte mich mit Befriedigung. »Oder willst du, dass ich dich umbringe? Du kennst mich, Michail. Du wärst nur ein weiterer unbedeutender Name auf einer endlos langen Liste.«

Ich holte erneut aus, als –

»Alexander, hör auf.«

Meine Faust kam nur wenige Millimeter vor seinem blutigen Gesicht zur Ruhe, während die Wut immer noch ihre Klauen in mein Herz schlug. Dennoch hielt mich die Stimme zurück.

»Alexander!« Tante Irina zerrte mich von Michail und sah uns beide mit bleichem Gesicht an. Sie hatte schon einige blutige Männer – auch schon Leichen – zu Gesicht bekommen. Wahrscheinlich lag die ungewöhnliche Reaktion an ihm, für den sie besondere Gefühle hegte. »Was ist hier los? Was ist passiert?«

Mit wackligen Beinen stellte ich mich auf die Füße und klopfte meine Klamotten ab. »Frag das deinen kleinen Freund.«

»Nicht in diesem Ton.« Ihre Augen funkelten mich an, während sie sich zu dem Mann zu ihren Füßen kniete und über eine Platzwunde an seiner Wange strich. Ein gequälter Laut drang aus seinem Mund, welches ein Hochgefühl in meinen Adern auslöste. Sie drehte sich zu

Konstantin. »Und du? Hast du nicht daran gedacht, deinen Bruder aufzuhalten, bevor er ihn totschlägt?«

Schulterzuckend wandte er sich ab und fasste Gage ins Auge, der anscheinend mit Irina das Haus betreten hatte. Er stand in der Tür, sodass der eisige Wind in den Raum drang. Der Geruch, das stechende Gefühl, welches die Luft mit sich brachte, klärten meine Gedanken. Zumindest ein wenig.

Still beobachtete ich, wie meine Tante dem zerschundenen Mann aufhalf. Ich rührte keinen Muskel, beobachtete nur, wie sie ihn stützte und mit ihm langsam die Treppe zu ihrer Wohnung hinaufstieg.

Es blieb still, solange, bis das leise Geräusch ihrer Tür zu uns drang.

»Was ist passiert?«, brach Gage das Schweigen und machte endlich die verdammte Tür zu.

Konstantin sah gelangweilt das Chaos um sich herum an. »Ist das nicht offensichtlich.« Doch so sehr die Unbetroffenheit gegenüber Michail auch in ihm Einzug genommen hatte, war er umso fixierter auf mich. »Sie ist tatsächlich weg.«

Der abebbende Zorn brachte den Schmerz in meinem Herzen zurück. »Ja.«

»Ohne dir etwas zu sagen?«

»Von was redet ihr?« Gage machte einen Schritt auf uns zu, während sein Blick zwischen meinem Bruder und mir hin und her wanderte. »Wer ist weg?«

»Chloe. Sie ist wieder zurück in Südfrankreich.«

»Wieso?«

»Weil sie nicht mit meinem Leben klarkommt«, spie ich und versuchte das Kribbeln in meinen Fingern zu unterdrücken. »Chloe will mich nicht wiedersehen.«

Sie hat mich verlassen.

Ich hatte jede freie Minute mit ihr verbracht. Das

Wissen, ihr Lächeln nicht mehr zu sehen, ihre Berührungen nicht mehr zu spüren, trieb mich in den Wahnsinn.

Konstantin räusperte sich. »Dann haben wir ein Problem.«

»Wir?«, fragte ich und rieb mir die Schläfe. Ich wollte nach Hause und allein sein. Nichts anderes. Nicht mal das Blut von meinen Händen waschen. Es war mir alles egal.

»Du musst jetzt denken, Alex. Ich weiß, wie viel sie dir bedeutet hat, aber das darf dich jetzt nicht hindern, dein Gehirn zu nutzen. Denk nach. Ihre Eltern wurden getötet. Was wenn ihr –«

»Was, wenn ihr etwas passiert ...« Kälte fuhr in meine Glieder bei dem Gedanken, dass ihr wunderschönes Herz nicht mehr schlug oder sie irgendwo gefangen war. »Dorian wird dafür den Preis bezahlen.«

»Alexander.« Eine Hand legte sich auf meine Schulter. »Lass ihn. Er macht sich schon genug Vorwürfe.«

»So wie ich ihn kenne, wird er sich nur darum Gedanken machen, ob er im Versteck eine Nutte vögeln kann.«

Sein Griff wurde stärker und lenkte meine Aufmerksamkeit auf ihn, sodass sich unsere Blicke trafen. Seine hellgrünen Augen waren tiefsinnig, verrieten gleichzeitig kein Detail seiner Gedanken. Aber irgendwas hatten sie, was mein Gemüt – auch wenn nur ein wenig – beruhigte.

»Er hat auch seine Eltern verloren. Alle beide auf einmal. Sie wurden ermordet, genauso wie Mutter. Wegen dem, was wir sind. Dorian. Ich. Gage. Du. Wir leben alle auf einem schmalen Pfad; bringen uns und Leute um uns herum in Gefahr. Dorian hat Fehler gemacht. Du aber auch, dadurch, dass du Chloe in dein Leben gelassen hast und nicht im richtigen Moment wieder abgesprungen bist.«

Mein Leben. Die Seite des Balletttänzers, welchen ich ihr gezeigt hatte. Und die Seite des Mannes der russischen Mafia, den ich ihr verschwiegen hatte. Doch gehörten beide Seiten zu mir. Sie hatten mich zu dem Mann gemacht, der ich heute war – der ich auch in der Zukunft sein würde. Denn eine Wahl hatte ich nicht.

Konstantin rief mir in Erinnerung, wer ich war.

Selbst mit dem Schmerz, dass sie mich verlassen hatte, musste ich einen klaren Kopf behalten. Ich war derjenige, der die Verantwortung tragen musste. Nicht umsonst hatte ich in dem Schatten meines Vaters gelernt. Obwohl er noch offiziell das Sagen hatte, lief die Uhr schnell für ihn ab.

Ich würde Entscheidungen treffen.

Denn verdammt würde ich sein, wenn Chloes Sicherheit von jemand anderem bestimmt wurde.

»Gage, komm her«, sagte ich und wandte mich ihm zu. Er stand weiterhin regungslos an der Wand und starrte auf meinen Bruder und mich.

Er machte einen Schritt auf mich zu, wagte aber kein Wort zu sagen. Dafür hatte ich ihm nicht die Erlaubnis gegeben. Außerdem wusste er, dass wilde Emotionen in mir um sich schlugen. Ein falsches Wort und ich könnte alles an ihm auslassen.

»Du packst jetzt deine Sachen und fliegst zu ihr nach Frankreich.«

Gage schluckte schwer, wobei sein Blick zu Konstantin wanderte. Dachte er wirklich, mein Bruder würde auch nur einen Finger krümmen, falls ich die Kontrolle verlor? Manchmal musste man ihm in Erinnerung rufen, unter welcher Order er stand.

Mit roher Gewalt packte ich ihn am Kragen seiner

Lederjacke, sodass sich unsere Nasenspitzen beinahe berührten. »Hast du mich verstanden, Gage?«

»Ja.« Sein Blick flackerte, was mir ein schmieriges, selbstgefälliges Gefühl gab. »Darf ich eine Frage stellen?«

So abrupt ich ihn gepackt hatte, so schnell stieß ich ihn wieder von mir. »Mach!«

»Wieso?«

Ein bitteres, stummes Lachen legte sich auf meine Züge. »Ihre Eltern wurden aus Rache umgebracht. Wer sagt, dass es die Mörderin nicht auch auf sie abgesehen hat? Du wirst sie mit deinem Leben beschützen, bis die Gefahr vorüber ist.« Es hatte schon fast etwas Poetisches an sich, dass ich ausgerechnet den Mann zu ihr schickte, der auch eine gewisse Anziehung zu ihr spürte. Davon durfte ich mich aber nicht leiten lassen. Und obwohl Gage unheimlich jung war, vertraute ich ihm. »Sie will mich nicht mehr sehen, sonst hätte sie mich nicht verlassen. Konstantin muss sich um Dorian und das Aufspüren der Mörderin ihrer Eltern kümmern. Deswegen wirst du den nächsten Flieger nach Südfrankreich nehmen.«

Hinter mir begann Konstantin das Chaos aufzuräumen, welches ich bei meinem Wutausbruch angerichtet hatte. So war er eben nun mal ...

»Und wenn sie mich wegschicken sollte?«

»Dann erklärst du es ihr, so wie ich es gerade dir erklärt habe. Wenn sie sich dann immer noch weigert, den Schutz anzunehmen, verfolgst du sie. Schläfst vor ihrer Haustür.«

Nickend drehte er sich um und wollte gehen, doch hielt meine Stimme ihn zurück.

»Fahr direkt zum Flughafen, ich buche dir persönlich einen Jet. Ich schreibe dir die Infos zu ihrem Standort später.« Ich wollte ihn gehen lassen, damit er so schnell wie möglich bei ihr war, doch kam mir noch etwas in den

Sinn. »Ich schwöre bei Gott, wenn du bei ihr bist und ihr etwas passieren sollte, werde ich dich eigenhändig umbringen.«

Sein Gesichtsausdruck blieb hart, doch sein Blick sagte mir, dass er verstanden hatte.

Er hatte verstanden, dass es keine Drohung war, sondern ein Versprechen.

Kapitel Fünfundzwanzig

Chloe

Jeder Atemzug war ein Stich in mein Herz – das einzige Gefühl, das ich in meinem Körper fühlte.

Die Leere wurde von dem Anblick des verlassenen Wohnzimmers untermalt, welches vor mir lag. Es war, als würde ich es das erste Mal nach dem Tod meiner Eltern sehen. Verrückt, wenn man darüber nachdachte, dass ich hier den Tag vor und nach der Beerdigung verbracht hatte.

Diesmal war es aber anders.

Heute hielt mir keiner die Hand. Heute nahm mich keiner in den Arm und passte auf, dass ich nicht in unendlich viele Einzelteile zerfiel.

Heute war ich allein.

Diese Bürde hatte ich mir aber selbst aufgebunden. Ich hatte diesen Schritt gewählt und würde keinen Rückzieher machen. Ich hielt es allerdings nicht innerhalb der

Wände aus. Noch nicht, weshalb mich meine Beine zum Strand brachten.

Der Wind peitschte um mich; riss an meinem Haar, als ich die Schuhe von meinen Füßen streifte. Meine Sinne wurden sofort von der Sensation des kalten, rauen Sands überschwappt, während ich die salzige Luft tief in meine Lungen sog. Sie füllte zwar nicht die klaffende Leere meiner Seele, doch brachte sie ein angenehmes Brennen in meine Augen zurück. Das Gefühl aufkommender Tränen. Tränen, zu welchen ich in den letzten Tagen – den letzten Wochen – nicht in der Lage gewesen war.

Um mich herum rauschten die Wellen. Vögel segelten durch die kühle Luft. Dünne Sonnenstrahlen brachen durch die dicken, milchigen Wolken.

Es war das typische Winterwetter im Teil Frankreichs, in dem ich meine Kindheit verbracht hatte.

In dieser Jahreszeit hatten Dorian und ich als Kinder immer im feuchten Sand gespielt und Burgen gebaut. Vor dem Sonnenuntergang musste uns meist Mutter zurück ins Haus jagen, während unser Vater Essen gekocht hatte.

Es waren nichts als blasse Erinnerungen an eine einfache und sorgenlose Zeit. Nun war ich eine erwachsene Frau, die sich genau nach diesen Zeiten sehnte. Keine Eltern, die umgebracht worden waren. Kein Bruder, der der russischen Mafia beigetreten war.

Kein Mann, der jegliche Macht über mich besaß – der einer der gefährlichsten und tödlichsten Männer Russlands war.

Genau deshalb war ich gegangen.

Ich konnte nicht Alexanders Leben führen. Nicht, wenn es aus Leid und Schmerz bestand. Es war immer noch surreal, dass genau dieser Mann mir so schöne

Stunden bereitet hatte. Nicht nur im Bett, sondern auch außerhalb.

Irgendwann würde auch er in eine Erinnerung verblassen, an die ich gerne und ohne Reue zurückdenken konnte. Eine, die mich nicht mit Schmerz erfüllte.

Zumindest hoffte ich das. Dafür würde es aber noch einige Jahre, vielleicht auch mein gesamtes Leben, benötigen.

Bei dem Gedanken blieb mir die Luft in der Brust stecken.

Ich fiel auf die Knie; vergrub meine Finger im Sand.

»Atmen«, murmelte ich und kämpfte gegen den sich verdichtenden Nebel in meinem Kopf an. »Du schaffst das. Du hast keine andere Wahl.«

Ich hatte auch die Beerdigung durchgestanden. Also würde ich den Anfang des Lebens, welches ich frei gewählt hatte, auch überstehen.

Eines war aber im Vergleich zu den letzten Wochen anders.

Ich war allein.

Allein.

~

Meine Lider waren bleischwer. Jeder Knochen in meinem Körper schrie, sodass ich mich am liebsten wieder meinen Träumen hingegeben hätte, um nicht die Realität ertragen zu müssen.

Leider wusste ich, dass es kein Dauerzustand sein konnte, weswegen ich wenigstens meine geschwollenen Augen öffnete. Der Abend war bereits angebrochen. Das dämmrig durch das Fenster scheinende Restlicht umschmeichelte meine Haut. Es lullte mich ein.

Der Schlaf hielt mich schon wieder in seinen Händen, allerdings schellte die Türklingel. Das helle Geräusch sandte eine Schmerzwelle durch meine Schläfen. Es zu ignorieren machte auch keinen Sinn, da – wer auch immer sich hinter der Tür verbarg – hartnäckig blieb.

Es klingelte erneut.

»Keinen Abend kann man in Ruhe verbringen«, murrte ich und stapfte zur Tür. Ohne Gedanken riss ich sie auf, stolperte aber sofort zurück, als ich erkannte, wer mir gegenüberstand.

Es war ein Mann. Mit Muskeln bepackt. Mit schwarzen Tattoos übersäht. Es waren aber die grauen Augen mit den braunen Flecken, die mir sagten, dass das keine Halluzination war.

Gage stand vor mir.

Ich wollte schon die Tür zuschlagen, doch legte er seine Hand auf das glatte Holz. Ein harter Ausdruck lag um seine Mundwinkel.

»Was machst du hier?« Meine Stimme war eiskalt. Ich dachte nicht mal daran, ihn ins Haus zu lassen. »Was machst du hier, Gage?«

»Auf dich aufpassen.«

»Wie bitte?«

Die mir bekannte Wärme in seinem Gesicht war verschwunden. Alles an ihm war hart. Der Kiefer. Der Mund. Die Augen. Sein Anblick war mir vertraut, aber gleichzeitig fremd.

Er schob mich beiseite, als wäre ich nur eine kleine Spielfigur, die er an seinen gewünschten Platz stellte. Es ging viel zu einfach.

»Kannst du aus dem Haus gehen?«

Mit langen Schritten durchquerte er den Raum und sah sich neugierig um. Das fehlende Licht ließ seine Gestalt bedrohlich wirken. Das, obwohl ich ihn kannte. Zumindest hatte ich das gedacht. Immerhin war mir auch mein Bruder fremder denn je.

»Gage, raus jetzt!«

Sein Blick zuckte zu mir, doch huschte er sofort wieder zu seiner Umgebung. Natürlich ging er meiner Forderung nicht nach. Stattdessen glitten seine Finger über die Platte des Esstischs und er wandte sich der Couch zu.

»Hübsches Haus.«

Widerwillig schloss ich die Haustür, da die kalte Winterluft zu uns drang. »Treib's nicht zu weit.«

»Ich habe nur gesagt, dass es ein hübsches Haus ist. Mehr nicht.«

»Was willst du hier?« Schon das zweite Mal, dass ich diese Frage stellte. Ich verschränkte die Arme vor der Brust, während ich den Mann vor mir anstarrte. »Und zieh deine scheiß Schuhe aus. Du machst alles dreckig.«

Diesmal ging er meiner Forderung nach. »Das habe ich dir schon mal gesagt. Ich muss auf dich aufpassen.«

»Du musst?«

Seine Lider schlossen sich für einen langen Moment, wobei er tief die Luft einsog. Als würde er seine Wortwahl bereuen. »Lass mich das erklären.«

»War das Alexanders Idee?« Ich biss mir auf die Lippen, um die Tränen und das Brennen in meiner Brust im Zaum zu halten. »Sag ihm, dass er mich so leben lassen soll, wie ich es will. Er hat sein Leben und ich habe meins.«

»Und du führst ein Leben, in dem deine Eltern umgebracht wurden, weil eine verrückte Frau Rache will. Denkst du wirklich, er lässt dich allein? Du kennst ihn. Er ...«

»Er, was?«

Gage wich meinem Blick aus und streifte seine Jacke ab. »Er macht sich Sorgen.«

Das war nicht das, was er sagen wollte. Doch beließ ich es dabei. Ich wollte nicht länger über Alexander sprechen. Am liebsten würde ich ihn vergessen. All die Erinnerungen mit ihm in eine Truhe schließen, die ich nie wieder öffnen konnte.

»Das muss er nicht.«

»Hast du eine Ahnung, wie ernst die Lage ist, Chloe? Du bist in Gefahr.«

»Seit dem Tod meiner Eltern sind Wochen vergangen. Mir ist nichts passiert. Wenn sie von meinen Eltern wusste, dann doch sicher auch von mir. Ich bin am Leben.«

Er warf einen Autoschlüssel – wahrscheinlich von einem Mietwagen – auf den Esstisch; unterstrich damit, dass er nicht vorhatte, in näherer Zukunft zu verschwinden. »Weil du bei Alex warst. Nur ein Idiot würde sich mit ihm anlegen. Mit einzelnen Mitgliedern vielleicht, aber nicht mit ihm.«

Ein Schauer krabbelte über meine Wirbelsäule.

Nicht mit ihm.

»Deswegen hat er dich geschickt?«

»Ja. Konstantin hat alle Hände voll zu tun mit Dorian.«

Mein Kopf sank gegen das kühle Holz der Tür. Ich versuchte, klare Gedanken zu schöpfen, doch konnte ich keinen einzigen fassen. »Wie geht's ihm? Dorian.«

»Den Umständen entsprechend.«

Das sagte mir kein bisschen. Tiefer in das Thema wollte ich aber auch nicht eintauchen. Dafür war es zu früh. Wahrscheinlich würde der richtige Zeitpunkt dafür nie kommen.

»Und jetzt?«, fragte ich, stellte mich wieder aufrecht hin.

Er zuckte mit den Schultern. »Ich kann auf dem Sofa schlafen. Ich werde dir nicht zu sehr auf die Nerven gehen. Versprochen.«

Darauf sagte ich nichts mehr.

Ich wollte nicht bei ihm bleiben, denn bei jedem Blick auf ihn sah ich ein anderes Gesicht. Deswegen wagte ich mich an eine Aufgabe, welcher ich schon seit meiner Ankunft aus dem Weg gegangen war.

Mein Zimmer.

Mein Zimmer, in dem auch Erinnerungen an *ihn* steckten.

Ich streifte vage mein Gepäck, welches immer noch am Absatz der Treppe stand, ehe ich diese hinaufstieg. Zum Auspacken war später noch genug Zeit.

Es dauerte ewig, bis ich den Mut gefunden hatte, die Klinke runterzudrücken und mich hineinzuwagen.

Ein Kloß bildete sich in meinem Hals bei diesem Anblick. Es war immer noch unordentlich – zwar nicht so sehr wie vor der Beerdigung, da Alexander einige Handgriffe getätigt hatte. Ich wusste genau, in welchem Zustand ich es verlassen hatte, dennoch traute ich mich nicht, das Deckenlicht anzumachen.

Es würden nur Erinnerungen der Vergangenheit aufkommen.

Meine Eltern.

Dorian.

Alexander.

Vor allem die letzteren beiden Namen durften in meinem Kopf keinen Nährboden finden. Noch nicht. Leider wurde es mit Gages Anwesenheit nicht einfacher, sie auszuschließen. So sehr ich es mir auch wünschte, dieses Kapitel meines Lebens war noch lange nicht vorbei.

Also musste ich für den Rest der Zeit meine Gefühle ausstellen. Egal wie. Sonst würde ich den Schmerz nicht überleben.

Kapitel Sechsundzwanzig

Chloe 

»Verdammt, wo sind die Aspirin?« Ich stellte mich auf die Zehenspitzen und wühlte blind in einem oberen Fach des Küchenschranks. Meine Finger ertasteten aber nur Plastikverpackungen. Nichts, was das schwere Pochen in meinen Schläfen lindern konnte.

Super.

Mit dem schalen Geschmack des Alkohols von letzter Nacht ließ ich mich auf das Sofa fallen und vergrub das Gesicht in den Kissen. Die Sonne schien grell durch die Fenster.

Gage musste die Jalousien hochgezogen haben. Das machte er jeden Morgen, nachdem ich *ausgegangen* war. Dafür hasste ich ihn immer wieder aufs Neue.

Wo war er überhaupt? Und wie viel Uhr war es?

Meine schweren Augen schweiften zum Backofen, der auf einem kleinen Display rote Ziffern zeigte.

08:28 Uhr.

Das beantwortete auch meine erste Frage.

Erst wenige Wochen waren vergangen, seit er hier aufgeschlagen war. Es war also nicht schwierig, seinen Tagesablauf zu kennen. Gage ging wahrscheinlich davon aus, dass ich noch im Bett lag und den Rausch ausschlief.

Das konnte ich heute aber nicht. Ich wusste selbst nicht, woran es lag. Denn mein Kopf fühlte sich an wie Brei; meine Gliedmaßen waren kalt und sandten bei jeder Bewegung Schmerzwellen durch meinen Körper. In meinem Bett konnte ich allerdings auch nicht liegen bleiben wegen meines ... Dates. Wenn man einen Mann, den man im Club kennengelernt und mit dem man höchstens eine Handvoll Sätze gewechselt hatte, überhaupt so nennen konnte.

Das Geräusch des klickenden Schlosses weckte meine Aufmerksamkeit. Gage kam durch die Haustür – mit einem großen Einwegbecher und einer Papiertüte in der Hand. Sein Blick fiel sofort auf mich.

»Na, sieh mal einer an, wer schon wach ist.« Ich gab ein Murmeln von mir, das meine Stimmung perfekt widerspiegelte. »Ein Sonnenschein wie eh und je.«

»Du kannst gehen, wenn es dir nicht passt. Dagegen habe ich absolut nichts einzuwenden.«

Schulterzuckend bahnte er sich einen Weg in die Küche und nahm sich Besteck und Geschirr heraus. »Du willst nichts essen, oder?«

Meine Augenbrauen schnellten in die Höhe. Prompt schoss ein qualvoller Blitz durch meinen Kopf. »Wenn du willst, dass ich dir auf deinen Teller kotze, liebend gern.«

Er setzte sich an den Tisch und packte das Essen aus. Es war ein Brötchen, welches mit Käse überbacken und mit einem komisch riechenden Aufschnitt belegt war. Vielleicht reichte allein dieser Gestank aus, um das letzte bisschen Mageninhalt, welchen ich noch besaß, an die Oberfläche zu bekommen.

»Wieso bist du schon hier? Eigentlich kommst du doch erst mittags aus deinem Zimmer gekrochen«, sagte er zwischen seinem ekelerregenden Kauen. Er machte es mit Absicht.

»Ich wollte dich mit meiner Anwesenheit beglücken, was son–«

Ein Krachen schnitt mir das Wort ab. Es kam von oben. Von meinem Zimmer. Verdammt. Er war wach.

»Ahhh.« Gage versuchte sein Grinsen im Becher zu verbergen, was ihm nur minder gelang. Ich stattdessen musste mich zusammenreißen, meine Hände nicht vor mein Gesicht zu schlagen. »Der wöchentliche Fremde, der zu früh aus deinem Zimmer kommt. Mal sehen, wie dieser drauf ist. Der, den du letzten Dienstag abgeschleppt hast, hat am Tag danach nach meiner Nummer gefragt. Du warst wohl nicht überzeugend im Bett. Zumindest nicht überzeugend genug.«

»Klappe«, spie ich und schluckte, weil die Schritte immer lauter und deutlicher wurden. Gerade wollte ich mich in Luft auflösen. Ich brauchte diesen *Am-Morgen-danach*-Moment nicht. Mir blieb aber keine Zeit, zu fliehen.

Ein schmaler Mann mit dunkelbraunem Haar stieg die Treppe hinab; gefror in der Bewegung, als er Gage und mich sah. Er schluckte und kratzte sich am Hals. »Morgen.«

»Guten Morgen«, sagte Gage.

Meine Augen wichen beiden Männern aus. Lieber sah ich aus dem Fenster, in den viel zu hellen Himmel. Gerade wollte ich einfach schlafend in meinem Bett liegen. Nichts sehen. Nichts hören. Nicht nachdenken. Nichts spüren, außer Leere und Dunkelheit, die meine Seele in eine warme Decke wickelten. Mehr wollte ich nicht.

»Ich gehe dann mal.« Er stieg die restlichen Stufen hinab, streifte seine Schuhe und eine Jacke über. Ehe er aber verschwand, drehte er sich nochmal zu mir um. »Ich hoffe, wir sehen uns wieder.«

»Ja, klar«, nuschelte ich.

Zum Glück verstand er meine Reaktion. Denn das Nächste, was ich hörte, war die zufallende Tür. Sofort durchfloss Erleichterung meine Adern. Ich sollte mich wahrscheinlich schlecht fühlen, doch davon fühlte ich keinen Funken.

Räuspernd zog Gage meinen Blick auf sich. In seinen Augen stand Neugier gepaart mit Belustigung. Ich wusste, was mir bevorstand. Das sagte mir sein Ausdruck. Heute ließen auch die Fragen nicht lange auf sich warten. »Bist du zu deinen Bettgenossen immer so ... abweisend?«

Ich stand auf und schlurfte zu ihm an den Esstisch. »Ich will mit den Männern keine tiefgründigen Gespräche führen. Alkohol und Sex. Das ist alles. Das mache ich vorher immer klar. Ich komme auf meine Kosten. Er kommt auf seine Kosten. Was soll deiner Meinung nach daran kalt sein?«

»Smalltalk ist nicht tiefgründig, Chloe.«

»Aber anstrengend und unnötig. Besonders am Morgen.« Ich ließ mich ihm gegenüber fallen, nahm ihm den Becher ab und trank einen Schluck davon. Am liebsten hätte ich den lauwarmen, bitteren Kaffee wieder zurückgespuckt. »Wie zur Hölle kannst du das nur trinken? Das ist widerlich.«

»Dich zwingt keiner dazu.«

Augenrollend schob ich ihm den Kaffee wieder entgegen. »Wie hätte ich ihm erklären sollen, dass ich seinen Namen vergessen habe?«

Lachend warf er seinen Kopf zurück. Seine schwarzen Tattoos stachen deutlich auf seiner blassen Haut hervor. Je länger ich sie betrachtete, desto mehr verlor ich mich darin. Die schwarzen Wirbel, die ein Teil von ihm waren. Es – er – war ein schöner Anblick. Das war Gage schon immer gewesen. Heute lenkte es sogar von meinen pochenden Kopfschmerzen ab.

»Meinst du das ernst?«

»Na und?« Ich stützte mein Kinn auf meine Hand. »Wozu muss ich seinen Namen kennen? Er hat seinen Zweck auch so erfüllt.«

Mehr oder weniger. Denn tief in mir wusste ich, dass ich nie wieder dieselben Dinge fühlen würde wie mit dem einen Mann …

Darauf sagte er nichts mehr. Selbst sein Blick richtete sich nach unten; wich mir aus. Nichts Außergewöhnliches, da wir sowieso nicht viel miteinander redeten. Eigentlich war es die Ausnahme gewesen, dass ich mich zu ihm gesetzt und wir Worte ausgetauscht hatten.

Heute war einfach ein komischer Tag.

»Ich lege mich noch ein paar Stunden hin«, murmelte ich und stand auf. Ehe ich aber die Stufen hinaufging, fiel mir noch was ein. »Könntest du ein paar Kopfschmerztabletten besorgen? Ich habe heute Abend noch was vor.«

Nickend wandte er sich seinem Frühstück zu. Keine Frage zu meinen Plänen. Das musste er auch nicht, da Gage es wusste.

Alkohol und Sex.

Bis alles in mir betäubt war und ich mich in der Ekstase verlieren konnte.

Alexander

Die dunkle Klinge fuhr über die helle Haut und ließ hervorquellendes Blut zurück. Es floss in dünnen Rinnsalen über die nackte Brust des Mannes, der an Metallketten gefesselt von der Decke hing. Seine Lider waren gesenkt, doch ich konnte ihm keinen Laut entlocken. Zumindest noch nicht.

»Du wirst reden. Es ist alles nur eine Frage der Zeit. Wenn es sein muss, auch Monate«, murmelte ich und wanderte mit dem Messer zu seiner Lippe. Die Glieder der Kette klirrten, ließen meine leere Seele vibrieren. »Ich werde dich foltern, bis du kurz vorm Sterben bist. Dann lasse ich dich wieder zu Kräften kommen. Und dann fängt alles wieder von vorn an. Irgendwann wirst du dein Maul aufbekommen, das verspreche ich dir.«

Sein Blick wanderte zu mir. Er war träge. Gebrochen. Alles, was ich sehen wollte. Pure Hoffnungslosigkeit.

Es war der Mann, den Dorian über Wochen hinweg vor dem Theater gesehen hatte. Wie erwartet wurde auch er vom Mörder meiner Mutter geschickt; das zeigte mir die eingebrannte Nummer auf seiner Brust.

Ich schnitt sie aus ihm heraus, sodass er endlich schrie.

Mir war egal, ob er eine Familie hatte. Eine Frau. Kinder. Ein Haustier. Das war belanglos. Das Einzige, das wichtig war, war mein Wille an sein Wissen zu kommen. Der einzige Antrieb, der mir in den vergangenen Wochen noch geblieben war.

Ich warf das Messer in die Spüle an der Wand und

ging aus dem dunklen Raum, von dem man nicht dachte, dass er im Moskauer Theater lag. Der Gedanke erregte mich immer aufs Neue. Ein grausamer Platz in einem solch edlen Haus. Dieses dunkle Spiel – diese dunkle Eleganz – war möglicherweise genau das, was einem zu den schrecklichsten Taten verführte. Dieser Ort umgarnte einen, bis man von ihm in den Abgrund gezogen wurde.

Ein Abgrund, den man lieben lernte.

Ich richtete die Manschetten meines Hemdes, während ich die Gänge unter dem Theater entlanglief. Es waren erst wenige Leute hier, da es noch früher Morgen war. Die meisten lagen in ihrem Bett oder streiften in Gassen herum. Aber auf jeden Fall waren sie nicht hier. Selbst wenn mir eine verirrte Seele über den Weg lief, wich sie meinem Blick aus und verschwand. Niemand sprach mich an. Aus gutem Grund.

In den vergangenen Tagen wurde ich mit jeder verstreichenden Sekunde ein bisschen unangenehmer. Mir war das bewusst. Und in einer verdrehten Weise gefiel es mir. Selbst die Frauen, die mir in der Vergangenheit – einer sehr weit entfernten Vergangenheit – gute Dienste geleistet hatten, machten einen Bogen um mich.

Das sollte mir recht sein.

In Gedanken versunken merkte ich gar nicht, wohin mich meine Beine trugen, bis ich vor der Statue einer Frau zum Halt kam. Sie rankte sich auf einem Platz in die Höhe, der das Herz unter dem Theater darstellte. Von hier aus kam man in alle Teile des riesigen Labyrinths. Schon als Kind war ich von der Gestalt fasziniert gewesen. Das Messer in ihrer Hand. Die Kreaturen – Dämonen, Himmelswesen, Menschen – auf welchen sie thronte. Der elitäre Ausdruck auf ihrem gemeißelten Gesicht.

Mein junges Ich hatte Stunden vor ihr auf dem Boden gesessen und mit Autos gespielt.

Dieser Ort hatte schon immer eine anziehende Wirkung auf mich gehabt. Alles an dieser Frau war hypnotisierend. Auch wenn sie nur aus Stein war. Selbst als Jugendlicher, als mir das erste Mal das Herz gebrochen worden war. Zumindest hatte ich das damals gedacht. Jetzt war ich mir nämlich nicht mehr sicher, ob der Schmerz wirklich einer war.

Heute fühlte sich das anders an; verging nicht nach einer beliebigen Ablenkung, die hinter einer Tür lauerte. Heute zog der Schmerz mit jeder verstreichenden Sekunde ein kleines Stück mehr meines *Ichs* aus mir.

Ich richtete meinen Blick erneut auf die Statue, suchte in ihr die eine Antwort auf all meine Fragen. Auf all die Probleme. Denn in diesem Moment konnte ich nicht darüber nachdenken. Selbst wenn ich es versuchte, brannten meine Augenlider. Deswegen starrte ich sie an. Und hoffte.

»Ich wusste, dass du hier bist.«

»Was willst du?« Ich sah Konstantin nicht an. Er stand hinter mir – das verriet mir das Prickeln in meinem Rücken. »Solltest du nicht für Dorian Babysitter spielen?«

»Ich brauche eine Pause. Er ist anstrengend.«

An meinen Mundwinkeln zupfte ein Lächeln. »Oh ja, das kann ich mir vorstellen. Er hasst es, irgendwo eingesperrt zu sein. Vor allem ohne eine Frau.«

Ein tiefes Murmeln ertönte, ehe sich seine Hand auf meine Schulter legte. Beide standen wir also da und betrachteten die Statue vor uns.

»Geht's dir gut?«, fragte mein Bruder. In seiner Stimme schwang Sorge mit. Etwas, auf das ich getrost verzichten konnte. Doch sah ich eine gute Absicht darin.

Wahrscheinlich war er der Einzige, der nur ansatzweise wusste, wie es in mir gerade aussah. Welches Chaos in mir wütete. Ich war zu schwach, alles in mir versteckt zu halten. Was in mir ausgebrochen war, als Chloe mich verlassen hatte. Da hatte sich Konstantin eben gut angeboten. Er war immerhin mein Bruder. Wem hätte ich sonst vertrauen sollen?

Dorian? Auf keinen Fall. Er hasste mich bis aufs Blut dafür, dass ich seiner Schwester alles erzählt hatte.

Meinem Vater? Sicher nicht.

Gage? Der Gedanke an den tätowierten Mann sandte Gänsehaut über meine Gliedmaßen.

»Ja, ich kann bloß nicht schlafen. Und bevor ich heimfahre, muss ich noch Gage anrufen.«

Seufzend betrachtete er mich von der Seite. »Ich weiß echt nicht, wieso du dir das antust. Wenn etwas nicht stimmen sollte, würde er sich melden.«

»Ich kann nicht anders.« Bei der letzten Silbe meiner Worte brach meine Stimme. »Das musst du nicht verstehen.«

»Ich will es auch gar nicht.«

Es war die reinste Qual. Denn ich wollte alles wissen. Es war ein Befehl, den der Mann, der in Südfrankreich war, oft nur widerwillig ausführte. Nie hätte ich gedacht, dass jemand dazu in der Lage war, mir mit Worten einen Dolch ins Herz zu rammen. Und das immer und immer wieder.

Mein kleiner Bruder sah müde aus. Sein Haar hing platt hinab, seine Schultern waren spannungslos. Ein Bild, welches er nur mir zeigte. Aber selbst das war immer seltener der Fall. Die Jahre hatten jeden von uns gezeichnet, sodass unser kindliches Selbst nur noch ein blasser Schatten war.

Tief in mir war ich mir aber bewusst, dass er verstand,

wie es war, nicht loslassen zu können. Egal, wie schmerzhaft es war. Dazu hatte er unsere Mutter zu sehr geliebt.

Mutter.

Der Mann kam mir wieder in den Sinn, welcher von der Decke hing.

»Ich habe ihn übrigens fast so weit.«

»Das haben wir schon oft gedacht. Ich frage mich immer noch, wieso gerade jetzt. Im letzten Jahr hat er immer mehr seiner kleinen Spielfiguren geschickt.«

»Alles, was ich dir sagen kann, sind auch nur Vermutungen.«

Konstantin strich sich eine lange Strähne hinters Ohr. »Lass mich daran teilhaben.«

»Provokation.« Schnaubend entfuhr ihm ein gedrücktes Lachen. »Du scheinst mit meiner Erklärung nicht zufrieden zu sein.«

»Weil sie zu einfach ist. Und weil wir schon oft darüber gesprochen haben.«

»Es ist aber die einzig plausible Erklärung.« Ich drehte mich ihm nun vollkommen zu. »Vater hat aufgegeben. Er hat aufgehört zu spielen. Aber wenn dein Partner nicht aufhören will ... Ich würde alles tun, um eine Reaktion zu bekommen. Und er bekommt eine von uns. Anscheinend reicht ihm das.«

»Wieso sollte er es wollen?«

»Er hat die Frau des Bosses der russischen Mafia umgebracht. Ich kann mir vorstellen, dass das den ein oder anderen mit einer perversen Befriedigung erfüllt.«

Egal wie viel Antrieb Vater über die Zeit verloren hatte, Konstantin hatte jeden Tropfen davon aufgesaugt. Jeder Einzelne hatte sich in ihm multipliziert. »Er wird uns sowieso nichts sagen. Nichts, was hilfreich ist.«

»Irgendwann wird jemand kommen, der uns einen Tipp gibt. Bis dahin werden wir geduldig sein müssen.

Deswegen kümmere ich mich um ihn und du dich um Dorian.«

Seine Augenbrauen schnellten in die Höhe, während er ein hustendes Lachen zu unterdrücken versuchte. Wenigstens verlor er seinen Humor nicht. Selbst in dieser Zeit. »Ich kümmere mich um Dorian, weil er dir eher früher als später den Kopf abreißen würde.«

»Wie auch immer.« Ehe ich aber nach mehr Informationen zu Dorian fragen konnte, fing mein Smartphone in meiner Hosentasche an zu vibrieren.

Ich fischte es heraus. Der kurze Name, der aufblinkte, ließ mein Herz zusammenkrampfen.

Gage.

»Geh nicht ran.«

Mein Blick zuckte zu Konstantin. Seine Lippen waren zusammengepresst, in seinen Augen lag ein drohender Schimmer.

Aber ich konnte nicht ... Ich drückte auf die grüne Taste und hielt mir das Smartphone ans Ohr.

»Ja?«, fragte ich, während Konstantin sichtlich genervt war. »Ist alles okay?«

»Ja, ich wollte dir nur Bescheid sagen, dass es ihr gut geht.« Im Hintergrund zwitscherten Vögel, man konnte sogar leise fahrende Autos hören. Es musste in Frankreich später Morgen sein. »Schlecht gelaunt, aber das ist sie ja immer.«

Ich presste die Lippen zusammen. Diese Telefonate waren nie einfach.

»Wie viele waren es diese Woche?«

»Alex ...« Ich sah Gage förmlich vor mir. Er kratzte sich den Hals. Sein Gleichgewicht verlagerte sich von einem Bein auf das andere. Unruhig. »Das ist nicht wichtig.«

»Doch, für mich.« Konstantins Blick wurde fragend.

»Du hattest bis jetzt auch keine Probleme damit, mir zu sagen, wie viele Männer sie hatte.«

Mir fehlte der Schneid, meinen verschwommenen Blick vom Boden zu lösen. Es war sogar angenehmer, meine Augen auf den hellen Stein zu richten, als die Reaktion meines Bruders mitzubekommen. Er wollte mir sowieso schon einreden, dass ich Chloe endlich vergessen sollte.

»Fünf.«

Jeden Abend einen neuen. Bis jetzt.

»Was hat sie heute vor?«

Gage atmete tief ein. »Die Frage kannst du dir selbst beantworten.«

Wenn der Sex ihr half, zu heilen, musste ich damit leben. Ihre Seele hatte in den letzten Wochen viel zu viel durchgemacht. Ihr Bruder. Der Tod ihrer Eltern. Jeder ging anders mit seiner Trauer um. Wenn es ihr also half, durfte ich meine dummen Gefühle nicht über sie stellen. Dazu hatte ich kein Recht. Es ging schon zu weit, dass ich nach ihr fragte.

Meine Angst um sie überschattete allerdings meinen Verstand. Solange die Gefahr nicht aus dem Weg geräumt war, würde sich das auch nicht ändern.

»Pass auf sie auf, Gage.«

»Alex–«

Ich legte auf.

Ich wollte nicht hören, welche Worte er noch zu sagen hatte. Vor allem wollte ich Konstantins Meinung nicht hören, weshalb ich das Smartphone wieder zurück in die Hosentasche gleiten ließ und loslief. Blind und kopflos.

Meine Beine brachten mich an denselben Ort, von dem aus sie mich hierher getragen hatten.

Mein Gefangener hob den Blick nicht; spannte

keinen Muskel an, als wüsste er nicht, dass ich wieder hier war.

Mit schnellen Schritten ging ich zum Spülbecken und schnappte mir das Messer. Das Blut an der Klinge war schon längst getrocknet; fiel durch meinen Elan in dünnen Flocken gen Boden.

»Du wirst jetzt deine verfickte Fresse aufmachen und mir erzählen, wo sich dieser Feigling versteckt.« Ich packte sein Haar und riss seinen Kopf zurück, sodass er mir aus gesenkten Lidern entgegenblickte. »Rede!«

Hustend zuckten seine gestreckten Arme, was die Ketten wieder zum Klirren brachte. Gepaart mit meinem schweren Atem war es aber das einzige Geräusch.

»Rede!«, brüllte ich und bohrte die Klinge in seine Flanke. Er schnappte nach Luft und riss die Augen weit auf. Zuvor waren es immer nur ein paar Fleischwunden gewesen, oder ein Glied seines Fingers, welches mir zum Opfer gefallen war. Die Wunde, die ich ihm gerade zugefügt hatte, könnte ihm mit einer falschen Bewegung das Leben kosten. Das musste auch mir bewusst sein. Wer konnte wissen, wann er den nächsten unbedeutenden Mann mit der Mission herschickte, Vater und uns zu provozieren? Ich durfte das nicht vermasseln – egal, wie viele Emotionen gerade ihre Klauen in mein Herz und meine Seele schlugen. »Na, mach schon!«

Wieder Gehuste, bei dem diesmal Blut aus seinem Mund quoll. Es verlieh seinen blassen Lippen neues Leben und färbten seine Zähne rot. »Er wird niemals loslassen.«

»Was will er?«

»Tod. Tod der Familie Putchenko.«

Ein Lächeln breitete sich auf meinen Lippen aus. Es brannte sich wie Säure durch meinen Körper. Und es fühlte sich so gut an ... »Ach, und deswegen schickt er seine kleinen Spielfiguren? Hat er nicht die Eier dazu, selbst hierher zu kommen?«

»Du verstehst das nicht.«

»Ach nein?« Auf meinen Gaumen legte sich ein bitterer Geschmack, schürte meine Lust nach frischem, heißem Blut. Ich wollte foltern. Seinen Schmerz unter meinen Finger fühlen, bis er anfing zu reden. Oder bis der letzte Funke in ihm erlosch. »Für mich sieht das klar aus. Er hat dich hierhergeschickt, um zu sterben. Was auch immer er dir oder deiner Familie versprochen hat, er wird es nicht einhalten. Weißt du, wieso? Weil du hier nicht lebend herauskommst. Und welche Rechenschaft schuldet man einem Toten?« Sein Blut wärmte meine Hand, während ich die Klinge immer tiefer in sein Fleisch trieb. »Sag mir, wo er ist.«

In der Leere seiner blassen Iriden blitzte für eine Sekunde Hoffnungslosigkeit auf. Eine Regung, die in mir genau das Gegenteil schürte. »Er hat meine Schwester. Er versteckt sich in Paris. In –« Der Mann gab ein gurgelndes Geräusch von sich. Blut floss in Strömen aus seinem Mund, ehe das Leben endgültig aus ihm schwand.

Er war tot.

Durch eine dicke Decke in meinem Kopf klang das Geräusch des Messers zu mir, welches auf den harten Boden aufschlug. Blut rauschte durch meine Ohren. Ich stolperte zurück, konnte meinen Blick nicht vom Leichnam abwenden.

Das Einzige, das in mir hallte, war ein Wort. Besser gesagt ein Ort.

Paris.

Paris.

Paris.

Chloe 

»Wen rufst du da eigentlich immer an?«

Gage steckte sein Smartphone in die Hosentasche und setzte sich zu mir auf das Sofa. Er streckte seine Beine aus, breitete seine Arme auf der Lehne aus.

»Das geht dich nichts an.«

Einer meiner Augenbrauen hob sich. »Du wohnst unter meinem Dach, also geht es mich was an. Meinetwegen kannst du auch unter einer Brücke schlafen.«

»Das traust du dich nicht.«

»Forderst du mich heraus?« Ich setzte mich auf, während mein Mundwinkel nach oben kroch. Die Stimmung von heute Morgen war schon längst verschwunden. Auch der Mann, der mit mir die Nacht verbracht hatte, war nur noch ein Geist der Vergangenheit.

»Du würdest dich nicht mit mir anlegen.«

»Wieso nicht?«

Ich stieß ihn mit dem Fuß in die Seite. Fest, doch regte sich kein Muskel seiner Miene. Ehe ich ihn nochmal necken konnte, packte er mein Fußgelenk und zog mich näher zu sich. »Schon vergessen, wer ich bin? Oder eher gesagt, was ich schon alles gemacht habe?«

Darüber wollte ich nicht nachdenken. Und damit wollte ich jetzt auch nicht anfangen. Zu sehr hatte ich in den letzten Wochen alles dafür getan, jeden Gedanken daran auszusperren. Oder so weit zurückzudrängen, dass es nicht mehr als eine Nichtigkeit war.

Es würde der Tag kommen, an dem er gehen und ich ihn nie mehr sehen würde. Bis dahin musste ich damit leben. Mit dem, was er war. Mit dem, was er getan hatte und was er nach seinem Aufenthalt in Frankreich wieder tun würde.

»Ich habe keine Angst vor dir«, sagte ich; musste mich auf die Ellenbogen stützen, um nicht flach mit dem Rücken auf dem Sofa zu liegen. »Vor allem, da dein Leben sowieso langweilig ist.«

Gage löste seinen Griff um meinen Fuß nicht. Im Gegenteil, der Druck seiner Finger wurde höher. »Gut zu wissen, dass du das so gut beurteilen kannst.«

»Du sitzt die meiste Zeit am Tisch und isst oder starrst vor dich hin. Oder du telefonierst. Oder du schläfst auf dem Sofa. Du gehst nicht mal mit mir in die Bar oder in den Club.«

»Doch, ich bin dort, du bekommst es nur nicht mit.«

»Wie bitte?« Kleine Fältchen bildeten sich auf meiner Stirn. »Wieso hast du nie etwas gesagt?«

»Ich hätte gedacht, das ist selbstverständlich. Immerhin weißt du, dass ich auf dich aufpasse. Hast du wirklich gedacht, dass ich dich allein an einen Ort gehen lasse, an dem dir wer weiß was passieren kann?«

Ich presste meine Lippen zusammen. Vor Wut. Über mich.

Wie hatte ich es nicht bemerken können?

»Wieso bist du dann nie mit mir für mich wissentlich irgendwohin gegangen?«

»Was soll ich bei dir? Ich hätte dir doch sowieso nur im Weg gestanden, während du die Männer abgeschleppt hast. Außerdem hättest du dich anfangs dagegen gesträubt. Deswegen habe ich meine Klappe gehalten und bin dir gefolgt.«

»Dann gehst du heute Abend mit mir.«

Seine Augen weiteten sich. »Das willst du?«

Ich löste mich von ihm und stand von der Couch

auf. Er verfolgte meine Bewegung, die Überraschung und Verwunderung weiterhin in seinem Gesicht sichtbar. »Wieso nicht? Du solltest nicht auf Spaß verzichten, bloß weil du den Babysitter für mich spielen musst.«

»Wieso so gute Laune?«

Schulterzuckend nahm ich mit den Zähnen meine Lippe gefangen, während mein Blick an seiner Gestalt hinabwanderte. Er hatte kein Gramm an Muskelmasse über die Wochen hinweg verloren. Wie er das machte? Keine Ahnung, aber ich wusste jetzt schon, dass er alle Blicke im Club auf sich ziehen würde.

Merkwürdig, dass ich ihn zuvor nie bemerkt hatte. Denn er war eine Erscheinung – das konnte man nicht bestreiten.

»Vielleicht liegt es an der Kopfschmerztablette, die ich auf meinem Nachttisch gefunden habe.«

»Es wäre auch eine Überlegung wert, nicht mehr so viel zu trinken.«

»Wo bleibt dann der Spaß?«, lächelte ich, wollte schon wieder nach oben, doch musste ich noch eins klar stellen. »Heute Abend also.«

Auch wenn er zweifelnd dreinschaute, nickte er, was mein Lächeln breiter werden ließ.

~

Meine Hände wanderten über das Leder von Gages Jackenkragen, wobei sein weiches, schwarzes Haar meine Finger kitzelte.

»Du wirst heute nicht lange bei mir bleiben«, flüsterte ich und trat einen Schritt zurück.

»Wie meinst du das?«

»Mich würde es nicht wundern, wenn sich dir reihenweise Frauen an den Hals werfen. Möglicherweise auch der ein oder andere Mann.«

Denn er sah verdammt gut aus.

Gage war vollkommen in schwarz gekleidet. Unter der Jacke trug er ein T-Shirt. Auf seinen Hüften saß eine Jeans, die an einigen Stellen zerrissen war. Und an seinem Handgelenk glitzerte eine goldene Uhr, die perfekt zu den dunklen Flecken in seinen Augen passte.

»Tja, aber meine Augen werden nur auf dir liegen.«

Augenrollend machte ich den Reißverschluss meiner Stiefel zu und zog das dunkelblaue Kleid wieder an seinen Platz. »Ich habe nichts dagegen, wenn du mal zwanzig Minuten mit einer Frau auf die Toilette verschwindest. Du lässt mich immerhin auch allein, wenn du einkaufen gehst.«

»Weil ich weiß, wo du genau bist und was du machst. Außerdem haben die Nachbarn ein Auge auf das Haus, nach all dem, was passiert ist.«

Was? »Wirklich?«

»Ja, sie machen sich Sorgen um das Kind, das sie über Jahre aufwachsen sehen haben.«

Das hatte ich gar nicht mitbekommen. Das Wissen hinterließ ein Brennen in meiner Brust; ein Gefühl, welches ich schon lange nicht mehr gespürt hatte.

Ich hasste es.

»Wie gesagt, wenn du willst, kannst du es machen.«

»Keine Sorge. Ich habe keinen Sexentzug. Wenn das Ganze noch länger dauert, werde ich schon einen Weg fürs Vögeln finden.« Wer auch immer die Frau werden würde, sie würde auf ihre Kosten kommen.

Ich hatte mit seiner Wirkung auf Frauen nicht unrecht. Schon vor dem Club hatte er interessierte Augen auf sich gezogen, doch als wir den Hauptraum betraten, der von zuckenden, farbigen Lichtern erhellt wurde, verschlangen sie ihn. Mich beachteten sie gar nicht.

Er schlang einen Arm um mich und führte mich zur überfüllten Bar.

Seine Lippen legten sich an mein Ohr. »Was willst du trinken?«

»Tequila!«

Ich brauchte etwas Starkes. Und es dauerte auch nicht lange, bis der Barkeeper uns zwei Shots einschenkte und sie uns über die Theke schob.

»Auf einen guten Abend«, sagte er und hob das kleine Glas.

Mehr als ein Lächeln schenkte ich ihm nicht, bevor ich mit ihm anstieß und die Flüssigkeit herunterkippte. Meine Kehle wurde sofort von einem angenehmen Brennen erfüllt.

Gage schien der Alkohol nichts auszumachen.

»Soll ich uns noch eine Runde holen?«

Ich gab ihm das leere Glas zurück und nickte. »Solange du bezahlst.«

»Natürlich«, lachte er und bahnte sich erneut einen Weg zur Bar.

Ich stützte mich auf die Platte vor mir und beobachtete die tanzende Menge. Jeder Nerv in mir schrie, in ihr zu verschwinden und mich treiben zu lassen, bis ich mit dem Rhythmus der Musik verschmolz. Es war ein Drang, doch konnte ich ihm widerstehen. Bis jetzt.

»Hey.«

Ein Mann lehnte sich neben mir an die Theke. Er war etwas klein, hatte aber ein symmetrisches, perfektes Gesicht. Ein bisschen zu perfekt vielleicht.

»Hey.«

Sein Blick fuhr meinen Körper hinab. Dreist und vorschnell, was mich aber eigentlich nicht kümmerte. Heute allerdings stieß es mir auf. »Darf ich dir einen Drink ausgeben?«

Ich zwang ein Lächeln auf meine Lippen, während ich mit meinen Augen nach Gage suchte. »Ich bin in Begleitung hier, tut mir leid.« Als hätte er es gemerkt, dass ich über ihn sprach, legten sich Gages Augen auf uns. Er schob dem Barkeeper gerade Bargeld entgegen. Mein Kinn nickte zu ihm. »Er ist meine Begleitung.«

Die Augen des Unbekannten weiteten sich; er nickte aber. »Alles klar, vielleicht sieht man sich ja an einem anderen Tag.«

Mit diesen Worten ging er und wurde von Gage abgelöst, der mit den Shotgläsern zu mir kam. »Dort hinten ist eine freie Nische. Wenn du dich also ein wenig hinsetzen willst …« Ich folgte seinen Augen, die eine kleine Sitzecke fixierten. Es gab mehrere, wobei die meisten besetzt waren. Die Leute tranken, redeten, lachten. Manche von ihnen berührten sich gegenseitig auf eine Weise, wie es nicht für die Öffentlichkeit gedacht sein konnte.

Vielleicht war es dort auch leiser.

»Wieso nicht.«

Ich folgte ihm und ließ mich auf das weiche, violette Polster fallen. Gage sah mich einen Moment von oben herab an, ehe er sich neben mich setzte und die Shots auf den Tisch stellte.

»Hast du deinen Partner für heute Nacht schon gefunden?«

Meine Augenbrauen schnellten nach oben, doch da kam mir der junge Mann an der Bar wieder in Erinnerung. Kopfschüttelnd fuhr mein Finger über den Rand eines der Gläser. »Er wollte mir etwas ausgeben. Ich habe ihm gesagt, dass ich mit jemandem hier bin. Ich kann dich ja schlecht nach ein paar Minuten sitzen lassen.«

Er legte einen Arm auf die Lehne hinter mich, unterdrückte sichtlich ein Grinsen. »Das hat er einfach so hingenommen?«

»Wie soll ich das auffassen?«

»Naja …« Sein Blick blieb an meinen Zügen hängen. »Ich wäre hartnäckiger geblieben.«

Hitze kroch über meine Haut, während ein Kribbeln über meine Wirbelsäule lief. »Als ich ihm gesagt habe, dass ich mit einem Mann hier bin, hat er schnell das Interesse verloren. Er war sowieso nicht mein Typ.«

»Das kümmert dich doch sonst auch nicht.«

»Stimmt«, murmelte ich und trank das nächste Shotglas leer.

Gages Blick wandte sich keinen Moment von mir ab. Er glitt von meinen feuchten Lippen zu meinen Brüsten, auf welchen er einen Moment verweilte. Einen langen Moment. Sie wurden durch das Kleid perfekt in Szene gesetzt. Er nahm seine Unterlippe zwischen die Zähne – tat sich schwer, mir wieder in die Augen zu sehen. In ihm stand reines Verlangen. Seine Reaktion war Feuer in meinen Adern.

Ich genoss es, dass ich es war, welche die Lust in ihm hervorrief. Nicht eine beliebige andere, die sich an seinen Hals werfen würden. Nein, ich war es, die Kontrolle über ihn hatte.

»Lass uns tanzen!« Ich nahm seine Hand und zog ihn mit mir auf die Tanzfläche. Sofort verschlang uns die Menschenmenge und entführte uns in eine Welt aus wilden, schwitzigen Körpern, die uns in ihren Bann zogen. Gemischt mit dem pochenden Bass wurde meine Seele federleicht. Eine Schwere aber blieb.

Gage.

Er wusste sichtlich nicht, was er machen sollte. Er konnte nicht abschalten – das wusste ich.

Ich nahm seine Hände und legte sie auf meine Hüften, während ich ihm ein neckisches Lächeln zuwarf. Mehr brauchte es nicht. Auf seiner Miene spiegelte sich mein Ausdruck wider, während er endlich seine Anspannung ablegte.

Er dreht mich um und presste seinen Körper von hinten an mich, während ich mich an ihm rieb. Die pulsierende Musik machte alles intensiver; ließ jeglichen Zweifel in meinem Kopf verstummen.

Obwohl wir uns in einem Meer aus Menschen befanden, wurde meine Welt auf den Mann hinter mir reduziert. Auf seinen herben Geruch. Seine Stärke, die meine Nerven aufweckte. Seine Arme, die mich hielten und führten.

Gage fuhr mit den Lippen über meinen Hals. Sie hinterließen eine heiße Spur, die sich tief in mein Inneres fraß. Instinktiv zuckte mein Hintern zurück, presste sich eng an seinen Schritt. An seine Erektion.

Sofort sammelte sich Feuchtigkeit in meiner Mitte. Das Pochen zwischen meinen Beinen ließ mich an nichts denken außer ... Vögeln. Mit dem Mann hinter mir, dessen Lust sich deutlich an mich drückte.

Ich drehte mich zu ihm, sah ihm in seine glitzernden Augen.

»Komm«, rief ich ihm ins Ohr, nahm ihn bei der Hand und zog ihn mit mir. Zusammen quetschten wir uns durch die wilde Menge, die uns keines Blickes würdigte. Und ich ließ ihn erst wieder los, als wir im Vorraum des Clubs angekommen waren.

Niemand war hier.

»Geht's dir gut?«

Meine Finger fanden seinen Hals, fuhren die dunklen Wirbel auf seiner hellen Haut nach. Bei meiner Berührung zuckte er zusammen, was ein Lächeln auf meine Lippen zauberte. »Mir geht's gut.«

»Bist du dir sicher?«

»Mhmm.« Ich trat näher an ihn heran. Meine Hand wanderte zu seiner Brust, sodass sich sein Atem beschleunigte. »Weißt du, was ich zu dir gesagt habe? Dass du meinetwegen eine Frau auf der Toilette ficken darfst? Lass es uns machen.«

»Lass das«, sagte er mit fester Stimme und riss meine Hände von seinem Körper.

»Wieso?« Ich blickte zu ihm auf und bewunderte seine Tattoos. Irgendwie hatten sie etwas Hypnotisches an sich. Vielleicht lag es aber auch daran, dass ich das ein oder andere Glas zu viel getrunken hatte. Wer wusste das schon? Und eigentlich war es egal. Vollkommen egal. »Bin ich nicht hübsch genug für dich?«

Er schüttelte den Kopf und fuhr mit den Fingern durch mein Haar. »Du würdest es bereuen. Genauso wie ich.«

»Nein.«

»Wir wissen doch beide, dass du irgendwann das Unvermeidbare einfordern wirst.«

Mein Kopf legte sich schräg, wobei ich versuchte, die Bedeutung seiner Wörter zu verstehen. Sie drangen nur langsam durch die wohlig flauschige Wärme in meinem Kopf. »Aber das fordere ich doch gerade.«

»Das meine ich nicht.«

»Was dann? Was hält dich davon ab, mit mir zu schlafen?«, nuschelte ich und begann wieder mit meinem Zeigefinger auf Wanderschaft zu gehen. Diesmal fuhr er über den unteren Saum seines Shirts; streifte dabei das weiche Leder seines Gürtels.

»Du trinkst gerade all deine Gehirnzellen tot. Aber wenn diese und die Phase des Vögelns mit fremden Männern vorbei ist, wirst du mich bitten, dich zu Alex zu bringen. Das weiß ich. Und du weißt das auch.«

Als hätte ich mich an ihm verbrannt, stolperte ich zurück und sah ihn mit großen Augen an.

Seine Worte – dieser Name, der aus seinem Mund kam ... Es war, als hätte Gage mein Herz aus der Brust gerissen und vor meinen Augen in zwei Hälften geteilt. Nicht mal der Alkohol in meinem Blut konnte diesen Schmerz betäuben, der sich wie ein Feuer in mir ausbreitete.

»Du hast keine Ahnung«, spie ich und wich weiter zurück.

Doch hatte ich da die Rechnung ohne ihn gemacht.

Er packte mich am Arm und schüttelte mich. Gerade wünschte ich mir nichts sehnlicher, als wieder in der Menschenmenge zu sein und mich in ihr treiben zu lassen.

»Von was habe ich keine Ahnung, Chloe?«

»Ich will ihn nie wiedersehen. Und jetzt lass mich los, sonst fängst du dir eine.«

Der Mann hatte keine Angst vor mir. Ich mit meinen schwachen Armen konnte wahrscheinlich nicht mal etwas gegen seinen massigen Körper anrichten. Dennoch, aus irgendeinem Grund, gehorchte er mir, sodass ich wieder in den überfüllten Innenraum gehen konnte.

Sofort suchte ich mir einen Weg auf die Tanzfläche; genoss die schwitzigen Körper der Unbekannten. Genoss den Bass, der in meinen Ohren dröhnte und jegliche Gedanken an den einen Mann in Russland übertünchte, welchen ich nie hätte kennenlernen dürfen.

Wegen meinen Gefühlen.

Wegen mir ...

Kapitel Siebenundzwanzig

Chloe

Ich wusste, dass dieser Tag irgendwann kommen würde.

Der Tag, an dem ich mich nicht einfach dem Alkohol hingeben und vergessen konnte.

Mit einem Drink in der Hand saß ich an der Theke einer kleinen Bar und versuchte mich nicht von meinen Gedanken verschlingen zu lassen. Doch sobald ich einen Schluck von der orangen, bitteren Flüssigkeit nahm, drehte sich mein Magen um. Als bräuchte mein Körper eine Pause. Als hätte er genug davon.

Mit schweren Lidern blickte ich mich um.

Dafür, dass es unter der Woche war, war der Innenraum gut gefüllt. Manche von den Gästen sahen auf den flimmernden Fernsehbildschirm, welcher ein Fußballspiel zeigte. Andere unterhielten sich und lachten miteinander.

Und dann gab es noch die Sorte – dazu gehörte auch ich –, die mit einem Getränk allein vor sich hinstarrte. Einer von ihnen saß einsam in einer Ecke.

Er gab ein trauriges Bild ab.

Sehe ich auch so erbärmlich aus?

»Ist ja auch egal«, murmelte ich und trank in einem Zug das Glas aus.

Wieder glitt mein Blick über die kleine Ansammlung von Menschen. Gage war nirgends zu sehen. Es war nicht verwunderlich. Er verbrachte auch nicht mehr die Nächte im Haus. Seit dem Vorfall im Club hatte ich kaum mit ihm gesprochen. Ich wusste nicht, wo er sich herumtrieb. Dennoch war ich mir im Klaren, dass er immer ein Auge auf mich hatte. Immerhin war das sein Befehl. Und er war loyal gegenüber *ihm*.

»Bist du allein hier?« Eine unbekannte Stimme holte mich aus den kreisenden Gedanken. Sie gehörte zu einem Mann, der sich neben mich auf einen Barhocker fallen ließ und mir ein freundliches Lächeln schenkte, welches ich nur halbherzig erwiderte. Das änderte nichts daran, dass mein Interesse geweckt war.

»Ja, kann man so sagen.«

Sein Lächeln wurde tiefer, als er sich auf die Theke stützte und mich mit seinen hellblauen Augen ansah. Eine braun-rote Strähne hing ihm ins Gesicht; machte ihn auf eine gewisse Weise attraktiv.

»Kann man so sagen?«

Schulterzuckend sah ich nochmal um mich. »Wir sind hier unter Menschen. Aber ja, ich bin ohne Begleitung hier.«

»Hast du heute Nacht noch etwas vor?«

»Nach Hause gehen. Wenn du willst, kannst du mitkommen.«

Seine Augenbrauen schossen in die Höhe. Meine forsche Art überraschte ihn. Es war nicht das erste Mal, dass ich diese Reaktion auf dem Gesicht eines Mannes sah. Aber mir war der Smalltalk zuwider. Mir war egal, was seine Hobbys waren, wo er herkam oder was sein Lieblingsessen war. Mir war sogar egal, wie er hieß. Das Einzige, was ich wollte, war, mich einige Momente in der Lust zu verlieren, die wie ein Pflaster auf meiner Seele lag.

»Hast du keine Angst, dass ich ein Serienkiller oder so bin?«, lachte er und kratzte sich am Hals. Ich musste ihn tatsächlich auf dem falschen Fuß erwischt haben.

»Nein, irgendwie nicht.«

Mir würde sowieso nichts passieren.

Gage und ich hatten nur eine Abmachung, an die ich mich immer hielt: Steig nicht in ein fremdes Auto.

Und irgendwas sagte mir, dass er nicht weit war, selbst wenn ich mit einem Mann intim wurde.

Ein verschmitztes Lächeln breitete sich auf seinen Lippen aus. »Wenn das so ist …«

Er nickte dem Barkeeper zu, deutete auf mich und legte einen Geldschein auf die Theke. Es schien genug zu sein, denn der Barkeeper sah wortlos zu, wie der Namenlose mir einen Arm um die Schulter legte und mich nach draußen in die Nacht führte.

»Mein Auto steht dort.« Seine gebräunte Hand deutete auf einen schwarzen Kleinwagen, der an der Straßenseite geparkt stand.

»Ich wohne nicht weit weg. Es ist einfacher, hinzulaufen.«

»Okay.« Vielleicht hätte er uns doch zu mir fahren sollen, obwohl ich damit Gage verärgert hätte. Denn je länger ich mit ihm den Gehsteig entlanglief, desto klarer wurde mein Kopf. Und desto weniger wollte ich das hier.

Ich war einfach müde ... »Willst du denn gar nicht wissen, wie ich heiße?«

»Wie heißt du denn?« Möglicherweise würde dann die Schwere von meinen Schultern fallen. Wenn ich mich richtig darauf einließ. Wie sollte das möglich sein, wenn man nicht mal den Vornamen des anderen kannte?

»Maxence. Und wie soll ich dich ansprechen?«

»Chloe.«

»Hübscher Name.«

Unser Gespräch ging nicht wirklich tief. Aber das musste es auch nicht. Denn es dauerte nicht lange, bis das Haus meiner Kindheit in Sicht kam. Außerdem wollte ich am liebsten gar nicht reden. Allerdings gab die Stille mir viel zu viel Raum, in Gedanken zu versinken.

Ich zeigte auf mein Zuhause. »Dort wohne ich.«

»Gehört es dir?« Die Verwunderung war deutlich in seiner Stimme erkennbar. Es war ein schönes Haus am Strand und ich war jung. Zu jung, um solch eins zu besitzen.

»Ich teile es mit meinem Bruder.« Keine Lüge, da ich es mit ihm geerbt hatte.

Angekommen wollte ich den Schlüssel aus meiner Tasche holen, da schloss er mich zwischen der Tür und seinem Körper ein und küsste mich. Seine kalten Lippen trafen auf meine, hinterließen dabei ein schmieriges Gefühl in mir. Als er seine Zunge in meinen Mund schob, fuhr ein eisiger Schauer über meinen Rücken.

Es lag nicht an ihm.

Sondern an mir.

»Maxence«, murmelte ich und schob ihn ein wenig von mir. Ohne Erfolg. Er drückte mich erneut gegen die Haustür und schob seine Hände in mein Haar. Er hielt mich fest, sodass ich mich keinen Millimeter bewegen konnte. Seine Zungenschläge waren jetzt gewaltsam und drängend. »Nein.«

»Ach, komm schon.« Seine Finger rissen an den Knöpfen meines Mantels, bis er vollen Zugang zu mir hatte. Jede Stelle, die er berührte, wurde eisig. Maxence hatte ausschließlich über das Shirt gestrichen.

»Nein.«

»Du wolltest es doch.«

»Aber –«

Er ließ mich nicht aussprechen.

Sein Mund lag erneut auf meinem, während sich seine Hände an meinem Körper zu schaffen machten. Sie strichen über meine Taille zu meinen Brüsten und drückten zu.

Ein kehliges Stöhnen brach den Kuss.

Es war nicht meins. Am liebsten würde ich ihn von mir stoßen. Meine Gliedmaßen waren aber steif; ließen sich nicht bewegen. Ich war starr; brachte kein Wort heraus. Egal, wie sehr ich ihn von mir schieben wollte. Egal, wie laut ich schreien wollte, dass er von mir ablassen sollte. Ich schaffte nichts davon.

Deshalb stand ich da und ließ es über mich ergehen. Und je länger ich dastand, desto leerer wurde es in mir. Es war nicht die Leere, die ich mir schon so oft gewünscht hatte. Nein, es war eine, die jegliches Leben aus mir saugte.

Es fühlte sich an, als würden Stunden vergehen, ehe er von mir abließ. Oder besser gesagt von mir weggerissen wurde.

Flatternd öffneten sich meine Lider, wobei ich gierig die frische Nachtluft einsog. Es war nicht Gage, der vor mir stand. Nein, es war der Mann, von dem ich nicht gedacht hatte, dass ich ihn jemals wiedersehen würde.

Mir starrten zwei grüne Augen entgegen.

Der Mann, der es mit seinem alleinigen Anblick schaffte, meinen Puls in die Höhe zu treiben.

Alexander.

Seine Brust hob und senkte sich ruckartig, während sein Blick auf mir lag. Seine Lippen waren einen Spalt geöffnet, sodass sein Atem sichtbar war. Alles an ihm war mir vertraut. Sein markanter Kiefer. Seine großen Hände, die zu Fäusten geballt waren. Seine Lippen, die aufgrund der Kälte blass waren. Seine Gestalt, die Wärme in mich zurückbrachte.

Er riss eine Wunde in mir auf, von der ich wusste, dass sie nicht heilen würde. Nie wieder. Nicht, nachdem ich ihn jetzt gesehen hatte. Nicht, nachdem er hier vor mir stand und mich auf diese Weise ansah.

»Was zum –« Maxence richtete sich auf, fasste Alexander ins Auge. Widerwillig riss dieser seine Aufmerksamkeit von mir ab und legte sie auf den Franzosen, der neben ihm um einiges kleiner wirkte. »Verpiss dich.«

Alexanders Mundwinkel hoben sich verächtlich. Es war nicht die Art von Lächeln, die er mir unzählige Male geschenkt hatte. Es war die Sorte, die nichts Gutes heißen konnte. Der Mann ihm gegenüber hatte ja keine Ahnung, wer vor ihm stand.

»Chloe hat dir doch zu verstehen gegeben, dass sie es nicht will.« Der Klang seiner Stimme entfachte einen Funken in meiner Brust, welchen ich lange nicht mehr gespürt hatte. Obwohl die Nuance der Drohung darin zu erkennen war, wollte ich mehr hören. Ich wollte mich in seiner Stimme ertränken.

Maxence' Wangen wurden rot. Keine Sekunde später holte er mit der Faust aus – mit Alexanders Gesicht als Ziel. Ehe sie diese aber erreichte, packte Alex sein Handgelenk und riss seinen Arm herum.

Etwas knackte. Gefolgt von einem qualvollen Aufheulen.

Seine Schulter war ausgekugelt. Und mich würde es nicht wundern, wenn irgendein Knochen in seinem Arm gebrochen war.

»Versuch noch einmal mich anzugreifen und das wird das Letzte sein, das du in deinem verfickten Leben jemals gemacht hast.« Der Russe stieß ihn weg und stellte sich vor mich, sodass er die Sicht auf mich blockte. »Du wirst Chloe nie wieder aufsuchen. Wenn du das dennoch tust, wirst du dir wünschen, dass du tot wärst.«

»Ihr seid doch verrückt.« Und dann verschwand er, mit seinem spannungslosen Arm, in der Nacht. Ließ mich mit Alexander allein.

Die wenigen Sekunden, in welchen er mir seinen starken Rücken zuwandte, fühlten sich wie eine Ewigkeit an. Seine Schultern hoben sich schwer. Wenn ich mich nicht irrte, zitterten sie sogar.

Ich konnte mir aber nicht vorstellen, dass ihm kalt war.

Es war die Wut. Das zeigten mir auch seine wilden Iriden, als er sich zu mir umdrehte. In seinen Augen tobte ein unerbittlicher Sturm, der mich in den Bann zog. In ihnen tat sich ein Abgrund auf, dem ich nicht entfliehen konnte.

Nicht, wenn er mir so nah war.

Das Herz in meiner Brust pochte wild, während ich verzweifelt nach Worten suchte. Denn ich musste den Mund aufmachen. Ich konnte nicht einfach wie angewurzelt hier stehen. Aber was sollte ich sagen? Sollte ich ihm dankbar sein, dass er einem Mann, der mich bedrängt hatte, die Schulter ausgekugelt hatte? Sollte ich wütend sein, weil er hier war?

»Hast du das Sprechen verlernt, oder was?«, blaffte

er. Es war wie ein Schlag ins Gesicht. Doch weckte es mich auf.

Ich schluckte. »Was machst du hier?«

»Was ich hier mache? Als ich dich gehen lassen habe, dachte ich, dass du wieder glücklich wirst. Dass du endlich heilst. Aber was machst du? Du fickst jeden Fremden, der dir in einer dreckigen Kneipe über den Weg läuft«, knurrte er.

»Als du mich gehen lassen hast?« Zorn breitete sich in meinen Adern aus. »Ich habe dich verlassen, Alexander.«

Er lachte bitter auf und schüttelte ungläubig den Kopf. »Das habe ich mitbekommen. Nur zu gut. Aber denkst du wirklich, ich wäre nicht zu deinem Schutz nach Frankreich gekommen? Dafür habe ich Gage geschickt, der dich anscheinend kein bisschen unter Kontrolle hat.«

Ich wusste nicht, was ich mit seinen Worten anfangen sollte. Zu sehr war ich von seinem Erscheinen überrascht. In mir sprühten zu viele Emotionen, welche nicht unterschiedlicher hätten sein können.

Es wurde nicht besser, als er den Haustürschlüssel aus meiner Hand nahm und das Schloss aufsperrte. Und als wäre das nicht schon an Dreistigkeit kaum zu überbieten, ging er über die Schwelle und streifte die Schuhe von den Füßen und die Jacke ab.

»Was machst du?«

»Komm rein, sonst erkältest du dich noch.« Er hatte zwar eine gute Absicht, doch sprachen seine Berührungen einen vollkommen anderen Ton. Da ich mich nicht bewegte – immer noch vom Schock paralysiert – packte er mich und zerrte mich ins Haus. »Du benimmst dich wie ein Kind.«

»Muss dich ja angeturnt haben, so oft wie du mich gevögelt hast.«

Sein Kiefer verhärtete sich, während eine blonde Strähne tiefe, gefährliche Schatten unter seine Augen warf.

Vielleicht sollte ich diese Dinge nicht sagen. Vor allem, da ich wusste, was in ihm steckte. Ein Verbrecher. Ein Mörder. All dies hielt meine Zunge allerdings nicht im Zaum.

Leichtsinnig. Dennoch wusste ich, dass er mich anders behandelte. Er würde mich niemals willentlich verletzen. Nicht körperlich. Genau das reizte ich aus.

»Gage ist übrigens langweilig. So, wie ich ihn in Moskau kennengelernt habe, ist er hier nicht.«

»Weil er einen Auftrag hat.«

Meine Augenbrauen hoben sich verächtlich, während ich langsam meine Schuhe von den Füßen zog. Bei jeder meiner Bewegungen wurde ich von Alexanders stechenden Augen verfolgt, was mir viel zu gut gefiel.

Wer weiß, vielleicht spricht gerade doch der Alkohol aus mir.

Während ich meine Jacke achtlos auf den Boden warf, sah ich ihn grinsend an. »Du kannst dich glücklich schätzen, *Alex.*« Sein Name glitt wie Öl über meine Zunge, hinterließ aber ein saures Brennen in meinem Herzen. »Er hat sich strikt geweigert, mit mir zu schlafen. Und eigentlich hätte ich ihn gerne gehabt. Seine Tattoos –«

Mehr konnte ich nicht sagen. Da er seine Lippen auf meine presste.

Er küsste mich.

Sein harter Mund war fordernd; machte da weiter, wo seine Berührungen aufgehört hatten. Zorn. Wut. Unendlich viele Gefühle steckten darin, die mir all meine Sinne raubten.

Als seine Zähne meine Unterlippe in Gefangenschaft nahmen, veränderte sich der Kuss. Dieser sinnliche Schmerz weckte mich auf; erfüllte mich mit pulsierendem Leben, welches schon lange nicht mehr in mir gewesen war.

Ich schlang meine Arme um seinen Hals und presste meinen Körper dicht gegen ihn. Die Stärke seiner Muskeln sandte Stromstöße zwischen meine Beine, welche nur er in dieser Weise auslösen konnte.

Seine Zunge glitt zwischen meine Lippen.

Es war ein Kampf, den wir ausfochten. Nichts Zärtliches lag in dem Kuss, dafür war der Sturm in unseren Herzen zu groß. Ein Sturm, der sich in heiße Lust verwandelte.

Seine Hände legten sich auf meinen Hintern und zogen mich fest an sich. Seine Erektion drückte sich deutlich gegen meinen Bauch, womit auch der letzte Widerstand in mir schmolz – falls er überhaupt vorhanden gewesen war.

Ich ließ mich ohne Widerworte von ihm hochheben; küsste ihn weiter und klammerte mich an ihn. Er würde mich nicht fallen lassen. Das wusste ich.

Blind stieg er mit mir die Treppe hoch und dirigierte uns zu meinem Schlafzimmer. Dabei ließ ich keine Sekunde von ihm ab. Nicht von seinen Lippen. Nicht von seinem dichten Haar. Ich ertrank in ihm. Es war genau das, was ich wollte. Es war das, wonach sich jede Faser meines Körpers sehnte. Schon seit so langer Zeit, auch wenn ich mir das bis eben nicht hatte eingestehen wollen.

Er knallte die Tür hinter uns zu, ließ mich aber nicht aufs Bett fallen, sondern trug mich ins Badezimmer.

Stöhnend löste ich mich von seinem Mund und wanderte zu seinem Kiefer. Sein Körper zitterte. Oder war es meiner? Es war mir eigentlich egal.

Fick mich!

Meine Stimmbänder konnten diese Worte aber nicht formen, weshalb es nur ein Gedanke blieb.

Alexander stellte mich wieder auf die Füße, wirbelte mich jedoch herum und presste sich von hinten an mich. Sein steifer Schwanz schmiegte sich perfekt an mich, sodass meine Hüften von selbst zu kreisen begannen.

»Meine süße Chloe«, stöhnte er in mein Ohr und stieß die Tür zur Dusche auf und führte mich hinein. »Glaub mir, es gab eine Zeit, da hätte Gage es sich allzu gerne zwischen deinen Beinen bequem gemacht. Aber du warst ganz woanders.« Er griff vor uns und drehte das Wasser auf, während seine heißen Lippen über meine Halsschlagader fuhren. Gott, alles an ihm machte mich schwach. Nach all dem, was passiert war, hatte er keinerlei Wirkung auf mich verloren. »Du warst bei mir, Liebste. Du hast dich von mir an so vielen Orten ficken lassen. Dennoch hatte ich dich am liebsten in meinem Bett.«

Seine Finger glitten unter den Bund meiner Hose und ertasteten meine Scham. Unterwäsche trug ich nicht, was ihm ein rasselndes Keuchen entlockte. Doch auch mich ließen seine Berührungen nicht kalt. Im Gegenteil, es war, als würde ich mit Haut und Haar verbrennen.

Instinktiv machte ich meinen Schritt breiter, um den Zugang zu mir leichter zu machen. Doch verharrte er kurz vor meiner Klit – trieb die qualvolle Lust bis ins Unermessliche.

»Sag was, Liebste.«

»Bitte.«

Ein tiefes Lachen rollte durch die kleine Kabine. »Um was bittest du mich?«

Seine Nähe.

Berührungen.

Ich hatte das Gefühl, nicht atmen zu können. Mein Blick war verschwommen, meine Nerven auf seinen Körper gelenkt. Sie schrien nach ihm, wobei mir die Wörter in der Kehle stecken blieben.

»Du musst es schon aussprechen«, murmelte er und küsste sich einen Weg von meinem Ohr zu meiner Halsbeuge. »Wie sonst kann ich dir deine Bitte erfüllen, wenn ich nicht weiß, was ich tun soll.«

»Alex–« Ein spitzer Schrei entwich mir, als eiskaltes Wasser auf meinen Kopf prasselte. Ich konnte nicht fliehen, da er mich gefangen hielt. »Bastard.«

»Na, sieh mal einer an, deine Stimme ist wieder da. Es hat also geholfen.«

»Du weißt, was ich will.«

Seine Hände wanderten über meinen Körper. »Bist du dir da ganz sicher?«

»Schlaf mit mir.« Meine Stimme zitterte – die Angst war zu groß, dass er seine Hände von mir nehmen würde und verschwand.

Vielleicht wäre das auch die richtige Entscheidung gewesen. Vielleicht sollte ich ihn von mir stoßen. Doch konnte ich es nicht. Zu sehr hatte mich seine Nähe, sein Anblick, aus der Bahn geworfen. Und all die Kälte, die sich seit dem Tod meiner Eltern in mich eingenistet hatte, entglitt mir mit jeder Sekunde mehr.

»Hast du Kondome im Haus?«

»Nein.«

»Haben sie in dir abgespritzt?«

Meine Hände drohten von den nassen Fliesen abzurutschen, aber er hielt mich. »Immer mit Kondom.«

»Gut, ich habe nämlich keins.« Unverwandt packte er meine Handgelenke und hob sie über meinen Kopf. Das

Wasser rauschte währenddessen stetig an uns hinab, bildete einen sachten Nebel der Sicherheit.

»Nimm mich!«

Seine Lippen streiften meine Ohrmuschel. »Wie könnte ich dir deinen Willen ausschlagen? Du willst, dass ich dich vögle? Dann vögle ich dich.«

Abrupt ließ er von mir ab, drehte mich aber sogleich zu sich um und küsste mich. Es lag nichts Sinnliches darin – ausschließlich die raue Lust, die uns ausmachte. Was passiert war, war nicht mehr von Belang. In diesem Moment war er der Mann, den ich brauchte. Und ich war die Frau, die er brauchte.

Seine Hände glitten meinen Hals bis zum Kragen meines Shirts hinab. Er umfasste das Ende des Saums und zog daran. Ich war fast schon gezwungen, meine Arme zu heben, sodass er es mir vom Leib streifen konnte.

Achtlos warf er es beiseite.

Meine Brüste ragten ihm entgegen, sodass auch sein Blick zu ihnen hinunterwanderte.

Mit den Fingerknöcheln strich er sanft über die Wölbung, ehe er sich meinen Nippeln zuwandte. Er kreiste über eine meiner Brustwarzen; sandte Hitze über meine Haut. Wasser tropfte sein dickes Haar hinab, während er den Anblick genoss.

»Du hast wunderschöne Titten.«

Alex streifte mir den Stoff von den Schultern, sank auf die Knie und zog mir die Hose aus. Andächtig fuhr sein Daumen von der Innenseite meiner Schenkel zu der Nässe, die sich zwischen meinen Beinen angesammelt hatte.

»Ich weiß nicht, wo ich anfangen soll«, murmelte Alexander und küsste meinen Beckenknochen. »Mich treibt es in den Wahnsinn, dass andere in dir waren.

Gleichzeitig muss ich wissen, ob sie dich richtig gefickt haben. Genauso, wie du es magst.« Seine Lippen wanderten zu dem pochenden Bündel zwischen meinen Beinen, während sein Finger immer wieder über meine Spalte glitt. »Du bist schon ganz feucht.«

Ich brauchte all meine Kraft, um meinen Blick auf ihm zu halten. Mein Körper wollte in seinem Griff schmelzen, den Kopf gegen die Wand legen, meine Lider schließen und sich in seinen Berührungen verlieren. »Bitte.«

Alex folgte meiner Bitte nicht.

Noch nicht.

Er stellte sich auf, zerrte mich zurück ins Schlafzimmer und warf mich auf die Matratze. Das Wasser auf meiner Haut durchtränkte sofort das Laken, sodass der dünne Stoff an mir klebte. Alles in mir war auf Alexander gerichtet, der sich die Kleidung vom Leib riss, bis er nackt vor mir stand.

Sein Schwanz stand steif von ihm ab.

Ich hätte nicht gedacht, dass ich ihn so jemals wieder zu Gesicht bekommen würde. Wie sein Blick auf meinen Körper gerichtet war. Wie seine Hand sich um seinen Schaft schloss und er sich in langsamen Bewegungen selbst massierte. Alles an ihm war betörend.

»Wie lange willst du mich warten lassen«, gurrte ich und zog die Beine an – nur, um sie vor seinem Blick zu öffnen. Aus seiner Kehle löste sich ein Knurren, was mich zum Lachen brachte. »Du wehrst dich schon wieder dagegen. Wieso? Ich weiß doch alles von dir. Ich weiß, wer du bist. Ich kann mir vorstellen, was du tust. Wieso kannst du mich dann also nicht einfach ficken?«

Ein Zucken durchfuhr seine Gliedmaßen, ehe er sich auf mich stürzte.

Alex drehte mich kraftvoll auf den Bauch. Schmerz

hallte in mir wider, welcher sich in Lust verwandelte. Sein Schwanz drückte gegen meinen Po, während er meine Kehle umfasste und mich hochzog, sodass seine Lippen meinen Kiefer berührten. »Du kannst dir nicht im Geringsten vorstellen, was ich mache.«

»Ach, nein?« Ich japste nach Luft, woraufhin sein Griff leichter wurde. Er hielt mich aber in der Position gefangen, während seine Hüfte sich anfing zu bewegen. Sein Penis fuhr über meinen Hintern; machte die Lust in mir unerträglich.

Ich wollte ihn.

In mir.

Ein leises, gefährliches Lachen drang in mein Ohr. »Nein. Du hattest guten Grund, vor mir wegzulaufen. Ich bringe Menschen um, Chloe. Selbst als du mich allein gelassen hast, habe ich es getan. Und ich bereue es nicht.« Seine freie Hand glitt zwischen meine Beine, fühlte die Feuchtigkeit, die nichts mit der Dusche zu tun hatte. »Aber selbst das scheint dich anzumachen.« Plötzlich waren nicht mehr seine Finger an meiner Spalte, sondern seine Eichel. Sie teilte meine Schamlippen, war aber erst wenige Millimeter in mir. »Ich habe deine Pussy vermisst.«

Und dann stieß er zu.

Das Gefühl – die süße Pein, die mich wegen seiner Größe erfüllte – war die Antwort auf unzählige Fragen.

Alexander hielt sich nicht zurück.

Er pumpte hart in mich, verstärkte den Druck auf meine Kehle und hielt mich fest an seine Brust gedrückt. Seine andere Hand wanderte zu meiner Brust und er kreiste mit dem Finger über meinen Nippel.

Stöhnend bog ich mich ihm entgegen, was ihm einen rauen Laut entlockte, welcher sich in ein Ächzen verwandelte.

»Du fühlst dich viel zu gut an«, murmelte er und biss in meine Ohrmuschel. »Wieso zum Teufel gehst du mir so tief unter die Haut, Liebste. Wieso?«

Es war eine Mischung aus seinen Worten und seiner Grobheit, die immer mehr Wunden in mir aufriss. Er brachte mich durch die wenigen Worte und seine Berührungen dazu mehr zu fühlen als in den gesamten Wochen zuvor.

Alles kam auf einmal.

Das, was auf mich niederprasselte, übermannte mich, sodass heiße Tränen ungehindert über meine Wangen strömten. Ausschließlich seine Arme hielten mich davon ab, spannungslos zusammenzusacken.

Ich war froh, dass er mich von hinten nahm. Leider blieben meine Tränen nicht lange unentdeckt. Sie benetzten seine Hand, was ihn hinter mir zusammenzucken ließ.

»Was?« Er glitt aus mir und drehte mich um, sodass ich in seine dunklen Augen sehen konnte. »Wieso weinst du? Habe ich dir weh getan?«

Kopfschüttelnd umfasste ich sein Gesicht und zog ihn zu mir hinab. Ich streifte mit dem Mund seinen und knabberte an seiner Unterlippe. »Mach weiter.« Ich war es, die seinen Schaft nahm und ihn wieder zwischen meine Beine führte. »Ich brauche dich, Alex.«

Er sah mich regungslos an.

Seine Augen funkelten, während sie sich mit meinen verhakten. Ich war mir sicher, dass er in diesem Moment tief in meine Seele blicken konnte. Dass er sehen konnte, wie sehr ich mich nach ihm sehnte; wie sehr ich ihn vermisst hatte.

Ehe ich seine Stille falsch interpretierte, drückte er seine Lippen auf meine. Seine Hand fand meine Brust, drückte zu, sodass mir ein lustvolles Stöhnen entglitt. Er war überall. Seine Zunge in meinem Mund. Die Hände über meinem nackten Körper, welcher nach ihm bettelte. Sein heißes Glied, das sich einen Weg in mich suchte. Quälend langsam, bis er bis zum Anschlag drin war.

Mir stiegen Tränen in die Augen, da mich die Gefühle erneut zu übermannen drohten, doch schluckte ich sie diesmal herunter. Er sollte nicht denken, dass er mir Schmerzen zufügte. Denn genau das Gegenteil war der Fall. Es war die Lust – die schiere Begierde nach ihm.

»Alexander«, hauchte ich, als sein Mund über meinen Kiefer strich und er sich langsam aus mir zurückzog. Die Reibung sandte kleine Blitze durch mich; ließ die pochende Lust sich in meiner Klit sammeln.

Er kostete jeden Moment aus. Das hatte nichts mit dem zu tun, was er mit mir gemacht hatte, als ich auf dem Bauch gelegen hatte. Die Wildheit fehlte, wurde aber durch eine Sinnlichkeit ersetzt, die mich mit Überraschung erfüllte.

Wir waren unzählige Male miteinander intim gewesen, doch das hier war anders. Es fühlte sich an, als würde die Zeit um uns herum stehen bleiben. Als würde sich die Welt ins Nichts verwandeln. Nichts existierte, außer uns.

»Du bist perfekt.« Alexander liebkoste die dünne Haut hinter meinem Ohr. Seine Hüfte behielt währenddessen den quälenden Rhythmus bei. Jede seiner Berührungen trieb mich näher an meinen Orgasmus.

Meine Hände vergruben sich in seinem Haar, als der Druck in mir anstieg. Vor meinem Auge blitzte es hell auf, als er immer wieder diesen wunden Punkt traf.

»Bitte.« Mein Kopf wälzte sich hin und her, bis er mein Gesicht in beide Hände nahm und mich zwang, ihn anzusehen. Auch in seinen Augen stand das Verlangen, gepaart mit Wahnsinn. »Bitte.«

Es war keine Nachfrage nötig.

Alexander wusste genau, was ich brauchte.

Und das gab er mir.

Seine Stöße wurden fester, mit seiner ansteigenden Lust unkontrollierter, doch hallte jeder einzelne in meinem Inneren wider. Es war, als würde er meine Seele mit einem Brandmal versehen, welches nie verheilen würde.

Ich würde ihn niemals vergessen können. Niemals von ihm lassen können.

Meine Fingernägel schnitten in seinen Rücken, als ich die Kontrolle verlor. Ich konnte ihm nicht länger in seine Augen sehen. Ich gab mich meiner Lust vollkommen hin, die mich von der Klippe stieß.

»Alexander!«

Wie aus weiter Entfernung hörte ich, wie er meinen Namen rief und in mir kam. Meine Wände umklammerten seinen Schwanz, der in mir pulsierte und die Wellen meines Orgasmus verlängerte.

Auch als er aus mir glitt, versuchte ich meine zersplitterte Seele irgendwie neu zusammenzufügen. Ohne Erfolg.

Alexander legte einen Arm um meine Taille und zog mich eng an sich. Genau diese Nähe brauchte ich. Ich verlor mich in seinem Geruch; in seiner Stärke, die mich hielt.

Letztendlich war er derjenige, der mich in den Schlaf wiegte und mich zusammensetzte.

Kapitel Achtundzwanzig

Chloe

Schon bevor sich meine Lider öffneten, wusste ich, dass Alexander nicht mehr bei mir war. Ich hatte unendliche Nächte mit ihm verbracht – ich wusste, dass die Matratze neben mir leer war.

Dennoch war es ein Stich in mein Herz, als ich ausschließlich auf das flachgedrückte Kissen und den Rest der Bettdecke sah. Sein Geruch hing noch im Stoff, was mich viel zu lange lähmte. Ich wollte nicht aufstehen. Ich wollte nichts, außer mich in den Erinnerungen an letzte Nacht zu wiegen, wo nichts anderes zählte als wir beide. Er war Alexander und ich war Chloe gewesen. Kein Tod, keine Trauer hatte existiert. Nur ein Mann und eine Frau, die einander brauchten. Mehr, als sie sich vorstellen konnten.

Ich konnte aber nicht ewig in den Erinnerungen bleiben.

Schwerfällig schwang ich die Beine aus dem Bett und begrüßte die Kälte, die über meine Haut kroch und mich endgültig aus dem Schlaf holte. Das Gefühl des kühlen Parketts gegen meine nackten Fußsohlen klärte meine Gedanken. Es war gut. Denn ich musste schnell herausfinden, was ich denken sollte. Was ich *fühlen* sollte.

Ich warf mir eine Jogginghose und einen weiten Pullover über und nahm all meinen Mut zusammen, um die Stufen der Treppe hinabzusteigen. Immerhin wusste ich nicht, was unten auf mich wartete.

Das Wohnzimmer war leer. Genauso wie die Küche und der Esstisch. Na ja, nicht ganz. Denn ein Blatt Papier mit einem glitzernden Gegenstand lag auf der Holzplatte.

Je näher ich kam, desto klarer wurde es mir, um was es sich handelte. Eine Kette und ein Brief. Allerdings war es nicht nur irgendeine Kette, sondern die, die ich über Wochen um meinen Hals getragen hatte. Die, die ich in Moskau zurückgelassen hatte. Auf einem Abschiedsbrief.

Als meine Finger nach dem dünnen Papier griffen und meine Augen über die vertraute, geschwungene Schrift glitten, wurde alles in mir taub.

Chloe,

ich weiß nicht, wie ich diesen Brief anfangen soll, also mache ich es einfach.

Während ich den Brief schreibe, liegst du neben mir. Friedlich. Wunderschön. Schon oft habe ich dich so gesehen. Bis es zu einem Punkt gekommen ist, an dem ich es für selbstverständlich genommen habe, dass du neben mir liegst.

Dass du mit mir einschläfst und mit mir aufwachst. Erst in der Nacht, in der du mich verlassen hast, habe ich gemerkt, dass ich dich nicht für selbstverständlich hätte nehmen sollen.

Immerhin hätte ich wissen müssen, dass es zwischen uns nicht funktioniert. Nicht, wenn ich der Mann bin, der nun mal in mir steckt. Nicht, wenn du die Frau bist, der ich verfallen bin.

Du bist viel zu gut für mich, weshalb ich dir diese Worte auch nicht ins Gesicht sagen kann. Ich weiß nämlich, dass ich nicht gehen kann, wenn du mich aus diesen nachtblauen Augen ansiehst. Es wird schon schwer genug, mich anzuziehen und dich zu verlassen. Endgültig. Das verspreche ich dir.

Du musst heilen. Du musst glücklich werden, sonst werde ich mir das niemals verzeihen. Und du hattest recht, das kannst du nicht mit mir. Ich weiß selbst nicht, wieso ich zu dir gekommen bin. Ich wollte dich noch einmal sehen und dann wurdest du bedrängt … Das hätte nicht passieren dürfen. Das tut mir leid.

Wie du bereits siehst, habe ich dir deine Kette zurückgebracht. Sie gehörte meiner Mutter – das habe ich dir noch nie erzählt. Sie hat mir eine Kette und meinem Bruder einen

Ring hinterlassen. Schon bevor sie starb, hatte sie uns immer gesagt, dass wir sie nur jemandem geben sollen, der uns von der ersten Sekunde an schwach macht. Damals war ich jung; hatte ihren Worten nicht viel Beachtung geschenkt. Deshalb ist die Kette in einem kleinen Kästchen in meinem Nachttisch verstaubt. Besonders nach ihrem Tod hatte ich sie nicht oft hervorgeholt. Es war eine Erinnerung an sie, und jede Erinnerung war zu schmerzhaft. Aber als ich dich sah ... Ich habe sofort an sie und diese Kette gedacht. Seit unserer ersten Begegnung bist du mir nicht mehr aus dem Kopf gegangen. Das alles, obwohl ich dich nicht haben durfte. Nicht wegen deinem Bruder, der wäre mir vollkommen egal gewesen. Aber das Leben, das ich führe, ist nicht für dich gemacht. Da hattest du recht. Dennoch konnte ich mich nicht von dir fernhalten. Nachdem du überfallen wurdest – irgendwie habe ich mir dafür die Schuld gegeben. Als ich erfahren habe, dass du an diesem Tag Geburtstag hattest ... Es hat nicht lange gedauert, da hatte ich bereits die kleine Schachtel mit der Kette in der Hand. Sie schrie mir förmlich deinen Namen entgegen. Bitte trag sie weiter.

Mutter hat niemals eine Menschenseele getötet. Ich könnte sie sowieso keiner anderen Frau schenken. Sie trägt deinen Namen. Ist für dich gemacht.

Versprich mir, dass du auf dich aufpasst. Ich kann dir nicht sagen, wie lange Gage noch bei dir in Frankreich sein wird. Konstantin setzt alles daran, dass du und Dorian bald wieder in Sicherheit seid. Bis dahin …

Ich werde die Zeit mit dir niemals vergessen. Denn … Ich liebe dich, Chloe. Das werde ich immer. Und ich weiß nicht, ob ich jemals wieder für eine andere Seele so fühlen kann, wie ich es für dich getan habe. Wie ich es für dich tue.

Leb wohl, Liebste.

Dein A.

Ich musste mich setzen.

Eine einzelne Träne lief über meine Wange, bis sie auf das Papier traf und die Tinte zum Zerfließen brachte. Das Wort ›liebe‹ war nur noch zur Hälfte erkennbar.

Ich liebe dich, Chloe.

Alexander hatte diese Worte nicht ausgesprochen, nur auf ein Blatt Papier geschrieben – leider änderte es nichts daran, dass sie ihre Klauen tief in mein Herz schlugen. Sie ließen mich nicht los, sodass ich immer wieder zu den Worten zurückkehrte, wobei sich meine Finger versteiften.

Ich liebe dich, Chloe.

Wie konnte Alexander ausgerechnet das schreiben? Mit dem Wissen, dass er mich verlassen würde. Dass er es beenden wollte, obwohl er derjenige war, der zu mir zurückgekehrt war. Alles, was mir blieb, war die Erinnerung an die Nacht. An das Gefühl, durch ihn wieder atmen zu können.

Und die Kette.

Mein Blick wanderte zu ihr – zum kostbaren Anhänger. Damals hatte ich ihm gesagt, dass er sie wieder zurück zum Laden bringen sollte.

Sie ist für dich geschaffen.

Ich hatte nicht gewusst, welche Bedeutung seine Worte trugen. Aber allein die Tatsache, dass er mir die Kette seiner Mutter geschenkt hatte, brachte mein Herz zum Zerbersten.

Wie in aller Welt sollte ich jetzt einfach so weiter machen können? Mir ein neues Leben aufbauen? Wenn ich ehrlich zu mir war, hatte ich es nie versucht. Das Einzige, was ich getan hatte, war zu vergessen und mich zu betäuben. Ich hatte nie mit Moskau abgeschlossen. Nicht mit dem Theater. Nicht mit Alexander und seinem Leben. Vielleicht hatte ich das unterbewusst auch nie gewollt …

Das Geräusch eines drehenden Schlüssels im Schloss riss meine Aufmerksamkeit zur Haustür, die keinen Moment später aufschwang und den Blick auf einen bekannten Mann frei machte.

Enttäuschung breitete sich in mir aus.

Es war nicht Alexander, sondern Gage. Er hielt eine Pappvorrichtung in der Hand, in welcher drei Kaffeebecher steckten. Er war entspannt, doch ein Blick auf mich – auf mein verweintes Gesicht – reichte aus, damit sich seine Schultern verspannten.

»Ist alles okay? Was ist passiert?«

Schluckend schüttelte ich den Kopf und beobachtete, wie er auf mich zu lief. Je länger ich mich in Schweigen hüllte, desto mehr Panik schlich sich in seine Züge. Auch als er mich an den Schultern packte und mich zwang, in seine grauen und zugleich warmen Augen zu sehen.

»Chloe, Was ist los? Wo ist Alexander?«

»Du wusstest, dass er hier war?« Meine Stimme war kratzig; weiterhin vom Schlaf gezeichnet. Doch stiegen mir dabei erneut brennende Tränen in die Augen.

Obwohl er mich hielt, wich er meinem Blick aus. Seine Zähne nahmen seine Unterlippe gefangen, ehe er hörbar ausatmete. »Ja, ich habe es gewusst. Ich habe ihn gesehen, als er dir und dem Mann hierher gefolgt ist.«

»Hast du mit ihm geredet?«

»Kurz. Er wirkte ziemlich aufgebracht.«

Er hatte angesehen, wie ich mich von Maxence küssen lassen hatte. Ich wusste nicht, wie ich reagiert hätte, wenn Alex eine unbekannte Frau küsste. Aufgebracht wäre dafür wahrscheinlich die falsche Bezeichnung gewesen.

Ich löste mich aus seiner Berührung und fuhr mir übers Gesicht. »Das ist jetzt auch egal, er ist gegangen. Er hat das Gleiche gemacht wie ich damals. Ein Brief.«

Mir gingen die gewissen Worte nicht aus dem Kopf.

Ich liebe dich …

Wieso musste er ausgerechnet diese Worte benutzen? Vor allem, wenn ich nicht in der Lage war, etwas darauf zu sagen. Und ich wusste, was ich darauf antworten wollte. Genau das machte mich verrückt, weil ich nicht konnte.

Mit dem Finger fuhr ich über die kleinen, blauen

Diamanten der Kette und genoss heimlich den Schmerz, der sich in meiner Brust ausbreitete. Er brachte eine Klarheit mit sich, die mir in den letzten Wochen unbekannt gewesen war.

Mir war bewusst, was ich wollte. Was ich dafür aufgeben; was ich dafür in Kauf nehmen musste.

»Chloe, so –« Ein schriller Ton unterbrach Gage.

Genervt griff er in die Hosentasche. Er holte sein Smartphone heraus und hielt es sich ans Ohr. »Konstantin, ich hoffe es ist wichtig. Es ist gerade nicht –«

Plötzlich wurde er still. Und jegliches Blut wich ihm aus dem Gesicht.

Das konnte nichts Gutes bedeuten.

Vielleicht ist etwas mit Dorian passiert ... Ist er verletzt?

»Wa–«

Gage hob die Hand, brachte mich somit zum Schweigen, während er weiterhin Konstantin am anderen Ende der Leitung lauschte.

»Er ist nicht mehr hier. Verdammt, Konstantin, was ist passiert, als ich weg war? Was habt ihr herausgefunden?«

Nun war er derjenige, der den Kopf schüttelte. Außerdem war ihm die Ruhe verloren gegangen. Er lief vor mir auf und ab, sein Blick wanderte unfokussiert umher.

Immer wieder ein Murmeln oder ein gedämpftes Fluchen. Es machte mich verrückt nicht zu wissen, was los war. Es fühlte sich an wie eine Ewigkeit, ehe er innehielt und mich mit starren Augen ansah.

Sie sagten mehr als Worte.

Es ging nicht um Dorian. Es ging um Alexander.

»Ich fahre nach Paris«, sagte er, dabei wandte er keine Sekunde den Blick ab. Die Worte waren nicht nur für Konstantin bestimmt. »Vielleicht schaffe ich es, uns noch ein wenig Zeit zu verschaffen. Wir retten ihn, keine Sorge.«

Gage legte auf und sah mich einfach nur an. Die Stille – so kurz sie auch sein mochte – brachte mich um.

»Sag. Was ist los?« Jedes einzelne Wort war mit Panik getränkt. »Gage, sag mir, was los ist?«

»Dieser Bastard ist ein verdammter Idiot!«, brüllte er, fasste sich aber sofort wieder, indem er einen tiefen Atemzug nahm, den er zitternd ausstieß. »Ich kann dir das jetzt nicht erklären. Dafür ist keine Zeit.«

»Wag es nicht.« Ich fand mich auf meinen Beinen wieder und stakste zu ihm. »Es geht um Alexander? Was ist mit ihm? Was ist in Paris?«

»Chloe …«

»Was. Ist. Mit. Ihm.«

Man sah ihm den Widerwillen an, doch rückte er dennoch mit der Wahrheit heraus. »Er hat dir doch sicher von seiner Mutter erzählt. Wieso sie gestorben ist, und dass er und Konstantin immer noch nach ihrem Mörder suchen. Angeblich befindet er sich in Paris.«

»Weiter.«

»Wir hatten schon immer die Vermutung, dass er sich dort befindet. Aber bekamen es nie bestätigt. Deswegen schickten wir eine Kontaktperson dorthin, die uns auf dem Laufenden hält. Anscheinend hat er aus einer sehr guten Quelle versichert bekommen, dass Paris stimmt, und man hat ihm den genauen Ort gesagt. Der Mörder hat seinen Sitz in den Katakomben. Außerdem hat er die Info bekommen, dass sie ihren Standort wechseln wollen. Es wäre alles zu kurzfristig gewesen, weil es eine Unbekannte ist, die wir nicht einschätzen können. Konstantin hätte das nie zugelassen. Er ist selbst verrückt danach, ihn endlich umzubringen, aber er hat Verstand. Alexander nicht. Alex hat das zwar immer anders gesehen, aber in

Wahrheit ist er es, der dazu neigt, ohne Verstand zu handeln. Er hat Konstantin eine Nachricht hinterlassen, was er vorhat.«

Gott … Nein.

Ich liebe dich, Chloe.

»Sag mir nicht, dass er allein dorthin geht«, flüsterte ich, während sich mein Sichtfeld trübte. Alles wurde von einem nebligen Schleier überzogen. »So dumm kann er nicht sein.«

»Er wird das nicht überleben. Vielleicht war er deswegen bei dir. Ein letztes Mal.«

Das, was ich als Nächstes sagte, war unglaublich dumm. Dennoch konnte ich nicht anders. Nicht nach diesem Brief. Nicht nach dieser Nacht. Nicht nach all der schönen Zeit, die Alexander und ich miteinander verbracht hatten.

»Nimm mich mit.«

Seine Augen weiteten sich, wobei er vehement den Kopf schüttelte. »Bist du verrückt? Ich verschaffe Alexander Zeit, bis Konstantin und eine kleine Truppe nachgereist sind. Ich habe keine Ahnung, was mich erwartet. Wahrscheinlich werde ich selbst draufgehen.«

»Bitte.«

»Nein.«

»Du hattest recht, Gage«, sagte ich und griff nach seinem Handgelenk. Sein Blick zuckte zu mir und fand meinen. Die braunen Sprenkel waren mit Sorge gefüllt. Sorge um Alexander. Ein Gefühl, welches wir teilten. »Ich hätte dich tatsächlich irgendwann gebeten, mich zurück zu ihm zu bringen. Ich kann nicht hier sitzen, wenn ich weiß, dass er in Gefahr ist.«

In diesem Moment war die alte Chloe zu mir zurückgekehrt. Die Chloe, die viel zu viele Gefühle für diesen

Mann hegte. Die Chloe, die gerade nur einen Menschen bei sich haben wollte. Und das war Alexander.

»Bitte«, flüsterte ich, wobei meine Stimme brach. Eine Träne rann meine Wange hinab und floss in meinen Mundwinkel, wodurch sich die salzige Flüssigkeit auf meine Zunge legte. »Ich war schon nicht bei meinen Eltern …«

»Das kann sehr schlimm enden. Darüber musst du dir im Klaren sein.«

»Ich habe mich gestern mit ihm das erste Mal wieder wie ich gefühlt, Gage. Gerade ist er das Einzige, das ich noch habe.«

Schwerfällig fuhr er sich über das Gesicht. Die Verzweiflung sprang mir förmlich entgegen. »Ich kann nicht glauben, dass du mich darum bittest. Und vor allem, dass ich dir diesen Wunsch erfüllen werde.«

Kapitel Neunundzwanzig

Alexander

Ich liebe Chloe.

Genau deswegen musste ich sie ihren Weg gehen lassen. Und ich musste meinem folgen; den Mörder meiner Mutter endlich finden.

Selbst wenn ich dafür sterben würde.

Chloe

Meine Fingernägel schnitten so tief in das weiche Leder des Sessels des Privatjets, dass ich mir sicher war, dass später deutliche, halbmondförmige Einkerbungen zurückbleiben würden. Ich konnte aber nicht anders. Denn ich wusste nicht, was ich sonst mit meinen Händen anfangen sollte.

Der Flug dauerte schon viel zu lange. Minuten fühlten sich an wie Stunden. Alles kostete Zeit, die wir nicht hatten. Die Alexander nicht hatte.

Zitternd holte ich Luft und schloss die Augen. Mir war zum Schreien zumute. Meine Stimme blieb aber ruhig. »Erklär mir nochmal den Plan, Gage.«

»Du kennst ihn. Ich habe ihn dir jetzt schon dreimal erklärt.«

»Ich will ihn aber nochmal hören.«

»Wir werden von unserer Kontaktperson abgeholt, lassen uns irgendwie gefangen nehmen, retten Alexander und hoffen, dass wir lebend dort rauskommen.« Die Schilderung verlor bei jedem weiteren Mal an Details, doch genügte es. Zumindest für jetzt. Bevor wir in Paris landeten, würde ich sicher nochmal nachfragen.

Ich schlug die Lider wieder auf und blickte auf den Mann, der mir gegenübersaß und auf ein in seiner Hand liegendes Tablet sah. »Wie kannst du so ruhig bleiben?«

»Glaub mir, das bin ich nicht.« Er sah zu mir auf, doch ich konnte nichts aus seinem Blick lesen. »Ich bin sauer. Auf Alexander, weil er sich willentlich in diese Situation bringt. Und auf dich, weil du hier nicht sein solltest.«

»Du machst dir Sorgen.«

»Natürlich mache ich mir Sorgen. Das hätte alles nicht passieren dürfen.«

Wir hatten versucht, ihn per Smartphone zu kontaktieren, doch er hatte es ausgeschaltet. Selbst der Kontaktmann, der in Paris war, konnte ihn nicht aufspüren. Es sah aussichtslos aus. Egal, wie dieser Tag enden mochte, es würden Menschen sterben. Und die Wahrscheinlichkeit war groß, dass wir es sein würden.

»Ich hoffe, du verstehst, wieso ich nicht zu Hause bleiben kann.«

»Nein.« Gage presste seine Lippen zusammen, zeigte zum ersten Mal seit Langem eine Regung. »Ich verstehe es nicht. Du kannst Alexander nicht helfen. Du bringst dich nur in Gefahr. Und ich bin der Idiot, der dein kopfloses Verhalten unterstützt.«

Kopflos. Vielleicht war das der richtige Begriff für mich. Aber ich konnte nicht anders. »Denkst du, Alexander wäre nach Paris geflogen, wenn ich bei ihm in Moskau geblieben wäre?« Er hüllte sich in Schweigen. »Gage, wäre er geflogen?«

»Nein. Ich glaube nicht. Er hat seine Mutter geliebt und will sie rächen, aber das, was er für dich empfindet … So habe ich ihn noch nie gesehen. Das bedeutet aber nicht, dass du die Schuld daran trägst. Er hat diese Entscheidung getroffen.«

»Und ich habe meine getroffen.« Mein Griff um die Lehne wurde fester, während ich die aufquellenden Gefühle auszuschließen versuchte.

»Konstantin und ein paar andere sind auch schon auf dem Weg. Er hat mich vorhin aus dem Flugzeug angerufen. Du wirst lebend rauskommen. Dafür werde ich sorgen.«

»Was bringt das, wenn Alexander dann nicht mehr lebt? Außerdem kannst du nicht wissen, ob sie uns nicht direkt umbringen.«

»Er spielt schon lange mit Alexander und Konstantin. Er wird uns nicht direkt umbringen. Du als Frau hast zudem eine größere Chance durchzukommen.«

Ich begrüßte, dass Gage mit mir redete. Alles war

besser als die Stimme in meinem Kopf. »Wie meinst du das?«

»Mit einer Frau kann man Geld machen. Oder man behält sie, bis man keine Lust mehr auf sie hat. Auf jeden Fall bleibst du lange genug am Leben, bis Konstantin ankommt.«

Bis man keine Lust mehr auf sie hat ... Ich konnte mir denken, was damit gemeint war. Und ich zweifelte keine Sekunde an seinen Worten.

»Hast du schon mal eine Frau getötet?«

»Ja, meine Mutter.«

Meine Neugier war groß, doch brachte ich eine Nachfrage nicht über die Lippen. Es lag an seinem Ausdruck, der nun immer mehr Risse bekam. Deshalb verfielen wir beide erneut der Stille; nur das Summen des Flugzeugs und ein paar einzelne Geräusche der Piloten waren zu hören.

Auch als wir landeten, sagte keiner von uns ein Wort.

Wir traten zusammen aus dem Flugzeug, vor dem ein schwarzer Sportwagen bereits auf uns wartete.

Ich war wieder in Paris. Die Stadt der Liebe. Genau diese hatte mich hierhergeführt. Nicht das Ballett oder mein altes Leben. Wer hätte vor einigen Monaten ahnen können, dass ich nach Paris zurückkehrte, um einen Mann zu retten, den ich mehr als alles andere auf der Welt liebte.

Ich liebte ihn – mehr als mein eigenes Leben.

Kapitel Dreißig

Chloe

Irgendwo an meinem Kopf lief Blut hinab.

Ich hätte mich nicht wehren sollen, sondern mich an den Plan halten. Aber welcher Mensch mit gesunden Instinkten ließ sich freiwillig gefangen nehmen? Doch ich war niemand mit Verstand. Keiner würde sich willentlich in eine solche Situation bringen, in die ich mich gerade brachte.

Auch nicht für irgendeinen Mann.

Leider war Alexander nicht *irgendjemand*.

»Mach schneller, Schlampe.« Ich hörte die Stimme des Mannes, der mich mit sich zerrte, nur aus weiter Entfernung, doch spürte ich seinen Griff, der fester um meinen Arm wurde. Leider lenkte der Druck nicht von meiner aufgeplatzten Lippe ab.

Ich werde hier nicht lebend herauskommen.

Es machte mir aber keine Angst. Möglicherweise

hielt das Adrenalin, welches durch meine Adern pumpte, mich davon ab, genau das zu fühlen. Denn ich sollte Angst haben. Aber ich musste hoffen, dass Konstantin es rechtzeitig nach Paris schaffte und uns rettete.

Uns.

Nicht mich.

Wenn Alexander hier nicht lebend herauskam, wollte ich es auch nicht. Wenn er denn überhaupt noch lebte ... Denn da war ich mir nicht sicher. Gage hatten sie überwältigt. Keine Ahnung, wohin sie ihn gebracht hatten. Ich wusste nicht, ob er noch am Leben war.

Uns war beiden klar gewesen, auf was wir uns einließen. Ihm wahrscheinlich noch mehr als mir. Schon seit dem Abflug blieb mir nichts anderes übrig, als zu hoffen. Eine Hoffnung, die ich selbst jetzt hatte. Zwar war sie nur noch ein winziger Funken in meiner Seele, aber dennoch existent.

Und das war alles, was zählte.

Ich stolperte beinahe über meine eigenen Füße, trotzdem beschleunigte ich meine Schritte. In meinen Ohren rauschte das Blut, welches selbst meinen schweren Atem überdeckte.

Es war ein dunkler, feuchter Gang, durch den nichts weiter hallte als unsere Schritte. Genauso hätte ich mir den Unterschlupf der russischen Mafia vorgestellt, wenn mich jemand danach gefragt hätte. Keine edlen, mit Gold und Stuck verzierten Räume, die sich unter einem Theater versteckten. Keine einladende Helligkeit. Denn die einzige Lichtquelle, welche uns in diesem Moment den Weg erhellte, waren dämmrige Wandlampen, die aber nur sporadisch auftauchten.

Ich hätte auf sie verzichten können.

Der Anblick der elfenbeinfarbenen Knochen, die in den Wänden steckten, drehte mir den Magen um. Ich war noch nie in den Pariser Katakomben gewesen. Und ich hatte es auch nicht vorgehabt, aber hier war ich nun mal. Schon lange hatten wir den Bereich, in dem sich Touristen aufhalten konnten, verlassen. Wir liefen ewig, sodass ich mir nicht mal sicher war, ob wir uns überhaupt noch in den berühmten Tunneln befanden. Wie sich hier dennoch jemand versteckt halten konnte, war mir ein Rätsel.

»Wohin bringst du mich?«, ächzte ich und versuchte mich dem Tempo des Mannes anzupassen.

Er antwortete nicht, stattdessen zog er mich weiter, bis er plötzlich innehielt.

»Er wird gleich kommen«, sagte er, riss eine Tür auf und stieß mich hinein.

Ich stolperte und fiel zu Boden. Jeder Muskel schmerzte, als ich auf den Steinboden traf. Es war heller geworden. Man konnte die Einzelheiten der alten, orangenen Fliesen erkennen, die an einigen Ecken schon abgeplatzt waren. Wer weiß, vielleicht waren sie sogar älter als manches Gebein in den Gemäuern.

Mit einem gepressten Stöhnen richtete ich mich auf – soweit es mein geschundener Körper zuließ. Ich befand mich in einem großen Raum. Einer Halle. Riesige Säulen schraubten sich in die Höhe, ein imposanter Kronleuchter warf sein Licht auf mich. Es kam nicht im Entferntesten an das Moskauer Theater heran, doch mich überraschte dieser Anblick. Immerhin befanden wir uns einige Meter unter der Erde.

Meine Augen glitten über die Wände. Keine Knochen. Keine Schädel. Dafür lehnten Gemälde und Skulpturen daran. Wahllos. Sie dienten sicher der Dekoration.

Es wäre ein schöner Ort gewesen, wenn es nicht so leer wäre. Mein Blick glitt zu einer Gestalt, die auf einem Stuhl saß.

Nein, er war gefesselt.

Dünne silberne Fesseln schlangen sich um die Handgelenke, über seine Arme, über seine nackte Brust, die mit getrocknetem Blut verschmiert war. Sein Gesicht hing hinab, wurde von seinem blonden Haar verdeckt. Ich musste es nicht anschauen, um zu wissen, wer es war. Ich musste seine grünen Augen nicht sehen.

Alexander.

Seine Schultern hoben und senkten sich. Leicht, doch genügte es, um den Funken Hoffnung in mir am Leben zu halten.

Alexander lebt.

Ich nahm meine letzte Kraft zusammen, hievte mich hoch und stolperte in seine Richtung. Jeder Schritt schmerzte, doch der Anblick des Mannes war genug, um mich nach vorn zu treiben. Bis ich vor ihm auf den Boden sackte.

Nun hatte ich einen besseren Blick auf ihn; sah die Wunden, die sie ihm zugefügt hatten.

Tiefe Schnitte zogen sich über seine nackte Haut. Über seine Brust, den Bauch und seine Arme, die mich schon so oft gehalten hatten. Die Fesseln, die ihn auf dem Stuhl hielten, waren auch kein einfacher Draht. Er war mit kleinen Metallspitzen gespickt, die sich bei der kleinsten Bewegung in ihn bohrten.

»Alexander«, krächzte ich. Keine Regung. Nichts. Ich stieß gegen sein Bein, hoffte auf irgendwas. Wieder nichts.

Bitte.

Bitte, Alex.

Ich zwang mich auf die Knie, sodass ich sein Gesicht in beide Hände nehmen konnte. Seine Augen waren geschlossen, doch meine Berührungen schienen ihn zu Bewusstsein zu bringen.

Ein Murmeln drang aus seiner Kehle, wobei ein Schwall Blut aus seinen Mundwinkeln lief.

»Alex. Alex. Mach die Augen auf.« Er musste mich ansehen. Er musste wissen, dass ich hier war. Dass es Hoffnung gab, dass wir hier herauskamen. Dass wir leben würden.

Ich wusste nicht wie, aber er schaffte es.

Seine Lider hoben sich, während der unscharfe Blick auf meinen Zügen lag.

»Nein«, murmelte er und wollte sich aus meinem Griff befreien.

Ich wusste nicht, was er damit meinte. Das war aber egal. Er lebte. »Ich bin's, Chloe. Halt durch. Konstantin wird uns rausholen. Das verspreche ich dir.«

»Du darfst nicht hier sein.« Er zog scharf die Luft ein. Dabei bohrten sich die Metallspitzen tiefer in ihn. Frisches Blut trat hervor, mischte sich mit dem bereits getrockneten. »Geh, solange du noch die Chance hast.«

Kopfschüttelnd und mit Tränen in den Augen sah ich zu ihm auf, zwang ihn, seine Lider offen zu halten. Er durfte sie nicht schließen. Die Angst war zu groß, dass er sie dann nie wieder öffnen würde. »Ich bin bei dir. Wir brauchen nur ein bisschen Zeit. Und die bekommen wir. Versprochen.«

Doch was nutzten meine naiven Worte? Ich konnte ihm keine Versprechen über Dinge geben, die nicht in meiner Macht standen. Es war töricht. Außerdem war ich mir sicher, dass er mir nicht glaubte. Aber ich musste mich an den Glauben klammern, dass sein Bruder uns hier herausholen würde.

Doch die Zeit, die ich ihm versprochen hatte, bekamen wir nicht.

Die Tür, durch die ich erst wenige Momente zuvor gestoßen worden war, schwang auf. Hindurch trat ein großer Mann mit langem braunem Haar und dunklen Augen. Das musste der *Er* sein.

»Na sieh mal einer an, ihr beide kennt euch also«, sagte er und schlenderte auf uns zu. An seinem Gürtel hing eine Schusswaffe, die er nicht zu verstecken versuchte. »Es hätte mich auch gewundert, wenn jemand es allein mit uns aufnehmen wollte.«

Ich dachte nicht mal daran, mich von Alexander zu entfernen. Im Gegenteil, ich baute mich vor ihm auf. Auch wenn das nicht viel helfen würde. Ich konnte mich wehren. Alexander nicht. Nicht in diesem Zustand.

»Sie hat nichts hiermit zu tun«, hustete er hinter mir, wobei erneut ein Schwall Blut aus seinem Mund kam. Die rote Flüssigkeit tropfte genau neben mir auf den Boden. »Lass sie gehen. Sie ist unschuldig.«

Es brauchte all meinen Mut, um etwas zu tun, das unglaublich dumm war. Selbst wenn der Unbekannte mich gehen ließ – woran ich keine Sekunde lang glaubte – würde ich Alexander nicht mit ihm allein lassen. Es wäre sein Tod. »Nein. Er lügt.«

Die Augenbrauen des Mannes hoben sich belustigt. In jedem Zug seiner Miene stand Spott. Als wären wir für ihn ein armseliges Schauspiel. »Schwester oder Geliebte? Aber so wie ihr ausseht verwette ich meine Hand um das letztere.«

»Sie weiß nicht, was sie sagt.« Alexander wollte sich bewegen, dann hörte ich einen leisen, schmerzvollen Laut aus seiner Kehle. »Sie weiß nicht, was sie sagt.«

Ehe ich etwas darauf antworten konnte, packte mich der Langhaarige an den Haaren und riss mich beiseite, sodass ich hart auf dem Boden aufkam und er freie Sicht auf Alex hatte. »So schön ich das hier auch finde, habe ich für dieses Drama keine Zeit.«

»Du hattest Jahre über Zeit, meine Familie zu terrorisieren, was hat sich geändert?«

»Ich habe keine Ahnung, von was du redest.«

Ich richtete mich auf, konnte mich bei dieser Szene aber nicht weiter regen. Der Mann, der sich über Alexander aufbaute, der mit unzähligen Wunden übersäht war. Ich wollte ihn verteidigen – alles dafür tun, dass er nicht noch mehr leiden musste. Zeit zu schinden war zweitrangig, denn er musste, bis uns jemand zu Hilfe kam, leben.

Aber ich konnte mich nicht bewegen. Vielleicht hatte mich nun doch die Angst eingenommen. Sie war lähmend. Und egal wie laut ich innerlich schrie – auf mich selbst wütend war – ich konnte nicht.

»Was soll das Ganze?« Man sah Alex an, dass er all seine Kräfte benötigte, um nicht in die Bewusstlosigkeit abzudriften. »Du Wichser hast meine Mutter umgebracht. Tu nicht so, als wüsstest du nicht, wovon ich spreche.«

Die Reaktion, die jetzt kam, hatte ich definitiv nicht erwartet.

Er warf seinen Kopf in den Nacken, wobei ein tiefes Lachen durch die Halle rollte. Es dauerte, bis er sich fing. Und selbst dann zuckte sein Blick erst zu mir, ehe er sich auf Alex richtete.

»Ich habe keine Ahnung, wer deine Mutter war oder du bist. Du musst mich mit jemandem verwechseln.«

»Du lügst.«

»Wieso sollte ich? Ich bin Kunstdieb, was auch nicht schwer zu erkennen ist. Ich glaube, ich könnte mich daran erinnern, wenn ich – wie hast du es gesagt? – deine Familie *terrorisiert* hätte.«

»Du lügst«, wiederholte Alexander, während mein Herz sank. Ich konnte nicht anders, als meinen Blick über die Kunstgegenstände um uns herum gleiten zu lassen. »Du hast Männer zu uns nach Moskau geschickt. Mit den eingebrannten Nummern ...« Er hatte keine Kraft mehr.

»Wie gesagt, ich habe keine Ahnung, von was du redest. Aber eins weiß ich«, er trat einen Schritt auf ihn zu, packte sein Kinn und riss es nach oben, sodass er ihm in die Augen sehen musste. »Du bist ungefragt hier eingedrungen. Und auch wenn ich deine Hurenmutter nicht auf dem Gewissen habe, du kommst hier nicht raus.«

Er griff an seinen Gürtel. Zu der Waffe.

Vielleicht war es dieser Anblick gepaart mit dem Wissen, was passieren würde, welches die lähmende Angst in mir auflöste. Sie wurde zur Nichtigkeit. Gleichzeitig blühte der Mut in mir auf.

»Nein!« Die dunklen Augen legten sich auf mich, während ein belustigtes Lachen aus seinem Mund drang. Ich wusste selbst nicht, was ich tat. Aber ich konnte nicht zusehen, wie er Alexander erschoss. »Erschieß ihn nicht.«

»Wieso sollte ich mir von einer unbedeutenden Frau etwas sagen lassen?« Dennoch ließ er von der Waffe ab. »Du kannst froh sein, dass du ein hübsches Gesicht und ansehnliche Titten hast, sonst würde ich dich vor seinen Augen erschießen. Obwohl ich mich bei letzterem Punkt nochmal genauer überzeugen muss.«

Er machte einen Schritt auf mich zu, wobei aus Alexanders Mund ein Knurren drang.

»Lass sie in Ruhe!«

»Deine kleine Freundin hat doch gesagt, dass ich dich nicht töten soll. Noch nicht. Ich tue ihr einen Gefallen, den sie jetzt erwidern wird. Außerdem musst du doch sicherstellen, dass sie in guten Händen ist, wenn du nicht mehr da bist.« Zwei lange Schritte und er stand vor mir. Seine Hände umfassten meinen Arm und rissen mich auf die Füße. »Wer weiß, wenn ihre kleine Fotze so schön ist wie ihr Mund, dann behalte ich sie vielleicht.« Er drehte mich um, sodass mein Rücken an seine Brust gepresst war und Alexander mir zugewandt war. »Du musst doch sicherstellen, dass sie noch gefickt wird.«

Alles in mir erstarrte. Schon wieder. Ich konnte keinen Muskel regen. Nicht, weil er mich unglaublich festhielt, sondern weil seine Hände an meinem Shirt zerrten.

»Sieh nicht hin«, flehte ich, als mein Peiniger seine Hände über meine Gestalt gleiten ließ. Erst blieben sie über dem Stoff, doch dauerte es nicht lange, bis er darunter glitt und meine nackte Haut berührte. Gänsehaut fuhr über meinen gesamten Körper, wobei sich mein Magen zusammenkrampfte. Ich wusste, was kommen würde. »Sieh nicht hin, Alex!«

Er hörte nicht auf mich. Seine Augen waren auf uns gerichtet, während die Hand zu meiner Brust wanderte. Er strich die Wölbung nach; zog dabei eine eiskalte Spur, die sich tief in mich fraß.

»Er muss«, flüsterte die schmierige Stimme in mein Ohr und drückte seinen Schritt gegen meinen Hintern. Seine Erregung war deutlich zu spüren. Seine perverse Lust, die er bei der Vorstellung empfand, mich vor Alexander zu vergewaltigen. »Und wenn ich ihn dazu zwingen muss. Dein kleiner Freund wird uns zusehen.« Seine Hand wanderte über meinen Bauch, bis zum Bund meiner Hose. »Er wird dabei zusehen, wenn ich in deiner kleinen Fotze komme. Oder vielleicht auf deinem Gesicht, damit er es noch besser sehen kann.«

Ich wollte seine Worte nicht hören. Sie waren sowieso nicht für mich gedacht. Das Einzige, was sie bewirken sollten, war, Alexander an den Rand seines Selbst zu treiben. Und er schaffte es. Er wollte sich wehren.

Trieb dabei die Metallspitzen der Fesseln tiefer in sein Fleisch.

Er verstümmelte sich am lebendigen Leib.

»Alex, hör auf. Wehr dich nicht, du tust dir nur selbst weh.« Es brachte nichts. Wenn er gekonnt hätte, hätte er den dicken Draht von sich losgerissen und ihn mit barer Hand selbst umgebracht. Allerdings war er dazu nicht in der Lage. »Mir geht es gut. Mir wird es gut gehen.«

Eine Lüge, die er mir nicht abkaufte.

»Mein Schwanz in deinem Mund wäre bestimmt auch ein schöner Anblick für ihn. Aber ich weiß nicht, wie bissig du bist, deswegen gehe ich das Risiko eher ungern ein. Vielleich nach ein paar Monaten. Es kommt darauf an, wie gut du bist. Vielleicht verkaufe ich dich auch, dann kann ich mit dir wenigstens noch ein bisschen Asche machen.«

Dazu kam es nicht.

Es passierte nun alles Schlag auf Schlag.

»Lass deine Pfoten von ihr.« Es war nicht Alexander, sondern eine andere Stimme, die mir bekannt war.

Gage.

Wir wirbelten herum, sodass ich ihm gegenüberstand.

Er stand in der Tür mit einer Schusswaffe in der Hand, deren Lauf auf uns gerichtet war. Auf mich. Natürlich war es nicht seine Absicht, aber ich war eine Gefangene des Mannes, der sein Ziel war.

Auch sein Gesicht zeigte Spuren der Gewalt, doch klebte an seinen Fingerknöcheln Blut. Und es war sicherlich nicht nur seins.

Mein Peiniger nahm hinter mir seine Waffe aus dem Gürtel und entsicherte sie. Er richtete sie weder auf Gage noch auf mich, sondern auf Alexander.

»Wie konntest du dich befreien?«

»Hast du wirklich gedacht, du kannst mit uns spielen?« Er dachte immer noch, dass es der Mörder von Alexanders und Konstantins Mutter war.

»Leg die Waffe nieder. Ihr werdet hier so oder so nicht lebend herauskommen.«

Gages Mundwinkel zuckten nach oben, während das Blut in meinen Ohren pochte. Ich musste mich konzentrieren, um seine Worte zu verstehen. »Nein, du wirst hier nicht lebend rauskommen. Genau in diesem Moment sind unsere Leute schon in den Katakomben. Es ist nur eine Frage der Zeit, bis sie uns finden.«

Ich konnte die Panik hinter mir spüren. Er wurde unruhig; verlagerte sein Gewicht in unregelmäßigen Abständen. »Du kannst mich nicht töten, denn sonst wirst du sie treffen. An deiner Stelle würde ich die Waffe auf den Boden legen, ansonsten ist dein kleiner Freund hier tot, noch bevor deine Kugel mich erreicht.«

Gage regte sich nicht.

Als Antwort auf seine fehlende Kompromissbereitschaft wurde der Griff um mich fester. Er wusste, dass er hier nicht lebend herauskam, falls Gage die Wahrheit sprach. Etwas in seinem Blick – seinem gehobenen Kinn – sagte uns aber, dass er nicht log.

»Waffe runter oder ich blase ihm die Birne weg. Und deiner Kleinen breche ich das Genick«, brüllte er in mein Ohr.

Ein Wimmern kroch meine Kehle hinauf, wobei ich Gage flehend ansah. Er *durfte* Alexanders Leben nicht aufs Spiel setzten. Das würde ich nicht zulassen. Nicht, weil all das sonst nutzlos gewesen wäre, sondern weil Alex es verdient hatte, einen Frieden zu empfinden, den er bereits jahrelang nicht mehr in sich trug. Den er auch in der Zukunft nicht mehr fühlen würde – nicht, ehe er sein Ziel erreicht hatte.

Ich hoffte, dass meine Idee nicht nach hinten losging.

Eine kindische Idee, die mir Dorian beigebracht hatte. Damals als wir Kinder gewesen waren, hatten mich einige Jungen aus unserer Klassenstufe geärgert. Natürlich hatte mein Bruder mitgemacht, da er zu den coolen Kindern gehören wollte, aber zu Hause hatte er mir ein Mittel genannt: Einfach mal fest auf den Fuß treten. Es kam unerwartet und schreckte im ersten Moment ab, sodass man sich befreien und im besten Fall weglaufen könnte.

Genau das tat ich.

Und es funktionierte. Die Umklammerung lockerte sich ein wenig, wodurch ich mich zu Boden fallen lassen konnte.

Es genügte.

Zwei Schüsse ertönten. Dann war alles vorbei.

Vor mir sackte mein Peiniger zusammen und traf dumpf auf dem rauen Steinboden auf. Seine Lider waren geöffnet, sodass mich seine seelenlosen Augen direkt ansahen. Sie waren unglaublich hell – das war mir zuvor gar nicht aufgefallen. Auch jetzt wurde meine Aufmerksamkeit von ihnen abgelenkt. Der Grund war rubinrotes Blut, das aus seiner Stirn lief.

Gage hatte ihm in den Kopf geschossen.

Er war tot.

Leblos.

Tot.

Ein Röcheln ertönte, was meinen Blick von der Leiche riss ... Nur, damit ich noch etwas Grausameres sah.

Alexanders spannungsloser Körper auf dem Stuhl.

Nein. Nein. Nein.

Ich stand auf und stolperte zu ihm rüber. Sein Kopf hing nach unten – als wäre er bereits tot. Doch seine

Brust hob sich leicht. In unregelmäßigen Abständen. Und bei jedem abgehackten Atemzug strömte frisches Blut über seine Brust seinen Bauch hinunter.

Überall klebte die rote Flüssigkeit.

Es waren zwei Schüsse gewesen.

Eine Kugel steckte im Kopf des Mannes. Die andere ... Eine kleine Eintrittswunde lag direkt neben Alexanders Herzen.

»Alex«, sagte ich und nahm sein Gesicht in die Hand. Sein Blick war trüb, konnten mich nicht fassen. Er driftete ab. »Alexander, sieh mich an.«

Es war ein Flehen.

Er schaffte es nicht.

Ich drehte meinen Kopf zur Seite; meine Stimme mit Angst und Verzweiflung getränkt. »Kann mir bitte jemand helfen?« Wo zur Hölle war Gage?

Doch ehe ich noch einmal nach Hilfe rief, stand er plötzlich neben mir. Blaue Flecken zierten sein Gesicht, doch es schien ihn nicht zu beirren.

Er durchtrennte die Fesseln mit einem Messer und half mir, Alexander auf den Boden zu legen. Dieser gab nur ein gedämpftes Stöhnen von sich. Ein Laut, den ich niemals in meinem Leben vergessen würde.

»Sieh mich an, Alex«, murmelte ich und erhöhte den Druck auf seine Brust. Diesmal schaffte er es. Zwar hoben sich seine Lider nur unmerklich, aber es war genug. »Du wirst das schaffen, hörst du. Konstantin holt bestimmt schon Hilfe. Du wirst nicht sterben.«

Aus dem Augenwinkel sah ich, wie Gage neben uns kniete und die Hände hilflos in den Schoß gelegt hatte. Uns blieb nichts außer eines Hauchs von Hoffnung, der, je mehr Blut unter meinen Fingern hervorquoll, immer geringer wurde.

»Du wirst nicht sterben, hast du mich verstanden?«

Tränen traten mir in die Augen, doch ich durfte nicht weinen. In diesem Moment durfte ich es nicht. Jetzt musste ich kämpfen – für uns beide. Unmerklich hoben sich seine Mundwinkel. »Das kannst du Konstantin nicht antun. Das kannst du mir nicht antun.« Widerwillig rollte dennoch eine Träne über meine Wange, während ich mich auf den winzigen Schimmer in seinen Augen konzentrierte. »Du kannst mich nicht nochmal verlassen. Ich brauch dich, Alex. Du kannst dir nicht vorstellen, wie sehr. Ein Leben ohne dich ist sinnlos. Ich habe es versucht, aber ich kann es nicht. Du musst das schaffen, weil ich dich liebe. Ich liebe dich, Alexander.«

Die einzelne Träne verwandelte sich in einen Strom, der ungehindert über mein Gesicht floss.

Er durfte nicht sterben.

»Ich liebe dich, Alexander«, schluchzte ich. Es wurde heftiger, als seine Miene an Spannung verlor. Es nahm eine Friedlichkeit an, die nichts Gutes verhieß. »Alex, bitte. Du kannst nicht sterben. Nein, du kannst nicht.«

Ein unverständliches Murmeln drang aus seinem Mund, das sich in ein Gurgeln verwandelte.

Und dann schlossen sich seine Lider.

Seine Brust, auf die ich immer noch meine Hände gedrückt hielt, hob sich nicht mehr.

Alles in ihm kehrte sich dem Stillstand zu.

»Nein. Nein. Nein.«

Er durfte nicht sterben.

Ich presste meine Hände fester auf seine Brust, hoffte, dass sie sich wieder hob, was nicht geschah. Er lag spannungslos da.

Er war tot.

Rasselnd holte ich Luft und presste meine Stirn auf seine. Ich brachte kein Wort heraus, ausschließlich heiße Tränen, die nun auch auf seine Wangen tropften.

Ich wollte ihn nicht loslassen. Nie wieder. Ich wollte nicht aufstehen und von ihm gehen. Denn er würde nicht mitgehen. Seine Seele würde hier in diesen Katakomben zurückbleiben.

Etwas berührte mich an meiner Schulter, gefolgt von einer bekannten Stimme. Konstantin. Er war endlich hier. Leider zu spät. Viel zu spät. »Chloe, du musst von ihm runter.«

Kopfschüttelnd klammerte ich mich enger an Alexander.

Wieder sagte er etwas, diesmal wollte ich es aber nicht hören. Er sollte mich mit seinem Bruder allein lassen. Alle sollten mich mit ihm allein lassen.

Das war aber nicht der Plan von Konstantin.

Zwei Hände packten mich von hinten und zogen mich von dem toten Leib weg. Ich wollte schreien – mich wehren. Gerade wollte ich mich erneut zu Alex stürzen, als meine Beine unter mir nachgaben und meine Schläfe auf den harten Steinboden traf. Daraufhin verwandelte sich alles in tiefe Schwärze.

Kapitel Einunddreißig

Alexander

Es stellte sich als einfach heraus, meine Lider aufzuschlagen.

Kein Licht, gegen das ich anblinzeln musste.

Kein Dröhnen in meinem Kopf, welches in mir den Wunsch geweckt hätte, für immer in dem bewusstlosen Stadium zu bleiben.

Etwas hatte mich aus den Tiefen herausgezogen, sodass langsam alles durch mich hindurchsickerte.

Das Piepen der Geräte.

Nadeln, die in meinem Handrücken steckten und bei jeder Bewegung meiner Finger unangenehm waren.

Doch all die Eindrücke wurden sofort von einem anderen abgelöst. Druck, welcher sich an meiner gesamten linken Seite ausbreitete.

Chloe.

Sie lag dicht an mir in dem Krankenhausbett, wobei

ein Arm über meiner Brust lag. Kaum Millimeter darunter zeichnete sich der helle Verband ab, der sich über den gesamten Bauch zog.

Dafür hatte ich aber keine Augen.

Meine Aufmerksamkeit hing an der schlafenden Frau, welche ebenfalls eine Nadel in ihrem Arm stecken hatte. Der Schlauch führte zu einem Tropf mit einer klaren Flüssigkeit.

»Du bist wach«, murmelte eine Stimme, sodass mein Blick hektisch durch den Raum fuhr.

Es war Gage. Er saß auf einem Sessel und rieb sich das Gesicht. Alles an ihm wirkte erschöpft. Die spannungslosen Schultern. Die dunklen Ringe unter seinen Augen.

»Was ist mit ihr passiert?«

»Als du ins Krankenhaus gebracht wurdest, hatte sie immer wieder Panikattacken. Es war schrecklich. Die Ärzte haben ihr Beruhigungsmittel gegeben, aber als es nachgelassen hat, fing es von vorne an. Um es kurz zu fassen, sie wollten sie erst nicht zu dir lassen, aber letztendlich sind sie eingeknickt und haben ein weiteres Bett in dein Zimmer gestellt. Du siehst ja, dass sie selbst diese Distanz nicht ausgehalten hat.«

Gages Stimme war kalt. Abwesend.

Vorsichtig strich ich ihr eine Strähne aus dem Gesicht. Selbst im Schlaf waren ihre Züge mit Terror durchzogen. Bei der kleinsten Bewegung meinerseits wurde ihr Griff um mich stärker.

Ein Glitzern lenkte meinen Blick auf ihren Hals.

Die Kette. Sie hatte sie wieder umgelegt.

»An was kannst du dich noch erinnern?«, fragte er, stand auf und dehnte seine müden Muskeln. »Als wir dich gefunden haben, warst du nicht mehr in der besten Verfassung.«

»Ihr Gesicht war das Letzte, das ich gesehen habe.« Irgendwie hatten wir das beide überlebt. Darüber nachzudenken, wie es hätte ausgehen können, brachte mir Kopfschmerzen. »Lass uns später darüber reden. Denn es gibt vieles, worüber wir sprechen *müssen.*« Ich musste ihnen erzählen, dass es nicht der Mörder meiner Mutter war. Dass alles um sonst gewesen war …

»Dein Vater ist hier.«

Ich fuhr über Chloes zerzaustes Haar, während ich sie näher an mich zog. Sie bewegte sich kaum, sodass es sich anfühlte, als hätte ich eine leblose Puppe in den Armen. Ihre Wärme sagte mir aber, dass sie lebendig war. Lebendig bedeutete aber nicht, dass es ihr gut ging.

»Er ist bestimmt wütend.«

»Wenn man es mild formuliert«, murmelte er; blieb an der Tür stehen.

Vielleicht war es auch besser so, denn ich hatte keine Ahnung, was mit mir passieren würde, wenn ihr jemand zu nahekam. Eine falsche Berührung – ein falscher Blick – würde ausreichen, um demjenigen alle Gliedmaßen zu brechen.

Die Erinnerungen an den Bastard kamen hoch. Wie er Chloe berührt hatte.

»Ist er tot?« Ich musste es wissen.

»Ja, alle aus dem Ring, die in den Katakomben waren. Wir sind schon auf der Suche nach anderen von ihnen.«

»Lasst es.«

»Was?«

Ich riss den Blick von Chloe und fasste Gage ins Auge. »Ich habe gesagt, dass ihr es lassen sollt.«

»Aber wieso?«

»Weil es nicht der Mörder meiner Mutter war. Die Informationen waren falsch, verdammt.« Die Frau an meiner Seit bewegte sich, ihre Nägel schnitten in meine Haut. »Also lasst es.«

»Aber –«

»Gage –« Doch auch ich wurde unterbrochen.

Ein Arzt mit einer kleinen Krankenschwester kam in das Zimmer und sah den tätowierten Mann vorwurfsvoll an. »Habe ich Ihnen nicht gesagt, dass er noch Ruhe braucht?« Gage würdigte ihn keines Blickes. »Wir machen jetzt sowieso ein paar Tests, dafür müssen wir in einen anderen Raum.«

»Können wir die nicht hier machen?«, fragte ich, während mein Blick wieder zu Chloe glitt. Ihre Gliedmaßen zuckten nun in regelmäßigen Abständen – als würde sie aufwachen oder träumen. »Ich will sie ungern allein lassen.«

Die Arzthelferin warf mir ein Lächeln zu. »Das muss aber sein. Wer weiß, vielleicht wacht Ihre Frau auf, während Sie weg sind.«

Das war noch schlimmer. Ich wollte hier sein, wenn Chloe aufwachte. Der Gedanke, dass sie allein war, während all die Erinnerungen auf sie einprasselten ... Es lähmte meinen Körper. Der Blick des Arztes sagte mir aber, dass ich keine Wahl hatte.

»Gage, sag Konstantin, dass er sich zu ihr setzen soll. Falls sie aufwacht, soll er bei ihr sein.« Nickend wollte er bereits verschwinden, als meine Stimme ihn aufhielt. Sie war kalt. »Und du überlegst dir eine gute Erklärung, was sie in Paris zu suchen hatte. Ich habe dich gewarnt, wenn ihr etwas unter deiner Aufsicht passiert. Das habe ich nicht vergessen.«

Und ich würde ihn höchstpersönlich töten.

Chloe

Blut. Überall war Alexanders Blut.

Es rann durch meine Finger, während die Farbe aus seinem Gesicht wich. Das Leben. Es schwand aus seinen Zügen.

»Nein«, schluchzte ich, presste meine Hand fester auf die Wunde, doch das schien es nur schlimmer zu machen. Immer mehr davon strömte durch meine Finger. »Du kannst mich nicht allein lassen. Bitte. Alexander!«

Seine Brust hob sich rasselnd, wobei mir seine trüben Augen entgegenblickten. »Du bist nicht allein. Niemals. Du –«

Eine Hand legte sich auf meine Schultern. Es war Gage, der auf uns beide hinabblickte.

»Hilf ihm!«, flehte ich. Aber er blieb einfach stehen. Sah zu, wie der Mann, den ich liebte, verblutete. »Gage, bitte!«

Nichts passierte.

Nichts, außer, dass mich eine bittere Kälte packte und mich mit sich in den Abgrund riss.

Ein Schrei weckte mich auf.

Nicht irgendein Schrei. Es war meiner.

Kalter Schweiß lag auf meiner überhitzten Haut. Schwärze füllte mein Sichtfeld aus. Sie war dicht – undurchdringbar.

Ich versuchte mich zu bewegen, doch meine Glieder

fühlten sich bleischwer an. Alles schmerzte. Jede Bewegung war die reinste Qual. Selbst meine Zunge war schwer, sodass ich nur ein Wimmern hervorbrachte.

Was ist hier los?

Wo bin ich?

Die Panik stieg mir bis zum Hals und schnürte mir die Luft ab. Ich konnte nicht atmen. Nicht schreien. Mich nicht bewegen.

Ich konnte nichts.

Absolut nichts.

Doch war da etwas. Eine Stimme. Sie drang durch den Sturm zu mir hindurch. Und brachte Klarheit mit sich. Ich konnte mich an ihr festhalten und irgendwie fand ich die Kraft, meine Lider aufzuschlagen. Ich bereute es sofort, da die Helligkeit in meinen Augen brannte.

»Ruhig, Chloe.«

Blinzelnd sah ich um mich, versuchte herauszufinden, woher die Stimme kam. Alles war hell und blass. Es spiegelte die Kälte wider, die mich einnahm. Mein Blick fiel auf meine Hand, in der eine Nadel und ein Schlauch steckten.

Wimmernd versuchte ich die Dinger aus mir zu reißen, als jemand mein Handgelenk umfasste. »Chloe, mach das nicht. Du brauchst das. Sieh mich an.«

Der Mann hielt nicht länger meine Hände still, sondern umfasste mein Gesicht. Seine Berührung war fest und doch so sanft. Warm.

Es waren aber seine Augen, die mich beruhigten. Sie waren grün, von dichten, dunklen Wimpern umrahmt. Allerdings waren es nicht die Augen, in die ich mich verliebt hatte. Dennoch waren sie ihnen ähnlich.

»Konstantin.«

Ein dünnes Lächeln zupfte an seinen Mundwinkeln,

als er mir eine dunkle Strähne aus dem Gesicht strich. »Schön, dass du endlich aufgewacht bist.«

»Was?«

»Es sind schon ein paar Tage vergangen, weißt du ...«

Tage waren vergangen zwischen jetzt und ...

Die Schusswunde in Alexanders Brust. Das heiße Blut, das über meine Hände floss. Seine Augen, die mit jeder verstreichenden Sekunde an Leben verloren. Die starken Arme, die mich von ihm gezogen hatten.

»Ist er tot?«

»Alex macht gerade nur ein paar Tests.«

Kopfschüttelnd verdichtete sich die Dunkelheit erneut vor meinen Augen. Ich konnte ihm nicht glauben. Nicht, wenn ich gespürt hatte, wie er unter meinen Händen gestorben war.

»Er ist tot, nicht wahr?«

Konstantin setzte sich auf die Kante des Bettes und schlang einen Arm um mich. »Nein. Sie haben ihn operiert, er sieht fast aus wie neu.«

Meine Nägel schnitten in seine Oberarme, während vor meinen Augen Bilder der Erinnerungen aufblitzten ...

Alex, der sich durch das spitze Metall selbst Wunden zuzog.

Alex, der unter meinen Händen verblutete.

»Verspochen?«

»Ja.«

Etwas schnürte meinen Hals zu. Ich konnte nicht atmen. Meine Brust hob sich nicht mehr, was dazu führte, dass sich eine dicke Watte in meinem Kopf formte. Sie ließ keinen klaren Gedanken zu; sperrte mich mit den Bildern der Erinnerungen ein.

»Chloe.« Konstantin zwang mich erneut ihn anzusehen. »Ruhig atmen, hast du mich verstanden? Du musst ruhig atmen. Er ist bald wieder hier. Bis dahin bleibe ich bei dir.« Sein Daumen fuhr über meine Wange und wischte eine Träne weg. Ich hatte gar nicht gemerkt, dass sie sich aus meinem Auge gelöst hatte. Die Erschöpfung in meinen Knochen musste zu groß sein. Deswegen ließ ich mich von ihm halten, genoss den Körperkontakt und seine Stärke, die mich zusammenhielt.

Bis ich einen Funken Kraft in mir fand.

»Was ist passiert … als ich …«

Konstantin strich mir über's Haar und tat sich hörbar schwer, die richtigen Worte zu wählen. »Du wurdest ohnmächtig, als wir gekommen sind.«

»Weißt du, was passiert ist?«

Auf diese Frage bekam ich keine Antwort.

Er wusste es. Wahrscheinlich hatte Gage es ihm gesagt.

Sofort fühlte ich die Berührungen des Mannes auf meiner Haut.

Als ahnte er, in welche Richtung meine Gedanken gingen, zog er mich enger an sich und wiegte mich leicht in seinen Armen. Seine sonst harte Fassade war verschwunden; nun wurde er zu einer Person, die ich gerade am meisten brauchte.

»Du hast meinem Bruder das Leben gerettet, Chloe. Dafür werde ich dir für immer dankbar sein«, flüsterte er mit gebrochener Stimme.

»Nein, es war Gage, der den Angreifer erschossen hat.«

»Das meine ich nicht. Du hast Alexanders Wunde so gut wie möglich zugehalten. Du hast ihm die Zeit gegeben, die wir gebraucht haben.« Mein Blick verschwamm. »Du hast ihm eine Chance gegeben.«

In den Augen des Mannes standen Tränen, dennoch rollte keine seine Wange hinab. Konstantin zog mich sogar enger an sich und strich über mein Haar, während ich stille Tränen weinte. Je länger ich bei Bewusstsein war, desto tiefer sickerten die dunklen Erinnerungen in mich hinein.

Der Druck auf meiner Brust machte meinen Atem abgehackt. Dennoch atmete ich – war das nicht das Wichtigste? Aber ich wusste, dass dieser Schatten, der meine Seele einnahm, nie vollkommen verschwinden würde. Dafür war er zu dicht.

»Wir werden das durchstehen. Du, Alexander, ich, Dorian. Du bist nicht allein«, flüsterte Konstantin, als könnte er Gedanken lesen.

Er wusste, was er sagen musste. Er wusste es einfach. Dafür war ich unendlich dankbar.

Rasselnd sog ich Luft in meine Lungen und wischte mir die Nässe von den Wangen. Leider brachte es nicht viel. »Kannst du mir eine Frage beantworten?«

»Ja.«

»Bitte sei ehrlich.« Er nickte, doch seine Miene wurde kalt. Es war Sorge. »Wird das jetzt immer so sein? Die ständige Angst, dass ihm etwas passiert?«

»Willst du denn bei ihm bleiben?«

Ich kannte die Antwort, dafür musste ich nicht mal nachdenken. Doch war es eine Gegenfrage, die er bekam. »Wird die Angst bleiben?«

»Sie gehört zum Leben dazu, allerdings ist sie ein großer Teil von Alexanders. Das war sie schon immer. Er und ich sind damit aufgewachsen, andere, wie dein Bruder, haben sie in Kauf genommen. Die Frage sollte also eher sein, ob du damit klarkommst. Oder was dir wichtig ist. Ein Leben ohne Angst, welches so oder so nicht existiert, oder mein Bruder.«

Weniger Angst oder Alexander.

Eine einfache Entscheidung. Vielleicht keine gesunde, allerdings konnte ich nicht anders ...

Ehe ich etwas darauf sagen konnte, klopfte es an der Tür. Derjenige, der dahinterstand, wartete nicht, sondern trat ungefragt ein. Dieses Recht nahm er sich. Was mich nicht wunderte, denn über die Schwelle trat Jaroslaw. Alexanders und Konstantins Vater. Der Kopf des Mafiarings.

Seine Augen glitten zu seinem Sohn und mir. Der Ausdruck in seinem Gesicht war unlesbar. Auch seine Stimme ließ keine Gefühlsregung durchscheinen. »Konstantin, lass Chloe und mich doch für einen Moment allein.«

Der Mann neben mir versteifte sich, was auch die Alarmglocken in mir laut werden ließ. »Alexander will, dass ich bei ihr bleibe, bis er wieder zurück ist.«

»Das war keine Bitte.«

Man merkte Konstantin den Widerwillen an, doch er folgte der Forderung. Bevor er aber von mir ließ, sah er mich nochmal an. »Ich bin gleich wieder zurück.«

Nickend sah ich zu, wie er aufstand und hinter seinem Vater verschwand. Dieser sah ihm keine Sekunde hinterher, hatte seine Aufmerksamkeit stattdessen stets auf mich fixiert.

»Wie geht es dir?«

»Mäßig«, murmelte ich und zog die Decke höher.

»Weißt du«, sagte er, trat an die Fensterfassade und sah hinaus. Man hatte von dort einen wunderschönen Blick auf die Stadt. Ein Bild, welches ausschließlich die Perfektion zeigte. Als hätte er diesen Raum mutwillig ausgesucht, obwohl es sich nicht um seine Stadt handelte. All der Schrecken und das Leid lagen unter einem Zauber, welcher beinahe undurchdringbar war.

»Was weiß ich?« Meine Stimme war kalt. Ich konnte mich noch an meine erste Begegnung mit ihm erinnern, als seine alleinige Präsenz dafür gesorgt hatte, mir Antworten, welche seinem Willen entsprachen, zu entlocken.

Diese Chloe war aber tot. War mit meinen Eltern gestorben. Und wurde in den Pariser Katakomben begraben.

»Ich hatte eigentlich auf eine andere Verbindung gehofft, welche mein Sohn eingeht.«

»Wie bitte?«

Seine Mundwinkel hoben sich. Purer Spott lag in seinen Zügen. »Ich hatte gehofft, dass Alexander sich eine andere Frau wählen wird.«

»Nach all dem, was Ihr Sohn und ich durchgemacht haben, sagen Sie mir, dass Sie ihn mit einer anderen Frau verheiraten wollen?«

»Du verstehst das nicht.«

Am liebsten wäre ich von meinem Bett aufgestanden und hätte ihn geohrfeigt. Mir war egal, wer er war oder wie viel Blut an seinen Händen klebte. Das Einzige, das mich zurückhielt, war, dass mich meine Beine wahrscheinlich keinen Meter tragen würden.

»Vor ein paar Tagen musste ich ansehen, wie Ihr Sohn beinahe gestorben ist. Alexander wurde in die Brust geschossen und ich habe seine Wunde mit all meiner Kraft versucht zuzuhalten. Sagen Sie mir also nicht, dass ich es nicht verstehen würde.«

Jaroslaw seufzte und starrte gedankenverloren aus dem Fenster. »Du erinnerst mich an meine Frau, weißt du? Anneliese. Vielleicht klingt es komisch, aber vielleicht ist genau deswegen mein Sohn so von dir angezogen. Sie war die reinste Seele, die mir jemals begegnet ist.«

Verwirrung durchtränkte mich. »Und Sie wünschen sich keine solche Verbindung für Alexander?« Ich erinnerte mich an die Worte in seinem Brief zurück. Sie hatte niemals einer Menschenseele etwas angetan.

»Nein.«

»Aber wieso?«

Sein kalter Blick wandte sich zu mir – und ich sah nichts anderes als einen geschundenen Mann. »Weil er sein gesamtes Leben in Gefahr verbringen wird. Das, was euch passiert ist, kann jederzeit wieder geschehen. Diese Gefahr hat meiner Frau das Leben gekostet. Sie wollte nie mit dieser Sache etwas zu tun haben, dennoch ist sie bei mir geblieben. Ich habe sie so gut es ging aus den Geschäften rausgehalten, aber ...« Er brach ab und schüttelte den Kopf. »Alexander braucht eine Frau, die vor nichts zurückschreckt. Und das bist du nicht, Chloe.«

»Und solch eine Frau existiert?«

»Ein guter Freund von mir hat eine Tochter, sie weiß zwar noch nichts, da –«

Ein bitteres Lachen entfloh mir. Gerade wünschte ich mir, dass Konstantin hier wäre; denn ich drohte durchzudrehen. »Sie wollen Alex einer Frau verschreiben, die von ihrem Schicksal noch gar nichts weiß?«

»Ich töte Menschen, ich gebe Morde in Auftrag. Denkst du wirklich, mich kümmert es, ob sie ihr Schicksal kennt, das sowieso schon lange feststeht? Außerdem schreibe ich ihr kein neues Leben. Sie wird nur das Leben führen, in das sie bereits von ihren Eltern hineingeboren wurde.«

Seine Worte ergaben keinen Sinn. Zumindest für mich.

Ich machte mir keine Gedanken um die namenlose Frau, sondern um seinen Sohn.

Ärger stieg in meinem Blut auf. Keine Angst. Denn ich hatte keine Angst vor ihm. Auch nicht, als ich mich aus dem Bett hievte.

Jeder meiner Knochen ächzte, doch humpelte ich auf den Mann zu, der mich keine Sekunde aus den Augen ließ. Seine Muskeln waren angespannt, als würde er erwarten, dass meine Beine unter mir nachgeben würde. Aber ich blieb standhaft.

»Sie trauern immer noch um Ihre Frau. Sie haben Ihre beiden Kinder in diese Sache verwickelt. Wieso stellen Sie also nicht sicher, dass ihr eigen Fleisch und Blut so glücklich wie möglich ist? Wieso denken Sie stattdessen, dass Sie wissen, was für Alex das Beste wäre, wenn Sie eindeutig keine Ahnung haben, was er fühlt?«

»Leg dich wieder –«

»Nein«, beharrte ich und machte einen letzten Schritt auf ihn zu. »Sie haben schon genug Entscheidungen für seine Zukunft getroffen, diese werden Sie nicht treffen.«

»Kommst du denn damit klar? Mit dem, was er ist und was er tut?«

»Ich liebe ihn.«

Mehr musste sein Vater nicht wissen. Mehr war auch nicht relevant.

Etwas blitzte in seinen Augen auf, doch war ich zu schwach, etwas hineinzuinterpretieren. »Das wird euch beide ruinieren.«

»Das bin ich ohne ihn.« Ein schmerzvolles Stöhnen glitt mir über die Lippen, sodass ich nach hinten taumelte, aber zum Glück auf die weiche Matratze meines Bettes fiel. Dabei sah Jaroslaw mich einfach nur an. »Wenn Sie mich nun allein lassen würden.«

Meine Stimme war nichts weiter als ein gepresstes Ächzen, doch sie erfüllte ihren Zweck. Er löste sich aus seiner Starre und verließ ohne ein weiteres Wort den Raum.

Ich hatte nur genügend Zeit, mich in das Kissen zu

lehnen und die Decke über meine nackten Beine zu ziehen, ehe die Tür erneut aufschwang.

Ich hatte Jaroslaw erwartet, dem vielleicht noch etwas eingefallen wäre, wieso ich nicht mit seinem Sohn zusammen sein konnte, aber ich lag falsch.

Hineingeschoben wurde ein Mann mit sandfarbenem Haar.

Ein lebendiger Mann.

Alexander.

Kapitel Zweiunddreißig

Chloe

Alexander blickte mir entgegen.

Er lag in einem Bett, welches von einer Arzthelferin hineingeschoben wurde. Über seine Brust war ein weißer Verband gewickelt, der bis zu seinem Bauch reichte.

Ich wusste, was darunter lag. Welche Wunden seine Haut zeichneten. Sein Anblick trieb mir Tränen in die Augen, die stumm über meine Wangen flossen.

Er lebt.

Er lebt.

Er lebt.

Die Frau entfernte die Abtrennungen an den Seiten der Betten, schob ihn direkt neben mich, legte eine Sicherung hinein und warf mir ein kurzes Lächeln zu.

Das Schweigen hielt an, bis die Tür zurück ins Schloss fiel und wir allein waren. Obwohl ausschließlich unser Atem die Stille untermalte, war es in mir umso lauter.

Es waren meine Schreie.

Es war sein schmerzvolles Stöhnen.

Es war der Schuss.

Seine Finger streckten sich nach mir aus, streiften meine Wange. Die Berührung war leicht, kaum spürbar, dennoch fing das Herz in meiner Brust an schneller zu schlagen. Es reichte aus, um die Geräusche, welche die grausamen Erinnerungen auftauchen ließen, verstummen zu lassen.

»Liebste.« Seine Stimme war kratzig, und doch war sie es, die alles in mir einriss. Ich hätte nicht gedacht, dass ich Alexander jemals wieder sehen, geschweige denn reden hören würde.

Tränen flossen nun ungehindert meine Wange hinab, während ich die Hand nach ihm ausstreckte. Nun streifte ich seine Haut. Seine warme Haut. Ich fuhr von seiner Schläfe zu seinem Kiefer, wobei mich seine Bartstoppeln kitzelten.

Meine Brust wurde eng, als ich seine lädierten Lippen berührte. Es schnürte mir die Kehle zu und ich brachte kein Wort heraus. Es war unmöglich. Zu sehr war ich auf seine Atmung fixiert. Auf seine Iriden, die Leben in sich trugen.

Auf ihn, der mich mit einem dünnen Lächeln ansah.

Auch in seinen Augen sammelten sich Tränen, was mir ein Schluchzen entlockte. Dieser Anblick war zu viel für mich. Ich wusste nicht wohin mit meinen Gefühlen, die mich zu übermannen drohten.

»Chloe.« Er beugte sich zu mir hinab und drückte seine Stirn an meine. Seine Stimme, seine Nähe ... Alles in mir zerbrach. Nur er hielt die Scherben zusammen, die sich tief in mein Herz bohrten. Seine Finger strichen mir unordentliche Strähnen zurück, während sich sein warmer Atem auf meinen Mund legte. »Ich liebe dich. Hast du gehört? Ich liebe dich.«

Da mir immer noch die Worte fehlten, machte ich das Einzige, was ich brauchte.

Ich küsste ihn.

Nicht stürmisch, wie es zu Hause in Frankreich der Fall gewesen war, sondern leicht. Die Berührung unserer Lippen war kaum spürbar, doch je länger wir in dieser Position verharrten, desto mehr realisierte ich, dass das hier echt war. Kein Traum. Keine Halluzination.

Seine Brust hob sich, während seine warmen Lippen auf meinen lagen.

Es war *real*.

Alexander nahm meine Hand in seine und drückte sie.

Vielleicht hatte ich genau diesen Druck gebraucht, um meine Stimme wiederzufinden.

»Ich liebe dich.«

»Chloe ...«

»Ich liebe dich, Alexander.«

»Was hast du dir nur dabei gedacht?« Die Tränen liefen ihm nun auch über das Gesicht, wobei er mich aus geröteten Augen ansah. »Du hättest mir niemals folgen dürfen.«

Kopfschüttelnd erwiderte ich den Druck seiner Hand. »Ich würde es immer wieder machen, wenn es bedeutet, dass du am Leben bleibst.« Das war die Wahrheit. Ich würde alles nochmal durchstehen. Würde die Qualen immer wieder erleben, nur um sicherzustellen, dass es ihm gut ging. »Ich will kein Leben ohne dich, Alex. Ich *kann* kein Leben ohne dich führen.«

Er musste das hören.

»Sag das nicht.«

»Wieso?«

Seine Fingerspitzen spielten mit meinen. »Weil du mein Leben nicht aushältst.«

»Ich will nur dich.« Ich verschränkte unsere Hände miteinander. »In der Zeit, in der wir getrennt waren, habe ich mich insgeheim nur nach einem gesehnt. Nach deinen Berührungen. Nach deinem Lachen. Nach deiner Gesellschaft. Nach *dir*. Ich habe nicht gelebt, Alexander. Auch wenn ich mir das niemals eingestanden hätte.«

»Ich habe dich in Gefahr gebracht.« Seine Stimme brach. »Das kann ich mir niemals verzeihen.«

Mein Blick richtete sich auf seinen Verband, unter dem die Wunde schlummerte, die ich zugehalten hatte. »Wir leben. Das ist alles, was zählt.«

»Nein.«

»Doch! Oder willst du mich nicht?«

»Wenn ich könnte, würde ich dich nie wieder loslassen.«

Die Enge um mein Herz löste sich ein wenig. »Dann geh nicht.«

Kopfschüttelnd blickte er mir in die Augen. »Das kannst du nicht wollen.«

»Das Einzige, das ich will, bist du.«

Er wollte mir nicht glauben. Und es musste noch über so viele Dinge gesprochen werden, doch er zog mich in diesem Moment an seine Seite und drückte einen Kuss auf meinen Scheitel. »Ich habe Angst, Chloe.«

»Manchmal muss man sie in Kauf nehmen.«

»Es wird nicht einfach werden.«

Das wusste ich.

»Wie geht's jetzt weiter?«, murmelte ich und kuschelte mich tiefer an ihn; immer darauf bedacht, dass ich ihm keine Schmerzen bereitete. Doch er hätte es sich sowieso nicht anmerken lassen. Das sagte mir sein Arm, der mich enger an ihn zog.

Wir genossen beide die Nähe des anderen.

»Ich wünschte, ich könnte dir darauf eine Antwort geben. Aber ich habe keine Ahnung. Dorian ist weiterhin in einem Versteck. Ich habe den Mörder meiner Mutter immer noch nicht gefunden.« Seine Brust hob sich schwer. »Ich weiß gar nichts.«

»Dafür weiß ich etwas.«

Er zog die Stirn in Falten, während ich mich aufstützte und auf ihn hinabblickte. »Ich werde bei dir sein – egal, was kommt. In Moskau.« Es war unmöglich in Frankreich zu leben. Es war schon längst nicht mehr mein Zuhause. »Bei dir.«

»Du kannst dir nicht vorstellen, wie viel es mir bedeutet.« Kein Widerwille. Kein Versuch, mich vom Gegenteil zu überzeugen. »Wir schaffen das. Zusammen.«

Alexander sprach nicht nur von Dorian und seiner Mutter, sondern von den Wunden, die wir mit nach Moskau nehmen würden. Wunden, welche nicht nur oberflächlich waren. Sie reichten tief in unsere Seele.

Doch irgendwann würden sie heilen.

Das taten sie immer. Auch wenn eine Narbe zurückbleiben würde.

Epilog

WENIGE WOCHEN SPÄTER; IRGENDWO IN RUSSLAND

Chloe

»Du solltest nicht hier sein«, flüsterte ich und beobachtete, wie Alexander die Schmerztablette mit Wasser hinunterschluckte.

Es war erst wenige Tage her, dass wir nach Russland zurückgekehrt waren. Eigentlich hatte er klare Anweisungen bekommen, sich zu schonen. Dennoch saß er mit Konstantin und mir im Auto, welches ihm durch das unebene Gelände minütlich einen schmerzverzerrten Laut entlockte.

Sein Bruder sah kritisch in den Rückspiegel und fasste uns auf der Rückbank ins Auge. Er teilte meine Meinung, dass Alexander nicht hier sein sollte, aber auch er hatte es nicht geschafft, ihn davon zu überzeugen. Aus Konstantin sprach dieselbe Sorge um den Mann, den wir aus unterschiedlichen Gründen liebten.

»Ich möchte es aber.« Alex warf mir ein mildes Lächeln zu, während er seine Hand mit meiner verschränkte. »Außerdem trage ich Verantwortung für ihn.«

»Du wurdest erst vor Kurzem angeschossen. Es ist nicht so, als würde Dorian auf sich allein gestellt sein.«

»Ich will dich doch nur begleiten.«

Ja, das war einer der Hauptgründe, weshalb er hier saß. Weil ich meinen Bruder nach all den Wochen wiedersehen wollte. Es würde nicht einfach werden und ich hatte kein Interesse mit ihm lange zu reden, doch sollte er wissen, wie meine Zukunft aussah. Meine Zukunft mit Alexander. So viele Geheimnisse rissen ein Loch zwischen Dorian und mich; Alex sollte aber keines davon sein.

Seufzend lehnte ich meinen Kopf an seine Schulter. Jetzt hatte es sowieso keinen Sinn mehr, darüber zu diskutieren. Alexander war an meiner Seite, worüber ein kleiner, selbstsüchtiger Teil in mir froh war.

»Die Abmachung gilt aber noch«, erinnerte ich ihn.

»Du redest, ich halte meine Klappe.«

»Richtig.« Mein Blick wanderte nach vorn zu Konstantin. »Das gilt auch für dich.«

Ich musste ihn nicht sehen, um zu wissen, dass er die Augen verdrehte. Dieses Thema wurde schon oft genug besprochen. Und obwohl er meine Meinung nicht teilte, war ich ihm dennoch dankbar, dass er sie akzeptierte.

»Es ist einfach besser für ihn, wenn er nicht weiß, was in Paris passiert ist. Er würde damit nicht klarkommen.«

Nun machte ich das, was er mit mir jahrelang gemacht hatte. Mich im Dunkeln zu lassen. Aber ich konnte nicht anders. Dorian würde sich dafür verantwortlich machen. Doch was in Frankreich passiert war, hatte nichts mit ihm zu tun. Es war meine Entscheidung gewesen, Alexander zu folgen. Und ich war das Risiko eingegangen, nicht mehr lebend dort rauszukommen.

Aber das bin ich. Der Rest waren Wunden, um die ich mich kümmern musste. Mit Irina und Alex.

Niemand der beiden Männer sagte etwas, sodass unser Schweigen den kleinen Raum ausfüllte.

Alexander nahm meine Hand, was mich mit Wärme durchströmte. Ich sank tiefer an seine Seite, genoss seinen stetigen Atem, der sich auf meine Schläfe legte. So dauerte es auch nicht lange, bis meine Lider schwer wurden und schließlich zufielen.

Lange hielt die Ruhe leider nicht an.

»Wir sind da«, sagte Konstantin und stellte den Motor ab.

Blinzelnd öffnete ich die Augen und sah aus dem Fenster. Wir waren weiterhin im Wald. Die Bäume um uns herum waren sogar noch dichter geworden, allerdings befand sich nun eine einsame Holzhütte zwischen den dicken, schneeüberzogenen Stämmen.

Alexander strich mir über den Arm. »Ist dir kalt? Du hast Gänsehaut.«

»Nein.« Meine Lippen hauchten einen Kuss auf seinen Hals, ehe ich mich aufrichtete und meine verspannten Beine – soweit es mir möglich war – ausstreckte. »Wie geht es Dorian überhaupt, Konstantin?«

»Den Umständen entsprechend gut. Er hat aber keine Lust mehr, hier tatenlos herumzusitzen.«

Gut. Dann musste ich ihn nicht mit Samthandschuhen anfassen. Es würde keine schöne Begegnung werden. Er hatte keine Ahnung, dass ich kam. Dass ich für eine sehr lange Zeit in Russland bleiben würde. Dass ich mit Alexander zusammen war.

Schon jetzt hatte ich keine Lust mehr, hier zu sein. Aber er war mein Bruder. Familie war Familie. Egal, was in der Vergangenheit lag und was die Zukunft für uns bereithielt.

Zusammen stiegen wir aus und wurden sofort vom Geruch des eisigen Waldes eingehüllt. Gefrorene, tote Blätter knirschten unter unseren Schritten, während die Bäume kalte Schatten auf uns warfen. Nur an wenigen Stellen ließ das Geäst die Wintersonne zu uns durch.

Konstantin rieb sich die nackten Hände, als er die Stufen zur Hütte hinaufstieg. Ich aber zögerte; hielt auch Alexander zurück.

»Wenn es dir nicht gut geht, sag es. Dann gehen wir nach oben«, murmelte ich und strich über seine Wange. Wir würden über Nacht hierbleiben. Alex fand diese Idee nicht gut, doch ich wollte nicht, dass er zwei Mal am Tag eine lange Autofahrt durchstehen musste.

Er drückte mir einen Kuss auf den Scheitel und schenkte mir ein dünnes Lächeln. In seinen Iriden spiegelte sich Müdigkeit, was Unruhe durch meine Nerven sandte. Etwas sagte mir, dass Alex seine Kraft bis zum letzten Tropfen ausreizen würde. Er wollte keine Schwäche zeigen.

Das störte mich ungemein.

Egal wer er war, wie viel Macht er besaß ... Alexander sollte sich nicht gezwungen fühlen, seine Schmerzen versteckt zu halten.

»Bitte«, flüsterte ich.

»Ich liebe dich.« Das war alles, was er sagte. Doch diese drei Worte reichten mir. Er würde Dinge tun, die mir nicht gefallen würden. Dagegen konnte ich nichts machen. Diese Worte, seine Nähe, seine Küsse – *er* – hielt das fragile Konstrukt unserer Beziehung zusammen. »Du sorgst dich viel zu viel um mich.«

»Du sorgst dich viel zu wenig um dich. Verwechsle das nicht.«

Sein Mund öffnete sich, während ein spielerischer

Ausdruck über seine Miene glitt, doch verhinderte sein Bruder, dass auch nur ein Ton über seine Lippen kam.

»Kommt ihr jetzt endlich, mir ist kalt.«

»Ihm ist kalt. Hast du gehört?«, lachte er, nahm mich bei der Hand und lief mit mir die wenigen Stufen zur Eingangstür der Hütte hinauf.

Konstantin verdrehte die Augen und sperrte auf.

Mit schwer klopfendem Herzen stieg ich über die Schwelle und fand mich in einem engen Eingangsbereich wieder. Der Boden und die Wände bestanden aus den gleichen Dielen. Nur ein kleines Schuhregal und eine schmale Holzbank, welche nicht mal ein Polster besaß, befanden sich im Raum.

»Konstantin, wieso hast du so lange gebraucht?« Dorians Stimme gepaart mit gedämpften Schritten kam auf uns zu. Mein Blick zuckte zu einer Tür, die meinen Bruder und mich nur wenige Meter voneinander trennte. Mein Atem war abgehackt, was auch Alexander mitbekam. Er zog mich näher an sich; hielt mich fest, sodass ich mein Gleichgewicht nicht verlor. »Du wolltest doch schon seit einer halben Stu–«

Dorian betrat den Raum und verfiel bei unserem Anblick sofort ins Schweigen.

Er sah … anders aus. Dunkle Ringe zeichneten sich unter seinen Augen ab. Auch hatte er an Gewicht verloren. Die Kleidung saß nicht mehr so, wie sie es vor Wochen getan hätte. Und in seiner zu einer Faust geballten Hand lag eine halbleere Zigarettenschachtel.

»Hallo, Dorian«, sagte ich und klammerte mich so fest wie möglich an Alexanders Hand.

Der Blick meines Bruders glitt zwischen Alex und mir hin und her, bis er an unseren ineinander verschränkten Händen ankam. Seine Miene war hart, ließ keine Regung zu. Alles daran schmerzte. Ihn so zu sehen.

Zu wissen, dass er diese Verbindung zwischen mir und Alexander nie gutheißen würde.

Wir mussten nicht mal etwas sagen; Dorian wusste, dass ich endgültig zurückgekehrt war.

»Du konntest es nicht lassen«, murmelte er, drehte sich um und ging wieder in die Richtung, aus der er gekommen war. Ich wusste nicht, wen er von uns beiden meinte. Mich? Oder doch den Mann neben mir, der mich besorgt anblickte?

Die Schwere in meiner Brust konnte sich kaum entfalten, da streifte Konstantin die Schuhe von seinen Füßen und warf die Jacke auf die Bank. »Ich hätte euch vielleicht sagen sollen, dass er ein bisschen launisch ist.«

»Mach dir keine Sorgen«, murmelte ich. »Das wäre er so oder so gewesen.« Alex und ich taten es seinem Bruder gleich und folgten Dorian ins Innere des Hauses.

Wir passierten einen schmalen Gang. Auch dieser war schlicht, dennoch war hier wenigstens ein dicker Teppich auf dem Boden und ein paar wenige Bilder an der Wand. Was sie abbildeten, konnte ich nicht mehr erkennen, da wir bereits über eine weitere Schwelle traten.

Wir kamen in eine Küche mit einem Esstisch und Kamin.

»Wie groß ist die Hütte?«, fragte ich.

»Oben gibt es ein Badezimmer und vier Schlafzimmer.« Alexander deutete mit dem Kopf auf eine Tür, die direkt neben der Treppe lag. »Das Wohnzimmer ist dort. Dorian ist drin.«

Ja ... Man hörte seine rastlosen Schritte durch den Spalt deutlich.

»Ihr könnt auch erst nach oben in euer Zimmer gehen«, sagte Konstantin und machte den Kühlschrank auf. Erst jetzt bemerkte ich das laute Surren, welches von dem Gerät kam. Es hinterließ ein ungutes Gefühl in meinen Knochen.

Kopfschüttelnd fuhr ich mir über das Gesicht. Selbst mich hatte die Fahrt müde gemacht, obwohl ich nicht gefahren war. Ich wollte nicht wissen, wie es Konstantin oder Alex ging. Obwohl ich beim letzteren eine Ahnung hatte, dass er es nicht mehr lange auf den Beinen aushielt.

»Ich will wenigstens versuchen, es ihm zu erklären.« Auch wenn ich nicht glaubte, dass er mir zuhören würde.

»Erwarte kein Verständnis. Ihm mag es zwar gut gehen, aber das bedeutet nicht, dass er mit euch beiden einverstanden ist«, sagte Konstantin, der sich mit einer Forellendose und einem Stück Brot an den Tisch setzte.

Schnaubend griff ich nach der Klinke, als Alexander seine Finger mit meinen verflocht. Er wollte dabei sein, was ich ihm nicht verübeln konnte.

Dorian stand am Fenster mit einer Zigarette zwischen den Lippen. Er hatte uns bemerkt, doch wandte er sich uns nicht zu. Stattdessen starrte er in die wilde Natur.

Ich hätte mich nicht bewegt, wenn Alex nicht an meiner Seite gewesen wäre. Dieser zog mich mit sich auf die Couch, ließ mich dabei keine Sekunde los. Er hielt mich fest und kümmerte sich trotz des Schweigens mehr um mich, als er sich das vorstellen konnte. Der Druck seiner Hand, das aufmunternde Lächeln – so besorgt es auch sein mochte – waren der Stein, an den sich meine Seele klammerte.

Mein Bruder zeigte keine Reaktion.

»Dorian?«

Er drückte die Zigarette in einem Aschenbecher auf dem Fensterbrett aus und drehte sich endlich zu uns. Jeder seiner Züge schrie beim Anblick, welchen wir ihm boten, Ekel und Wut.

»Konstantin hat mir gesagt, dass du wieder zurück in

Frankreich bist. Für immer. Das war dann ja anscheinend eine Lüge.« Die Stimme meines Bruders war bitter und traf mich härter, als ich gedacht hatte. Nach all dem, was er mir verschwiegen hatte, verhielt er sich nun so.

Auch an Alex ging es nicht spurlos vorbei.

»Sprich nicht so mit deiner Schwester.«

Ein Lachen drang aus Dorian, was mir kalt den Rücken runter lief. »Genau, sie ist meine Schwester. Ich entscheide, wie ich mit ihr rede. Der Typ, der sie nachts fickt, hat mir überhaupt nichts zu sagen.«

Jeder Muskel spannte sich im Körper neben mir an. Ehe er sich aber nur einen Zentimeter bewegen konnte, legte ich eine Hand auf sein Bein, atmete tief durch und fixierte Dorian.

»Du hast dein Leben gewählt. Genau das habe ich auch.« Ich erhob mich und verschränkte die Hände miteinander, um den fehlenden Druck auf meiner Haut auszugleichen. »Und falls du es wissen willst. Ich war in Frankreich, aber ich konnte dort nicht bleiben.«

»Deswegen bist du wieder zurück? Nachdem du ihn verlassen hast? Hat er dich nicht in Ruhe gelassen, wodurch du nicht von ihm weggekommen bist, oder was?«

Ich hätte Konstantin fragen sollen, was er ihm erzählt hatte. Das war mein Fehler.

»Du bist ein Arschloch.« Meine Beine trugen mich, bis ich einen Schritt vor ihm zum Stehen kam. Der Ton meiner Stimme war ruhig. Fest. Kalt. Gerade stand nicht seine Schwester vor ihm, sondern eine ihm unbekannte Frau. Das, was ich hier versuchte, war keine Rechtfertigung gegenüber ihm, sondern eine Erklärung. Mit der Hoffnung, dass er einen Bruchteil nachvollziehen konnte. Damit ich in Zukunft wieder seine Schwester werden konnte.

Dorian zuckte mit den Achseln. »100 Punkte für die kleine Chloe. Schön, dass es dir auffällt.«

Ein gedämpftes Knurren erklang hinter mir, was ihm ein Augenrollen entlockte. Am liebsten wäre ich gegangen. Mit Alexander. Hätte mich mit ihm ins Bett gelegt und nichts weiter als seinem stetigen Herzschlag gelauscht.

Eines musste ich aber noch loswerden.

Worte, die die Antwort auf jede Frage sein sollten. Worte, die er hören musste. Worte, die ihn hoffentlich verstehen lassen würden.

»Ich liebe Alexander.«

Lachend fiel sein Kopf in den Nacken. Er benahm sich wie ein hormongesteuerter Teenager, der dachte, dass ihm die Welt zu Füßen lag. »Liebe. Weißt du überhaupt, was das bedeutet?«

Dorian konnte gar nicht mehr aufhören zu lachen. Es waren unendliche Messerstiche in meinem Herzen, die mit Wut gefüllt waren. Eine Wut, die mir die Sicherungen im Kopf durchbrennen ließ.

Meine Hände packten seinen Kragen und zogen ihn unverwandt näher zu mir. Damit hatte er nicht gerechnet, denn seine Augen wurden groß und er ließ es kraftlos mit sich machen. Auch sein spöttisches Lachen versiegte.

»Lach mich nur aus, Dorian«, spie ich. »Das ändert aber nichts an meinen Gefühlen. Ich weiß, was Liebe ist. Bei dir bin ich mir aber nicht sicher.«

Sein Mund öffnete sich, doch er wurde unterbrochen, ehe er ein Wort formen konnte.

Diese Unterbrechung verwandelte mein Blut in Eis.

Ein schmerzdurchzogenes Stöhnen ertönte. Mit wild pochendem Herzen drehte ich mich zu Alex, der zusammengekrümmt nach vorn gebeugt war und sich an die Brust fasste.

Nein, nein, nein. *Nein!*

Ich stieß meinen Bruder von mir und ließ mich neben Alex auf die Knie fallen. Seine Schultern hoben sich zittrig.

»Alexander«, murmelte ich und fuhr über seinen Rücken. »Wieso hast du nichts gesagt? Du hättest mir etwas sagen sollen, du Idiot.«

Mein Herz krampfte sich zusammen. Panik stieg in mir auf.

Ob dieses Gefühl jemals verschwinden würde? Selbst, wenn er wieder gesund war? Immerhin verfolgte ihn die Gefahr. Oder er verfolgte sie. Sie war ein Bestandteil seines Lebens, egal, ob es mir gefiel oder nicht.

»Es ist alles okay.« Alex zog tief Luft ein, ehe er sich wieder aufrichtete. Seine Augen waren glasig. Seine Haut und Lippen blasser als sonst.

Es war nicht alles okay.

»Was ist mit ihm?«, fragte Dorian und trat einen Schritt auf uns zu.

»Er wurde angeschossen. Das würdest du wissen, wenn du dich wie ein normaler Mensch und nicht wie ein bockiges Kind verhalten würdest. Aber nein, du sitzt hier, schmollst und bist nur auf Streit aus. Wieso sollte man dir noch irgendwelche Sachen anvertrauen? Du ruinierst es so oder so. Das hast du schon immer.«

Ich wandte mich von ihm ab und half Alexander auf die Füße. Er musste sich jetzt ausruhen und er wusste es auch, weshalb er sich ohne Widerworte von mir helfen ließ. Währenddessen stand Dorian wie angewurzelt da, verfolgte aber jede unserer Bewegungen mit den Augen.

Ehe wir endlich aus diesem Wohnzimmer verschwinden konnten, hielt Alexander inne und drehte sich noch einmal meinem Bruder zu.

»Ich liebe deine Schwester. Hoffentlich wirst du das

irgendwann verstehen und akzeptieren. Es muss nicht heute sein, das verlange ich nicht. Aber meine Zukunft wird mit ihr sein. Und du bist mein Freund, Dorian. Bis dahin müssen wir einen Weg finden, dich aus dieser Situation zu bringen. Gemeinsam.«

Darauf sagte Dorian nichts mehr.

Ich stützte Alex, während die Tür hinter uns zufiel und ich endlich wieder das Gefühl hatte, tief durchatmen zu können. Meine Nerven würden sich aber erst beruhigen, wenn er endlich im Bett lag.

Konstantin saß immer noch am Esstisch. In seinem Blick stand Sorge bei dem Anblick seines Bruders. »Geht es ihm nicht gut?«

»Natürlich geht es ihm nicht gut!«, spie ich, schüttelte sogleich den Kopf. »Bring einfach die Tasche aus dem Auto. Ich komme später runter und hole sie. Er braucht Ruhe.«

Alexander öffnete den Mund, beschloss letztendlich aber, nichts zu sagen. Stattdessen ließ er sich von mir die steilen und knarzenden Treppenstufen hinaufführen und zeigte mir den Weg zum Zimmer, in dem wir die Nacht verbringen würden.

Mit jedem Schritt verdichtete sich meine Wut. Es wäre alles vermeidbar gewesen. Einfach alles.

Letztendlich traten wir in einen kleinen Raum, der ausschließlich aus einer Kommode, zwei Nachttischen und einem Bett, in das kaum zwei Personen passten, bestand. Ich half Alexander, sich in genau dieses zu legen.

»Was hat es dir nun gebracht, hier zu sein?« Meine Stimme war scharf, sodass ich mich zwingen musste, nicht zu schreien. Oder zu weinen. Wahrscheinlich beides.

Er warf mir ein träumerisches Lächeln zu. »Ich liebe dich, weißt du das?« Mein Ärger verpuffte auf einen

Schlag. Das Gefühl der aufkommenden Tränen jedoch blieb. »Komm her, Liebste.«

Der Plan war es, nach unten zu gehen, doch zog das unsichtbare Band zwischen uns mich zu ihm ins Bett. Sofort schlang er einen Arm um mich und hielt mich, als wären wir für immer in dem Tag gefangen, in dem wir zusammen im Krankenhaus geweint hatten.

Aber das waren wir nicht mehr. Tage – Wochen – waren vergangen. Ich war jede Nacht bei ihm. Ich lebte bei ihm. Aber selbst in diesen Stunden hatte ich Angst, dass es alles nur ein Traum war. Ich hatte Angst, dass ich eines Tages in diesem Krankenbett aufwachen würde und er tot war.

»Liebste«, murmelte ich, wobei unsere damaligen Textnachrichten vor meinem Auge aufblitzten. »Hast du nicht gesagt, dass wir es erst ausprobieren, wenn du achtzig bist?«

»Das Risiko ist zu hoch, dass ich es nicht bis achtzig schaffe.«

»Sag das nicht.« Ich vergrub mein Gesicht in seiner Brust. »Wenn du achtzig bist, wirst du in einem schönen Anwesen in Moskau leben und deine alten Tage genießen.«

»Solange du bei mir bist.«

»Ich werde immer bei dir bleiben, solange du mich willst.«

Seine Finger strichen über meine Wange, was eine Träne aus meinem Auge löste. »Nicht, Chloe. Wir sind hier, zusammen. Und ich bin der glücklichste Mann, solch eine Frau an meiner Seite zu haben. Schon als ich dich das erste Mal gesehen habe, nachdem du blind in mich reingelaufen bist, wusste ich, dass du mich nicht mehr loslassen wirst.«

Das hatte er mir so oft in den letzten Wochen gesagt.

Leider steckte in der Frau, die heute neben ihm lag, nur noch wenig von der, die ich einmal gewesen war. Manchmal blitzte Chloe Pécheur auf und überschien die Fremde, deren Namen ich nicht kannte. Diese Momente – die Leichtigkeit, die Sorgenlosigkeit – schuf alle Alexander. Er war der Grund, wieso mich diese Namenlose nicht vollkommen einnahm.

Und vielleicht würde er der Einzige sein, der mein altes Ich noch zu Gesicht bekam.

»Ich liebe dich, Alexander.«

Denn er war mein Zuhause.

Danksagung

Nun habt ihr die Geschichte von Chloe und Alexander gelesen. Sie war anders als die von Odette und Dorian. Sanfter, gleichzeitig auch brutaler. Genau dieser Kontrast zeichnet die beiden aus – solch unterschiedliche Wesen, welche zusammengehören und ohne einander nicht existieren würden.

Zuerst will ich mich erneut beim gesamten Federherz-Team bedanken. Ihr alle habt das Buch zu dem gemacht, welches es heute ist. Ich glaube, ich könnte hunderte von Seiten füllen, in welchen ich meine Dankbarkeit für diese Chance ausdrücke. Dafür ist aber kein Platz. Ich hoffe dennoch, dass ich ein paar von euch bald im realen Leben sehen werde.

Ein weiterer Dank geht außerdem an meine lieben Testleser*innen heraus. Auch ihr habt euer Zeichen auf Chloes und Alexanders Geschichte hinterlassen. Danke für eure Zeit und die liebe Kritik. Denn ohne die, kommt man nicht voran.

Dann geht noch ein Dank an die Menschen um mich herum raus. In letzter Zeit ist viel privat bei mir passiert. Ohne die Unterstützung meiner Familie und meinen Freunden würde ich das Ganze nicht schaffen. Ich würde meine Leidenschaft nicht ausleben können – das Schreiben.

Und nicht zu vergessen: Danke an jeden, der diese Geschichte gelesen hat.

Mir bedeutet das wirklich viel.

Eure Kylie.

Ausführliche Triggerwarnung

Das Buch / die Reihe enthält folgende explizite Triggerthemen:

Gewalt, Mord, Blut, Alkohol, Trauer / Trauerbewältigung

Mich von einer hübschen Mafiaprinzessin in den mexikanischen Regenwald entführen zu lassen?
Könnte Schlimmeres geben …
Zumal ihr nicht bewusst ist, dass ich nicht der bin, für den sie mich hält.
Und ich nur eines will: sie beschützen.

Als Tochter eines italienischen Mafiabosses sollte man meinen, dass Amira das brutale Familiengeschäft im Blut liegt, doch weit gefehlt. Bislang hatte sie nichts damit zu tun. Unvermittelt befindet sie sich jedoch ohne Unterstützung oder Waffe, dafür mit zahlreichen Ängsten im Gepäck, auf der Reise in eines der gefährlichsten Länder der Welt. In Mexiko angekommen ist es ihre Aufgabe, den skrupellosen Sohn einer verfeindeten Familie für drei Wochen von der Bildfläche verschwinden zu lassen. Dafür bleiben ihr nichts weiter als ihre eher laienhaften Verführungskünste. Amira ahnt nicht, dass hinter dem Auftrag etwas ganz anderes steckt und sie außerdem mit Enrico Vasquéz versehentlich den Falschen entführt.
Mit weitreichenden Konsequenzen, denn der attraktive Kartellboss verfolgt seine ganz eigenen Pläne …

Erlebt mit Fearless Heart eine prickelnde Bad-Hero-Romance aus der Feder von Clea Carter.